वामा का इंद्रधनुष

इस्मिता माथुर
"मुस्कान"

notionpress
.com

INDIA • SINGAPORE • MALAYSIA

ISBN 979-8-88667-516-0

अस्वीकरण

सभी कहानियाँ पूर्णतया काल्पनिक, मौलिक, स्वरचित एवम् स्त्री मन की भावनाओं को उजागर करने के उद्देश्य से लिखी गई हैं और इनका उद्देश्य किसी की भावनाओं को किसी भी प्रकार से, कष्ट या दुःख पहुँचाना नहीं है। किसी भी वास्तविक, जीवित या मृत व्यक्ति का कोई भी उदाहरण, विशुद्ध संयोग होगा। किसी भी शहर या जगह का संदर्भ मात्र कथा चित्रण में सहायता के उद्देश्य से लिया गया है, अन्यथा इसका कोई अर्थ नहीं है। इन कहानियों में किसी व्यक्ति, समुदाय, पेशे, जाति, विश्वास या धर्म की भावनाओं को आहत करने का इरादा निहित नहीं है। अतः किसी के जीवन से अनैच्छिक साम्यता को कृपया व्यक्तिगत कटाक्ष न समझा जाये।

Disclaimer

All stories are self-written original work of imagination, purely a work of fiction, revealing feelings of a woman's heart and they are not intended to hurt or trouble anyone in any manner whatsoever. Any example, of any real person, live or dead, is merely a coincidence. Any reference taken to a city or place is for fictional purposes only and has no meaning otherwise. These stories are not intended to hurt the feelings of any person, community, profession, caste, belief or religion. Any unintended resemblance to the life of anyone is not to be taken as a personal swipe or comment.

****

समर्पण

स्व. श्रीमती संतोष माथुर (1939-2021)

मेरी यह पुस्तक समर्पित है, मेरी आदरणीय चाचीजी स्व. श्रीमती संतोष माथुर (1939-2021) को, जिन्होंने बचपन और युवावस्था में, मुझे 'माँ' के समान असीम प्यार दिया और मेरा कन्यादान कर मुझे सुखमय वैवाहिक जीवन का आशीर्वाद दिया। उनके शान्त, कर्मठ, कर्त्तव्यनिष्ठ और प्यार से भरे व्यक्तित्व को, मेरा अथाह प्रेम और शत्-शत् नमन!

अनुक्रमणिका

वामा का इंद्रधनुष

खण्ड-तीन

अनन्त आसमान

नमन एवं धन्यवाद

सादर नमन एवं वंदन, बुद्धि और लेखनी पर अनवरत् अनुकम्पा के लिये सिद्धि विनायक भगवान् श्रीगणेश, विद्यादात्री माता सरस्वती और माता लक्ष्मी के चरणों में, जिनकी कृपा के बिना कोई भी कार्य संपन्न हो पाना असंभव है।

<u>हार्दिक धन्यवाद........,</u>

मेरे शीश पर सदैव वरदहस्त रखनेवाले स्नेहमय माता-पिता, पितृ-तुल्य ससुर व मातृ-तुल्य सासू माँ, स्नेहिल परिजनों व मित्रों के स्नेहसिक्त संबल का।

मेरी पूर्व प्रकाशित पुस्तकों "तुम्हारी कहानी" और "वो, कुछ जानी, कुछ अनजानी" पर, प्रोत्साहनात्मक प्रतिक्रियाओं द्वारा मुझे सतत लेखन हेतु सदैव प्रेरित करने वाले प्रबुद्ध पाठकों एवं मेरे प्यारे बच्चों पुत्र हितेश, पुत्रवधू स्निग्धा और पुत्री सौम्या का।

इस पुस्तक में शामिल कृतियों को अत्यन्त त्वरित गति से टाइप करने के लिये, सुश्री शालिनी नामदेव एवं श्री आकाश श्रीवास्तव का।

इस पुस्तक की रचनाओं को उभारने में प्रयुक्त सुंदर श्वेत-श्याम रेखाचित्रों को सीमित समयावधि में बनाकर देने के लिये श्रीमती उत्कर्षा कोराटकर और नवोदित कलाकार श्री प्रांशु रैकवार के साथ ही आभार इस पुस्तक में प्रदर्शित अन्य छाया चित्रों के सभी अज्ञात छायाकारों का।

नोशन प्रेस के दक्ष परामर्शदाताओं और उनकी कर्मठ टीम का, प्रकाशन संबंधी गतिविधियों के कुशल निष्पादन के लिये।

मेरे पति श्री उमेश माथुर का, इस पुस्तक में समाहित रचनाओं के परिष्करण-संपादन-संकलन के लिये।

पुनश्च, परमपिता परमेश्वर के अदृश्य संबल का, दूसरों के सुख-दु:ख, हर्ष-उल्लास और उनकी व्यथा को कागज़ पर उतार पाने की शक्ति प्रदान करने के लिये।

– इस्मिता माथुर 'मुस्कान'

प्रस्तावना

नारी तुम केवल श्रद्धा हो,

विश्वास रजत नग पगतल में।

पीयूष स्रोत सी बहा करो,

जीवन के सुंदर समतल में।

-जयशंकर प्रसाद

ये पंक्तियाँ नारी को उसके सुंदरतम रूप में दर्शाती है। नारी, ईश्वर की वह सबसे ख़ूबसूरत रचना है, जिसके बिना मानव-जीवन और घर-संसार की कल्पना करना ही असंभव है।

पारिवारिक एवं वैयक्तिक रूप से, वह माँ, सास, बहन, पत्नी, प्रियतमा, बहू, भाभी, ननद, बुआ, चाची, ताई और मौसी की विभिन्न भूमिकाओं में, हर रिश्ते में, अपने कर्तव्यों की पूर्ति करती हुई सदा स्नेह, वात्सल्य, प्यार और प्रेम निछावर करती दिखाई देती है। एक कलकल बहते झरने के समान, परिवार को अपने प्यार से सराबोर रखती है। बच्चों को जन्म देते समय की देवकी और उस पर अपना वात्सल्य लुटाते समय की यशोदा स्वरूपिणी, विपरीत परिस्थितियों में तुरंत चण्डिका या दुर्गा का रूप धारण कर लेने में कभी नहीं हिचकती है।

स्वपरिवार से पृथक नारी का एक अन्य रूप भी है, आर्थिक रूप से एक स्वावलम्बी नारी का। जिसमें वह डॉक्टर, इंजीनियर, लॉयर, लेक्चरर, नर्स, एयर होस्टेस, पायलट, मेट्रो चालक, कैब ड्रायवर, कुली, मज़दूर, सफाई कर्मचारी और घर-घर में काम करने वाली मेड सर्वेन्ट्स की अगणित भूमिकाओं में भी, सामाजिक ताने-बाने का अटूट अंग है।

इन सभी कार्यशील नारियों की अपनी एक जीवन गाथा होती है, जिसमें न जाने कितना संघर्ष भरा होता है। असीम आकाश में कभी-कभी दृष्टिगोचर होते इन्द्र-धनुष में समाहित अगणित रंगों की भाँति सुख-दुख, प्यार और खुशी तथा कष्ट एवं शोक के मिले जुले पलों में भाव-विभोर या भाव-विह्वल कर देने वाली विभिन्न अनुभूतियों और एहसासों से भरे, नारी-जीवन के अनेक आयाम हैं।

नारी जीवन के अनेक पक्षों में से कतिपय पक्षों पर आधारित मेरी कुछ रचनाएँ, *दो पूर्व प्रकाशित कहानी-संग्रह, क्रमशः "तुम्हारी कहानी"* और *"वो, कुछ जानी, कुछ अनजानी"* में, सम्मिलित रहीं थी। प्रबुद्ध पाठकों की सराहना और प्रोत्साहनात्मक प्रतिक्रियाओं से प्रेरित होकर, नारी जीवन के कुछ अन्य चुनिन्दा रंगों को मैंने *"वामा का इन्द्रधनुष"* शीर्षक से इस कहानी-संग्रह में प्रस्तुत करने का विनम्र प्रयास किया है।

वामा का अर्थ होता है स्त्री या नारी। वास्तविक जीवन में नारी-जीवन के विभिन्न रंगों को दर्पण की भाँति समाज के सम्मुख रखने का प्रयास है *"वामा का इन्द्रधनुष"*। इस कहानी संग्रह में आपको हर उम्र, हर वर्ग के नारी जीवन के विविध पहलुओं के दर्शन होंगे।

जहाँ "होली" की नायिका, एक रियासत की 'रानी साहिबा' है, तो "जापा" की नायिका, परिवार की दयनीय आर्थिक के चलते, अपनी अल्पायु संतानों से पृथक् होकर, अपने घर से मीलों दूर, अलग-अलग धनाढ्य घरों में जन्मे नवजात शिशुओं की माँ के दायित्वों को ओढ़ने के लिये अभिशप्त है; सिर्फ़ इसलिये कि किसी तरह वह परिवार के जीवनयापन हेतु कुछ कमा कर भेज सके। जहाँ, "पीला सिंदूर" और "तबला" कहानियों की नायिकाएँ, आज से साठ-सत्तर वर्ष पूर्व की नारी की व्यथा को दर्शाती हैं, परंपरा और रूढ़ियों में बँधे पितृसत्तात्मक समाज में उसका संघर्ष दिखाती हैं; वहीं, "टिमटिमाते तारे" और "काव्या" आधुनिक नारी का प्रतिनिधित्व करती हुई, इस बात को रेखांकित करती हैं कि आज की नारी किस तरह से कैरियर,

परिवार और वैवाहिक जीवन के मध्य संतुलन और तादात्म्य बिठाते हुए अपने सपनों को पूरा करने के लिये कटिबद्ध है।

आशा करती हूँ कि इस कहानी संग्रह में प्रस्तुत, नारी जीवन के विविध इन्द्रधुनषी रंग, संवेदनशील पाठकों के हृदय को छू पाने में सफ़ल रहेंगे और उन्हें नारी जीवन की समस्याओं और नारी-उत्थान के विषय में सोचने पर विवश कर देंगे। सहृदय पाठकों के पूर्ववत् अप्रतिम स्नेह की अभिलाषा में,

इस्मिता माथुर 'मुस्कान'

वामा का इंद्रधनुष

खण्ड-एक

अतीत के झरोखे से

होली

दूर तक फैला गँगा नदी का पाट। ऊपर बादलों से घिरा हुआ आसमान था और नीचे गँगा की उफ़नती लहरें। वह जुलाई-अगस्त का समय था और गँगा अपने पूरे उफान पर थी। बड़े-बड़े वृक्ष उसमें डूब गये थे। दूर-दूर तक फैले हुए हरे-हरे शैवाल, खड़ी चट्टानें और फिसलन भरे घाट। बड़ी मुश्किल से हमारी नाव किनारे पहुँची थी। ऐसा लगा था कि नदिया के उस उफ़नते बहाव में आज हम डूब ही जायेंगे।

लापरवाही के चलते नाविक ने लग्घी भी नहीं ली थी। लग्घी, एक लम्बी सी मोटी बाँस की छड़ी, जिससे वो नदी की गहराई नापते थे। सब मन ही मन राम नाम का जाप करने लगे। लग रहा था जैसे, हम सब, हमारा पूरा परिवार, मम्मी, पापा, हम बच्चे और एक नव-विवाहित अँकल-आँटी, गँगा की गहराई में समा जायेंगे। ये वही स्थान था जहाँ केवट ने श्रीराम को नदिया पार करायी थी। मम्मी-पापा को सहज ही भगवान् राम के परम भक्त निषादराज केवट का स्मरण हो आया और सब बड़े लोग मन ही मन मनाने लगे कि हे परम भक्त केवट! अब आप ही हमको बचा सकते हैं।

उसी समय पता नहीं कहाँ से, हमारे नाविक का एक साथी लग्घी लेकर आ गया था। उसने दूर से ही उसको आवाज लगायी और घुटनों तक अपनी काली भूरी धोती को ऊपर चढ़ाकर हमारी नाव तक आ गया था। लग्घी से पानी की गहराई नाप-नापकर और किनारे की खड़ी चट्टानों का सहारा ले-लेकर, उसने हमारी नाव को किनारे लगाया था। घाट पर उतरने के लिये नज़र दौड़ाई, तो सब जगह गहरी हरी काई जमी दिख रही थी, जिसमें फिसलना लगभग निश्चित सा ही लगता था।

हम लोग सोच रहे थे कि कहीं पैर टिकाने को साफ़ जगह मिलेगी भी कि नहीं, क्योंकि ग़लती से किसी का पैर अगर फिसल जाता तो आगे का कार्यक्रम तो बिगड़ता ही, फिसलने वाले को बहुत चोट पहुँचने की आशंका थी। हम लोग गँगा के उस पार स्थित पुराना महल देखने जा रहे थे।

आकाश में घिरे गहरे बादलों की गहन गर्जना के बीच रह-रह कर बिजली की कड़क भी सुनाई दे रही थी। कब झम-झम पानी की झड़ी लग जाए, इसका भी कोई भरोसा नहीं था। राम-राम करते हुए हम किसी तरह किनारे लगे थे। कौन जाने, शायद हम सब गँगा की उस अथाह जल राशि में विलीन ही हो गये होते, यदि निषादराज केवट, दूसरा नाविक बनकर हमारी मदद करने के लिये नहीं आते।

****

नाव से उतर कर, दूर तक फैली मटमैली बालू में धँसते पैरों के साथ, एक जर्जर से लकड़ी के पुल पर से गुज़रते हुए, हम उस पुराने महल तक पहुँचे थे। बादलों के छाये होने के कारण सूरज दिखाई नहीं दिया और रोशनी सामान्य से कुछ कम ही थी। कम रोशनी के कारण, महल तक पहुँचने के लिये बनी सीढ़ियाँ धुँधली सी दिखायी दे रही थीं। समय ने उनके मूल स्वरूप को बदहाल कर दिया था और वे अपने जीर्ण-शीर्ण स्वरूप में हलकी भूरी धुँधलायी सी नज़र आ रही थीं, जिन्हें चढ़ते हुए हम एक गलियारे में प्रविष्ट हुए। गलियारे में से, गँगाजी के ऊपर से आते ठण्डी हवा के झोंके, शरीर को सिहरा जाते थे।

उफ़नती हुई गँगा, जैसे महल की दीवारों पर तेज़ आवाज के साथ प्रहार करती प्रतीत हो रही थी और उसकी वेगवती उफनती लहरों को देखकर, दिल दहल सा जाता था। जैसे वो लहरें बाहें फैलाये, मुझे अपनी ओर बुला रहीं थीं, "आ जाओ"। गलियारे के झरोखे से झाँकती मैं, मन जैसे लहरों में कूदने को बेताब। पता नहीं, गँगाजी के प्रति मेरा क्या आकर्षण है? उनकी उद्दाम लहरों को देखकर, उसमें समा जाने की इच्छा होती है। गढ़-मुक्तेश्वर के ब्रिज पर भी पिलर से टकराती, गरजती-बरसती लहरों को देखकर भी उसमें कूदने की इच्छा होती थी।

गलियारे से उस दो-तीन मंज़िले महल में प्रवेश करने पर मिला बहुत बड़ा सा संगमरमर का आँगन। चारों ओर ढेर सारे बड़े-बड़े कमरे। कमरों में छतों से लटके झाड़-फानूस इस बात की गवाही दे रहे थे कि कभी ये महल बड़े-बड़े सोफ़ों, विशालकाय डाइनिंग टेबल जैसे फ़र्नीचर से सजा, अपनी पूरी शान-ओ-शौकत साथ जगमगाता होगा। लेकिन आज, बरामदे में बेंत की कुछ कुर्सियाँ पड़ी थीं और खाली कमरे में बड़ी सी खाली डाइनिंग टेबल जैसे मुँह चिढ़ा रही थी।

एक बहुत बड़े कमरे में राजा वीरेन्द्र सिंह और उनके पूर्वजों की बड़ी-बड़ी पेंटिंग्स दीवालों पर लगी थीं, जो समय के साथ धुँधला गयी थी। एक पेंटिंग में राजा साहब अपनी शानदार मूँछों के बीच मुसकुरा रहे थे और उनके पास में एक आलीशान चेयर पर उनकी पत्नी, रानी साहिबा सरिता देवी विराजमान थी। ख़ूबसूरत, शर्मीली, लाल जोड़े में सजी किशोरी। जिसके अधरों पर लजीली मुसकुराहट तैर रही थी और आँखों में पति के प्यार के लाल डोरे थे।

अगले कमरे में जो हमने देखा, उसे देखकर हम सब स्तम्भित हो गये। बड़े से कमरे में, एक विशालकाय पलंग पर रानी साहिबा सरिता देवी बैठी हुई थीं। सफ़ेद चादर, सफ़ेद तकिये के गिलाफ़ और झालर लगे सफ़ेद गोल तकिये। सामने एक बड़ा सा एल-आकार (L) का सोफा और पाँच-छः बेंत की कुर्सियाँ।

अद्भुत तेज था, रानी साहिबा के चेहरे पर। चौड़ा माथा, बड़ी-बड़ी आँखें, तीखी नाक और गुलाबी अधर। कभी काले रहे घने बालों में उम्र की थकावट, साफ़-साफ़ झलक रही थी। जूड़े में गुँथे, कुछ सफ़ेद बाल। चौकोर चेहरा, जिस पर समय ने अपनी मोहर लगा दी थी। अद्भुत गरिमा थी, खंडहर हो रहे उस व्यक्तित्व में। पूरी बाँहों का सफ़ेद ब्लाऊज़ और बेहद फ़ाइन खादी की बनी सफ़ेद साड़ी। कानों में सोने की बालियाँ। सूना माथा और सूने हाथ उनके वैधव्य की कथा स्वयं ही कह रहे थे।

****

शायद, हमारे आने की खबर रानी साहिबा तक पहले ही पहुँच गयी थी। उन्होंने गरिमामय तरीक़े से मुसकुराकर हमारा स्वागत किया।

"अच्छा! इंजीनियर साहब, बच्चों को महल दिखाने आये हैं। लेकिन अब क्या बचा है? आज से चालीस साल पहले देखते, तब ठाठ समझ में आता....।"

बड़ी ही ग्रेस-फुल मुसकुराहट थी। हम सभी, मंत्रमुग्ध से उनको देख रहे थे। महल में रानी साहिबा के अलावा, अब एक ड्राइवर, बावर्ची, केयर टेकर और उसकी पत्नी के अलावा और कोई नहीं रहता था। एक बड़ी सी पुरानी कार, महल के गैरेज में खड़ी, कभी चलने के इंतज़ार में थी।

रानी साहिबा ने हम लोगों के लिये चाय बुलवायी। चाँदी की सुन्दर केतली और धुँधलाये हुए से कप-प्लेट्स। मिठाई, फल और नमकीन काजुओं से ट्रे सजी थी। बातों ही बातों में जैसे रानी साहिबा को अतीत की यादें ताज़ा हो आईं थीं। उनकी आँखों में सपने से तैरने लगे थे। उन्होंने सिलसिलेवार वर्णन करते हुए अपने जीवन में घटी, अनेक घटनाओं को हमारे साथ साझा किया। हम एकटक दृष्टि से रानी साहिबा को देखते हुए उनकी बातें सुन रहे थे और साथ में प्लेट में रखे नमकीन काजुओं और दूसरी चीज़ों को खाते भी जा रहे थे।

****

अतीत की स्मृतियों का वर्णन करते हुए, रानी साहिबा ने बताया कि.....

जब मैं इस घर में शादी होकर आयी थी, सोलह वर्ष की अल्हड़ किशोरी थी। मेरे डैडी अंग्रेजों के जमाने में कमिशनर थे। मॉडर्न और सुलझे हुए ख़यालात के। माँ भी पढ़ी लिखी और बेहद स्मार्ट थीं।

मैं थी उनकी अकेली लाड़ली बेटी। शुरू से कॉन्वेन्ट में पढ़ी हुई। एक अँग्रेजी गवर्नेस, मुझे इंग्लिश पढ़ाने आती। उन्होंने ही इंग्लिश पैम्फलेट्स से देख-देख कर मुझे कार्डिगन और स्वेटर, क्रास स्टिच की ख़ूबसूरत कढ़ाई आदि बनाने सिखाये थे।

एक टेलर भी घर पर ही आता था जो मेरे लिये ख़ूबसूरत मॉडर्न ड्रैसेस सिलता। फ्रिल वाले गाउन्स, लाँग और शार्ट स्कर्ट्स और कभी-कभी पहनने के लिये चूड़ीदार कुर्ता, लहँगा-चोली। मम्मी, एक से एक लेटेस्ट ड्रेसेस मेरे लिये सिलवाती।

मैं डैडी की बड़ी सी कोठी में तितली सी घूमती। बड़े से ख़ूबसूरत गार्डन में एक तरफ बैडमिंटन कोर्ट बना था, जिसमें मैं अपनी एक अँग्रेज फ्रैंड के साथ बैडमिंटन खेलती थी।

मैं पढ़ाई-लिखाई में भी बहुत तेज थी। हिस्ट्री और अँग्रेजी के साथ मैंने गणित भी ले रखा था। मेरे हायर सेकण्डरी स्तर की परीक्षा में अच्छे नम्बर आने के उपलक्ष्य में पापा ने एक बड़ी सी पार्टी की थी। उस ज़माने में किसी लड़की का हायर सेकण्डरी स्तर की परीक्षा पास कर लेना बहुत बड़ी उपलब्धि होती थी।

पार्टी के लिये गार्डन के पेड़ों को रंगबिरंगी लाइट्स से सजाया गया था। भीगी हुई हरी दूब पर, दूर-दूर टेबल और उनके चारों ओर कुर्सियाँ सजी थी। दो तीन बड़ी-बड़ी डाइनिंग टेबल्स पर, सफ़ेद चाँदनी बिछाकर प्लेट्स और खाने के डोंगे सजाये गये थे। महँगी और ख़ूबसूरत कटलरी। छुरी, काँटे और सलाद से सजा स्वादिष्ट भोजन। शाही पनीर, कश्मीरी दम आलू और दही बड़े। गरम-गरम पूरियाँ, तंदूरी रोटियाँ सिक-सिक कर आ रही थीं।

लोगों की गहमा गहमी थी और मैं उस भीड़ में राजकुमारी के समान सज कर घूम रही थी। गुलाबी, रेशमी फ्रिल वाला गाऊन, जो मम्मी ने ख़ास इस अवसर के लिये बनाया था। ऊँची हील वाली व्हाइट सैंडल्स, कान, गले और हाथ में मोती के कर्णफूल, लॉकिट और ब्रेसलेट। मेरे घुंघराले बालों की ऊँची पोनी में लगा व्हाइट क्लिप। लम्बा उठता हुआ कद, तीखे नैन नक्श, गोरा गुलाबी रंग, शालीन किंतु शानदार सज-धज। मैं अलग ही चमक रही थी। मुश्किल से सोलह-सत्रह साल की उम्र में ही अपनी अच्छी-ख़ासी उठान और कद-काठी के कारण, मैं इक्कीस-बाईस साल की लड़कियों जैसी लगती थी।

और, उसी पार्टी में आये थे राजा वीरेन्द्र सिंह। उम्र लगभग 29-30 वर्ष। लम्बे चौड़े और शेरवानी कुर्ते में सजे। चौड़ा चेहरा, गोरा रंग, बड़ी-बड़ी आँखें और बंकिम मूँछें। वो जितनी अच्छी हिन्दी बोलते उतनी ही अच्छी अँग्रेजी। कलेक्टर, एस.पी., अन्य बड़े अफसर और सभी बड़े-बड़े लोग उनका आदर के साथ अभिवादन कर रहे थे।

मेरे गौरवशाली पिता, जो कमिश्नर के पद पर पदस्थ थे, राजा साहब से बातें कर रहे थे और उन्हीं के साइड में खड़ी थीं मेरी मम्मी। लाइट ब्लू कलर की शिफ़ॉन की साड़ी में सजी और स्मार्ट जूड़ा बनाये मम्मी किसी भी पार्टी में अलग ही नज़र आती थीं।

राजा साहब की दृष्टि मेरा पीछा कर रही थी। राजा साहब की मुग्ध दृष्टि को शायद मम्मी ने पहचान लिया था। राजा साहब बहुत बड़े घराने से ताल्लुक रखते थे। मम्मी ने बड़े उत्साह से मेरा परिचय राजा साहब से कराया। परिचय करवाने का सही कारण समझ पाना मुझ जैसी कच्ची उम्र वाली लड़की के लिये ज़रा मुश्किल ही था।

फिर जो कुछ हुआ वह मम्मी-पापा के लिये मुँह माँगी मुराद के पूरा हो जाने से कम नहीं था। राजा साहब के परिवार से, मेरे लिये विवाह का पैग़ाम आया था। मम्मी पापा फूले नहीं समाये थे, उनकी बेटी एक राजघराने के इकलौते वारिस की बहू जो बनने जा रही थी और मैं तो जैसे सपनों के पंख

लगाकर उड़ने लगी थी। आनन-फ़ानन में ही देव उठनी ग्यारस के दिन मेरा विवाह हो गया था।

****

पहले भी मैं फैज़ाबाद के कमिश्नर की बेटी थी, लेकिन अब मैं कालाकाँकर की युवरानी साहिबा हो गयी थी। मेरे पापा की कोठी बहुत बड़ी थी, लेकिन राजा साहब का महल उससे कई गुना अधिक क्षेत्रफल में फैला हुआ था। गँगा के किनारे, संगमरमर के सफ़ेद पत्थरों से बना महल। बड़े-बड़े और ऊँची छतों वाले कमरे। हाथ से हिलाने वाले परदेनुमा हरे पँखे। सैकड़ों नौकर चाकर। बड़ी-बड़ी गाड़ियाँ और आलीशान फर्नीचर।

मैं, जैसे किसी भव्य समारोह में आ गयी थी और चकित हिरणी सी, सब कुछ देखती रहती थी। विदेशी गाऊन के स्थान पर, भारी लहँगे और ज़रीदार चुन्नी ही मेरी साज सज्जा थी। ऊपर से नीचे तक गहनों से लदी, मैं, कभी-कभी घबरा जाती।

बचपन से मेरे साथ रही, मेरी सेविका देवकी भी मेरे साथ रहती थी, जो मेरा बहुत ध्यान रखती थी। जब कभी मैं भारी भरकम गहनों और लहँगों से परेशान हो जाती, देवकी धीरे से मुझे मेरा रेशमी गाऊन पहना देती। माँ ने मेरे लिये आयातित (Imported)कपड़े, जॉर्जेट, शिफॉन और रेशम की साड़ियाँ, स्टाइलिश सितारे जड़े ब्लाऊज, और कई रेशमी गाउन्स जैसी तरह-तरह की ड्रेसेस बनवायी थीं, जो वैसी की वैसी बक्सों में भरी रखी हुई थी। राजमहल के परंपरावादी वातावरण में, मैं भारी साड़ियों और लहँगों से ही घिरी रहती। मुझे तो ठीक से ये भी पता नहीं था कि मम्मी ने जो सब बनवा कर भेजा था उसे कहाँ सुरक्षित रखा गया था?

राजमाता मुझे बहुत प्यार करतीं। कम उम्र और राजपरिवार में ब्याह कर आने के कारण, पति और राजमाता का भरपूर प्यार मिलने के बाद भी, मन में, ससुराल में होने का एक अजीब सा डर बना रहता था। बस राजा जी का असीम प्यार ही मुझे जीवनी शक्ति प्रदान करता था। वो मुझे प्यार से 'प्रिंसी' कहकर पुकारते और मेरे लिये, तो वे असली 'प्रिंस' थे ही।

अकसर वो अपने टूर और शिकार में बिज़ी रहते। विदेश से लॉ की शिक्षा ग्रहण करके आये राजा जी, बड़े ही सुसंस्कृत और अभिजात्य थे। उनका काफी समय रियासत का राजकाज देखने में ही चला जाता था। फिर धीरे-धीरे, मैं राजमहल के वातावरण में एडजस्ट होती चली गयी।

वह सन् 1942 के आसपास का समय था। उन दिनों गाँधी जी का स्वदेशी आन्दोलन जोरों पर था। देश में जगह-जगह 'अँग्रेजों भारत छोड़ो' के नारे लगाते जुलूस निकलते रहते। इस स्वाधीनता के आन्दोलन का प्रभाव राजा जी पर भी स्पष्ट दिखने लगा था।

उनके बहुत से क्रान्तिकारी मित्र आकर महल में छुपते। महल से उनको बारूद, गोलियाँ और बन्दूकें सप्लाई की जाती। राजा जी के चचेरे बड़े भाई भी क्रांतिकारी थे, और इसी के चलते राजमहल का विलासमय जीवन छोड़कर, वो गरम दल में शामिल हो गये थे। फिर गाँधीजी ने आह्वान किया,

विदेशी कपड़ों के बहिष्कार का। 'विदेशी वस्त्रों का बहिष्कार करो, सूत कातो और खादी पहनो' की नीति को अपनाते हुए जगह-जगह विदेशी कपड़ों की होली जलने लगी।

और ठीक होली से एक दिन पहले। उस दिन राजाजी किसी काम से बाहर गये हुए थे और मेरी जानकारी में रात तक नहीं लौटे थे। मैंने देवकी को अपने पास ही सुला लिया था। सुबह चार बजे, देवकी ने मुझे ज़ोर से हिलाकर जगाया। मैं घबराकर उठ गई। महल के सामने, मैदान में ऊँची उठती तीव्र ज्वाला ने सहज ही मुझे भयाक्रांत कर दिया।

उस ज्वाला के इर्द-गिर्द कुछ क्रांतिकारी लोग जमा थे और हाथों में तरह-तरह के कीमती कपड़े लिये हुए, "भारत माता की जय", "गाँधीजी की जय", "अँग्रेजों भारत छोड़ो" के नारों के साथ कपड़ों को होली की उस ज्वाला में समर्पित करते जा रहे थे।

मुझे तो बाद में पता चला कि उसी होली में मेरे सारे विदेशी वस्त्र भी स्वाहा हो गये थे। वो सितारे जड़ी नीली जॉर्जेट की साड़ी, सितारे जड़े ब्लाऊज़ और रेशमी गाऊन। कब राजमाता से सारे कपड़े लेकर राजा जी ने स्वयं अपने हाथों से क्रांतिकारियों को सौंप दिये थे, मुझे पता ही नहीं चला था।

पता चलने पर, मैं सन्न रह गयी थी और मेरा चेहरा डर और दुख से सफ़ेद पड़ गया था। माँ ने कितने प्यार से मेरे लिये सब ड्रेसेस बनवायीं थीं, चुन-चुनकर डिज़ाइन बुक से देखकर। ये क्या हो गया? मुझे चक्कर सा आया और मैं बेहोश हो गयी थी। जब मैं होश में आयी, राजा जी स्वयं मेरे लिये लाल बॉर्डर की सफ़ेद सूती साड़ी लिये खड़े थे।

"प्रिंसी! रोओ मत। हमारा भी तो देश के प्रति कुछ कर्त्तव्य है।"

उन्होंने स्वयं भी खादी का बना सफ़ेद कुर्ता-पजामा पहन रखा था। कहाँ गये उनके वो रेशमी कुर्ते और विदेशी सूट, टाई और बो। कितने हैंडसम लगते थे वो उन्हें पहनकर। मेरे सारे कॉस्मेटिक्स, परफ्यूम, लिपस्टिक सब उस होली की भेंट चढ़ गये थे।

उसी दिन देवकी ने मुझे वह लाल बॉर्डर वाली सूती साड़ी पहना दी थी और जब मैं उस साड़ी में राजा जी के सम्मुख जाकर खड़ी हुई तो उन्होंने भाव-विभोर हृदय और भरी आँखों के साथ, मुझे आलिंगन में भर लिया था।

****

सन् 1942 के बाद राजनीतिक घटनाक्रम बड़ी तेज़ी से आगे बढ़ा। अगस्त 1947 में देश आजाद हुआ। देश ने विभाजन की पीड़ा झेली, लेकिन आज़ादी के बाद देश के नव-निर्माण की प्रक्रिया में, छोटी-छोटी रियासतों को समाप्त करके, कई रियासतों को जोड़कर बड़े-बड़े नये प्रान्त बनाये गये। उस प्रक्रिया में राजाजी को भी सरकार से एक-मुश्त पैसा मिला और हमारी रियासत हमारे हाथों से चली गयी।

प्रजा, राजा साहब को पहले की भाँति सम्मान देती थी, लेकिन राज काज तो अब औरों के हाथों में चला गया था। धीरे-धीरे हमारी वो शान-ओ-शौकत भी जाती रही। शनैः-शनैः, महल का बहुत सा सामान नीलाम हो चला गया। इस झटके को राजा जी भी सहन नहीं कर पाये और बीमार रहने लगे थे। धीरे-धीरे सभी नौकर चाकर हटा दिये थे और बस यही बावर्ची, एक ड्राइवर और एक पुराना केयर टेकर रह गया था। हर समय कोलाहल से गूँजता महल शान्त हो गया था। मात्र 45 वर्ष की उम्र में क्षयरोग से ग्रस्त राजा साहब चल बसे थे और मैं, निःसंतान, इस सूने से महल में, अकेली रह गयी।.....

बात अभी ख़त्म नहीं हुई थी, लेकिन राजा जी को अनन्य प्रेम करने वाली रानी साहिबा की आँखों में आँसू झिलमिलाने लगे थे। अपनी बात को आगे बढ़ाती हुई वे कहने लगीं,

"आज भी जब होली की वो आग मुझे याद आती है, मैं सिहर उठती हूँ। वो रेशमी, जॉर्जेट के चमकते वस्त्र मेरी आँखों के सामने घूमने लगते हैं, जिन्हें मैंने कभी पहना ही नहीं। लेकिन, फिर सोचती हूँ कि वह त्याग व्यर्थ तो नहीं गया था। शायद वैसी ही असंख्य होलियाँ न जली होतीं, तो देश आज़ाद कैसे होता? हमारी रियासत भी जाती रही। लेकिन देखिये, आज तरक्की करता हुआ देश कहाँ से कहाँ जा पहुँचा है? छोटी-छोटी रियासतों में बँटे मुल्क का

क्या हुआ होता, इसकी तो अब कल्पना भी कर पाना मुश्किल है। उम्र के इस पड़ाव पर, अब तो यही बात सोचकर संतोष कर लेती हूँ, कि विदेशी दासता से देश की आज़ादी, हमारी रियासत के बने रहने से कहीं ज़्यादा महत्वपूर्ण थी।"

पुरानी बातें याद करते हुए, रानी साहिबा का हृदय भर आया था और वो अचानक शान्त हो गयी थीं। शाम का समय हो चला था और आसमान भी, कुछ साफ़ लगने लगा था। रानी साहिबा को धन्यवाद देते हुए, हमने उनसे विदा ले ली। उनसे हमें बहुत सी अनजानी बातों के बारे में जानकारी मिली थी। लेकिन न जाने क्यों, महल से लौटते समय, उस उजाड़ होते जा रहे महल और बढ़ती आयु में अकेले-पन से जूझ रही उस गौरवपूर्ण महिला से विदा लेते क्षणों में, हमारा मन सहानुभूति पूर्ण संवेदनाओं से भीग चुका था। लग रहा था कि जैसे हमारे पैर भी मन-मन भर के भारी हो गये थे। लेकिन देश के प्रति समर्पण की उस राजपरिवार की सदस्या की भावना, बहुत ही प्रशंसनीय तथा सभी के लिये प्रेरणाप्रद थीं। सहज ही मन में, उनके प्रति, श्रद्धा की भावना जागृत हो गयी थी।

****

पीला सिंदूर

सालों पहले, मेरे बचपन की बात है, ट्रांसफर पोस्टिंग पर पापा, हमें लेकर एक नये शहर में गये थे। यहाँ मम्मी-पापा किसी को नहीं जानते थे। लेकिन संयोग से वहाँ एक परिवार ऐसा मिल गया, जिसने शुरुआती दिनों में मम्मी-पापा की बहुत मदद की। उस परिवार में ढेर सारे सदस्य थे। धीरे-धीरे, उस घर में घनिष्ठता इतनी बढ़ गई कि वहाँ रहने वाली दो बहनों को हम रंजू मौसी और अंजू मौसी के नाम से पुकारने लगे और उनके भैया-भाभी को हम मामा-मामी कहने लगे।

रंजू मौसी, मेरी मम्मी से सोलह साल छोटी और मेरी सबसे बड़ी दीदी से बमुश्किल पाँच साल बड़ी थी। बेहद ख़ूबसूरत और हँसमुख। हँसतीं, तो दोनों गालों पर गढ़्ढे पड़ते। लम्बे बाल, गेहुँआ रंग और बड़ी-बड़ी आँखें। लम्बा पतला नाज़ुक सा चेहरा। उनकी मुसकराहटों से फूल से झरते रहते और

उनके कुछ छोटे-छोटे मोतियों जैसे दाँत सदा हँसी बिखरते रहते। उनके चुटकुलों और उनके ठहाकों से घर गूंजता रहता। वो सभी की बड़ी प्यारी सहेली और लाड़ली थीं।

जहाँ रंजू मौसी बड़ी मिलनसार और सबसे मिलकर चलने वाली थीं, वहीं उनसे बड़ी बहन जिन्हें हम अंजू मौसी कहा करते थे, थोड़ी तेज़ और कुंठित स्वभाव की लगती थीं। अंजू मौसी के नखरों से उनकी भाभी परेशान हो जाती, लेकिन रंजू मौसी भाभी के साथ बड़े प्यार से मिलकर रहती। उनसे हँसी ठिठोली करती रहती और जरूरत पड़ने पर, उन्हें अंजू मौसी और नानी (अंजू मौसी की माँ और मामी की सास) से बचाती भी।

लम्बी, पतली रंजू मौसी अकसर प्रिंटेड टाइट कुर्ते, सफ़ेद चूड़ीदार और सफ़ेद ही दुपट्टा पहनती। उनको देखकर सिने-तारिका शर्मिला टैगोर का ध्यान आता। कभी-कभी वो मामी की सिल्क की साड़ियाँ भी पहनतीं। उनके सुंदर फिगर और उनके नाभि-दर्शना साड़ियाँ बाँधने के आकर्षक अंदाज़ के कारण कई नौजवान भँवरे उनके आसपास मंडराते।

हमें अपनी रंजू मौसी बहुत अच्छी लगती। वो बहुत अच्छी पेंटिंग करती और चटपटे पंजाबी गाने सुनाती। उनकी बनायी पेंटिंग्स, अभी तक मेरे मन में बसी हुई हैं। कहीं कमल के फूल पर बैठी अनावृत्त जलपरी, तो कहीं सीधे ऑयल ट्यूब से बनाया गुलाबी और लाल गुलाब का फूल। उनकी ग्रे और ब्लैक फिगर पेंटिंग्स भी मुझे अब तक याद है। बड़े मस्ती भरे दिन थे। हम लोग स्कूल से आते और फिर मौसी से खेलते। मौसी मुझे "कोयल" कहती, क्योंकि मैं कोयल की तान के साथ सीटी बजाती थी।

कॉलोनी में पापा के एक दूसरे मित्र भी बन गये थे। उनकी बहन को हम गौरी मौसी कहने लगे थे। गौरी मौसी का परिवार उदार वादी आधुनिक सामाजिक मान्यताओं का पक्षधर था। उन दिनों समाज में पारंपरिक रूप से प्रचलित कठोर प्रतिबंध, गौरी मौसी के परिवार में, लड़कियों पर लागू नहीं थे। गौरी मौसी तो कॉलोनी में कभी म्युजिकल चेयर खेलती तो कभी खो-खो खेलती नज़र आतीं और उसमें कालोनी के बहुत से भैया-भाभी, यानी स्त्री-

पुरुष, सभी शामिल होते। लिंग आधारित कोई भेदभाव नहीं होता था। गौरी मौसी पढ़ने में भी बहुत तीक्ष्ण बुद्धि थीं। बाद में पता चला था कि गौरी मौसी आई.ए.एस. बन गई थीं। उनके प्रगतिशील विचारों वाले माता-पिता और घर के स्वतंत्र माहौल के कारण ही यह संभव हो सका था।

इसके ठीक उलट, नानीजी (रंजू मौसी की माँ) रूढ़िगत परंपरावादी और कठोर अनुशासनप्रिय थी। एक बार जोश-जोश में रंजू मौसी भी उन भैया-भाभियों के साथ खो-खो खेलने लगी। खेल के समय तो वो बहुत ख़ुश रहीं, लेकिन जैसे ही अंदर आयी, नानी जी से पड़ी एक ज़ोरदार डाँट,

"बेशरम! मर्दों के साथ खेलते तुझे शरम नहीं आती?"

डाँट पड़ते ही मौसी की रुलाई फूट पड़ी। मौसी बहुत देर तक आठ-आठ आँसू रोती रही। उनकी सारी मस्ती छन गयी और आँखें अगले दिन तक लाल-लाल रही। बच्चों को डाँटने को लेकर, कभी-कभी नानाजी-नानीजी के बीच, तेज़ आवाज़ों में कहा-सुनी भी हो जाती थी। तब पूरा घर सहम जाता। अगर हम वहाँ होते तो हम बच्चे और रंजू मौसी, एक कोने में दुबककर बैठे रहते। उस समय मैं चौथी में थी। मेरा भोला गोल चेहरा और बड़ी-बड़ी आँखें देखकर सब मुझे बुद्धू-बुद्धू चिढ़ाते। तब मैं खिसियाकर मौसी के पीछे छिप जाती थी।

****

अंजू मौसी के साँवले, दबते रंग के कारण, उस समय शादी के लिये, कोई उन्हें पसंद नहीं करता था और इसी कारण वह बड़ी कुंठित और चिड़चिड़ी सी रहतीं। इसके विपरीत, रंजू मौसी को लोग अकसर पसंद कर लेते। अंजू मौसी को देखने आये लोग, रंजू मौसी को पसंद कर जाते। इसलिये, अगर कोई लड़के वाला देखने आ रहा हो, तो रंजू मौसी को अंदर छुपा दिया जाता।

माँ-बाप की बढ़ती उम्र और दो-दो बहनों की शादी की ज़िम्मेदारी अपने कंधों पर होने की जवाबदारी समझने वाले मामा-मामी, हमेशा अच्छे

लड़कों की तलाश में लगे रहते थे। इसी बीच उन्हें एक लड़के, प्रदीप का पता चला, जो फ़िलहाल उसी शहर में अकेला रहता था। उसके माता-पिता के बारे में यह पता लगा था कि वे भी कुछ ही दूर स्थित एक छोटे शहर में रहते थे।

मामा-मामी, लड़का देखने गये, तो वह अंजू मौसी से एक साल छोटा निकला। लेकिन था बेहद हैंडसम और स्मार्ट। उसने अपने घर में, नये डिज़ाइन के सोफ़े के साथ में बड़ा सा म्युज़िक सिस्टम रखा हुआ था, जो उन दिनों बहुत ही समृद्ध रहन-सहन की निशानी माना जाता था। लड़का था सामान्य कद का, लेकिन बेहद गोरा था। तीखी नाक और चौकोर चेहरा। पतले-पतले होंठों के ऊपर काली मूँछें। आवाज भी भारी, कुछ-कुछ उस ज़माने के मशहूर गायक किशोर कुमार के जैसी। लड़के का स्टाइल और रहन-सहन देखकर मामा-मामी बहुत प्रभावित हो गये।

दबते रंग के कारण अंजू मौसी को, पहले भी कोई पसंद नहीं कर रहा था और प्रदीप द्वारा पसंद किये जाने का चांस, तो न के बराबर था। घर में बहुत सोच-विचार के बाद मामा-मामी, रंजू मौसी को प्रदीप से मिलाने के लिए, घूमने के बहाने से पास के एक पार्क में ले गये। पार्क में घूमते हुए, प्रदीप ने पहली बार रंजू को देखा। नाभि-दर्शना ग्रीन सिल्क की साड़ी में, जिस पर पान के पत्ते के आकार के रुपहले बूटे बने थे, वो बहुत सुंदर लग रही थी। प्रदीप एक झलक देखते ही उस सुंदर लड़की पर मुग्ध सा नज़र आया।

इक्कीस साल की कुँआरी लड़की रंजू भी, पहली नजर में ही प्रदीप पर मोहित हो गयी। जैसे उसके दिल के किसी कोने में बसा, सपनों का राजकुमार, उसे मिल गया हो। उसकी बड़ी-बड़ी आँखों में, प्रदीप के लिये अद्भुत मोह का भाव छलक आया था। ये उन दोनों के नज़रिये से, पहली ही नज़र में हो जाने वाला प्यार कहा जा सकता था।

मामा-मामी की अनुभवी आँखों ने, दोनों के मनोभाव को फ़ौरन ही ताड़ लिया। वे समझ गये कि प्रदीप के दिल की नैया, रंजू के नैनों के गहरे सागर के भँवर में फँस गई है। उन्हें विश्वास हो गया कि रंजू के रिश्ते की बात वहाँ निश्चित रूप से सफल रहेगी।

उसके बाद भी, मामा-मामी ने अंजू और रंजू मौसी के लिये कुछ दूसरे लड़के और भी देखे। उनमें से एक लड़का, एक सरकारी विभाग में सहायक अभियंता था, लेकिन उसका रंग लगभग काला और उम्र तीस साल के आसपास थी। लेकिन उसने भी अंजू मौसी के लिये तो मना ही कर दिया। मामा-मामी थोड़े निराश तो हुए, लेकिन फिर ख़ुद को ये दिलासा दे लिया कि और किसी अच्छी जगह बात हो सकती है। रंजू मौसी के लिये तो वह उम्र के लिहाज़ से मामा-मामी को नहीं जम रहा था, फिर भी उसे ख़ारिज नहीं किया था।

****

वैसे तो प्रदीप एम.आर. की प्रायवेट नौकरी ही करता था, लेकिन वह बहुत हैंडसम दिखाई देता था। मामा-मामी को यह अंदेशा था कि कहीं अंजू की बात पक्की होने की राह तकते-तकते, प्रदीप हाथ से न निकल जाये। एक रात को मामी ने मौसी से हँसी-हँसी में छेड़खानी करते हुए पूछ ही लिया,

"रंजू बीबी जी! आपको कौन सा लड़का पसंद है? वो कल्लू इंजीनियर या पार्क वाला छैला? हमें बताइये तो।"

उस समय तो रंजू मौसी कुछ नहीं बोली, शरमा कर दूसरे कमरे में चली गईं, लेकिन रात को सोने जाने से पहले मामी के कानों में फुसफुसा गई कि,

"भाभी! मुझे वो पार्क वाला छैला पसंद आया है।"

मामी ने, अपनी इस छोटी प्यारी सी ननद को गले लगा कर आश्वस्त किया कि भले ही इंजीनियर लड़का, शिक्षा और पद के हिसाब से बेहतर हो, लेकिन शादी के मामले में लड़की को कौन सा लड़का पसंद है, इस बात का ध्यान रखा जाएगा।

अगले दिन प्रदीप को फ़ोन करके, मामा ने इस मामले में उसकी अंतिम सहमति के बारे में पूछा। वो तो पहली नज़र में ही रंजू पर मोहित हो चुका था। उसने बड़ी शालीनता से मामा से कहा,

"भाई-साहब! मुझे तो कोई आपत्ति नहीं है। लेकिन, आपको मेरे माता-पिता और घर के अन्य बड़े लोगों से बात करनी होगी। वे ही अंतिम निर्णय सूचित करेंगे।"

उस समय तो डाक की चिट्ठियों के मार्फ़त ही बातचीत आगे बढ़ती थी। अमूमन, लड़के के माता-पिता और अन्य सगे-संबंधी लड़की को औपचारिक रूप से देखने के लिये लड़के के साथ ही आते थे। लेकिन शायद प्रदीप ने अपने माता-पिता को पहले ही लड़की पसंद आ जाने की सूचना देकर बात पक्की करने का संकेत दे दिया होगा, तभी तो चिट्ठियों के आदान-प्रदान से आरंभिक बात तय होने के एक हफ़्ते के अंदर ही प्रदीप के पिता और छोटे भाई–बहन सगाई के लिये आ गये। प्रदीप की माँ का साथ न आना कुछ अजीब तो लगा, लेकिन जब लड़के के पिता स्वयं आये हों, तो सगाई के लिये भला मना कैसे किया जाता?

सगाई के लिये तैयार करते हुए मामी ने, मौसी को अपनी ज़री वाली फीरोज़ी साड़ी पहनायी और उनके लम्बे बालों का ढीला सा जूड़ा बना दिया। बालों की एक लट झूलकर कर, कंधे पर लटक रही थी। फीरोज़ी साड़ी और हल्की गुलाबी लिपस्टिक में मौसी, परी सी लग रही थी। आज भी, मुझे उनका वो शर्मीला चेहरा और मुग्ध भाव वाली नजर याद है। क्रीम पैंट-शर्ट में सजे प्रदीप मौसाजी, किसी हीरो से कम नहीं लग रहे थे।

****

अब रंजू मौसी के दिन रूमानी और रातें रोमांटिक होती चली गयी। अकसर नीले लिफाफे में मौसाजी की ख़ुशबूदार चिट्ठियाँ आती। क़रीने से बंद किया हलका नीला लिफाफा और रंगीन कलर पैड पर लिखी चिट्ठियाँ। मौसी कभी आँगन के कोने में, कभी मोगरे के पेड़ के नीचे और कभी बाथ रूम में छुपकर चिट्ठियाँ पढ़ती मिलतीं। हँसती खेलती मौसी के चेहरे पर अद्भुत निखार आ गया था।

कभी-कभी मौसाजी, मौसीजी से मिलने आते। पास के पार्क में घूमते हुए वो प्रेमी युगल भविष्य के सपनों में खो सा जाता। हम बच्चों को पहरेदार

के रूप में, उनके आसपास मंडराते रहने की समझाइश देकर, उनके पीछे लगा दिया जाता, कि देखो मौसी-मौसाजी कहीं अकेले न जायें, तुम पूरे समय साथ में रहना। लेकिन मौसाजी हमें कहीं चाट-पकौड़े या आइसक्रीम खिला कर पटा लेते। इधर हम खा-पीकर अपने खेलकूद में मस्त हो जाते थे और मौसाजी, कब मौसी को लेकर, इधर-उधर उड़ जाते, पता ही नहीं चल पाता था। लौटते समय ज़रूर हम उनके साथ ही आते, लेकिन डरते-डरते कि अगर कहीं हमारी ग़लती पकड़ी गई तो घर पहुँचते ही डाँट बहुत पड़ेगी। कभी-कभी मौसाजी दबी-दबी आवाज़ में रंजू मौसी को रोमांटिक गानों की लाइनें भी सुनाते, जो हमें उस उम्र में ज़्यादा समझ में नहीं आती थीं।

****

लगभग अक्टूबर के महीने में, शादी की तारीख तय करने के लिये, मामा-मामी प्रदीप मौसाजी के माता-पिता से मिलने, उनके छोटे से कस्बेनुमा शहर पहुँचे थे। बाहर से देखने में तो हवेली बहुत बड़ी थी, लेकिन अचानक पहुँचे लड़की के भाई-भाभी का स्वागत करने के लिये, वहाँ कोई इंतज़ाम नहीं था। बड़ा सा, लेकिन अंधेरा ड्रॉइंग रूम, जिसके एक कोने में, पलँग पर एक कम उम्र की बच्ची बैठी हुई थी। चेचक के गहरे दाग़ों से भरे कुरूप चेहरे पर, निर्जीव सफ़ेद आँखें, उस बच्ची के अंधत्व का प्रमाण दे रही थीं।

मौसाजी के पिताजी, किसी काम से, बाहर कहीं गये हुए थे। दरवाज़े पर दस्तक की आवाज़ और मेहमानों की आहट सुनकर, माँग में पीला सिंदूर भरे, साँवले और छोटे कद की एक गँवार सी महिला, आटे से सने हाथों में, बाहर निकलकर आयी। उसी के पीछे-पीछे, माँ-माँ पुकारता, उसका दस-बारह वर्षीय बेटा, दौड़ता आया। उसकी हरकतें देखकर कोई भी समझ सकता था कि वो दिमाग से कमज़ोर, विक्षिप्त सा है। वह महिला मौसाजी की माँ थी। उन्होंने ही यह बात बताई कि कमरे के अंधेरे कोने में बैठी वह बच्ची, होने वाले मौसाजी की सबसे छोटी बहन थी, जो बचपन में देवी जी के प्रकोप से चेचक की गंभीर बीमारी से ग्रस्त हो गई थी।

होनेवाले बहनोई की माँ और ऐसे बहन-भाई से मिलकर, मामा-मामी सकते में आ गये, क्योंकि सगाई करने आए मौसाजी के पिताजी और भाई-बहन तो उन्हें सुंदर, स्मार्ट और गोरे रंग के ही याद थे। दुनियादारी में होशियार मौसाजी के पिताजी, उस समय अपने साथ, केवल अपने अच्छे और सुंदर दिखाई देनेवाले बच्चों को ही लेकर आये थे। माँ के बारे में ज़रूर कोई ज़बरदस्त बहाना बनाया होगा और पीछे के इन दो असामान्य से बच्चों का तो उन्होंने कोई जिक्र तक नहीं किया था। बहरहाल, इतना तो साफ़ हो गया कि मौसाजी, रंग-रूप में अपने पिता पर गये थे।

उनके घर के ही दो कमरों में प्रिंटिंग प्रेस चलती थी, जो शायद घर ख़र्च चलाने का एकमात्र साधन थी। पुराना बिस्तर और फटे सोफ़े उनकी तँगहाली की कहानी कह रहे थे। टूटे किनारों के प्यालों में, बहुत मीठी चाय और चीनी मिट्टी की छोटी सी प्लेट में, थोड़ा सा नमकीन। बस, इतनी ही मेहमान नवाज़ी की गई थी, होने वाली बहू के भाई-भाभी की। उस वक़्त मामी की आँखों में घूम रहे थे, पिछली बार शहर में देखा हुआ मौसाजी का किराये का आधुनिक फ्लैट और अलमारी में सजी क्रॉकरी। प्रदीप मौसाजी की माताजी और इन दो भाई-बहनों से पहली बार मिलकर एवं उनके पैतृक घर की वास्तविक हालत देखकर, मामा-मामी को, एकदम से धक्का सा लगा था।

मौसाजी के बताये अनुसार, उनके पिता पुराने जमींदार थे और उनका छोटा सा तीन भाई बहनों का परिवार था। छोटी बहन हाईस्कूल में और छोटा भाई बी.एस.सी. में पढ़ता था। इस अंधी बहन नयना या दिमागी तौर पर कमज़ोर भाई का तो उन्होंने भी कहीं कोई जिक्र ही नहीं किया था। कितनी चालाकी से हक़ीक़त छुपाई गई थी। ऐसा फ़रेब! इतना बड़ा झूठ!

लेकिन छिपाई गई सच्चाई से वाकिफ़ होने और उनकी छोटी लाड़ली बहन को ऐसा ससुराल मिलने वाला है, इस बात के उजागर होने पर, मामा-मामी तो झटका सा खा गए। उन्होंने आपस में यही तय किया कि अपनी बहन

को इस कचरे में नहीं ढकेल सकते हैं और वे ये शादी हरगिज़ नहीं होने देंगे। मामा-मामी उलटे पैर वापस आ गये।

****

इधर रूमानी सपनों में डूबी रंजू मौसी ने, जब मामा-मामी के उतरे चेहरे देखे, तो उनका दिल धक्क से रह गया। क्या समस्या हो गयी? क्या शादी की तारीख नहीं निकली? थके हुए मामा-मामी, पहले नाना-नानी के कमरे में गये और उन्हें सब हाल कह सुनाया। फिर, बेबात की अपराधी सी रंजू मौसी को कमरे में बुलाया गया। नीची निगाह किये, मौसी मौन खड़ी रही और उनसे कहा गया कि

"इस घर में हम तुम्हारी शादी नहीं कर सकते। जीते जी हम तुम्हें उस नरक में नहीं झोंक सकते।"

यह सुनते ही, मौसी की आँखों से, बरबस आँसू छलक पड़े। काटो तो खून नहीं। पहला प्यार, सपनों जैसा रूमानी हमसफ़र, वो नजरें, वो वादियाँ। क्या सब झूठ है? उसके मन में जो अथाह प्यार का सागर हिलोरें ले रहा है, क्या वो भी सिर्फ़ एक छलावा है? मुँह में पल्ला दबा कर, वो दौड़ती हुई अपने कमरे में आ गयी और फूट-फूटकर रोने लगी। इन्हीं भैया-भाभी ने तो सपनों की दुनिया दिखायी थी और वही अब इसे तोड़ रहे हैं।

रात को दस बजे, जब मामी ने जाकर उसके सिर पर हाथ फेरा, तो रंजू मौसी हिचकी लेकर रोने लगी।

"भाभी! मैं उनके बिना नहीं रह पाऊँगी।"

मामी ने कसकर उसको गले लगा लिया और समझाते हुए बोलीं,

"रंजू बीबी! उस घर में बहुत कठिन परिस्थितियों में तुम्हारा जीवन बीतेगा। किसी के माँ-बाप कितने दिन के? उनके जाने के बाद उस अंधी ननद और विक्षिप्त देवर का बोझ तुम्हारे कंधों पर होगा। प्रदीप देखने और बोलने में, कितना ही अच्छा सही, लेकिन उसने हमें ये हक़ीक़त कभी नहीं

बताई, बल्कि हमसे छिपाने की हर मुमकिन कोशिश की है। असलियत तो ये है कि इस रिश्ते की बुनियाद झूठ और फ़रेब पर ही टिकी है।"

"लेकिन भाभी! मुझे तो अब हर तरफ़ वो ही दिखाई देते हैं। मैं क्या करूँ?"

"आख़िर माँ-बाप और भैया-भाभी भी तो आपके अपने ही हैं। आपका बुरा थोड़े ही चाहेंगे!"

"मैं आपकी हर बात मानती हूँ भाभी। लेकिन... "

"ऐसे मामलों में, सिर्फ़ दिल की ही नहीं, कुछ दिमाग़ की भी सुननी चाहिये बीबी जी!"

"लेकिन भाभी! पिछली चंद मुलाकातों में हम एक-दूसरे के काफ़ी नज़दीक़ आ गये हैं। मुझे लगता है कि..."

"काफ़ी नज़दीक़ आ गये हैं...क्या मतलब है आपका? आप जानती हैं, भैया या बाऊजी-बऊआ सुनेंगे तो कितना गुस्सा होंगे?"

"भाभी! प्लीज़, मेरी बातों का ग़लत अर्थ मत निकालिये। मैं तो सिर्फ़ ये बताना चाहती हूँ कि प्रदीप मुझे हर तरह से स्वीकार है। हर रूप में स्वीकार है।"

कुछ दिनों तक इस बात को लेकर घर में काफ़ी खींचतान चलती रही कि रंजू और प्रदीप की सगाई के कच्चे रिश्ते को शादी के पक्के रिश्ते में बदला जाए अथवा नहीं या ये सगाई ही तोड़ दी जाये? लेकिन, लड़की की एक बार सगाई टूटने के बाद कौन जाने लड़की का भविष्य कैसा होगा? कोई उसे ब्याहने को तैयार होगा भी कि नहीं? भाग्य का खेल निराला होता है। आख़िर को होना तो वही था, जैसा ईश्वर ने रच रखा था। उस समय अंतिम निर्णय को ईश्वर की इच्छा पर छोड़ देने के अलावा चारा भी क्या था?

****

उधर, रंजू मौसी की सगाई होने के बाद से ही अंजू मौसी के लिये भी रिश्तों की खोज में तेज़ी आ गयी थी। शायद ईश्वर के घर, देर है अंधेर नहीं। भाग्य से जल्दी ही, अंजू मौसी के लिये भी एक निम्न मध्यम वर्गीय परिवार से, अच्छे उजले रंग का, गोरा लेकिन बेहद सीधा-साधा वर मिल गया। बचपन में हुए पोलियो के कारण सतीश के एक पैर में हमेशा के लिये हलकी लचक सी आ गई थी, इस कारण शायद उन्हें भी और अच्छी लड़कियाँ नहीं मिल रही होंगी।

रही बात रंजू मौसी की, तो उनको तो उनकी पसंद का राजकुमार प्रदीप मिल ही गया था। वे तो उसी से शादी के लिये तत्पर थीं। घरवालों ने दिल से न चाहते हुए भी रंजू मौसी की इच्छा को ही महत्व दिया।

और फिर, दो-चार महीने बीतते न बीतते, देखते ही देखते, एक ही दिन के अंतराल से, दोनों मौसियों की शादी, एक साथ हो गयी।

अंजू मौसी-सतीश मौसाजी में, सारा जीवन बड़ा प्यार रहा। सतीश मौसाजी सरकारी नौकरी में थे, अत: उनका वैवाहिक जीवन बड़ा सुखमय रहा। दो प्यारे-प्यारे बेटों और एक बेटी के साथ अंजू मौसी ने, सदा रानी की तरह ज़िंदगी गुज़ारी।

****

शादी के समय से ही सतीश मौसाजी के सीधेपन और प्रदीप मौसाजी के घरवालों के नख़रीले और अड़ियल स्वभाव के दर्शन होने लगे थे, क्योंकि उन्हीं के अड़ियल रवैये के कारण, दोनों मौसियों की शादी एक ही दिन के अंतर से करनी पड़ी थी।

जब शादी का मुहूर्त निकलवा कर लड़केवालों ने सूचित किया तो पता चला कि सतीश मौसाजी के घरवालों ने एक तारीख दी और प्रदीप मौसाजी के घरवालों ने उसके ठीक एक दिन बाद का ही मुहूर्त सूचित कर दिया था।

बड़ी विकट समस्या हो गई। एक ही दिन के अंतर से दोनों शादियाँ भला कैसे की जा सकती थीं? चूँकि सतीश मौसाजी के घरवालों की ओर से

सूचना पहले दी गई थी और होनेवाले रिश्तों में वे बड़ी बहन के दूल्हा बनने वाले थे, इसलिये वरिष्ठता का निर्वाह करते हुए, प्रदीप मौसाजी के घरवालों को पूरी बात बताकर निवेदन किया गया कि दो बारातों की एकसाथ ख़ातिरदारी के लिये, संतोषजनक उचित प्रबंध करने में बहुत कठिनाइयाँ आने का अंदेशा है, इसलिये मेहरबानी करके, वे या तो एक दिन पहले की शादी के लिये मान जायें या फिर कुछ दिनों बाद की तारीख़ निकलवा लें। इस बात के लिये उनको मनाने की बहुतेरी कोशिशें की गईं। लेकिन वे, दोनों ही तरीके से राज़ी नहीं हुए, अपनी ही बात मनवाने पर अड़े रहे।

उस समय और कमोबेश आज भी लड़की की शादी, हमेशा से ही ऐसा नाजुक मामला रहा है कि एक बार बात तय हो जाने पर लड़कीवाले, लड़केवालों की बातें मानने के लिये लगभग बाध्य से ही हो जाते है। इस मामले में भी यही स्थिति बनी। हर तरह से कोशिश कर के देखा गया, लेकिन जब बात नहीं बनी तो हारकर, मामा-मामी ने जैसे भी बन पड़ेगा, करेंगे, यह सोचकर तैयारियाँ चालू कर दीं।

प्रदीप मौसाजी के घरवालों से प्राप्त सूचना के अनुसार, वे लोग बारात बस से लाने वाले थे और उनका कार्यक्रम सुबह 11-12 बजे, उनके घर से रवाना होकर, 3-4 के बीच जनवासे पहुँचने का था और सतीश मौसाजी की बारात, दोपहर तीन बजे तक लौट जाने की पूरी संभावना थी। इसलिये दो बारातों को ठहराने पर होने वाले अनावश्यक खर्चों को नियंत्रित रखने की ग़रज़ से, दोनों बारातों के लिये, जनवासे का एक ही स्थान नियत किया गया।

****

अंजू मौसी की शादी में, अगले ही दिन दुल्हन बनने वाली रंजू मौसी भी, बौराई सी दौड़-दौड़कर काम करती रही। मामी के बसंती रंग के लहँगे और ब्लैक सितारे जड़े ब्लाऊज में, वो बहुत सुंदर लग रही थी। बड़ी दीदी के विवाह का उत्साह और नये-नये जीजाजी से छेड़छाड़। बीच-बीच में, अगले दिन होने वाले, ख़ुद के विवाह का ख़याल आते ही वो स्वयं भी रोमांचित हो जाती।

रात भर अंजू मौसी की शादी में जागे हुए घरवालों को, दिन में बारह बजे ये ध्यान आया कि रंजू को भी हल्दी-तेल चढ़ना है। मेंहदी तो दोनों बहनों को, एक साथ ही लगा दी गयी थी। जब अंजू मौसी का जनवासे में ससुराल-पक्ष की ओर से सब नेगचार चल रहा था, मामियाँ गुलाबी साड़ी पहने अपनी लाड़ली रंजू ननद को हल्दी चढ़ा रही थी। न विवाह के गीत, न पारंपरिक उत्सव सा माहौल। बस एक हड़बड़ी सी। एक बारात विदा होनी थी, और दूसरी दरवाज़े पर आनी थी।

बारात तो बारात ही होती है। सतीश मौसाजी की बारात ने, वापसी में बहुत देर कर दी और वे लोग पहले से सोचे गये निर्धारित समय, तीन बजे तक रवाना नहीं हो पाये। क्योंकि, कुछ बाराती आसपास के दर्शनीय स्थलों को देखने निकल पड़े थे और समय से नहीं लौटे थे। घर आये बारातियों से कुछ कहना भी संभव नहीं था। उधर अनुभव की कमी और अल्हड़ मन की भावनाओं से लबरेज़, अंजू मौसी का मन ख़ुश हो रहा था कि और थोड़ी देर हो जाये तो वह रंजू की बारात भी देख लेगी। न जाने, उसके बाद अब बहनों का मिलना कब हो?

****

प्रदीप मौसाजी की बारात को भी पहुँचने में थोड़ा विलम्ब हुआ और वे लोग साढ़े तीन-पौने चार बजे के बाद ही पहुँचे, लेकिन तब तक भी, सतीश मौसाजी की बारात जनवासे में ही थी।

इस बात का पता चलते ही प्रदीप मौसाजी के साथ आये बारातियों ने अड़ियल रुख दिखाते हुए अपनी बस से उतरने से मना कर दिया और ये बहाना बनाकर बारात लौटा ले जाने की धमकी तक दे डाली कि जब जनवासे आई बारात को ठीक तरीके से रुकवाने का इंतज़ाम तक नहीं कर पाये हो तो तुम्हारी लड़की को बहू बनाकर ले जाने के बाद तो पता नहीं लड़की के ससुरालवालों को और क्या-क्या झेलना पड़े?

दुल्हन की तरफ़ के बड़े-बूढ़ों के बहुत बार अनसोची ग़लती के लिये माफ़ी माँगने और आश्वस्त करने पर कि जल्दी से जल्दी सारी व्यवस्था उनकी

अपेक्षाओं के अनुकूल कर दी जाएगी, बड़ी मुश्किल से वे लोग रुकने को इस शर्त पर तैयार हुए कि जब तक पहली बारात विदा होकर जनवासा साफ़ नहीं हो जाता, हम बस से नीचे क़दम नहीं रखेंगे और अगर एक घंटे के भीतर सब कुछ ठीक नहीं हुआ, तो बारातियों समेत बस ऐसे ही लौट जाएगी। उनका कहना था कि,

"आपके घर की आखिरी शादी होगी, हमारी तो पहली है।"

ज्यों-त्यों उन्हें मनाकर, एक ओर बस में ही उनके स्वागतार्थ तैयार चाय-नाश्ता, कोल्ड्रिंक्स वगैरह सर्व कराया जा रहा था और दूसरी ओर रोती सुबकती, भाइयों के गले लगती अंजू मौसी की विदा हो रही थी। छोटी बहन की बारात देखने का अरमान, उनके दिल में ही रह गया।

किसी तरह पाँच-सवा पाँच बजे तक, प्रदीप मौसाजी की बारात में आये सभी बारातियों को उनके अनुरूप साफ़ सुथरे कमरों में पहुँचाने की व्यवस्था की जा सकी।

****

बेचारी रंजू मौसी! आठ बजे से नारंगी रंग की झिलमिल साड़ी में सजी-सँवरी, सिर पर बड़ा सा जूड़ा बनाये, नाक में जड़ाऊ नथ और दूसरे जेवरों से लदी, बारात के इंतज़ार में घंटों बैठी रहीं। रात दस बजे के बाद जाकर बारात दरवाज़े पर लगी। दूल्हे के कार से उतरने के बाद, नीला सूट पहने छोटे भतीजे ने मौसाजी के पाँव पखारे। और भी कई तरह की रस्में निभाई जाती रहीं। बच्चों ने भी उछल-उछल कर तरह-तरह के मस्ती भरे गाने गाये। बच्चों को इस बात से क्या मतलब कि किसकी शादी है, कौन सी रस्में हो रही हैं? उनके लिए तो शादी मतलब नाच-गाना, खाना-पीना, बैंड-बाजा, धूम-धड़ाका और ख़ूब मौज-मस्ती।

शादी की सारी रस्में समाप्त होने के बाद, सुबह चार बजे, माँग में पीला सिंदूर भरे, रंजू मौसी भी विदा हो गयी। जनवासे में, साथ में सोने के लिये छोटे भतीजे को भेजा गया। बुआ के पास सोये भतीजे की जब आँख खुली तो वो

सोफ़े पर अकेला सोया हुआ था। कब नये फूफाजी ने उसको सोते हुए, बिस्तर से उठाकर, सोफ़े पर लिटा दिया था, उसे पता ही नहीं चला।

ससुराल की पीली लाल बॉर्डर वाली बनारसी साड़ी और माँग में उससे भी पीला सिंदूर भरे जब सुबह-सुबह रंजू मौसी बारात के साथ रवाना हुईं तो हम देर तक बस को देखकर हाथ हिलाते रहे। उनका घर जैसे खाली हो गया था। एकदम सूना। जो घर, उन दोनों बहनों की चहक से हमेशा गुलज़ार रहता था, आज उसी घर में एक ख़ामोशी पसरी हुई थी। उनके सब भाई-भाभी कटे पेड़ की तरह इधर-उधर पड़े सो रहे थे। दो-दो शादियों को एक साथ निपटाना क्या मजाक था और वो भी इतने कम समय में?

शादियों के कुछ दिन पहले तो लगता था जैसे घर में कोई तूफ़ान सा आ गया हो। घर के हर कमरे, हर कोने में ज़ोर-शोर से तैयारी की जा रही थी। बुआएँ, भाभियाँ और घर की दूसरी महिलाएँ, थकान को भूलकर, तरह-तरह की कढ़ाई और पेंटिंग करती हुई चादर, गिलाफ़, मेज़पोश वगैरह तैयार कर रही थीं। बच्चों-बड़ों सबके कपड़ों की सिलाई-बुनाई चल रही थी। हलवाई, टेंट जैसे दुनिया भर के अनेक छोटे-बड़े काम लगे हुए थे। अंजू और रंजू मौसी के लिये भाभियों ने बड़े प्यार से अपने-अपने गहने निकाल कर दिये थे। आह! सब चला गया।

ये जानते हुए भी कि बेटियाँ पराया धन होती हैं और एक न एक दिन उनको डोली में बैठाकर विदा कर देना ही जगत की रीत है, नानी को दो-दो बेटियों की एक साथ बिदा करने से बहुत झटका लगा। दो बेटियों की एक साथ हुई बिदाई, उनका दिल चीर के रख गई थी। साठ के पार की उम्र की नानी या तो बैठे-बैठे रोती रहती या बेवजह बहुओं और नानाजी पर चिल्लाती रहतीं।

****

जब एक महीने बाद रंजू मौसी विदा होकर आयी, तो सब उनको देखते रह गये। जहाँ पन्द्रह दिनों में अंजू मौसी लाल गुलाब सी खिली पड़ रही थी, वही रंजू मौसी की बड़ी-बड़ी आँखों के नीचे काले साये आ गये थे।

पीला पड़ा चेहरा, माँग में पीला सिंदूर और पीली सितारों वाली सस्ती सी जॉर्जेट की साड़ी। शादी के पहले वाली मॉडर्न मौसी और इस मौसी में आये इस अंतर से सभी स्तब्ध रह गये। मौसी चुप सी हो गयी थी या तो वो थकी-माँदी सी सो जाती या नानी से धीरे-धीरे कुछ बात करती हुई रोती रहती। अपनी लाड़ली बेटी का ये हाल देखकर नानी को सदमा सा लग गया।

रात में, उनकी नानाजी से भी खूब कहा सुनी क्या, लड़ाई ही हुई थी। अच्छे घर में शादी न करने का पूरा दोष उन्होंने नानाजी पर थोप दिया। सोती हुई रंजू मौसी, उनकी तेज़ आवाज़ से जागी और दौड़ती हुई माँ के पास जाने लगी तो किसी चीज से टकराकर गिर पड़ी और उनके निचले होंठ से खून की धार बहने लगी। वो रात बड़ी मुश्किल से कटी थी।

सुबह मामी, कुर्सी पर बैठी नानी के लिये चाय लेकर गयी तो नानी का सिर एक तरफ लुढ़क गया और मुँह से धों-धों करती अजीब सी आवाज़ निकलने लगी। नानी को पक्षाघात (लकवा) का दौरा पड़ा था। उनके शरीर का पूरा दायाँ हिस्सा निर्जीव हो गया था। कई दिन मेडिकल कॉलेज में भर्ती रहने के बाद जब वो घर आई थी तो काफ़ी समय तक निरीह प्राणी सी बिस्तर पर पड़ी रही थी। मल-मूत्र का निस्तार, सब कुछ बिस्तर पर।

मामा-मामी ने उनकी बड़ी सेवा की। लेकिन वो साल परिवार के लिये हर तरीके से बड़ा कठिन निकला। दो-दो बहनों की शादी के बाद की आर्थिक दिक्कतें और बिस्तर पर पड़ी लाचार नानी। कभी खीझकर वो अपनी यूरेटर ट्यूब निकाल देती और कभी पीली-पीली टट्टी से नाखून भर लेती। धन्य हैं मामा-मामी, जो उनकी ट्यूब फिर से लगाते और उनकी सफ़ाई करते हुए, रात-दिन उनकी सेवा करते रहे। उनके लिये, वे बड़े ही कष्ट भरे दिन थे।

****

इसी बीच में शादी के नौ महीने बाद ही रंजू मौसी ने एक गुलाब की पँखुरी सी बेटी को जन्म दिया। मामा-मामी उसका छूछक(Gifts on child birth) का समान लेकर गये थे। मामी ने मम्मी को छूछक में ले जाने के लिये बनाये घर भर के सदस्यों के कपड़े, नन्हीं बच्ची के रंग-बिरंगे स्वेटर, झबले

और चांदी के कटोरी, चम्मच आदि दिखाये थे। रात-रात भर जागकर मामी ने बहुत सारी चीज़ें घर में बनाई थीं, जिन्हें लेकर वे रंजू मौसी के ससुराल गयी थीं। लौटकर मामी, मम्मी को बता रही थीं कि शादी के बाद उन्होंने तब पहली बार रंजू मौसी को मुसकुराते देखा था।

****

उसी साल पैरों में गैंगरीन और धों-धों करती आवाज के साथ, अपलक कृष्ण कन्हैया की तस्वीर को देखती नानी, इस नश्वर संसार से बिदा हो गयी। जैसा कि आम तौर पर ऐसे मौकों पर होता ही है, नज़दीकी वारिसों में मृतक की धन-संपदा को लेकर खींचतान या विवाद की स्थिति बन ही जाती है, जो कई बार अंदरूनी साज़िश का रूप अख़्तियार कर लेती है।

नानी की मृत्यु पर, एक बार सभी भाई-बहन फिर इकट्ठा हुए। जहाँ मामा-मामी, नानी की दुःखद मृत्यु से बेहद दुखी थे, वहीं नानी के अंतिम संस्कार के बाद, तीसरे दिन जब उनका गहनों का बक्सा खोला गया, तो उसमें एक भी गहना नहीं था। सभी सगे भैया-भाभी मिलकर उस भाई-भाभी पर चढ़ बैठे, जिनके पास माँ रहती थी और जो बेचारे उनकी मृत्यु से पहले, इतने लम्बे समय तक, उनकी सेवा करते आ रहे थे। शेष सभी भाइयों का एक ही सवाल था कि कहाँ गये गहने? माँ की बच्चों जैसी देखभाल करता रहा भाई फ़फ़क कर रो पड़ा। उसकी, कर्त्तव्य मानकर की गई निस्वार्थ सेवा का ये सिला? कोई भाई उसकी तरफ़ से खड़ा नहीं दिखा। तब असहाय से उस पुत्र की आँखों से अश्रुओं की अविरल धारा बह निकली।

"माँ!... माँ!..., मैं इन सब को कैसे समझाऊँ कि मैंने कुछ नहीं लिया, कुछ नहीं छिपाया? मेरे पास तुम्हारे गहनों में से कुछ नहीं है। मैं क्या करूँ? किस-किस को और कैसे संतुष्ट करूँ?"

बात बहुत बढ़ने पर कुछ परिचित बुजुर्गों ने चुप बैठे नानाजी पर दबाब डाला। उस वजह से, या रंजू मौसी की किसी बात से इस राज़ की भनक लगी, पता नहीं जाने कैसे, परंतु किसी तरह ये बात खुलकर सामने आई कि दोनों बहन-बहनोइयों की मिली-भगत में ससुर को गहने सुरक्षित रखने का बहाना

बनाकर फुसला लिया गया था और पहले ही पूरे गहने हड़प कर दबा लिये गये थे। उसके बाद, बड़ी मुश्किल से नानी के, वे गहने वापिस मिल पाये थे।

गहने तो निकल आये, लेकिन इस साज़िश में अपनी मिली-भगत से साफ़ इनकार करते हुए, छोटे बहनोई ने इसे अपनी मान-हानि का प्रश्न बना लिया। हालत इस हद तक बिगड़ गई कि छोटे बहनोई ने इस बेइज़्ज़ती पर, पत्नी से संबंध-विच्छेद कर लेने की धमकी दे डाली और रंजू को हमेशा के लिये मायके में छोड़कर जाने का फ़ैसला सुनाकर, वे लौटने की तैयारी करते दिखाई दिये।

जिन भाई-भाभी ने कभी रंजू को शादी से पहले अपने अंतिम निर्णय के पहले चेताया था, आज फिर उन्हीं दोनों ने, बहन की माँग के सिंदूर की चमक बनाये रखने के लिये बहनोई के पैरों पर नाक रगड़ते हुए किसी तरह उनको मनाया।

****

हर छोटी-छोटी सी बात पर तेवर दिखाने की प्रदीप मौसाजी की ये आदत कई बार पहले भी मुश्किल खड़ी कर चुकी थी। शादी के कुछ समय बाद एक बार, रंजू जब मायके आयी, तो उस रात नाइट शो में पिक्चर देखने जाने का प्रोग्राम बना।

लेकिन भाभी को रंजू के तेल लगे बाल, पीला सिंदूर और बड़ी सी लाल बिंदी, आधुनिक रहन-सहन के हिसाब से कुछ गँवारू लग रहे थे। इसलिये प्रदीप जब थोड़ी देर के लिये किसी काम से बाहर गये, तो भाभी रंजू को पकड़कर, नज़दीक के ब्यूटी-पार्लर में ले गयी। वहाँ रंजू के बाल शैम्पू करवाकर कंधे तक कटवा दिये, फ़ेशियल करा दिया और आई ब्रोज की थ्रेडिंग करवा दी। पार्लर से लौटी रंजू तो पहचानी ही नहीं जा रही थी। लम्बी, पतली तो वो हमेशा से थी। कटे बालों और चमकती त्वचा ने उनके रूप को निखार दिया था। वो खिली पड़ रही थी।

भैया-भाभी और घर के सभी लोग बहुत ख़ुश थे कि रंजू की पुरानी स्टाइलिश रंगत लौट आई और सोच रहे थे कि जब प्रदीप लौटकर उसे देखेगा तो चौंक जायेगा और वह भी ख़ुश ही होगा। लेकिन लौटने पर रंजू को देखते ही प्रदीप के चेहरे पर प्रशंसा के कोई भाव दिखने की बजाय उसकी नाराज़गी भरी आवाज़ सुनकर भाभी ही चौंक पड़ी।

"रँजू! अंदर आओ।"

उसके बाद जब पिक्चर जाने के लिये रंजू बाहर निकली, तो उसके बालों में फिर से वैसा ही तेल चमक रहा था, माँग में वैसी ही पीले सिंदूर की मोटी रेखा थी और माथे पर वही ओवर साइज़ लाल बड़ी बिंदी। मामी को अपनी सारी कोशिश पर पानी फिरता हुआ दिखा था।

मामी इस अजीब से विरोधाभास को समझ नहीं पा रही थीं कि ख़ुद टिप-टॉप रहने वाला प्रदीप, रंजू को ऐसे गँवारू बनाकर क्यों रखना चाहता था? बाद में उन्होंने अंदाज़ ये लगाया था कि शायद मौसी की ख़ूबसूरती से प्रदीप को हमेशा एक डर सा बना रहता था कि कहीं कोई बनी-ठनी रंजू की ओर आकृष्ट न हो जाये? लेकिन कुदरत की दी हुई ख़ूबसूरती को, क्या तेल चुपड़ने और सिंदूर भरने से दबाया जा सकता है? इसलिये, इस बात को भुलाकर, इस घटना के बाद भी जब कभी प्रदीप जी ससुराल आते तो रंजू मौसी के भैया-भाभी उनका भव्य स्वागत करते।

हाँ, ये मानना होगा कि अपने स्टाइलिश लुक की आदत को प्रदीप मौसाजी ने, अपने बच्चों के रहन-सहन में हमेशा बढ़ावा दिया। उनके बच्चे, हमेशा टिपटॉप रहते थे। उनके इस दोहरे व्यक्तित्व की विसंगतता को नज़र-अंदाज़ कर, मामा-मामी ने सभी तरह की विषम परिस्थितियों में उनका जीवन-भर बहुत साथ निभाया। शायद इसलिये, अपनी असामयिक मृत्यु के कुछ समय पहले, प्रायश्चित स्वरूप प्रदीप ने, अपने किसी भी अनपेक्षित व्यवहार के लिये, रंजू के इन्हीं भैया-भाभी से हाथ जोड़कर माफी माँगते हुए कहा था कि,

"रंजू का ध्यान रखियेगा। उसने अपनी सारी ज़िंदगी मेरे पीछे स्वाहा कर दी है।"

वह अटूट प्रेम ही रंजू मौसी का सबसे बड़ा संबल था।

****

उधर, अंजू मौसी के भाग्य ने, उनका चमत्कारिक ढंग से साथ दिया। बढ़िया कॉलोनी में सरकारी क्वॉर्टर, और सभी तरह की सुविधाएँ। सीधे-साधे, कुछ दब्बू स्वभाव वाले सतीश ने, अंजू को हमेशा बड़े प्यार से रखा। शादी के पहले उदास रहने वाली अंजू के कुंठित चेहरे पर, शादी के बाद सदा मुसकुराहट खेलती रही थी।

इसके विपरीत, फूल के समान खिली रहने वाली रंजू मौसी, शादी के बाद एकदम मुरझा गयी थी। बेहद रूढ़िवादी और पिछड़े ससुराल में, उनकी सारी पढ़ाई, उनका सारा टैलेन्ट दबकर रह गया। ऊपर से बेहद स्मार्ट दिखने वाले प्रदीप मौसाजी के स्वभाव में स्थिरता नहीं थी। कुछ दिन नौकरी करते और फिर, बॉस से झगड़ा करके नौकरी छोड़ देते। रंजू मौसी का अधिकतर समय, ससुराल के उसी पुराने से घर में ही बीतता।

पीली मुड़ी-तुड़ी साड़ी पीला सिंदूर और उससे भी ज़्यादा पीला पड़ा चेहरा लिये मौसी, चूल्हे के सामने धौंकनी फूँकती रहती। आँखों से आँसू झर-झर बहते रहते। पेंटिंग करनेवाले आर्टिस्टिक हाथ, चूल्हे की लकड़ियाँ ठीक करते रहते। ढाई साल के अंदर ही उनके दो बच्चे हो गये। बड़ी बेटी तो फिर भी नर्सिंग होम में हुई थी, लेकिन छोटे बेटे के समय प्रदीप मौसाजी बेरोज़गार थे। अत: घर की ही एक बंद कोठरी में, ठेठ गँवार सी दाई माँ के हाथों, प्रसव का कार्य सम्पन्न हुआ था।

रंजू मौसी की एम.ए. तक पढ़ी पोलिटिकल साइंस, ग्रेजुएशन में बहुत अच्छी तरह से पढ़ा हुआ इंग्लिश लिटरेचर और शौक के बतौर बाक़ायदा सीखा हुआ संगीत, जल्दी-जल्दी टपक पड़े बच्चों की चैं-चैं में कहाँ खो गया, उन्हें पता ही नहीं चला।

उनके घर के, उस अंधेरे ड्रॉइंग रूम में रखा पुराना म्यूज़िक सिस्टम और सितार, अब बस रंजू को मुँह भर चिढ़ाता रहता था। पुराने ग्रामोफ़ोन रिकार्ड्स का कलेक्शन घिस गया था और नये खरीदने के लिये पैसा कहाँ था?

प्रदीप मौसाजी को कभी नौकरी मिलती तो अपनी तनख़्वाह मिलते ही, वो झूठी शान बघारते हुए, एक बड़ी सी पार्टी दे दे डालते, जिसमें शराब पानी की तरह बहायी जाती। महीने की पन्द्रह तारीख आते-आते उनकी तनख़्वाह ख़त्म हो जाती। नतीज़तन, बरतन घिसते-घिसते रंजू मौसी की पतली-पतली उँगलियाँ काली पड़ गयी।

प्रदीप मौसाजी के बेरोज़गार रहने से उनके पिता भी परेशान रहने लगे थे। ऊपर से झूठी शान भरी बड़ी-बड़ी बातें, और अंदर से पूरी तरह से खोखले। एक बार क्रोधित होकर पिता ने, उनका चूल्हा-चौका अलग कर दिया। अब रंजू मौसी का परिवार, ड्रॉइंग रूम तक सिमट कर रह गया था। वही सोफ़े, वही डाइनिंग टेबल और वही पुरानी टेबल पर रखा गैस का चूल्हा। अकसर काले चने, सत्तू, भाजी और सूखी रोटी ही उनका भोजन होता।

बाद में, कुछ समय के लिये प्रदीप मौसाजी को दिल्ली में एक नौकरी भी लगी थी। वहीं रहते हुए उन्होंने पार्ट टाइम एम.बी.ए. कर लिया था। उस ज़माने में एम.बी.ए. होना, एक बहुत बड़ी बात थी। लेकिन बेहद स्मार्ट और इंटेलिजेंट होने पर भी, कुछ तो कमी रही होगी, जिसके कारण वे किसी भी नौकरी में, बॉस को ख़ुश नहीं रख पाते थे और उनकी नौकरियाँ छूटती रहतीं। असली कारण तो सिर्फ़ वही जानते होंगे, परंतु शायद उनका तेज़ स्वभाव, बनावटीपन और झूठे दिखावे की आदत इसके पीछे रही होगी।

एक मौके पर तो उनकी लम्बी बेरोज़गारी के दिनों में हार कर, रंजू मौसी को बच्चों के एक स्कूल में टीचरशिप की नौकरी करनी ही पड़ी। नौकरी के बहाने घर से निकलने को तो मिला, लेकिन घर और बाहर के काम करती-करती रंजू बुरी तरह थक जाती। फटी एड़िया, झीनी साड़ियाँ और उससे भी ज़्यादा छिले हाथ। छोटे-छोटे तीन बच्चे और बेरोज़गार ठसकीला पति। बेरोज़गारी के दिनों में प्रदीप मौसाजी, एक कोने में बैठे कुछ पढ़ते रहते या

मौसी के काम में मीन-मेख निकालते रहते। कभी-कभी दबे स्वरों में उनकी अय्याशी की खबरें भी उड़ती रहतीं।

रंजू मौसी की ऐसी दुर्गति देखकर उनके भैया-भाभी भी बहुत दुखी होते। उन्होंने कसम खाई कि आगे आने वाली पीढ़ी में लड़के का रूप और रंग नहीं उसकी नौकरी, घर-परिवार और संस्कार देखकर ही शादी करेंगे। ऐसी बातों को सुनकर मेरे मन में भी एक अनजानी ग्रंथि घर कर गई थी कि सुंदर लड़के अच्छे पति साबित नहीं होते। सच कहूँ, तो मन में सुंदर लड़कों के प्रति एक भय सा बैठ गया था।

लेकिन रंजू मौसी ने तो जैसे, अपने होंठ सी लिये थे। मौसाजी को असीम प्यार करने वाली मौसी ने, कभी पीहर में उनकी बुराई नहीं की। कभी अपने कष्टों और तकलीफ़ों का रोना नहीं रोया। बस, पीहर आना कम कर दिया।

मेरी और मेरे भाई की शादी में रंजू मौसी भी आई थीं। शादी में चुप-चुप रहनेवाली लेकिन चेहरे से मुसकुराती, कंगना खिलाती, हँसती हुई मौसी को देखकर कौन कह सकता था कि वो, अपने सीने में कितना बड़ा पत्थर उठाये घूमती है।

****

अपनी बेरोज़गारी के मूलभूत कारणों को समझने और अपनी कमज़ोरियों को दूर करने के स्थान पर, प्रदीप मौसाजी ने शराब पीने की लत और पाल रखी थी। बेहिसाब शराब पीने और अनियमित दिनचर्या से, धीरे-धीरे प्रदीप मौसाजी का लिवर कमज़ोर हो गया और वो अकसर बीमार रहने लगे। मौसी नौकरी करती, घर देखतीं और अस्पताल में भर्ती मौसाजी की भी साल संभाल करतीं।

इतनी सब कठिनाइयों के होने पर भी, मौसी ने बच्चों को बहुत अच्छे संस्कार दिये। कठिन परिस्थितियों में बड़े हुए उनके बच्चे बेहद टैलेन्टेड निकले। लड़कियाँ कॉलेज की पढ़ाई करते हुए, घर-गृहस्थी का काम

चुटकियों में कर लेती, घर को हमेशा चमकाकर रखतीं, सिलाई-कढ़ाई करती जातीं। पेंटिंग और फ्लावर डेकोरेशन की कला उन्होंने अपनी माँ से सीख ली।

उनका लड़का, पढ़ने में बहुत ज़्यादा होशियार तो नहीं, लेकिन औसत बच्चों से बेहतर ही निकला। हैंडसम होने के अलावा उसने सिन्सियेरिटी और नौकरी के लिये संजीदगी, अपनी मम्मी से आत्मसात कर ही ली थी। वह मेहनती और व्यवहार कुशल भी बहुत निकला। उसने ग्रेजुएशन के फ़ौरन बाद, मम्मी के आर्थिक बोझ में हाथ बँटाने के लिये एम.आर. की नौकरी पकड़ ली।

पिता की गलतियों की सजा भुगते हुए बच्चे ने, नौकरी को ईश्वर की तरह पूजनीय माना। इससे, उसके अधिकारी हमेशा ख़ुश रहते। बड़ी बेटी इंदू, एम.ए. करके लेक्चरर हो गयी और छोटी बेटी बिंदू ने कम्प्यूटर का कोर्स किया। तीनों बच्चे जब भी मिलते, हमेशा हँसते, मुसकुराते, खिलखिलाते मिलते थे।

रंजू मौसी की दोनों ख़ूबसूरत बेटियों को लोग माँगकर ले गये, और बिना दान-दहेज के, अच्छे घरों में उनकी शादियाँ हो गयी। बेटे अनुज की शादी रंजू मौसी और मौसाजी ने बड़ी धूमधाम से की। दिखने में साधारण लेकिन उच्च शिक्षित, एक बड़े घर की बेटी को बहू बनाकर ले आये। यहाँ पहली बार रंजू मौसी के भाग्य ने उनका साथ दिया। उनको बहू बहुत अच्छी मिली। वो उनका बहुत ख़्याल रखती।

अनुज ने, अपनी नौकरी में स्थायित्व प्राप्त कर लेने पर, जीवन में ज़िंदगी भर संघर्ष करती रही माँ की नौकरी, छुड़वा दी और माता-पिता को अपने साथ बेंगलूरु ले गया। हार्ट पेशेंट प्रदीप मौसाजी अपने कमजोर हाथों से, कम्प्यूटर पर पेंटिंग बनाया करते और अब मौसी का बहुत ध्यान रखते। गिरते स्वास्थ्य के कारण साठ-इकसठ साल की अल्प अवस्था में ही वो हृदयाघात से चल बसे। जीवन भर अपने पति की कमियों को पूरे जतन से छुपाने वाली रंजू मौसी, चौपन-पचपन वर्ष की उम्र में ही अपना सुहाग खो बैठी थीं। रीती माँग और रीता माथा लिये, वह खाली हाथ बैठी रह गयी थीं।

प्रदीप मौसाजी के माता-पिता, छोटी बहन नयना और विक्षिप्त भाई, सब पहले ही ईश्वर को प्यारे हो चुके थे। बस एक छोटी ननद और छोटा देवर ही, अब रंजू मौसी के ससुराल पक्ष के संबंधियों में रह गये थे। वे दोनों भी, अपने-अपने परिवारों की बढ़ती जवाबदारियों में व्यस्त हो चुके थे। इसलिये, अब उनसे बहुत ज्यादा मिलना-जुलना तो नहीं हो पाता था, लेकिन उन्हें रंजू मौसी बहुत मानती थीं।

अब तो रंजू मौसी की अपनी संतानें भी अपनी-अपनी गृहस्थियों में रम चुकी हैं। जीवन भर की साधना और संतोष का प्रतिफल उनके बच्चे ही हैं। जीवन में बहुत कष्ट झेल चुकने के बाद भी, आज भी उनके मुँह से कभी अपने दुख-दर्द की बातें नहीं निकलती। जिस विष को उन्होंने निगला था, उसके असर का लेशमात्र भी कोई उनके चेहरे पर नहीं देख सकता। जब कभी उनसे मिलने का अवसर आता है तो आज भी हँसती मुसकुराती, खिलखिलाती मिलती हैं। जहाँ जाती हैं, उनके ठहाके पहले ही पहुँच जाते हैं।

रंजू मौसी ने, क़िस्मत को कोसते हुए मानसिक रूप से टूटने के स्थान पर, पोता-पोती और अड़ोस-पड़ोस की, अपनी ही अवस्था की अन्य महिलाओं ओर बच्चों के साथ मिल-जुलकर, जीवन को स्थिरता और निर्लिप्तता के भाव से जीने की कला को अनुकरणीय ढंग से अपना लिया था।

पति को सच्चा और असीम प्यार करने वाली रंजू मौसी, जब मुँह खोलती हैं, पति की तारीफ़ ही करती हैं। मेरी स्मृतियों में बसा उनका वो कटे बालों वाला मॉडर्न रूप, वो पीला पड़ा सौंदर्य और आज का सूना वैधव्य, सब गड्डमड्ड हो जाता है, और मैं अपनी पुरानी रंजू मौसी को ढूँढ़ती रह जाती हूँ।

****

सन्यासिनी

मीरा घंटों ध्यान में डूबी बैठी रहती, न जाने किस दुनिया में गुम। वह और उसके भगवान। दुबला, पतला शरीर, साँवला रंग और भगवा साड़ी। हल्के घुँघराले बाल, जिन्हें लपेटकर, वह एक छोटा सा जूड़ा बना लिया करती थी। माथे पर छोटी सी मैरून बिन्दी, छोटी सी पर तीखी नाक, पतले होंठ और तीखी ठोड़ी। चेहरे पर परम शान्ति और कुछ बेचारगी भी। सामने देसी घी का दिया जलता रहता। इसके अतिरिक्त उसे और कुछ होश न रहता, न घर का, न द्वार का। न बच्चों का, न पति का।

****

वह शुरू से ऐसी नहीं थी। उसका भरा-पूरा, सुन्दर, ख़ुशहाल घर था। प्यार करने वाले सास-ससुर, समर्पित पति और बच्चे। वह बहुत अधिक पढ़ी लिखी नहीं थी। आर्ट्स में इण्टरमीडिएट पास। लेकिन घर को बड़ी सुघड़ता से चलाती। सास-ससुर का बहुत ध्यान रखती। पति को परमेश्वर के समान पूजती।

पति प्रोफ़ेसर कृष्ण चंद्र इंजीनियरिंग कॉलेज में लेक्चरर थे और सुबह साढ़े आठ बजे से शाम साढ़े पाँच बजे तक की ड्यूटी करते। पहले लेक्चरर और बाद में मैकेनिकल इंजीनियरिंग डिपार्टमेण्ट के हेड हो गये थे। कॉलेज में सब उन्हें, के.सी. के संक्षिप्त नाम से संबोधित करते थे।

कॉलेज के परिसर में ही था उनका बड़ा सा घर। आगे लॉन के साथ बगीचा और पीछे बड़ा सा आँगन। परिसर में अकसर ही विभिन्न आयोजन होते रहते थे, कभी स्पोर्ट्स संबंधी और कभी कल्चरल प्रोग्राम। रेस, लॉन टेनिस, बैडमिंटन, वॉलीबॉल और न जाने कितने स्पोर्ट्स। बड़े से ऑडिटोरियम में अकसर नाटक, गायन, वादन आदि के कार्यक्रम होते और बड़े-बड़े गायक-गायिकायें आकर प्रस्तुति देते।

ऐसे में जब भी फ़ुरसत के पल पाते, तो प्रोफ़ेसर साहब कभी भी टहलते हुए घर आ जाते। माली की देखभाल में अनुरक्षित बड़े से लॉन में बैठ जाते और बगीचे में बैठकर खिले रंगबिरंगे फूल और बाहर सड़कों पर कक्षाओं या अन्य कार्यक्रमों के लिये आते-जाते, कैम्पस में रहने वाले बच्चों को देखते रहते। लँच के लिये तो वह घर पर आया ही करते थे।

ऐसे आनन्ददायी खुले-खुले वातावरण में, मीरा की दुनिया अपने घर-परिवार में सिमटी हुई थी। चाँद-सूरज जैसे उसके दोनों बेटे साहिल और विनय में केवल सवा साल का अन्तर था। दोनों बहुत आज्ञाकारी और पढ़ने में होशियार थे। पाँचवीं-छठवीं में पढ़ने वाले दोनों बच्चे घर के बड़े से आँगन में खेलते रहते। सीधी-सादी सासू माँ, अपने पूजा पाठ में डूबी रहती और के.सी. यानि मीरा का पति, उसके कॉलेज संबंधी कामों में व्यस्त रहता।

मीरा का ख़ुशहाल पारिवारिक जीवन बहुत ही आनन्द और मज़े से गुज़र रहा था, लेकिन पिता समान ससुर के अनन्त यात्रा पर जाने के कुछ ही समय बाद, न जाने परिवार की ख़ुशियों को किसकी नज़र खा गई। देखते ही देखते, पूरा परिवार तिनका-तिनका होकर बिखर गया।

****

वह उन्नीस सौ तिहत्तर-चौहत्तर का ज़माना था, लड़कियों की सँख्या कॉलेज में बहुत कम हुआ करती थी। पूरे बैच में मुश्किल से दो तीन लड़कियाँ मिल जायें तो बहुत। उन दिनों विभिन्न कम्पनियाँ में मौजूद रिक्तियों के लिये अर्हतादायी परीक्षा में सफ़लता प्राप्त करने वाले प्रतिभाशाली और नौकरी के प्रत्याशी लड़कों का साक्षात्कार और चयन करने के लिये बहुत सी कम्पनियों के प्रतिनिधि कॉलेज में आया करते थे।

के.सी. ऐसी कम्पनियों और प्रत्याशियों के मध्य संपर्क का माध्यम बनने वाली समिति में हुआ करते थे। के.सी. को कम्पनी की ओर से आये प्रतिनिधियों की ऊपर से ठाठबाट भरी दिखाई देनेवाली ज़िंदगी की चमकदमक और ख़ास तौर पर उनकी सैलेरीज़ बहुत आकर्षित करती। कॉलेज के प्रोफ़ेसर के रूप में तो गिनी-चुनी तनख़्वाह ही मिलती थी, जिसमें सादा जीवन ही जिया जा सकता था। इसलिये के.सी. की भाँति शैक्षणिक कार्यों में निरत व्यक्तियों की जीवनशैली प्रायः चमक-दमक से दूर सीधी-सादी ही होती है।

ऐसी ही किसी कम्पनी ने, के.सी. को अपने आकर्षण के जादू में फँसा लिया था। इंजीनियरिंग कॉलेज की साधारण तनख्वाह से तीन गुनी तनख्वाह। अधिक पैसा कमाने के लालच में, इंजीनियरिंग कॉलेज से दो-तीन साल की लीव विदाउट पे लेकर के.सी. बॉम्बे चला गया था। उस समय बच्चे उच्चत्तर माध्यमिक कक्षाओं में आ चुके थे।

****

कंपनी जॉइन करते ही उसकी लाइफ़ स्टाइल ही बिलकुल बदल गई थी। साधारण सफ़ेद शर्ट और ब्लैक पैंट पहनने वाला के.सी., चमचमाती सिलकन शर्ट और महँगी पैंटों में आ गया था। पॉलिश किये चमकदार पॉइंटेड जूते और शैम्पू किये हुए, कायदे से कढ़े बाल। कहाँ वह कॉलेज में प्रोफ़ेसर के बतौर दिन-दिन भर शीशा नहीं देखता था, और अब यहाँ बाहर आते-जाते समय, हर समय आईने के सामने बालों को सँवारता। सिद्धान्तवादी और अत्यन्त सादा जीवन जीने वाला के.सी. जान ही नहीं पाया कि फाइव स्टार

होटलें, शराब और शबाब, कब उसकी ज़िंदगी का हिस्सा बन गये। देर रात की पार्टियाँ और कम्पनी का गेस्ट हाउस। खुला-खुला वातावरण, मॉडर्न लड़कियाँ और उनके साथ एन्जॉयमेंट।

फाइव स्टार होटलें, कैबरे और कॉल गर्ल्स की आसान उपलब्धता। शराब और शबाब से भरे इस स्वर्ग में आकर वह ख़ुद को, अपने घर को और अपने बीवी-बच्चों को भूल ही गया था। कभी-कभार भूले-भटके घर आता, तो पहले सादगी की मूर्ति लगने वाली मीरा उसे एकदम गँवार लगती।

महीनों बाद आये पति के प्यार को तरसती मीरा, रात को उछाह में भरकर जब उसके पास जाती, तो वह मुँह मोड़कर सो रहा होता। ये कैसा चिकना, मॉडर्न, पराया सा पति घर आने लगा था? उसे तो वही ब्लैक पैंट पर, बाहर निकली हुई व्हाइट शर्ट पहना बिखरे-बिखरे बालों वाला पति याद आता था, जो उसे जान से ज़्यादा प्यार करता था। वह जब घर में रहता था तो रात को उसके कुर्ते के बटन आधे खुले होते और उसमें से झाँकते होते सीने के काले बाल। वह उछाह में भरकर उसके सीने को चूम लेती और के.सी. उसे अपनी बाँहों के घेरे में जकड़ लेता था।

लेकिन, अब पराया सा, उसका हम-बिस्तर, क्या उसका वही पति था? नहीं, ये मेरा कृष्ण नहीं। कृष्ण तो सूर्य के समान उज्ज्वल, तेजोमय और चन्द्रमा की चाँदनी के समान पवित्र था। ये था तो वही, लेकिन कैसा चिकना चुपड़ा सा हो गया था। अजीब से परफ्यूम की गन्ध अब उसके शरीर से आती रहती। मुश्किल से दो-चार दिन बीतते न बीतते, उसके बम्बई लौट जाने का समय हो जाता।

****

के.सी. के बम्बई चले जाने से घर में, चौके से उठती सुवासित ख़ुशबुएँ भी बन्द हो गयी थीं। पहले मीरा कितना ख़ुश होकर, कितनी मेहनत से सबकी पसंद का खाना बनाती थी। पर, अब तो बस एक आलू टमाटर की सब्जी बनाती और साथ में रोटी। बच्चे कुछ और खाने की ज़िद करते तो डाँट पड़

जाती या फिर माँ का उदास चेहरा देखकर चुप रह जाते। माँ जी का काम तो खिचड़ी, दलिया या लौकी की सब्जी से ही चल जाता।

घर तो किसी तरह चल ही रहा था लेकिन के.सी. के घर छोड़ने का जो सबसे बुरा असर हुआ वह यह था कि पिता के अनुशासन और मार्गदर्शन के अभाव में दोनों मेधावी बच्चे क्लास में पिछड़ने लगे। गणित के सवाल, उन्हें बहुत अच्छे से समझाकर पिता चुटकियों में हल करा देते थे। लेकिन दोनों बच्चे, अब एलजेब्रा, ट्रिग्नोमेट्री, ज्योमेट्री और फ़िजिक्स के सवालों से घंटों जूझते रहते। पापा थे तो कैसे खेल-खेल में उन्हें पढ़ा देते थे। और अब वही सवाल, उन्हें पहाड़ की चोटी पर चढ़ने जैसे कठिन लगते। गाँव की साधारण सी पढ़ी लिखी माँ, उनके खाने-पीने, कपड़ों वगैरह का ध्यान तो रख सकती थी, पर गणित और विज्ञान के प्रश्नों की कठिन गुत्थियों को सुलझाना, उसके बूते के बाहर था।

पिता की लंबी अनुपस्थिति और पढ़ाई में कठिन चेप्टर्स ठीक से न समझ पाने के कारण, बच्चे पढ़ाई के मार्ग से भटकने लगे। धीरे-धीरे बड़ा बेटा साहिल, क्लास गोल कर-करके, गली-मोहल्ले के आवारा बच्चों की संगत में क्रिकेट, फुटबॉल खेलता भटकने लगा और विनय ताश, कैरम, शतरंज की बाजियाँ खेलने लगा। दोनों बच्चे घर से स्कूल का कहकर निकलते और न जाने कहाँ-कहाँ वक्त खराब करते रहते। जब लौटते तो खेल-खेल में हार-जीत को लेकर होने वाली बहस और बेकार के लड़ाई-झगड़ों से पूरी तरह से धूल-धूसरित, घुटनों और कोहनी पर चोट के निशान लिये।

मीरा को तब सहसा विश्वास ही नहीं हुआ था, जब विनय छः माही इम्तिहान में गणित में फेल हो गया। गणित, वह विषय जिसे बच्चों ने बचपन की छोटी कक्षाओं में पिता के साथ खेल-खेल में सीखकर शानदार नंबर पाये थे।

****

इस बार के.सी. जब घर आया, तो मीरा ने उसको विनय और साहिल का रिजल्ट दिखाया।

"देखिये! आपके बिना बच्चों की पढ़ाई में क्या हालत हो रही है? हमेशा फर्स्ट आने वाले बच्चे कैसे पिछड़ गये हैं? आप मेरी मानिये, घर वापस आ जाइये। नहीं तो, आपका घर बरबाद हो जायेगा।

लेकिन उस समय के.सी. की आँखों पर कोई और ही चश्मा चढ़ चुका था। मीरा को समझाने की ग़रज़ से वह बोला,

"अरे! तुम क्या जानो, कम्पनियों में इतनी अच्छी तनख़्वाह पर नौकरी कितनी मुश्किल से मिलती है? और फिर तुमको दिक़्क़त क्या है? कितना पैसा कमा कर तो तुम्हें भेज रहा हूँ। अब कम से कम बच्चों का ध्यान तो तुम रख ही सकती हो। उन्हें अच्छी ट्यूशन लगवा देना। मैं यहाँ नहीं हूँ तो क्या हुआ? पढ़ाने के लिये कोई अच्छा ट्यूटर तो तुम भी लगवा सकती हो।"

यह कहते-कहते के.सी. झुँझलाने सा लगा था। मीरा कैसे बताती, कि किशोरावस्था के लड़कों को माँ से ज़्यादा, पिता के साथ और उसके गाइडेन्स, उसके मार्गदर्शन की ज़रूरत होती है।

के.सी. जब, अब की बार घर आया, तो मीरा को एक झटका और लगा था। उसे के.सी. की अटैची की पॉकेट में लेडीज़ परफ़्यूम्स और दूसरी कुछ चीज़ों के पैकेट रखे दिखे थे, जिनका उसकी अटैची में पाया जाना उसकी चारित्रिक भटकन की ओर एक पुष्ट संकेत करता था। पत्नी के साथ तो उसका सम्बन्ध, लगभग साल भर से था ही नहीं तो फिर ये पैकेट्स उसकी बम्बई की अटैची में? इतना बड़ा धोखा? उसकी पन्द्रह-सोलह साल की शादीशुदा ज़िन्दगी का इतना बड़ा मज़ाक? जैसे झनाक से उसके अन्दर, के.सी. की धोखेबाज़ी से, पति-पत्नी के बीच विश्वास का नाज़ुक काँच चटक गया था। मीरा अंदर तक टूट गई। उसे विरक्ति सी होने लगी। बेकार है ये घर संसार, ये बच्चे, ये पति का मोह। उसे क्या मिला? उसके विश्वास, उसके समर्पण, उसकी भक्ति का क्या हुआ?

के.सी. ने उसे कुछ नहीं बताया और न ही कोई सफ़ाई देने की कोशिश ही की। वह बम्बई लौट गया था।

****

गंगा किनारे कुँभ का मेला लगा हुआ था। तीर्थराज प्रयाग में कुम्भ का समय निराला ही होता है। गंगा का किनारा। दूर-दूर तक फैली रेत। ढेरों साधु-सन्त। गंगा के किनारे लगे टेन्ट्स। दूर-दूर तक लहराता, हरहराता गंगा का पानी, और त्रिवेणी संगम का महान तीर्थ। गंगा, यमुना और अदृश्य सरस्वती की मिलन-स्थली।

प्रयाग का प्रसिद्ध संगम। सुबह की पवित्र बेला में, नारंगी आसमान के साथ, गंगा की लहरें भी कभी नारंगी, या कभी सुनहरी सी लगतीं। गंगा का पानी कुछ मटमैला सा और यमुना का कुछ नीला सा। यमुना अत्यन्त गहरी। तीन हाथी के बराबर डुबाव। गंगा, मध्यम गहराई की। दोनों के संगम पर एक डेल्टा सा बनता। गंगा का किनारा ऊपर की ओर, और दूसरी ओर यमुना नदी।

कितने ही तीर्थयात्री दूर-दूर से संगम में स्नान करने आते। ढेरों नाव और मल्लाह। यात्री संगम में स्नान करते और फिर नावों में कपड़े बदलते। चारों ओर कपड़ों और परदों से घिरी नाव। औरतें, पेटीकोट को गले में बाँधकर कपड़े बदल लेतीं। कई जो इस खुले में कपड़े बदलने में शरमातीं, गीले कपड़ों में ही घूमती रहतीं और नदी किनारे की ठण्डी, ताज़गी भरी हवा में, घूमते-घूमते ही उनके कपड़े सूख जाते।

कुँभ के समय, मीरा भी अपने परिवार और मित्रों के साथ पहले भी मेले में आती रही थी। नदी किनारे, टेंट में रहने का अपना अलग ही सुख है। देर रात तक साधु, सन्तों के प्रवचन सुनना और सुबह चार बजे उठकर, संगम में स्नान। धर्म, श्रद्धा और भक्ति की अद्भुत त्रिवेणी। मीरा उस भक्तिमय माहौल में खो-खो जाती। साधु-सन्तों का साथ और प्रवचन उसे बहुत अच्छे लगते। ज्ञान का सागर। जरूर पिछले जन्म में वह कोई साध्वी रही होगी, तभी तो इस सात्विक माहौल में वह रम-रम जाती।

इस बार के.सी. के बम्बई जाने के अगले दिन ही मीरा भगवा साड़ी पहनकर और हाथ की चूड़ियाँ, मंगलसूत्र और झुमके उतारकर, गंगा किनारे पैदल ही चली गयी थी। उसने निश्चय किया कि यहीं गुरु माँ के चरणों में वह दीक्षा ले लेगी और अपना बचा हुआ जीवन भक्ति में गुज़ार देगी। उसने गुरु माँ के चरण पकड़ लिये और माँ की पारदर्शी दृष्टि उसके दर्द को पहचान गयी। उन्होंने उसे ढाढ़स बँधाया। उसे कुछ शांति का एहसास हुआ। अब कुछ दिनों के अंतराल से वह नियमित रूप से गुरु माँ के पास आने लगी। माँ के चरणों में बैठी रहती और उस कृष्ण कन्हैया के सपनों में डूबी रहती। भक्ति-आनन्द के अतिरेक में उसके आँसू, पलकों से झरकर, उसके सूखे गालों पर बहते रहते।

कुंभ ख़त्म होने पर, गुरु माँ को डेरा उठाकर, हरिद्वार जाना था। मीरा गुरु माँ के सानिध्य की अभिलाषा में उनकी सेवा करने के लिये, उनके साथ ही हरिद्वार जाने की जिद करने लगी थी। लेकिन गुरु माँ ने उसे गुरु सेवा, भगवत् भक्ति और उसके गार्हस्थ्य संबंधी कर्त्तव्यों की समतुल्यता को समझाते हुए कहा कि

"बेटी! तुम पूर्व से ही विवाहिता हो। पति और पुत्रों के प्रति तुम्हारे बहुत से दायित्व और कर्त्तव्य अभी शेष हैं। सांसारिक कर्त्तव्यों को त्यागना अभी तुम्हारे लिये अनुचित है। इस समय तुम्हारे लिये यही उचित है कि अभी तुम अपने घर-संसार में लौट जाओ। गीता में कर्मयोग का ज्ञान देने वाले सबके पालनहार प्रभु तो सर्वव्यापी हैं। घर पर रहकर भी तुम कन्हैया की भक्ति कर सकती हो। अपने मातृत्व संबंधी कर्त्तव्यों का सम्यक पालन करो, वही कन्हैया की सच्ची भक्ति भी होगी और उस अंतर्यामी से साक्षात्कार में तुम्हारी सहायक होगी।"

गुरु माँ की भारी गूँजती आवाज़ में मिले इस उपदेश को शिरोधार्य कर वह चित्रलिखित सी वापस घर आ पहुँची थी।

****

मीरा, गुरु माँ के आदेशानुसार, घर तो लौट आई, लेकिन पति के अनपेक्षित आचरण के कारण लगी चोंट को, वह भुला नहीं पाई थी। वह गुरु माँ की आज्ञा का अक्षरशः पालन नहीं कर सकी। पुत्रों के सही पालन-पोषण, सासू माँ की सेवा पर उसे अधिक ध्यान केन्द्रित करते हुए शेष समय कृष्णभक्ति में देना चाहिये था। परंतु, पति के सन्निध्य के लंबे अभाव और बीच-बीच में जब भी वह आया था, तब उसके उपेक्षा भरे व्यवहार ने मीरा को, इन कर्त्तव्यों से पूरी तरह विमुख कर भगवद् भक्ति की ओर प्रेरित कर दिया था। वह पुत्रों, सासू माँ और घर की आवश्यकताओं की ओर से उदासीन होकर पूरा समय पूजा-पाठ में ही लगाने लग गई। तेज़ जाड़ों में भी वह सुबह चार बजे उठकर ठण्डे पानी से नहा लेती और फिर एक भगवा साड़ी और ब्लाउज़ में, पूजा स्थल पर ध्यान मग्न होकर बैठ जाती। एक समय काम करने के लिये आने वाली घर की पुरानी नौकरानी, उसका ध्यान रखते हुए, समय से अगर फल और दूध या कुछ और खिला-पिला देती तो वह खा लेती, अन्यथा पूरे-पूरे दिन वह भूखी-प्यासी अपने पूजा के कमरे में बैठी रहती।

****

पैसों का तो अभाव था नहीं। के.सी., ज़रूरत से कुछ ज़्यादा ही भेज दिया करता था। लेकिन घर सिर्फ़ नौकरों के भरोसे ही चलने लगा था। अनाप-शनाप सब्ज़ी, फल और सामान आता। असावधानी के चलते, पर्स में रखे रुपयों में से रुपये-पैसे गायब होते रहते। दोनों लड़के मानसिक परिपक्वता की प्राप्ति के पहले ही कुसंगति का शिकार हो चले थे। मीरा की विरक्तता के चलते, बूढ़ी सास कर भी क्या सकती थी? बीच-बीच में दादी बच्चों को बुला-बुलाकर प्यार तो कर लेती, लेकिन बच्चे कब स्कूल जा रहे हैं, कब नहीं, उम्रदराज़ सासू माँ को पता ही नहीं चल पाता था।

उधर पैसा कमाने गया के.सी., शराब और शबाब की लत तथा दूसरे अवांछित आकर्षणों के भँवर में फँस गया था और इधर के.सी. का परिवार अब कुल मिलाकर बिगड़े बच्चों, पारिवारिक उत्तरदायित्वों की ओर से उदासीन पली और बूढ़ी माँ का समूह मात्र रह गया था, जो कहने को तो साथ-साथ रहते थे, लेकिन उन्हें सही मायनों में एक परिवार मानना व्यर्थ ही था।

झूठी शान और दौलत के पीछे भागने वाले के.सी. ने दूसरे भौतिक आकर्षणों में उलझकर अपने परिवार और सुखी जीवन को तहस-नहस कर डाला था, लेकिन इस वास्तविकता की ओर से वह अभी भी आँखें मूँदे हुए था।

****

इस बार चौकीदार का तार पाकर जब के.सी. घर आया था, तो घर की अस्तव्यस्तता देखकर बौखला गया। बिखरे हुए घर में जगह बनाता हुआ वह पूजा स्थल पर पहुँचा था। ध्यान में मग्न बैठी दिख रही मीरा को, उसने जैसे ही हाथ लगाया, उसकी निर्जीव देह, ईश चरणों में लुढ़क गयी थी।

एक हल्की चीख के साथ ही के.सी., मीरा की निर्जीव देह पर हाथ धरे फ़फ़क कर रो पड़ा था। अब उसे वास्तविकता का भान हो रहा था कि उसने क्या पाया और क्या खो दिया था?

उसकी प्राणप्रिया, उसकी पत्नी, उसका साथ छोड़कर असमय ही उस मार्ग पर प्रस्थित हो चुकी थी जहाँ से वापसी की कोई राह नहीं होती। कहाँ गया उसका स्वर्ग सा घर? उसे पश्चात्ताप हो रहा था कि अच्छी खासी गृहस्थी में आग लगाकर वह न जाने कैसी मृगतृष्णा के पीछे भाग रहा था।

लेकिन अब हाथ मलने से क्या फ़ायदा था? बीता हुआ समय और गुज़रे हुए पल कभी वापस नहीं आते हैं। हाय री किस्मत! क्या सोचा था और ये क्या हो गया? वह अकेला किंकर्त्तव्यविमूढ़ सा, एक हाथ से अपना सर पकड़े था और दूसरा हाथ, उसकी प्राणप्रिया संन्यासिनी पत्नी की शान्त पार्थिव देह पर था। उसकी माँ और दोनों बेटे भी अभी इस हृदयविदारक आघात से अनभिज्ञ थे। पत्नी के असमय अवसान ने, के.सी. को हिलाकर रख दिया। उसके नेत्रों से अविरल अश्रुधारा बह रही थी, लेकिन मीरा की आत्मा, गुरु माँ के चरण थामे, कहीं अनन्त में परमपिता में विलीन होने के लिये, ब्रह्मलोक की ओर उन्मुख हो चुकी थी।

****

बुद्धिमति

उस रात किसी कारण से हम लोग देर रात तक जागते रहे। उन दिनों मम्मीजी-पापाजी भी कुछ समय के लिये आये हुए थे। सब बीच वाले कमरे में बैठकर बाते कर रहे थे। अचानक बड़े ज़ोर-ज़ोर से दो लोगों की आवाज़ें आने लगी, जैसे कोई दो लोग आपस में लड़ रहे हों। एक स्त्री और एक पुरुष। हमारी मम्मी जी हँसने लगीं और बोलीं,

"लगता है, कहीं टी.वी. चल रहा है।"

वे आवाज़ें हमारे फ़्लैट के ठीक नीचे वाले फ़्लैट में रहने वाले मिस्टर रवि एंड मिसेज़ वन्दना वर्मा के घर से आ रही थीं। कुछ देर गप्पबाज़ी करके हम लोग निश्चिंत होकर सो गये। उस रात के बाद से उन आवाज़ों का आना एक रेग्युलर फ़ीचर (कुछ अंतराल से नियमित रूप से होने वाली घटना) सा हो गया। अब आये दिन नीचे के घर से लड़ने की आवाजें आती। रात के सन्नाटे में चीखने-चिल्लाने की आवाज़ किसी को भी भयाक्रांत कर देती हैं। कई बार हम लोग सहम से जाते। हमारी नई-नई शादी हुई थी और हमारे घर में सभी

व्यक्ति, शांत स्वभाव के ही थे। स्वाभाविकतः, हमें ऐसी तेज़ आवाज़ें सुनने की आदत ही नहीं थी, उलटे घबराहट सी होती।

सुबह कभी बालकनी से नीचे झाँककर देखते, तो रात में लड़ने वाले मिस्टर और मिसेज़ वर्मा, दोनों प्रायः चालीस-पैंतालीस के आसपास रहे होंगे, मुसकुराते हुए बाहर लॉन में खड़े दिखाई देते, जैसे रात में लड़ाई जैसा कुछ हुआ ही न हो। वर्मा साहब दोनों जेबों में हाथ डालकर, उन फ़्लैट्स में काम करने वाली नौकरानियों का आवागमन देख रहे होते और मिसेज़ वर्मा मैदान में खेलते बच्चों को।

धीरे-धीरे उनसे परिचय बढ़ा। मिसेज़ वर्मा लम्बी-चौड़ी और थोड़े भारी बदन की महिला थी। भरा-भरा गोल चेहरा, गोरा रंग और माथे पर बड़ी सी बिंदी। जब वह हँसतीं तो पतले-पतले गुलाबी होठों के बीच से उसकी दंतपंक्ति चमकने लगती। बीच की सीधी माँग निकाल कर, वो अपने बालों को पतली सी चोटी में बाँध लेती थीं। उनका बुद्धि प्रदीप्त चेहरा चमकता रहता। औसत से थोड़े भारी बदन की होने पर भी, उन्हें एकाएक देखकर सुंदर ही कहा जा सकता था।

रवि भी वैसे ही लम्बे, चौड़े और भरे-भरे बदन के इंसान थे। उनका रंग भी ख़ासा गोरा था और चश्मे से झाँकती आँखें, बड़ी-बड़ी दिखाई देती थीं। उनका चश्मा हमेशा आँखों से सरककर, नाक के निचले हिस्से पर टिका रहता था। मिसेज़ वर्मा जितना चटर-पटर बोलती थीं, मिस्टर वर्मा उतने ही चुप रहते थे, लेकिन उनके भोले से दिखने वाले चेहरे के पीछे कैसा रंगीला व्यक्तित्व छिपा था, ये बहुत बाद में पता चला।

उनका एक छोटा सुन्दर बेटा था, जो पूरे ब्लॉक में गोदी-गोदी घूमता रहता। उसकी ख़ूबसूरती के कारण, सब उसे प्रिंस कहते। गोरा, गोलमटोल, हलकी नीली आँखों वाला प्यारा सा बच्चा। उनकी एक बड़ी बेटी रश्मि भी थी जो शायद नानी के घर रहती थी।

****

जिस समय हमारा उनसे पहली-पहली बार परिचय हुआ था, मिसेज़ वर्मा पी.एच.डी. कर रही थीं और किसी महाविद्यालय में पोस्ट ग्रेजुएट स्टूडेन्ट्स को पढ़ाती थीं। वर्मा साहब इंजीनियर थे और किसी राजकीय विभाग में अधिशासी अभियंता थे। दोनों की कम ही पटती थी। एक पूरब को चलता तो दूसरा पश्चिम की ओर।

मिसेज़ वर्मा स्वाभाविक रूप से बड़ी एकेडेमिक प्रकृति की थीं और काफ़ी समय पढ़ने-लिखने में गुज़ारती थीं। पी.एच.डी. के दौरान मिसेज़ वर्मा रात को दो-दो बजे तक पढ़ाई करतीं। वर्मा साहब कभी घर में रहते और कभी इधर-उधर घूमते रहते।

एक बार रात को बारह बजे, बड़े तेज़ स्वरों में लड़ने की आवाज़ें सुनीं। मिसेज़ वर्मा खिड़की से चिल्ला कर बोली थीं,

"जहाँ से आये हो, वहीं चले जाओ। नहीं जाना है, तो बाहर ही खड़े रहो। दरवाज़ा नहीं खुलेगा।"

अब, वर्मा साहब रात भर बाहर खड़े रहे, या अंदर आये, ये नहीं पता।

****

मिसेज़ वर्मा जितनी पढ़ाई में होशियार थीं, उतनी ही घर के काम में। उनका घर, सदा सजा-सँवरा रहता। सुबह जल्दी उठकर वो खाना बनातीं, जरूरी काम करतीं और फिर, कॉलेज चली जातीं। उनके बेटे को दिन भर, उनके ही ब्लॉक के एक दूसरे फ़्लैट में रहने वाली, श्रीमती श्रीवास्तव सँभालतीं थीं, जो उनकी रिश्तेदार भी लगती थी। हमसे मिसेज़ वर्मा हमेशा बहुत प्यार से मिलती। कभी-कभी रश्मि, उनकी बेटी आती थी। वो छोटी सी सुन्दर सी लड़की थी। आठवीं पास करते-करते उन्होंने बिटिया को अपने पास बुला लिया था और यहीं एक स्कूल में दाख़िला दिलवा दिया। वह नीली सफ़ेद यूनिफ़ॉर्म पहनकर स्कूल जाने लगी थी। छुटपन में जो बड़ी चटपटी बातें करती थी वही बिटिया, बड़ी होने के बाद कुछ गंभीर और अंतर्मुखी हो गयी थी। कभी-कभी वो किसी पार्टी में मिलती, तो खुले बालों में बड़ी अच्छी लगती।

उधर रश्मि ने जब कॉलेज जाना शुरू किया, तब तक छोटा बेटा प्रिंस, पाँचवी में आ गया था। प्रिंस जहाँ मस्त और निर्भय खेलता दिखाई देता, वहीं रश्मि अंतर्मुखी होती चली गयी। शायद माँ-पिता के बीच में होने वाली रोज़-रोज़ की तक़रार उस पर ग़लत प्रभाव डाल रही थी। लड़कियों का मन वैसे भी फूलों सा नाज़ुक होता है, उनको पलने-बढ़ने के लिये बड़ा स्वस्थ और प्यार भरा वातावरण चाहिये।

****

कभी-कभी फुरसत के क्षणों में, सामने वाले मैदान में बैंच पर बैठ कर मिसेज़ वर्मा के साथ मेरी इधर उधर की बातें हो जाती थीं। उनका व्यक्तित्व मुझे बड़ा प्रभावित करता। बातों-बातों में, उन्होंने मुझे बताया था कि वो शुरू से ही पढ़ने में बहुत होशियार थीं। वे लोग कई भाई-बहन थे। सभी देखने में एक से एक सुंदर और पढ़ने में होशियार।

उनकी सभी बहनें हाईली क्वालिफाईड थीं और कहीं न कहीं लेक्चरर थी। अकसर उनकी एक छोटी बहन आती, जो बेहद गोरी, सुंदर और घुँघराले बालों वाली थी। वो भी कहीं फ़िज़िक्स की लेक्चरर थी।

मिसेज़ वर्मा ने बताया था कि बचपन में वे भी साइंस-मेथेमेटिक्स स्ट्रीम से ही पढ़ी थीं और उनका सिलेक्शन इंजीनियर कॉलेज में हो भी गया था, लेकिन पिता ने लड़की को इंजीनियरिंग की शिक्षा के लिये दूसरे शहर में भेजने से इंकार कर दिया था,

"जो पढ़ाई करनी है, यहीं रहकर करो।"

मिसेज़ वर्मा को बहुत दुख हुआ व क्रोध भी आया। किन्तु होना क्या था, बस अपना विरोध जताते हुए उन्होंने साइंस-मैथ्स छोड़कर अपने ही छोटे से शहर के एक कालेज में बी.ए. में एडमीशन ले लिया। प्रतिभाशाली मिसेज़ वर्मा आर्ट्स में आकर इसमें भी टॉप करने लगी थी और बी.ए. के बाद एम.ए. में एडमीशन ले लिया। एम.ए. फाइनल करते-करते, रवि का रिश्ता उसके लिये आ गया।

लड़का इंजीनियर है, इस बात की घर भर में धूम थी और देखने-भालने में तो वह अच्छा था ही। एक साल के अंदर ही उनका विवाह हो गया और ब्यावर छोड़कर वन्दना जयपुर आ गयी। वही जयपुर, जहाँ पहले उसका इंजीनियरिंग कॉलेज में एडमिशन हुआ था। काश! पाँच साल पहले आ गई होती, तो आज वो भी इंजीनियर होती।

****

विवाह के बाद पहले का एक साल तो बहुत अच्छा गुजरा। शारीरिक आकर्षण में डूबे क्षण, कब निकल गये पता ही नहीं चला। लेकिन धीरे-धीरे वन्दना को समझ आने लगा कि उसकी बौद्धिक क्षमता, रवि से कहीं अधिक है। मानसिक स्तर पर रवि, पत्नी की तुलना में उन्नीस ही था। ये अलग बात थी कि उसकी पत्नी किसी कारण से (जो उसके बस में नहीं था) इंजीनियर नहीं बन सकी थी।

असलियत तो ये थी कि रवि ने इंजीनियरिंग में डिप्लोमा किया था और उसने नौकरी करते हुए पार्ट-टाइम क्लासेस के माध्यम से डिग्री की थी। उच्च मानसिक स्तर की वन्दना को, असलियत का पता चलने पर बड़ा धक्का सा लगा था। रवि का ध्यान क्षुद्र बातों, जैसे फ़ैशनबाज़ी, भड़कीले कपड़े पहनना, पिक्चरों वगैरह में अधिक रहता जबकि वन्दना की रुचि देश में और अंतर्राष्ट्रीय स्तर पर होने वाली महत्वपूर्ण घटनाओं में होती। वह टाइम्स ऑफ इंडिया और इंडिया टुडे जैसी पत्रिकायें पढ़ती, जबकि रवि को दूसरी महिलाओं से बतियाने में ज़्यादा रुचि थी। यहाँ तक कि वह घर में काम करने आने वाली नौकरानियों के पीछे-पीछे भी घूमता रहता। वन्दना को ये बड़ा खराब लगता।

शादी के दूसरे ही साल, बड़ी बेटी हो गयी। वो बच्ची को सँभालती और देर रात तक नोट्स बनाती। रवि या तो बाहर अन्य महिलाओं से बतियाने की ताक में रहता या टी.वी. पर निम्न स्तर की घटिया पिक्चरें देखता रहता। इसी बीच सब के चलते वन्दना, छोटी रश्मि को नानी के घर छोड़ आयी थी। एक तो कॉलेज के साथ वह रश्मि की ठीक से देखभाल करने में परेशानियों का

सामना कर ही रही थी, दूसरे उसका ख़याल था कि बचपन से ही पिता के बिगड़े चालचलन के बुरे असर से लड़की को बचाकर रखा जाए।

****

भाग्य से ईश्वर ने उसको दूसरा बेटा दे दिया। इस बेटे के प्यार में वो बिटिया को भूल गयी। प्रिंस उसको बड़ा प्यारा था। कॉलेज से लौटकर वो प्रिंस को खिलाती और घर का काम भी करती। उसकी पी.एच.डी. की थीसिस भी पूरी हो गयी थी। बस डॉक्टरेट की डिग्री मिलनी बची थी। डिग्री मिलते ही वो एच.ओ.डी. बन सकती थी।

ऐसी सुंदर, लेकिन बुद्धिमति पत्नी, रवि के गले नहीं उतरती थी। उसे एक आम घरेलू पत्नी चाहिये थी, जो उसके लिये खाना बनाये, उसके साथ फिल्में देखे और घूमने जाये। कभी-कभी रात को दो-दो बजे तक पढ़ती पत्नी, उसे बड़ी अजीब लगती। मानसिक और वैचारिक स्तर पर, दोनों में समानता का इतना अभाव था, जिसका समायोजन कठिन था।

ये एक वास्तविकता थी कि रवि और वन्दना के बीच सफ़ल शारीरिक संसर्ग के प्रतीक, दो प्यारे-प्यारे पुष्प पल्लवित हो चुके थे, किन्तु रवि एक पूर्ण पुरुष था और उसकी शारीरिक आवश्यकताएँ संतान के जन्म लेने भर से तो घट नहीं गई थीं। इधर रवि के शरीर में उग्र काम-वेदना का ज्वार हिलोरें मारता, उफ़नता रहता और उधर वन्दना किताबों में डूबी रहती।

पुरुष प्रधान समाज में पत्नी का किसी भी मायने में श्रेष्ठ होना पति को आसानी से पच नहीं पाता है। शायद वह अंदर ही अंदर किसी मानसिक दबाव या एक प्रकार की हीन भावना से ग्रसित था कि उसकी पत्नी उससे कहीं अधिक शिक्षित और होशियार है। कारण जो भी रहा हो, लेकिन लगता तो यही था कि उसने अपनी बुद्धिमति पत्नी से, तीव्र काम क्षुधा के शमन के लिये, कभी ज़ोर-ज़बरदस्ती नहीं की, कभी देर रात में पत्नी की किताबें बंद करके, उसे खींचकर बलपूर्वक पलंग पर नहीं ले गया, कभी पति-पत्नी के बीच समाज में स्वीकृत संबंधों के लिये विवश नहीं किया। एक-आध बार उसने बोलने-मनाने की कोशिश करी तो वन्दना से उसे जैसा चाहिये था, वैसा सहयोग नहीं

मिला, बल्कि वन्दना की चिड़चिड़ाहट से वह दुखी हो गया। उसके कदम गलत दिशा में मुड़ ही गये।

****

संसार में दुष्टों का कभी कोई टोटा नहीं रहा है। रवि के अपने ही निकट मित्रों में से किसी ने उसे पत्नी से बेवफ़ाई की राह पर भटका दिया और रवि वहाँ पहुँच गया जहाँ उसका जाना, पारिवारिक दृष्टिकोण से किसी भी प्रकार जायज़ नहीं ठहराया जा सकता। रवि ऐसी अवैध जगहों तक पहुँच गया, वहाँ उसे वैसे अवर्णनीय सुख का भरपूर आनंद मिला जैसा सालों की शादीशुदा ज़िंदगी में उसने कभी नहीं उठाया था। एक बार जो लत लगी तो फिर कदम रुकते कैसे? अब तो जहाँ मौका लगता, गाड़ी उठायी और चल दिया अपने गंतव्य की ओर। एक पक्षीय आनंद की यही खोज, उन पति-पत्नी के बीच तनाव और झगड़े की जड़ बन गया।

किसी विश्वसनीय परिचित स्रोत के मार्फ़त रवि के बदनाम बस्तियों में घूमते पाये जाने की सूचना की पुष्टि होने के बाद, एक दिन वन्दना और रवि के मध्य जम कर भयंकर लड़ाई हुई। वह झगड़ा उस दिन तो किसी तरह शान्त हुआ लेकिन उसके बाद भी रवि पत्नी की आँख बचा कर, सस्ते इत्र से महकती अपनी तथाकथित प्रेयसी के पास पहुँचने से बाज़ नहीं आया।

****

आठवीं कक्षा के बाद नानी का घर छोड़कर रश्मि अब उन्हीं के साथ रहने लगी थी और अब युवावस्था की दहलीज़ पर खड़ी थी। बेटी पर इन सब क्रियाकलापों का क्या प्रभाव पड़ेगा, इस बात को लेकर वन्दना बहुत चिन्तित रहने लगी थी। घर में भी रवि की चेष्टाएँ, वन्दना की सहनशक्ति से बाहर होती जा रही थीं। वन्दना का मन, रवि के प्रति वितृष्णा से भर गया था। अब वह भी रवि को कभी अपने शरीर को हाथ भी नहीं लगाने देती। पति-पत्नी के बीच तनाव के चलते, रश्मि पूरी तरह उपेक्षित हो रही थी। पिता से तो उसकी बिलकुल नहीं पटती थी।

एक दिन रश्मि कॉलेज जाने के लिये जल्दी तैयार हो गई। कॉलेज के लिये निकलने का समय होने में देर थी। उस अवधि को काटने के लिये यूँ ही गेट पर खड़ी, निरुद्देश्य सी यहाँ-वहाँ देख रही थी। उसी समय पिता बाहर कहीं से घर लौटे। घर के गेट पर, सुन्दर सी तैयार होकर खड़ी हुई बेटी से, पिता ने तीखे स्वर में प्रश्न किया,

"कहाँ जा रही हो?"

"कहीं नहीं।"

"फिर बाज़ारू औरतों की तरह दरवाजे पर क्यों खड़ी हो?"

रश्मि का दिल धक् से रह गया। ये पिता है या राक्षस? छिः, ऐसी गंदी सोच। वह अंदर आकर फूट-फूटकर रोने लगी। अब वह घर में रहने के बजाय, बाहर ज़्यादा समय बिताने लगी। कॉलेज से आकर वह कॉलोनी में ही किसी न किसी के घर चली जाती और शाम को माँ के आने के बाद ही घर में घुसती।

रवि की हफ़्ते में तीन या चार दिन नाइट ड्यूटी होती थी, तब वह दिन भर घर पर रहता था। उन दिनों में वह दिन भर घर होते हुए भी, पिता से कतराती और इधर उधर घूमती रहती। वैसे भी, बचपन से ही नानी के साथ रहने के कारण उसे माता-पिता से कोई विशेष लगाव था ही नहीं। मामा और मौसी उसे ज़्यादा प्यारे लगते और मौका मिलते ही वह ब्यावर भाग जाती। लेकिन वहाँ जाना भी, शैक्षणिक कैलेन्डर की छुट्टियों के हिसाब से ही संभव हो पाता था।

वह उम्र के उस पड़ाव पर थी, जहाँ युवावस्था की ओर अग्रसर, एक अनुभवहीन किशोरी, शारीरिक और मानसिक परिवर्तनों के दौर से गुज़र रही होती है और विपरीत लिंग की ओर नैसर्गिक आकर्षण अपने चरमोत्कर्ष पर होता है। शारीरिक व मानसिक उथल-पुथल और चकाचौंध के बीच, उचित समन्वय स्थापित करने के लिये, घर में स्नेह एवं सुख-शान्ति के साथ, उचित मार्गदर्शक संरक्षकों की आवश्यकता होती है, जिसका रश्मि के लिये नितान्त

अभाव था। नौकरी संबंधी व्यस्तताओं के चलते, शायद घर में माँ का नियंत्रण भी अपेक्षाकृत ढीला ही रहा होगा, उधर छोटे भाई और उसकी उम्र में अंतर भी सामान्य से कुछ ज़्यादा ही था। घर में वह माहौल ही नहीं था, कि शांति से किसी के साथ बैठकर, वह मन की बातें साझा कर पाती। लम्बे समय के अकेलेपन से जूझती रश्मि के मन को भी, किसी और की तलाश रहने लगी, जिसके साथ, वह अपनी उलझनों और गुत्थियों को शेयर कर सके। वह घर से बाहर प्यार ढूँढने लगी।

कैसी विडम्बना थी कि दूसरों के बच्चों को, भविष्य के लिये मार्गदर्शन देने में समर्थ, लेकिन अपनी ही दिनचर्या में उलझी वन्दना, बेटी के मन की उलझन को पहचान नहीं पाई। घर की परछाईं से बचती-भागती रश्मि का, उसके घर के पास ही रहनेवाले चतुर्वेदी परिवार में आना-जाना बढ़ता चला गया, क्योंकि वहाँ उसे अपनेपन की अनुभूति होती थी। रश्मि को लगता कि घर के लोगों की बजाय, चतुर्वेदी परिवार के लोग उससे ज्यादा प्यार करते हैं।

चतुर्वेदी आँटी की कोई बेटी नहीं थी, वो उसे बेटी की तरह दुलारतीं। कभी वो आँटी से केक बनाना सीखती और कभी लड्डू। सभी त्योहार भी आँटी बड़ी धूमधाम से मनाती। सामाजिक स्तर के हिसाब से, कुंदन का परिवार आर्थिक रूप से उतना सम्पन्न नहीं था। साधारण सा लोअर मिडिल क्लास का घर, लेकिन प्यार से भरपूर। कुंदन के पिता किसी विभाग में अपर डिवीज़न क्लर्क थे। अपने माता-पिता के घर से भागती रश्मि, कब उस परिवार से, भीतर तक जुड़ गयी, वो समझ ही नहीं पायी।

****

इधर घर में, कभी-कभी रश्मि के विवाह की चर्चा चलने लगी थी। उसकी छोटी मौसी ने भी मम्मी को कोई रिश्ता उसके लिये बताया था जो आई.पी.एस. ऑफ़िसर था और बड़े समृद्ध परिवार से था। दूसरे और भी कई उच्च शिक्षित लड़कों से भी उसके रिश्ते के लिये विचार चल रहा था।

माँ-बाप की अकेली, सुंदर बेटी और घर में पैसों की कोई कमी भी नहीं थी। कम से कम दहेज में कार तो देंगे ही और बेटी को फर्निश्ड फ़्लैट के साथ

गहनों से भी लाद देंगे। बड़े-बड़े परिवारों की निगाह इस सुन्दर, समृद्ध कन्या पर थी। माँ-बाप दोनों उच्च-पदाधिकारी और जीवन भर दोनों ने भरपूर कमाई की थी। घर को समझ-बूझ कर चलाने वाली वन्दना ने, काफ़ी अच्छा बैंक बैलेंस भी बना लिया था।

इतनी व्यस्त दिनचर्या में भी, वन्दना अधिकतर काम अपने हाथ से ही करती रही थी। केवल झाड़ू-पोंछा-बर्तन के लिये ही उसने काम वाली रखी थी। बिटिया की शादी किसी इंजीनियर, डॉक्टर या आई.ए.एस. ऑफ़िसर से करे, ऐसा उसका सपना था।

लेकिन क्या किसी का हर सपना कभी पूर्ण होता है?

चतुर्वेदी परिवार के बड़े बेटे कुंदन के साथ बातें करते, कभी बैडमिंटन खेलते और कभी कैरम खेलते-खेलते, रश्मि को उसके प्रेमपाश ने बाँध लिया था।

जिस दिन किसी सम्पन्न और प्रतिष्ठित परिवार के लड़के वाले रश्मि को देखने आने वाले थे, उस दिन एक्स्ट्रा क्लास का बहाना करके वो निकली और तीन दिन तक वापस नहीं आयी। माता-पिता खोज-खोजकर हैरान-परेशान हो गये।

तीसरे दिन शाम को ख़बर मिली कि उसने तो कोर्ट में जाकर किसी कुंदन से शादी कर ली थी। माँ-बाप की इकलौती बेटी और एक पंसारी की दुकान वाले से कोर्ट में शादी। रश्मि के कुंदन की ओर आकृष्ट हो जाने की बात खुली तो किसी को भी सहसा विश्वास ही नहीं हो रहा था कि ये सच भी हो सकता है। क्योंकि, कुंदन तो निम्न मध्यमवर्गीय परिवार का बहुत ही साधारण सा दिखने वाला श्यामलवर्णी लड़का था और पढ़ाई में औसत दर्जे का।

कुंदन को कोई अच्छी नौकरी न मिल पाने के कारण उसके पिता ने, जो किसी कार्यालय में क्लर्क थे, उसे एक जनरल मर्चेंट की छोटी सी दुकान खुलवा दी थी। इसके विपरीत, रश्मि उत्तम शारीरिक सौंदर्य के साथ उच्च

राजकीय अधिकारियों के परिवार की पृष्ठभूमि से थी। लेकिन मानव समाज में अपवाद स्वरूप ऐसी अनेक अचरज भरी घटनाएँ बहुधा घटित होती रहती है।

****

वन्दना को ऐसा सदमा लगा था कि वो बेहोश हो गयी। अगले दिन सुबह ही उसे होश आया। बेहोशी टूटी, तो वो अस्पताल में थी। चारों ओर ननद, देवर और छोटी बहन खड़ी थी। गरम-गरम आँसू उसकी आँखों के किनारों से बह-बह कर गर्दन तक जा रहे थे।

छोटी बहन बगल में खड़ी होकर, एक हाथ से आँसू पोंछती हुई, दूसरे हाथ से उसके माथे पर हाथ फेरते हुए वन्दना को समझाने का प्रयास कर रही थी।

"मत रोओ दीदी। लड़की बालिग है। एक बार लड़के से मिल तो लो, अब तो उसे स्वीकार करना ही पड़ेगा। नहीं तो समाज में कैसी थू-थू होगी? एक छोटा सा रिसेप्शन देकर उसे स्वीकार कर लो।"

फिर, वन्दना की उस छोटी बहन ने ही रिसेप्शन के लिये हॉल बुक करने और बाकी की पूरी तैयारी का बीड़ा उठाया था। हफ़्ते भर में सारी व्यवस्थायें करके सभी दूसरे रिश्तेदारों, मामा, मौसी, चाचा, बुआ वगैरह को फ़ोन करके बुला लिया गया। कॉलोनी के परिचित लोगों को औपचारिक रूप से फ़ोन कर-करके बुलाया गया।

रिसेप्शन के दिन जब रश्मि सुबह माँ के घर पहुँची, तो माँ की हालत उससे देखी नहीं गयी। गड्ढे में घुसी आँखें और उतरा हुआ उदास चेहरा। ये क्या सिला दिया उसने माँ को? जिस बेटी की शादी में माँ को चहचहाती, चमकती घूमना था, उसके विवाह के रिसेप्शन के दिन माँ ऐसी बेहाल? वो माँ से लिपट कर रो पड़ी।

"माँ मुझे माफ़ कर दो, मुझसे ग़लती हो गयी।"

"बेटी! कम से कम मुझे तो बताना चाहिये था। इतना पराया समझा?"

रश्मि माँ के सीने से लिपटी सिसकती रही। क्या जवाब देती?

****

शाम को पता नहीं कैसे अचानक ख़ूब बारिश हुई। ऐसी किचकिच, कीचड़ भरे माहौल में हॉल के अंदर ही पूरा अरेंजमेंट करना पड़ा।

मैरून लहँगा पहने रश्मि तो ख़ुश नजर आ रही थी, लेकिन व्हाइट ढीले ढाले सूट में लड़का किसी को भी नहीं भाया। न बहुत पढ़ा लिखा, न ऊँची पोस्ट वाला और न ही बहुत हैंडसम। लड़का अगर बहुत हैंडसम होता तो लोग मान लेते कि रश्मि उसकी ख़ूबसूरती पर मर मिटी होगी। लेकिन यहाँ तो सिरे से कुछ भी नहीं था। सबकी एक ही प्रतिक्रिया थी,

"क्या देखा लड़की ने लड़के में?.....अरे क्या माँ-बाप को कभी कुछ पता ही नहीं लगा?...... या यूँ ही सोते रह गये?"

माँ-बाप, मौसी, बुआ, चाची सबके चेहरे उतरे हुए थे। बस एक फ़ॉर्मेलिटी थी, जो सब निभा रहे थे। ख़ूबसूरत बिटिया के लिये ऊँची पोस्ट वाला दामाद तो माँ की आँखों का अधूरा सपना ही रह गया था। भीड़ में वन्दना, सबसे नज़रें चुराती घूमती रही।

रश्मि बिदा होकर अपने घर चली गयी और ज़िंदगी अपनी रफ़्तार से चलने लगी। माँ-बाप के घर में शानदार कार में घूमने वाली लड़की, शादी के बाद कभी-कभी एक पुरानी सी टू-व्हीलर पर, कहीं रास्ते में दिख जाती, थकी हारी। कभी कोई कहता कि वह पाँच-सात हज़ार रुपये की साधारण सी नौकरी के लिये किसी प्राइवेट संस्थान में काम कर रही है। जीवन एक बहती हुई पहाड़ी नदी की तरह है, जो कभी पारदर्शी स्वच्छ कल-कल करके बहते जल के रूप में दिखाई देती है तो कभी गंदे पानी में बदल जाती है। रश्मि के साथ भी कुछ वैसा ही हुआ था, लेकिन इसका असली जवाबदार कौन था, रश्मि स्वयं या उसके माता-पिता जो उसके युवा मन की गुत्थियों को समय से

सुलझाकर उसे उचित और अनुकूल पारिवारिक माहौल नहीं दे सके? ये तय कर पाना कठिन था।

****

रश्मि को कुंदन के साथ प्रेम विवाह करने से रोकने में असफल माता-पिता ने, उसके विवाह को सामाजिक स्वीकृति दिलाने की गरज़ से, बाक़ायदा उनकी शादी समारोहपूर्वक करवा कर दिखावे के लिये अपना दायित्व निभा दिया, लेकिन दिल से वे कभी इस बात को स्वीकार नहीं कर पाये।

उन्होंने शादी के बाद, रश्मि से निकट संबंधियों का सा संबंध रखना तो दूर, पर्व-त्योहार आदि के अवसर पर भी, उससे व्यवहार अन्य साधारण परिचितों की तरह ही सीमित रखा।

वह कभी-कभार माँ के घर भी आती, तो आसपास किसी से बात नहीं करती। बस, घर में माँ से कुछ देर के लिये मिलकर चली जाती। उसका सारा अल्हड़पन और चंचलता ख़त्म हो गयी थी।

समाज की कड़वी सच्चाइयों के सामने कुंदन के प्रेम में दीवानापन किस कदर खोखला और उसके जीवनस्तर को नीचे गिराने का कारण बना था, ये उसे शादी के बाद समझ में आ गया था। लेकिन, तब तक बहुत देर हो चुकी थी और भूल सुधारने का कोई मार्ग नहीं बचा था।

रश्मि की एक भूल ने उसे जीवन-भर के लिये काँटों भरी राह में डाल दिया। सम्पन्न माता-पिता की सुन्दरी बेटी, जीवन-भर रोज़ी-रोटी के लिये संघर्ष करती रही। न उसे समाज में मान मिला, न सम्मान।

****

पी.एच.डी. की डिग्री मिलने के बाद वन्दना की पोस्टिंग प्रमोशन पर अजमेर के किसी कॉलेज में हेड ऑफ द डिपार्टमेंट के रूप में हो गयी। अब वो रोज़ सुबह जल्दी उठकर खाना बनाती और छ: बजे कभी स्कूटर और कभी कार से स्टेशन चली जाती। वहाँ कोई ट्रेन कैच करके वो साढ़े आठ-नौ बजे तक अजमेर पहुँच जाती।

अजमेर में उसके सब्जेक्ट के स्टूडेंट्स ज्यादा नहीं थे और क्लास भी उसे कभी एक या कभी दो ही लेनी होतीं, इसलिये सहकर्मियों के साथ किसी तरह मैनेज करके वह जल्दी घर आ जाने की कोशिश करती। बतौर एच.ओ.डी. जो काम करने होते उनमें से भी कुछ वह घर से ही निपटाने का प्रयास करती। अजमेर में पोस्टिंग के दौरान उसे बहुत ज्यादा ऑफ़िस पोलिटिक्स और किसी रोकटोक का सामना करने की नौबत नहीं आई। उसको ये ज़िंदगी बड़ी रास आयी।

सुबह-सुबह की ठण्डी हवा उसे ताज़गी से भर देती। ट्रेन में वो लिखने पढ़ने का बहुत काम कर लेती। कभी कॉन्फ्रेन्स, कभी सेमिनार, कभी एक्ज़ाम्स, वो हमेशा व्यस्त रहती। अब वो पहले से ख़ुश दिखाई देने लगी थी। प्रिंस भी पढ़ने में अच्छा निकला और इंजीनियरिंग कॉलेज में सिलेक्ट हो गया था। लम्बा, गोरा प्रिंस, हर किसी को अपनी ओर आकर्षित कर लेता। मम्मी का वो बहुत ध्यान रखता। शायद मम्मी को बहन की शादी से लगे सदमे के घाव को भरना चाहता था।

****

इधर वन्दना तो सुबह जल्दी ही निकल जाती और बेटा भी कॉलेज निकल जाता। उनके घर से बाहर निकलने के बाद, पीछे के दरवाज़े से एक भरी-पूरी महिला का प्रवेश होता। प्रकट तौर पर बताया तो यही जाता था कि घर का सारा काम वही करती थी। लेकिन दबे-दबे स्वरों में मोहल्ले में चर्चा होती रहती थी कि वह रवि साहब की दबी-कुचली कामनाओं के शमन की पूर्ति के निर्वहन का दायित्व भी पूर्ण किया करती थी। इतनी ख़ूबसूरत, सुशिक्षित पत्नी के पति के, इस प्रकार की निम्न स्तरीय महिला से कोई संबंध वास्तव में थे भी या नहीं, भगवान ही जाने। इसका कोई पुष्टीकरण करता भी तो कैसे?

वन्दना की बाहर पोस्टिंग हो जाने से रवि की मौज हो गयी थी, इस बात की चर्चा मोहल्ले की महिलाओं की सभाओं में और नुक्कड़ पर गप्पबाजी के लिये एकत्र पुरुषों के समूहों में, फुसफुसाहट भरे अंदाज़ में बड़े चटखारे लेकर

की जाती थी। चर्चा बहुत से लोगों में होती रहती, लेकिन सभ्य समाज में कौन, किसी के निजी मामले में, दखलअंदाजी करता है? सब बस दबी-दबी हँसी हँसते थे और कभी-कभी, उनकी नज़रों में रंगीले, रवि का मज़ाक बनाते थे।

मोहल्ले की कोई भी महिला, उससे बात नहीं करती। अव्वल तो उनके घर कोई जाता ही नहीं था और कोई जाता भी तो लोग तभी उसके घर जाते, जब मिसेस वर्मा घर पर होती। जब कभी बर्तन और घर का बाकी काम करने वाली नहीं आती और मिसेज़ वर्मा का बर्तनों के ढेर से सामना होता, तब उन दोनों की लड़ाई फिर शुरू हो जाती।

****

समय बीतता गया। इस बीच, हमारा अपना घर भी निर्मित हो चुका था, इसलिये हम, उस नये बने घर में रहने के लिये चले गये। बहुत दिनों बाद में, हमें पता चला था कि मिसेज़ वर्मा का ट्राँसफर, वापस जयपुर हो गया था, लेकिन वर्मा साहब, रिटायर होने के बाद, किसी अज्ञात बीमारी का शिकार हो गये थे। मिसेज़ वर्मा ने सब कुछ भुलाकर बहुत सेवा-सुश्रुषा की, बहुत इलाज कराया, लेकिन वर्मा साहब को काल का ग्रास होने से बचा नहीं सकीं। जाते-जाते, उन्होंने वन्दना से हाथ जोड़कर माफ़ी मांगी और बहते आँसुओं के साथ, बेटे से बोले थे,

"प्रिंस! मम्मी का बहुत ध्यान रखना, उनको कभी कोई परेशानी न हो। वन्दना! तुम अपने माथे से ये बिंदी कभी मत हटाना, बहुत अच्छी लगती है तुम पर। तुम सदा, बिन्दी लगाकर ही रहना। मेरी आत्मा तो सदा तुम्हारे साथ ही रहेगी।"

पति का असमय अवसान हो गया और बेटा भी पढ़-लिख कर नौकरी की ख़ातिर, किसी और महानगर में चला गया। वहाँ रह गई थी, उनकी वही बेटी जिससे संबंध, बस कहने भर के रह गये थे। पिता की असामयिक मृत्यु से वह बहुत व्यथित हुई थी और माँ का सहारा बन कर खड़ी रही। मिसेज़ वर्मा ने भी रश्मि से संबंधित मन की कड़वाहटों को तिलांजलि दे दी।

पति के जाने के बाद, वन्दना एकदम अकेली पड़ गयी। कार तो घर में शुरू से ही रही थी। ज़रूरत पड़ने पर कहीं आने-जाने के लिये, एक ड्रायवर रख लिया और कार से ही सब जगह आती जाती रहती। कभी-कभी रश्मि अपनी छोटी बेटी को लेकर उसके पास आ जाती।

वन्दना के लिये स्वयं को व्यस्त रखना कठिन नहीं रहा, उसने कॉलेज, सेमीनार और पढ़ने-पढ़ाने में स्वयं को लगा लिया। कॉलेज के कई लड़के-लड़कियाँ उससे कोचिंग के लिये भी आते, और बाकी समय वह घर का मेन्टेनेन्स करने में निकाल देती।

सुबह-सुबह शहर की लम्बी सूनी सड़कों पर, चेहरे पर दमकता बौद्धिक तेज लिये और माथे पर बड़ी सी लाल बिंदी लगाये, मॉर्निंग वॉक करती महिला, वही बुद्धिमति तो है, जो इस बढ़ती आयु में भी, पूर्ण आत्मविश्वास और साहस के साथ, निपट अकेली, जीवन-संघर्ष में निरत है।

****

तबला

ज़िंदगी! अलग-अलग व्यक्ति के लिये, ज़िंदगी के रंग अलग-अलग होते हैं। ये किसी के लिये शोला बन जाती है, तो किसी के लिये शबनम। कहीं ज़िंदगी में सिर्फ़ तपती रेत, तो कहीं बरसता पानी। ज़िंदगी की इस हलचल में, इस उतार चढ़ाव में संघर्ष करते-करते, कब ज़िंदगी ख़त्म हो जाती है, पता ही नहीं चलता।

जीवन में मन की सुंदरता कहीं अधिक महत्वपूर्ण है, लेकिन लोगों को केवल बाहरी तन की सुंदरता ही आसानी से दिखती है। तन की सुंदरता या असुंदरता के आधार पर चलते सामाजिक भेदभाव और मन की ख़ूबसूरती की उपेक्षा किसी भी व्यक्ति की ज़िंदगी को जीने के लिये बहुत कठिन बना डालता है। जो तन से सुंदर नहीं, क्या उसे सुकून से जीने का भी अधिकार नहीं?

****

उसका नाम तो बहुत अच्छा रखा गया था, सुदर्शना। लेकिन असल में उसका रंग था गहरा साँवला, चेहरे पर छोटी-छोटी काली आँखें, बोथरी नाक और चपटा सा चेहरा। उसका नाम और उसका रूप, परस्पर मेल नहीं खाते थे। वह पैदा भी हुई तो माँ की छः संतानों में आख़िरी नम्बर पर। पाँच बच्चों को पालते-पालते, माँ वैसे ही थक चुकी थी। ये छठवीं संतान अनजाने ही गर्भ में आ गयी थी। ऊपर से, न जाने क्यों, अनुवांशिकी में, प्रकृति ने माता-पिता दोनों की शारीरिक न्यूनताएँ सम्मिलित स्वरूप में सुदर्शना को प्रदान कर दी थीं।

नतीजा, बचपन से ही उसे पक्षपात का शिकार होना पड़ा। हमेशा ही उसकी तुलना बड़ी बहन से होती। लम्बी, पतली, नाज़ुक और दूध सी सफ़ेद, बड़ी बहन के सामने, सुदर्शना किसी नौकरानी की बच्ची लगती। आँखों में कीचड़ लिये, वो जमीन पर पड़ी चीख-चीखकर रोती रहती और माँ बड़ी बहन की चोटियाँ बनाती रहती। माँ सोचती, इस चाँद के टुकड़े के बाद ये कैसा दाग़?

जहाँ बड़ी बहन लम्बी, गोरी, सुंदर थी, वहीं वो साँवली बहुत ही आम सी शकल-सूरत की। बस, कद के हिसाब से उसका शरीर किसी भी पुरुष की दृष्टि से संतुलित और अच्छा भरा-भरा था। आकर्षक उभरा हुआ वक्षस्थल और पतली कमर। लेकिन फिर भी, बड़ी बहन की शादी जहाँ उन्नीस साल की उम्र में ही हो गयी थी, वहीं सुदर्शना को कोई देखकर पसंद ही नहीं करता था। यहाँ तक कि कई लोग, बनावट में हलके चपटेपन के कारण उसके चेहरे की तुलना तबले से कर दिया करते थे।

****

कुछ उसकी किस्मत और कुछ उसकी माँ का भाग्य। चारों बड़ी भाभियाँ भी आयीं, तो वे भी सुंदर-सुंदर और घर के काम काज में होशियार। छोटी होने के कारण सुदर्शना को कुछ काम नहीं करना पड़ता था और शायद माँ की भी कुछ लापरवाही के कारण वो घर के काम में होशियार नहीं निकली थी।

भाइयों की तरह, वो भी गणित और साइंस पढ़ना चाहती थी, लेकिन माँ ने उसे हिस्ट्री, इंग्लिश और म्यूज़िक जैसे विषय दिला दिये। हिस्ट्री के सन याद करते-करते वो पागल हो जाती। इंग्लिश तो उसके पल्ले ही नहीं पड़ती थी, इसलिये बी.ए. में वो दो बार फेल भी हुई। हाँ, तबला और ढोलक बजाना उसे बहुत अच्छा लगता। ढोलक और तबले पर जब वो कहरवा, दादरा और झप ताल के ठेके देती तो लोग सुनते ही रह जाते।

रिश्तेदारी और जान-पहचान में कहीं शादी हो या कोई संगीत का कार्यक्रम हो, सुदर्शना को तबला या ढोलक बजाने के लिये बुला लिया जाता। तब वो भूल जाती उसका साँवला रंग, छोटा कद और गठीला बदन। तबले की ताल में, उसे संपूर्ण प्रकृति नाचती सी लगती। आसपास का वातावरण नृत्य कर उठता और लोगों की वाह-वाह में, वो अपनी कमियाँ भुला देती। ग़ज़लें भी वो बहुत अच्छी गाती।

वह खाना बनाने में बहुत एक्सपर्ट तो नहीं बन पाई थी, परंतु उसको शौक था, तरह-तरह की चाट बनाने का। कभी उबले आलू की चाट, तो कभी फलों की चाट। ख़ुद भी खाती और सब भतीजा-भतीजियों को भी खिलाती।

****

दीदी की शादी के बाद से ही, माँ ने उसकी शादी की तैयारियाँ शुरू कर दी थीं। भाभियों के घर से आये, अच्छे मेज़पोश, चादरें और भारी गहनों में से कुछ उसके दहेज के लिये माँ ने उठा कर रख दिये थे। इसलिये भाभियाँ कभी-कभी उससे चिढ़ भी जातीं।

जहाँ बड़ी दीदी ख़ूबसूरत होने के साथ, हँसमुख, मिलनसार स्वभाव की थी, वहीं बचपन के अनुभवों के कारण, बड़ी होने पर सुदर्शना की बातचीत में कुंठा और चिड़चिड़ापन झलकने लगा था, लेकिन अंदर से स्वभाव की वह सीधी-सादी ही थी। बड़ी दीदी तो भाभियों से मिल जुल कर रहती और खूब हँसी-ठिठोली करती थी, किन्तु सुदर्शना का साँवला रंग और नाटा कद उसे ख़ूबसूरत भाभियों के सामने बौना बनाकर रख देता था, इसलिये वह चिढ़ और कुंठा के कारण भाभियों को उल्टा सीधा बोल देती और फिर भाभियाँ भी

उसके साथ स्नेह व सहानुभूतिपूर्ण व्यवहार करने के बजाय कई बार उसका और भी ज़्यादा मज़ाक उड़ाती तथा एक दूसरे को देखती हुई, मुँह में पल्ला दबाकर कर हँसती। सुदर्शना अपनी बेबसी पर चिढ़ती रहती और उसके मन की हीन भावना पहले से भी ज़्यादा बढ़ने लगती। क्या विधाता थोड़ी सी खूबसूरती उसकी झोली में नहीं डाल सकता था?

****

जब उसे कोई लड़केवाला देखने आता तो माँ उसे भाभियों की कोई बनारसी साड़ी पहना देती और तबला बजाने के साथ-साथ ग़ज़ल भी गवाती। उसके दिल में बहुत से ख़्वाब जागते, सपने आते कि कोई सपनों का राजकुमार आये और उसे दुल्हन बनाकर ले जाये, लेकिन हर बार एक ही टका सा जवाब आता

"लड़की बहुत साँवली है।"

उसकी ग़ज़ल-गीत गायन में श्रेष्ठता, उसका ढोलक-तबला बजाने का कौशल, त्वरित रूप से तो सबको अच्छा लगता, लेकिन शादी के मामले में सफ़लता नहीं मिल रही थी। किसी ने, उसके मन में छुपी सुंदरता को पहचानने की, न तो कोशिश की, न कोई बढ़ावा दिया।

उसके हृदय में यह कुंठा और दृढ़ होती रही कि क्या उसे अधिकार ही नहीं है, एक मनचाहा जीवन साथी पाने का, किसी के गले में बाँहें डालने का या किसी के कंधे पर सिर रखकर, सपने बुनने का? हा! विधाता ने उसे ये सुख क्यों नहीं दिया?

बड़ी दीदी का जीजाजी को अति प्रिय होना और भाभियों पर भाइयों की आसक्ति, उसे इस बात का बार-बार स्मरण करा जाती कि शायद ख़ूबसूरत तन ही सब कुछ देता है। इस तन का वह क्या करे? समय बीतने के साथ, उसका मन कुंठित होता ही चला गया। जहाँ लड़के वाले देखने आते, उसका चेहरा खिसियाना हो जाता। उसने कितनी भी अच्छी साड़ी पहनी हो, उसके चेहरे पर ऐसे भाव आ ही आते कि जैसे अभी रो पड़ेगी। परंतु

धीरे-धीरे, समय बीतने के साथ उसे इस प्रक्रिया को दोहराने की आदत सी हो गई। अब किसी लड़के के उसे देखने आने पर, वो मशीनी गुड़िया सी तैयार होकर चली जाती और लड़के वालों के मना करने का संदेश आने पर भी उसका चेहरा भावशून्य सा ही दिखता, जैसे उस पर कोई असर ही नहीं पड़ा हो।

****

उधर सुदर्शना का वैवाहिक संबंध तय होने का नाम ही नहीं ले रहा था और इधर आयु के साथ युवावस्था की स्वाभाविक शारीरिक अग्नि उसे जलाने लगी थी। भरे-भरे वक्षस्थल में अजीब सी तड़पन उठती, जलता सा शरीर किसी हृष्ट-पुष्ट पुरुष देह के साथ के लिये तरसता। लेकिन वह क्या करती? उसकी इस अग्नि को कौन बुझाता?

एक रात घर में सभी सोने चले गये थे, लेकिन उसे नींद नहीं आ रही थी। काम वासना का ज्वार उसे बहुत सता रहा था। रात के सन्नाटे में उसी के कमरे से सटे छोटे भैया-भाभी के कमरे से आती आवाज़ों ने उसे सहज ही आकृष्ट कर लिया। मंत्रमुग्ध सी वो उठी और दबे पाँव जाकर उनके कमरे के दरवाजे में अंदर का दृश्य देखने लायक चीर ढूँढ कर, वहाँ आँख सटा दी। नवविवाहित जोड़े की अंतरंग अवस्था देखकर उसका कुँवारा सर्वांग, रोमांचित हो उठा। उसका मन कर रहा था कि वहाँ से आँख न हटाये, लेकिन अचानक एक दूसरे कमरे से कुछ गिरने की आवाज़ ने उसे सावधान कर दिया और वह भयभीत सी दौड़कर अपने कमरे में आकर लेट गई कि कहीं किसी ने उसे चोरी-छुपे भाई-भाभी के कमरे में ताका-झाँकी करते देख न लिया हो। बिस्तर पर पड़े-पड़े, उसे शरीर में उत्तेजना का गरम-गरम लावा प्रवाहित होता लग रहा था और उसका अंग-प्रत्यंग एक अनजानी आग में जल रहा था। उसने ख़ुद को कमरे में बँद कर लिया था।

****

उसके बीच वाले भैया उसे बहुत प्यार करते थे। अपनी सीधी-साधी बहन उन्हें बहुत अच्छी लगती। बचपन से उन्होंने सुदर्शना को गोद में खिलाया

था। उन्होंने उसे अपने पास आगरा बुला लिया। वहीं उन्हें एक सजातीय निम्न मध्यमवर्गीय परिवार के लड़के के बारे में पता चला था। लड़का एक सरकारी नौकरी में था। था तो वह क्लर्क ही, लेकिन गोरा और शक्लोसूरत में औसत लड़कों से बेहतर ही रहा होगा। आशीष, सीधा-सादा और देखने में कुछ बेचारा सा लगता था। बाकी सब चीज़ें तो ठीक थीं, लेकिन उसके साथ एक समस्या ये थी कि उसे कानों से कम सुनाई देता था। यद्यपि कानों में श्रवणयंत्र लगा कर उसे अपना कामकाज सामान्य लोगों की तरह कर लेने में कोई दिक्कत नहीं होती थी, लेकिन उसके आंशिक बहरेपन के बारे में जानकर, लड़कियों के माता-पिता प्रायः वैवाहिक संबंध के लिये हामी नहीं भरते थे।

भैया भी उसकी इस समस्या से परिचित तो थे, लेकिन वे ये भी जानते थे कि सुदर्शना का वैवाहिक संबंध भी होना कठिन ही प्रतीत हो रहा था। घर के दूसरे बड़े लोगों से विचार विमर्श करके भैया ने एक दिन आशीष को अपने घर बुलाया और अपनी बहन से मिलवाया। सुदर्शना, आशीष को अच्छी लगी, ऊपर से मजिस्ट्रेट की बहन, उसने फ़ौरन हाँ कर दी।

दो महीने के अंदर ही उसका विवाह हो गया। लाल जोड़े में सजी सुदर्शना जब प्रिय के घर चली, तो उसकी माँ उससे गले मिलकर खूब रोयी। भाभियों ने भी अपनी इस छोटी ननद पर ख़ूब प्यार लुटाया और चैन की साँस ली कि चलो! उसका घर तो बसा। अब वो भी अपने पिया की फुलवारी में महकेगी, चटकेगी, झूलेगी।

****

सुदर्शना की ज़िंदगी में तो जैसे बसंत-बहार आ गई। उसके मन में गोरे रंग की चाहत बचपन से ही घर कर गई थी और अब ईश्वर ने उसे सच में प्यारा-प्यारा गोरा, ऐसा अलबेला प्रियतम दे दिया था। वो सपनों की दुनिया में खो गयी। जब वो आशीष के गले में बाँहें डालकर झूमती, तो उसे बरसों का सपना पूरा हुआ, सच हुआ लगता। उगते सूरज में, खिलते फूलों में और रिमझिम बरसते पानी में उसे अपना प्रियतम ही नजर आता। सुदर्शना,

आशीष का गोरा-गोरा चेहरा बार-बार चूम डालती और उसका प्रियतम उसके भरे-भरे, गुदगुदे वक्षस्थल में अपना सिर छुपा लेता।

रात-रात भर दोनों बावरे प्रेमी जागते रहते और एक दूसरे की देह की भूल-भुलैया में खो जाते। आशीष ने भी सुदर्शना पर भरपूर प्यार लुटाया। दोनों के ही अतृप्त शरीर, लम्बे समय से देह की ज्वाला में झुलस रहे थे। मिल बैठे दीवाने दो। बरसों के दबे हुए लावा को प्रवाहित होने के लिये जैसे बहु-प्रतीक्षित दरक मिल गई थी। एक दूसरे को जी भर के प्यार करके उनके उतप्त शरीरों को शीतलता सी मिल गयी थी।

****

जल्द ही उनके भड़कते-छलकते प्यार का एक पुष्प, गोरे-चिट्टे अनुरंजन के रूप में, सुदर्शना की झोली में आ गया। सुदर्शना को लगा कि उसके साँवले रंग की कमी उसके बच्चे में पूरी हो गयी थी। अनुरंजन को गोदी में लेकर वो बावरी सी हो गयी थी। सास-ससुर, ननद, देवर के साथ अपने छोटे से आशियाने को बगिया जैसा महकाकर रखती। सास-ससुर भी कुछ नहीं बोलते थे। उनकी बहू मजिस्ट्रेट साहब की बहन जो थी, जबकि उनका बेटा तो एक साधारण क्लर्क ही था।

थोड़े दिन में एक-एक करके दो चाँद सी बेटियाँ भी उसके आँगन में आ गईं। उन्होंने भी अपने पापा का गोरा रंग ही पाया था। दोनों बेटियाँ एक से एक गोरी और सुंदर। बच्चों को देखकर वो अपना साँवला रंग और छोटा कद भूल गयी थी।

बच्चों ने अपनी बुआ और चाचा की तरह लम्बा, सुंदर और गठीला बदन पाया। सौभाग्य से सभी बच्चे एकदम नॉर्मल थे, किसी में किसी प्रकार की शारीरिक कमज़ोरी नहीं थी। आशीष और सुदर्शना की बगिया महकने लगी थी। सुंदर बच्चों और पति के ऑफ़िसर बन जाने के कारण पीहर में भी सुदर्शना का मान-सम्मान बढ़ गया। बच्चे पढ़ने में भी होशियार निकले। अपने इन चाँद-सितारों को बाँहों में समेटकर सुदर्शना फूली न समाती।

सुदर्शना की प्रेरणा और सहयोग के साथ मेहनती और महत्वाकांक्षी आशीष डिपार्टमेंटल एक्ज़ाम देता रहा और पास होते-होते गज़ेटेड ऑफ़िसर बन गया। प्रमोशन के साथ, उसको सरकारी कालोनी में एक बहुत ही अच्छा घर मिल गया। नया बना टू बेडरूम हाउस और बाहर एक बड़ा सा टैरेस। सुदर्शना ने बहुत से गमले रखकर उसको फूलों से सजा दिया।

****

लेकिन कहते हैं न कि 'सब दिन जात न एक समाना'। जीवन भर साथ निभाने का वचन देने वाला आशीष, पूरा साथ नहीं निभा पाया। अभी तो उसके रिटायरमेंट में पाँच-छः साल शेष बचे थे, परंतु एक दिन उसे दिल का जबरदस्त दौरा पड़ा। दिल्ली जैसे बड़े शहर के अस्पताल भी उसे नहीं बचा पाये थे। सुदर्शना की बगिया का माली, फूल से बच्चों और उसका साथ छोड़कर असमय चला गया। पति के देहांत से सुदर्शना टूट गयी। जाते-जाते आशीष तीनों बच्चों और पत्नी की देखभाल और सुरक्षा का दायित्व उन्हीं बीच वाले भैया के हाथों में सौंप गया था,

"भाई-साहब! अब आप ही इनके संरक्षक, इनके माता-पिता हो।"

भैया ने आशीष की अंतिम इच्छा के अनुरूप, सुदर्शना और उसके बच्चों को आर्थिक और मानसिक, दोनों तरह से संबल प्रदान किया। बी.एस.सी. करते ही अनुरंजन को पिता के स्थान पर अनुकम्पा नियुक्ति के रूप में, सरकारी नौकरी मिल गयी। आशीष को उसके पद के अनुसार मिले बड़े सरकारी घर को छोड़कर वे लोग अनुरंजन को अलॉट हुए छोटे से सरकारी क्वार्टर में आ गये।

****

बिना बाप की जवान बेटियों को सुदर्शना पल्लू में छुपाकर रखती। बड़ी बेटी कल्पना, स्मार्ट और बुद्धिमान निकली थी। उसने कम्प्यूटर का कोर्स किया और उसे एक विदेशी कंपनी में कम्प्यूटर ऑपरेटर की जॉब मिल गयी। घर में आय का साधन बढ़ गया और शादी के बाज़ार में लड़की की कद्र।

अनुरंजन का एक सजातीय दोस्त कमलेश, अकसर उनके घर आता-जाता रहता था। गोरा, ऊँचा और मोतियों से दाँत। हँसता तो जैसे फूल झरते। कमलेश के लिये बहन की मुग्ध दृष्टि को भाँप कर अनुरंजन ने कल्पना का विवाह कमलेश से तय करवा लेने में सफ़लता पाई। पिता की मृत्यु के समय मिले पैसों को अनुरंजन ने बहुत संभालकर रखा था। उनकी मदद से ही बड़े भाई ने पिता का फर्ज़ निभाया और एक-एक करके दोनों बहनों को फूलों की डोली में बिठाकर विदा किया था।

****

कल्पना की शादी के समय छोटी अल्पना, ग्रेजुएशन कर रही थी। एकदम सफ़ेद मोती जैसा रंग, भूरे लम्बे बाल और हलकी सी हरी आँखें। किसी फिल्मी एक्ट्रेस की तरह लगती। दीदी के ससुराल चले जाने के बाद, अल्पना माँ के साथ साये की तरह रहती। माँ हँसती तो, वो हँसती, माँ रोती, तो वो रोती।

विधाता की लीला पर भी आश्चर्य ही होता है कि ऐसे साधारण नैन-नक्श वाली माँ के बच्चे इतने ख़ूबसूरत कैसे निकले? बुज़ुर्ग लोग सही कह गये हैं कि उसके घर में शायद देर है, अंधेर नहीं। कहीं की कमी, भगवान् कहाँ पूरी करता है, ये जान पाना, हम जैसे साधारण मनुष्यों की सामर्थ्य में नहीं है। शायद सुदर्शना के मन में बरसों की दबी ख़ूबसूरती की चाहत ही बच्चों को ऐसा सलोना बना गयी थी। कल्पना की शादी के एक साल के अंदर ही, सुदर्शना ने अनुरंजन की भी शादी कर दी। साधारण नैन नक्श, लेकिन गुणवंती बहू लाई थी, वो अपने बेटे अनुरंजन के लिये। लड़की की सूरत नहीं, बल्कि उसकी सीरत देखना चाहिये, इस बात को सुदर्शना ने चरितार्थ कर दिखाया था।

****

तीन-चार साल में सुदर्शना भी नानी और दादी बन गयी। बच्चों से घिरी वह ख़ुद को भूल जाती। बस, कभी-कभी एकांत के क्षणों में उसे पति की बहुत याद आती। कुछ दिन और साथ निभा देते, तो कम से कम बच्चों की नैया पार लगा देते।

पिता की कमी बच्चों को भी अंदर तक कचोट जाती। रिश्तेदारियों में होने वाली शादियों में सुदर्शना जब सूना माथा और सूनी माँग लेकर, अपने बच्चों को साथ लेकर पीछे की ओर बैठती, तो उसका दिल और आँखें दोनों भर आते। पचास-पचपन की उम्र आखिर होती ही क्या है? पति का साथ तो हर उम्र में प्यारा होता है। फुरसत के पलों में, सुदर्शना बैठकर, पति की तस्वीर निहारती रहती जिसने उसके जीवन की बगिया को फूलों से महका दिया था।

पति के इसी विरह में घुलते हुए, सुदर्शना डायबिटीज़ का राजरोग लगा बैठी। छोटी बेटी की जल्दी से जल्दी शादी कर देने की ललक में वो जिये जा रही थी, वरना उसमें जीने की इच्छा तो बची ही नहीं थी। वो टाइम से दवाईयाँ नहीं लेती और खाना भी कभी खाती, कभी नहीं खाती। इस बद-परहेज़ी से उसका सुगर लेवल बहुत बढ़ गया और आँखों के आगे धुँधलापन बढ़ने लगा।

धीरे-धीरे दोनों आँखों की ज्योति जाती रही। उसकी डायबिटीज कभी इतनी कंट्रोल में आती ही नहीं थी कि ऑपरेशन कराया जा सके। अब सुदर्शना अपने सभी कामों के लिये बच्चों पर निर्भर हो गयी। अल्पना ही उसके कपड़े बदलाती और बहू उसे खाना परोसकर देती। उस पर अल्पना के ब्याह की चिंता। इस लड़की के हाथ पीले कर दें, तो मुक्त हो जायें।

****

ऐसे में एक बार फिर बीच वाले भैया ने साथ दिया और बॉम्बे में एक अच्छे से लड़के से बिटिया का ब्याह तय करवा दिया। अनुरंजन और उसकी बहू ने ही यज्ञवेदी पर बैठकर माता-पिता के उत्तरदायित्व का पालन करते हुए, अल्पना का कन्यादान किया। सुदर्शना, अपनी अंधेरी आँखों के साथ, बिटिया के पीछे बैठी उस पर आशीर्वाद का हाथ रखे रही। छोटी बिटिया को दुल्हन के रूप में अपनी आँखों से देखने की उसकी तमन्ना पूरी नहीं हो पाई। बस सबसे पूछती रही, बिटिया कैसी लग रही है? सबने उसे बताया था कि अल्पना इंग्लिश डॉल जैसी सुंदर लग रही थी।

****

आशीष के जाने के बाद से ही सुदर्शना की जीने की इच्छा ख़त्म होती चली गयी थी और धीरे-धीरे उसका शरीर उसका साथ छोड़ता चला गया था। छोटी बिटिया के पिया का छोर पकड़कर बिदा हो जाने के बाद, सुदर्शना की जीने की रही-सही इच्छा भी ख़त्म हो गयी। उसने अपने सभी कर्तव्य पूरे कर दिये थे। वो खिड़की पर बैठी रहती और अपनी अंधेरी आँखों से अपने पति की फ़ोटो पर हाथ फिराती रहती।

अल्पना की शादी के तीन महीने के अंदर ही उसकी दोनों किडनियों ने जवाब दे दिया। अब हर तीसरे दिन उसे डायलिसिस करानी पड़ती। बेटा छुट्टी ले लेकर उसका हाथ थामे बैठा रहता। कब तक ऐसे चलेगा? बेटा बहू की भी तो अपनी ज़िंदगी है।

डायलिसिस शुरू होने के एक महीने बाद, एक दिन जब बेटा ऑफ़िस से आधे दिन की छुट्टी लेकर आया, तो उसने अस्पताल जाने से इंकार कर दिया। उसका जान से प्यारा बेटा, उसकी बीमारी के चलते क्या हमेशा ऐसे ही हलाकान परेशान होता रहेगा? नहीं। ऐसे जीने का क्या लाभ? अब तो छोटी बिटिया के हाथ भी पीले कर दिये हैं। बेटे से बड़े प्यार से बोली,

"बेटा! आज मुझे डायलिसिस कराने नहीं जाना। बच्चों के एक्ज़ाम भी ख़त्म हो गये है। आज कहीं घूमने चलते हैं।"

अनुरंजन की नई कार की पिछली सीट पर बैठकर, उससे कहा,

"पहले पापा वाले अपने पुराने घर चलते हैं।"

जिद करके पहले अपने पुराने घर की ओर ले गई। देखती तो क्या, उसकी आँखों में रोशनी थी ही कहाँ? लेकिन उसकी इंद्रियों ने उसे संकेत दे दिया कि अनुरंजन उस घर के निकट पहुँच गया है। उसने बेटे से कहा,

"बेटा! कुछ समय के लिये गाड़ी यहीं किसी सेफ़ जगह पार्क कर लो। मैं थोड़ी देर के लिये यहाँ रुकना चाहती हूँ। आज पापा की बहुत याद आ रही है। तुम, बहू और बच्चों के साथ आसपास घूम लो।"

अनुरंजन बोला,

"माँ! अगर आप अपने पुराने घर में अंदर जाना चाहती हों, तो जो नये लोग वहाँ रहते हैं उनसे बात करूँ क्या? उनसे पूछ कर फिर आपको अंदर ले चलेंगे। डिपार्टमेंट का ही तो कोई होगा?"

लेकिन माँ बोली,

"रहने दो बेटा! वैसे भी भले डिपार्टमेंट के ही हों, पर हम तो उनके लिये अपरिचित ही हैं। उन्हें हमसे क्या लेना-देना? मैं कुछ देर यहीं कार में बैठी रहूँगी। तुम लोग आसपास घूम लो। मैं तो खा नहीं पाऊँगी, तुम बच्चों को चाट-वाट खिला लाओ, उनका दिल ख़ुश हो जायेगा।"

"ठीक है माँ! हम कुछ देर में आते हैं।"

अनुरंजन, पत्नी और बच्चों सहित कार से उतर कर घूमने चला गया और सुदर्शना आँखें मूँदकर, पिछली सीट पर सिर टिकाकर अधलेटी सी हो गई। बँद आँखों में उस चाट कॉर्नर का दृश्य उभर आया जहाँ वो अपने पति के साथ फुल्की खाने जाती थी। धुँधली आँखों से, उसने उस नर्सिंग होम को भी मन में समेट लिया जहाँ उसे चन्द्रमा सा बेटा हुआ था। एक कोमल सी मुस्कान उसके चेहरे पर खेल गयी।

****

ख़यालों में खोये-खोये, पति के सानिध्य की हल्की-सी गरमी उसे महसूस होने लगी। अचानक उसे लगा कि जैसे सफ़ेद जगमगाते कपड़ों में मुसकुराता आशीष उसके पास बैठा कह रहा हो,

"आओ सुदर्शना! चलो! मैं तुम्हें लेने आया हूँ।"

फिर उसे ऐसा महसूस हुआ जैसे आशीष ने उसका एक हाथ थाम लिया हो और वे दोनों हाथ में हाथ डाले, कार से उतरकर किसी अनदेखी सफ़ेद सी सड़क पर चल पड़े हैं, जिसका दूसरा सिरा दिखाई नहीं दे रहा है। वो स्वयं को भी आशीष के सफ़ेद कपड़ों की ही भाँति सफ़ेद साड़ी पहने देख रही थी।

कुछ देर बाद अनुरंजन, बीवी-बच्चों के साथ लौट आया और आकर माँ से पूछने लगा,

"माँ! अब घर चलें?"

आमतौर पर उसकी आहट सुनते ही माँ कुछ न कुछ ज़रूर बोलती थी। लेकिन आज प्रश्न को दोहराने पर भी कोई उत्तर न पाकर, उसका माथा ठनका। उसने माँ का कंधा पकड़ कर उसे हलके से हिलाया। लेकिन माँ थी कहाँ? उसका मुसकुराता चेहरा, एक तरफ लुढ़क गया था और हाथों में दबी पति की तस्वीर, छिटक कर नीचे गिर पड़ी थी।

****

पड़ोसवाली आँटी

वो वसंत की एक ख़ूबसूरत सुबह थी। पीले फूलों से लदा, कनेर का पेड़ झूल रहा था। हरे-हरे पेड़ों के पीछे से कोयल और तरह-तरह के पक्षियों की चहचहाहट वातावरण में गूँज रही थी। जैसे नीला आकाश स्वयं ही राग भैरवी गा रहा हो। कुछ दिनों की यात्रा पर रहने के बाद, मैं कल शाम ही घर लौटी थी और घर के सामने की सड़क पर मॉर्निंग वाक के लिये टहल रही थी, तभी मुझे पीछे से आवाज आयी,

"मैडम! इनके घर में बहू आ गयी है।"

"अच्छा।"

मैंने पलटकर देखा, पीछे अम्माँ खड़ी मुसकुरा रही थी। वह म्यूनिसिपैलिटी की सफ़ाई कर्मचारी थी और हमारे घर के सामने की सड़क पर सफ़ाई कर रही थी। सुबह के सूरज में उसकी हाथ में पकड़ी हुई झाड़ू और दंत पंक्ति दोनों चमक रहे थे।

"अरे तुम मिसेज़ वर्मा के बारे में कह रही हो न? हाँ, मुझे पता लगा था कि उनकी बहू आयी हुई है।"

"अरे, नहीं, नहीं। इन बड़ी वाली आँटी की बहू आ गयी है।"

वह हमारे दूसरी ओर के उस पड़ोसी घर के बारे में कह रही थी, जिसके सामने वह खड़ी झाड़ू लगा रही थी। वे बड़ी उम्र के दम्पत्ति थे। उनकी बेटियों की शादियाँ हो चुकी थी। उनका सब बेटियों से छोटा, इकलौता बेटा घर आते-जाते नज़र आया करता था। उस घर में, मैंने किसी और को आते-जाते नहीं देखा था। ऐसा लगता था, जैसे उनके यहाँ और किसी का ज़्यादा आना-जाना नहीं था।

"अच्छा! क्या भैया की शादी हो गयी?" भैया से मेरा आशय उनके बेटे विनीत से था।

"हाँ। अभी पन्द्रह दिन हुए हैं।"

यह ख़बर मेरे लिये तो नई ही थी। बेगानी शादी में अब्दुल्ला दीवाना की तर्ज़ पर, मेरा मन एक अनजानी सी ख़ुशी से भर गया। उस बच्चे को, मैंने बस माँ-बाप की सेवा करते, कभी बाहर बैठकर बरतन साफ़ करते, कभी पानी भरते और कभी कपड़े सुखाते ही देखा था। विनय को, किसी के साथ फ़ुरसत से खड़े होकर, यूँ ही बातें या गप्पबाज़ी करते हुए, कभी नहीं देखा था।

हमारे घर की छत से उनके घर का आँगन दिखता था। आँगन में लगा था एक हैंडपंप और एक नल। लेकिन, बहुत सालों से अब हैंडपंप, एक जूट के बोरे से ढँका हुआ ही दिखता रहता है। एक सीमेंट के बने प्लेटफ़ॉर्म पर मँजने वाले बरतन रखे होते थे। अकसर सुबह शाम बरतन साफ़ करने वाली उनकी मेड दिखती थी और मेड के न आने पर विनीत बरतन साफ़ करता

हुआ दिखायी देता। उसके अलावा कभी वो मोटर साइकिल पर बाज़ार जाता दिखता या नौकरी पर जाता दिखता तो कभी वह अपनी छोटी-सी व्हाइट मारुति कार में मोटी सी, भरे बदन की मम्मी को मंदिर ले जाता दिखता। वे बहुत उम्र की हो चुकी थीं और इस कारण उनका उठना-बैठना, चलना-फिरना कम ही संभव हो पाता था।

****

कुछ व्यंग्य सा करती उनकी बोलने की शैली के साथ, मुझे बीस साल पुरानी आँटी याद आ गईं। भारी शरीर, गोल चेहरा, छोटी-छोटी आँखें और काले सफ़ेद बालों का टाइट बना जूड़ा। गृह-प्रवेश के पहले, हम उनके घर इनविटेशन कार्ड देने गये थे।

"अच्छा! तो तुम लोग आ रहे हो इस नये बने घर में..........."

"जी, हाँ।"

"साल भर से ये घर बन रहा था। पहले, ये एक खाली प्लॉट था, जिसमें लोग कूड़ा डालते रहते थे। तुम्हारा चौकीदार, हमसे ही पीने का पानी माँगता था।"

कुछ अजीब से मखौल उड़ाने वाले अंदाज़ में कहते हुए, वे मुसकुरा दी थीं। फिर बाहर खड़ी हमारी व्हाइट फियेट कार देखकर बोली थी,

"अरे! तुम्हारे पास तो कार भी है। चलो कभी-कभी इससे घूमने चला करेंगे।"

मुझे उनकी बातें सुनकर कुछ अजीब सा लगा था, क्योंकि पहली मुलाक़ात में तो प्रायः लोग, सीमित औपचारिकता भरी बातें ही करते हैं। ख़ैर, नये बने घर में प्रवेश करने की ख़ुशी में, मैंने उनकी छोटी-छोटी बातों पर ज्यादा ध्यान नहीं दिया और फिर, वे हमारे लिये सम्माननीय थीं, क्योंकि हम उन्हें निमंत्रित करने गये थे। वे भी कायस्थ थीं और हमारे भावी घर के पास ही रहने वाली बड़ी बुजुर्ग थीं।

सुबह-सुबह ही वो लाल, प्रिंटेड, सूती साड़ी पहनकर और बड़ी सी लाल बिंदी लगाकर आ गयी थी और ड्रॉइंग रूम में पड़े दीवान पर बैठ गयी थीं। ख़ायद बहुत दिन बाद पड़ोस गुलज़ार होने से वो भी ख़ुश थीं। हम भी उनको बहुत सम्मान देते। बाद में भी, कोई पूजा-पाठ या कथा आदि करते तो उनको ज़रूर बुलाते और वो अँकल-आँटी बहुत अच्छे से आशीर्वाद देते।

उस समय अँकल रिटायरमेंट की कगार पर थे और शायद हमारे नये घर में शिफ्ट होने के एक-आध साल बाद ही रिटायर भी हो गये थे। वे बेहद सीधे और शाँत स्वभाव के थे। साँवले और दुबले-पतले अँकल सड़क पर गरदन झुकाकर चलते। उनके घर में आँटी की ही तूती बोलती। अँकल बेचारे तो सुबह-सुबह लुँगी और बनियान पहनकर पानी भरते दिखते। अँकल जब पानी भर लेते और चाय बना लेते तब ही आँटी अमूमन आठ-साढ़े आठ बजे के आसपास दिखाई देतीं। कभी-कभी साढ़े सात बजे, जब म्यूनिसिपैलिटी का नल आता था तब वे दिखाई पड़ जातीं, विनीत के साथ बरतनों में पानी भरकर रखते हुए।

उनकी बड़ी बिटिया की शादी हो चुकी थी और वो कभी-कभी अपने छोटे बेटे को लेकर आती थी। उनसे छोटी एक बिटिया सुनीति, तब पच्चीस-छब्बीस साल की तो रही होगी, शायद किसी स्कूल में पढ़ाती थी और साथ में सँगीत में विशारद कर रही थी। सबसे छोटा बेटा विनीत, उस समय अंदाज़न तेईस-चौबीस साल का था और एम.एस.सी. के बाद पी.एच.डी. कर रहा था। उसी के साथ में उसकी असिस्टेंटशिप चल रही थी, जिससे थोड़ा बहुत गुज़ारे लायक स्टाइपेंड मिल जाता होगा। दोनों ही बच्चे अविवाहित थे। गेहुँआ रंग, पतले-पतले फ़ीचर्स और बहुत ही सीधे-साधे थे। आजकल के फ़ैशन-परस्त बच्चों से बिलकुल अलग।

रोज़ सुबह ही आँटी अपना हारमोनियम लेकर बैठ जाती और बाकायदा राग-रागिनियों के साथ सँगीत के सुर छेड़तीं। उनकी तेज़ और भारी आवाज़ हमारे घरों के बीच की छोटी सी बाउण्ड्रीवाल को पार कर, हमें सुनायी देती रहती। संगीत को अपना जीवन मानने वाली मैं, उनके इस संगीत प्रेम से बड़ी ख़ुश रहती। सुबह तो सुनीति बिज़ी रहती होगी, लेकिन शाम को वो भी

हारमोनियम लेकर बैठती और बाक़ायदा संगीत की प्रैक्टिस करती। जब कभी मिलती, बड़े अच्छे से नमस्ते करती।

****

हमारा दूधवाला, सब्ज़ी वाला सब एक ही थे। सुबह-सुबह लाल टमाटर और हरी सब्जियों से लदा, सब्ज़ी वाले का ठेला, पहले उनके घर के सामने रुकता। आँटी, उससे एक-एक चीज़ में मोलभाव करतीं। उनकी उम्र का लिहाज़ कर सब्ज़ी वाला कहता,

"अरे माताजी! आपसे क्या बहस करें? पाँच-दस रुपये में क्या फ़र्क पड़ता है?"

सब्ज़ी वाले की आवाज सुनकर मेरे पति बाहर निकलते और फिर कहते,

"अरे! अभी गाड़ी जँक्शन पर खड़ी है।"

लगभग पन्द्रह मिनट बाद ही ठेलेवाला हमारे घर तक पहुँच पाता। उसको पता था, अब यहाँ कोई मोल-भाव नहीं होगा और सब्ज़ी भी अच्छी-खासी बिकेगी। कभी-कभी, इंतज़ार न करते हुए, सब्ज़ी लेने के लिये, मैं आँटी के घर के सामने पहुँच जाती। आँटी, सब्ज़ीवाले से मोलभाव कर रही होती।

"अरे! बड़ी महँगी देते हो।"

"अब माताजी! हमारे लिये भी तो महँगाई है।"

"नमस्ते आँटी" मैं मुसकुराहट के साथ उनसे बात करना चाहती। लेकिन आँटी?

"अरे! तुम तो बहुत लूटते हो....।"

कहती हुई सब्ज़ी वाले से उलझी रहती और मैं एक-आध गोभी, हरा धनिया और पालक उठाकर और वो जितने पैसे बोलता, दे आती।

****

हमारे घर के सामने की सड़क के उस पार, अकसर ही पता नहीं कहाँ से लोग आकर कूड़ा डाल जाते। अपने घर के सामने पड़ा कूड़ा, मुझे बिलकुल अच्छा नहीं लगता। मैं लेबर बुलाकर उसको साफ़ कराती और ट्री गार्ड लगाकर पेड़ लगवाने की कोशिश करती, लेकिन अगले दो-तीन दिन में ही, कोई ना कोई ट्री गार्ड या पेड़ उखाड़कर ले जाता और वहाँ फिर से कूड़े का ढेर लग जाता।

एक बार मैंने दिन भर लेबर लगाकर, सामने की सफ़ाई करवायी और शाम को आँटी के घर गयी,

"आँटी! दीवाली आने वाली है। हमने पूरा एरिया साफ़ कराया है, आप थोड़ा ध्यान रखियेगा। कोई कूड़ा डालता नज़र आये, तो प्लीज़ मना कीजियेगा। मैं तो घर पर रहती नहीं, ऑफ़िस निकल जाती हूँ।"

लेकिन आँटी का अंदाज़ तो था ही निराला। चट से जवाब देते हुए बोल उठीं,

"भई! थोड़ा बहुत कूड़ा तो डालेंगे ही।"

थोड़ी देर बाद ही, वे स्वयं, टोकरी भर के, मटर के छिलके लेकर बाहर निकली और साफ़-सुथरी ज़मीन पर डाल दिये। अब अपने से पच्चीस-तीस साल बड़ी आँटी से मैं क्या बोलती? बस अपना सर पकड़ लिया।

दीवाली पर आस-पास के लोग आपस में पकवानों की प्लेट्स एक्सचेंज करते थे। आँटी के घर से भी, सफ़ेद क्रोशिये के कवर से ढँकी प्लेट आती।

****

हमारे उस घर में शिफ्ट होने के बाद, एक-आध साल में ही अँकल, रिटायर हो गये थे और उनकी पेंशन में पहले की तरह से घर चलाना मुश्किल हो गया होगा, तभी तो सरकारी नौकरी से रिटायरमेंट के बाद भी, वे कई सालों तक सुबह आठ बजे के लगभग अपनी चिर परिचित मुद्रा में, बायें हाथ में बैग लटकाये, झुकी हुई गरदन के साथ, सावधानी से कदम उठाते हुए, कहीं जाते नज़र आते थे। हो सकता है कहीं जॉब करते रहे हों। हमने कभी जानने की

कोशिश भी नहीं की कि कहाँ जाते हैं? दरअसल हम घर, ऑफ़िस और बच्चों में इतनी व्यस्त रहते थे, कि आसपास रहनेवालों से बात करने का टाइम ही नहीं मिलता था।

पता नहीं क्या कारण था कि सुनीति की उम्र बढ़ती चली गयी और उसकी शादी के कोई आसार नहीं दिखायी देते थे। शायद दहेज ही उसकी शादी में बाधक था, नहीं तो देखने और शिक्षा-दीक्षा में वो ठीक ही थी। लेकिन जीवन चक्र तो अपनी गति से बढ़ता रहता है। धीरे-धीरे आँटी बुड्ढी होती चली गयीं और घर की पूरी ज़िम्मेदारी सुनीति ने संभाल ली। सब्ज़ी ख़रीदने से लेकर खाना बनाने तक।

अब सब्ज़ी के ठेले पर वो ही सब्ज़ी लेती दिखती। पच्चीस-छब्बीस साल की नवयौवना देखते ही देखते उनचालीस-चालीस साल की प्रौढ़ा हो गयी। जब बड़ी बहन की शादी नहीं हुई तो छोटे भाई की भला कैसे होती? वैसे भी इतना पढ़ने के बाद भी उसे कोई पक्की नौकरी शायद नहीं मिल पाई थी। पास के ही एक छोटे से शहर में डेली अप-डाउन करता हुआ किसी कॉलेज में टेम्परेरी लेक्चररशिप करता था।

सरकार के निजीकरण की तरफ़ बढ़ते कदमों और सरकारी नौकरी में तमाम तरह के निरंतर बढ़ रहे आरक्षणों के उस दौर में, तथाकथित उच्च वर्ण के पढ़े लिखे युवाओं का भविष्य अधर में ही लटक सा गया था। ख़ास तौर से उन युवाओं का, जिनके पिता दशकों तक निम्नवर्गीय सरकारी नौकरियों में काम करते रहे थे और जो बच्चों को इस आशा में पढ़ाया लिखाया करते थे कि किसी सरकारी नौकरी में लग जायेगा/ जायेगी। लेकिन सरकारी रोज़गार के अवसर उत्तरोत्तर कम होते जा रहे थे और प्रायवेट नौकरियों में भी सीमित नौकरियों के अवसर, अधिकतर कम्प्यूटर तकनीक में दक्ष युवाओं की पहुँच में ही रह गये थे।

वैसे भी कोई कुछ भी कहे, अच्छी तनख्वाह की प्रायवेट नौकरियाँ, आधुनिक युवाओं की भाषा में कहें तो through word of mouth and social networking से ही मिल पाती हैं। इसे ही सीधी-सादी देशी भाषा में

कहा जाये तो जोड़-तोड़ या जान-पहचान बहुत ज़रूरी है अच्छी नौकरी पाने के लिये, वरना जो भी छोटी-मोटी जॉब मिल जाये, बस उसी में घिसटते रहो। विनीत भी अच्छी नौकरी पाने के मामले में पीछे ही रह गया था।

आज सुनकर ये भले अजीब सा लगे, लेकिन तब, अठारह-बीस साल पहले, घर पर निजी कम्प्यूटर रखने की लागत को सह पाना, हर किसी के बूते का था भी नहीं। जब हमारा बड़ा बेटा शायद दसवीं या ग्यारहवीं में रहा होगा और मिड-टर्म एग्जाम्स में उसके कम्प्यूटर साइंस में कम नंबर आने पर उससे बात की तो उसने बताया जिन बच्चों के घर पर कम्प्यूटर है, उन्हीं बच्चों के अच्छे नंबर आये हैं। मुझे भी अगर घर में कम्प्यूटर होगा तो रिवीज़न में मदद हो जाएगी और ऐन्युअल एग्ज़ाम में कोशिश करूँगा कि बेहतर कर सकूँ। हम दोनों के नौकरी में होने और डबल इन्कम ग्रुप में होने के बावजूद मेरे पति ने बड़े बेटे को प्यार से ये समझाया था कि बेटा अभी तो जितना हो सके, स्कूल में ही सीख लो, बाद में घर पर भी ले लेंगे, जब थोड़ी सहूलियत होगी।

फिर अँकल तो रिटायर्ड ही थे और उनके घर का रहन-सहन देखकर, ये अँदाज़ा लगाना मुश्किल नहीं था कि आमदनी भी बहुत सीमित ही रही होगी। विनीत ने शायद कृषि-विज्ञान संबंधी विषयों में पढ़ाई की थी। कम्प्यूटर में दक्षता न होना, ऊपर से घर की दुरूह आर्थिक स्थिति, इन्हीं सब कमज़ोरियों के चलते पी.एस.सी. पास करके अफ़सर बनने के विनीत के सपने भी, बस सपने बनकर ही रह गये थे। कई-कई सालों तक पी.एस.सी. परीक्षा में ही रोड़े अटकते रहे और जब बैठा भी तो भाग्य ने साथ नहीं दिया। अधेड़ होते बच्चों के साथ आँटी की गृहस्थी की गाड़ी घिसट-घिसटकर चल रही थी।

कभी हमको उनकी सुनीति के अविवाहित बने रहने पर आश्चर्य होता और कभी लगता कि शायद बेटी ख़ुद ही शादी नहीं करना चाहती होगी? अकसर वह, घुटनों की समस्या के कारण, चलने में मजबूर आँटी को हाथ पकड़कर टहलाते दिखती।

किसी तरह उन्होंने एक सेकंड-हैंड व्हाइट मारुति ले ली थी। अब सुनीति उनको कार में बैठाकर, सुबह-सुबह मंदिर भी ले जाती। ऐसे

भक्तिपूर्वक माता-पिता की सेवा करने वाले बच्चे आजकल कहाँ दिखायी देते है और वो भी चेहरे पर बिना शिकन के?

****

उम्र बढ़ने के साथ सुनीति का चेहरा मुरझाता चला गया। युवा नारी के स्वाभाविक आकर्षण की जगह, प्रौढ़ता चेहरे पर झलकने लगी। चेहरे की कसी माँसपेशियाँ, ढीली हो गयी थीं। शायद समय के साथ, उसके जीवन के रंगीन सपने भी चकनाचूर हो गये थे। धीरे-धीरे हारमोनियम और उसके स्वरों की आवाज़ आनी भी बँद हो गयी थी।

उसका जीवन एक मशीनी ढर्रे से चलने लगा था। सुबह उठकर खाना बनाया, मम्मी को मंदिर के दर्शन कराये, दिन भर स्कूल में बच्चों के साथ सर खपाया और शाम को फिर वही दमघोंटू घर की चार-दीवारियाँ। न शाम की सैर, न कहीं घूमना फिरना, न मॉल, न पिक्चर।

क्या उसका जन्म सिर्फ अपने जन्मदाताओं की सेवा करने के लिये हुआ था? उसके साथ की सभी लड़कियों की शादी हुई होगी, तब उसने भी अपनी शादी के सपने देखे होंगे। जब उसकी सहेलियाँ अपने नये नवेले पतियों के साथ स्कूटर और मोटर साइकिल पर घूमती होंगी, तब वो माँ या पापा को लेकर किसी डॉक्टर के क्लिनिक में बैठी होती थी।

जीवन में पति के प्रेम और मातृत्व के अनुभवों से वंचित, अन्य स्त्रियों के नन्हें-मुन्ने बच्चों और उनकी बाल लीलाओं की ओर, वह मूक भाव से देखती। किसी से क्या बात करती? उसके पास किसी से शेयर करने लायक कुछ था ही नहीं। ऊपर से समाज के ताने, बिन ब्याही लड़की पर उठती प्रश्नवाचक निगाहें।

उससे तो उसकी बड़ी दीदी भाग्यशाली थी। कभी होली-दीवाली पर घर आती, तो उसे सम्मान तो मिलता था। यहाँ तो वो, घर की मुर्गी दाल बराबर। वह कमाऊ लड़की बन चुकी थी, जो घर-बाहर दोनों काम सँभाल रही थी। वही सोबर सूट, कोई चटक-मटक साड़ियाँ नहीं, कोई फ़ैशनबाज़ी

नहीं, कोई गहने नहीं। नतीजा, अब वह देखने में इतनी स्मार्ट नहीं लगती थी कि उसे कोई ख़ुद रहकर प्रपोज़ कर देता या वो अपने लिये कोई साथी ढूँढ पाती। शुरू में, जब वह विवाह योग्य आयु में थी, तब बात दहेज पर अटक जाती थी। अब तो माँ ने उसकी शादी में इन्ट्रेस्ट लेना ही छोड़ दिया था। उसकी शादी पहले करने के चक्कर में, छोटे भाई की उम्र भी बढ़ती चली गई थी। पिता पर गये, इस चुपचाप रहने वाले भाई पर बड़ी दया आती। शहर के पास के एक छोटे से कस्बे में जाकर, वह क्लासेस लिया करता था। कभी-कभी वो वहीं रुक जाता और शनिवार-इतवार को ही घर आता। घर के बीमार और तनाव से भरे माहौल में, उसका भी दम घुटता।

****

आँटी का घर दो मंजिला था। उनके घर के ऊपरी पोर्शन में, उनकी छोटी बहन रहती थी। आँटी जैसी ही शक्ल और क़रीब-क़रीब वैसी ही कद-काठी, बस ज़रा सी कम भारी रही होंगी। लेकिन बहुत सुसंस्कृत। उनकी बहन से, मैं कभी-कभार मिलने जाती।

दोनों सगी बहनें थीं, लेकिन आँटी का घर जितना ही अस्त-व्यस्त रहता, उनकी बहन का घर उतना ही सजा हुआ। मनीप्लांट की बेल, उनके छज्जे और सीढ़ियों में लटकती रहती। उनके तीनों बच्चे भी पढ़ने में बहुत होशियार थे। उनके हसबैंड इरिगेशन डिपार्टमेंट में एस.ई. थे और कहीं बाहर पोस्टेड थे। वे पन्द्रह-बीस दिन में, एक बार घर आते थे। गंजू से, कुछ मोटे से, लेकिन सुसभ्य।

हद तो तब हो गयी, जब ऊपर रहने वाली मौसी की सुनीति से आठ-दस साल छोटी लड़की की शादी भी हो गयीं। पढ़ी-लिखी, स्मार्ट लड़की और पापा सरकारी नौकरी में बड़े अफ़सर। उसकी शादी में क्या दिक्कत आनी थी? मौसी का बेटा भी बॉम्बे में सेट हो गया था और उसने अपनी ही कंपनी में काम करने वाली लड़की से शादी कर ली थी।

एक ही जगह, एक ही घर में ऊपर-नीचे की मंज़िलों पर रहने वाली बहनों का भाग्य कितना अलग-अलग रंग लिये था। जहाँ ऊपर वाले घर में

बेटी-दामाद और बेटे-बहू की आवाजाही और कहकहों-ठहाकों की आवाज गूँजती, नीचे की मंज़िल के घर में सूनापन और सन्नाटा छाया रहता।

धीरे-धीरे बड़ी बहन के मन में, अपनी ख़ुशनसीब छोटी बहन के लिये ही डाह की आग जलने लगी। ऊपर से हँसी की आवाज़ें आती और उसका सीना फुँक सा जाता। इसी बीच, सामान्य प्रशासनिक फेरबदल में विनीत के मौसाजी का ट्राँसफर, एक दूसरे बड़े शहर में हो गया। वे लोग बड़ी ख़ुशी से, उनके नये पोस्टिंग प्लेस पर जा पहुँचे। पता नहीं, ये छोटी बहन का अपना दुर्भाग्य था, या बड़ी बहन के कलेजे से निकली बद्दुआओं का असर, किंतु कुछ ही दिनों में उनका भाग्य ऐसा पलटा कि मौसाजी किसी असाध्य बीमारी से ग्रसित हो गये। साल भर के अंदर ही उनके पूरे शरीर को, बीमारी घुन की तरह खा गई। अच्छे-ख़ासे मोटे-तगड़े, स्वस्थ मौसाजी, एकदम हड्डियों का ढाँचा रह गये। अब कोई उन्हें पहचान नहीं पाता था। बमुश्किल दो-ढाई साल गुज़रते न गुज़रते, उनकी जीवन लीला ही समाप्त हो गई।

माँग के सिंदूर को पोंछकर और प्यार से सजाये घर को बँद कर मौसी, बेटे के पास बॉम्बे चली गयी थी। ऊपर का घर भी सूना सपाट हो गया था, बस उसकी चाबी विनीत की माँ, यानी आँटी, के पास थी।

****

समय बीतता गया और मेरा बेटा भी मैरिजेबल ऐज का हो गया। लाखों सपने मेरी आँखों में सजने लगे कि ख़ूबसूरत सी, गोरी-चिट्टी, लम्बे बालों वाली बहू घर में आ जाये। हमारे तीन कमरों के घर में, एक कमरे में हमारे बाऊजी साहब (ससुर जी) रहते थे। दो बाथरूमों में से एक बाथरूम, जो कॉमन था, उनके उपयोग के लिये था, एक हमारे बेडरूम से अटैच था। जब तक बच्चे अविवाहित हैं ज़्यादातर कॉमन बाथरूम और कभी-कभी हमारे रूम में अटैच बाथरूम का इस्तेमाल कर लेते हैं।

लेकिन अब, मैं अकसर सोचती कि बेटे की शादी के बाद बहू क्या करेगी? पापा जी और पोता-बहू के लिये एक ही बाथरूम शेयर करना मुनासिब नहीं होगा। हमारे कमरे से अटैच बाथरूम, बहुत छोटा था और

उसकी एन्ट्री भी हमारे कमरे में से ही थी। बहू के लिये तो कम से कम शादी के शुरुआती दिनों में तो अलग वॉशरूम चाहियेगा ही। क्या करें? ऊपर दो कमरे बनायें तो अच्छा-खासा समय और पैसा लगेगा। नौकरी में रहते इतनी फ़ुरसत नहीं थी कि नौकरी भी कर लें और घर में भी काम करवा लें।

मैं इसी उधेड़ बुन में रहने लगी थी और तभी मुझे आँटी के ऊपर-वाले घर का ध्यान आया था। अच्छा खासा दो कमरों का घर था। ये सोचकर कि वे उसे किसी और को बेच दें, उससे तो अच्छा ये होगा कि हम ही ले लें। यदि उस घर को आठ-दस लाख में खरीद लें, तो हमें बना बनाया घर मिल जायेगा। बस बाद में, सुविधानुसार कभी हमारी छत और उनके घर के बीच की कॉमन वॉल में एक दरवाज़ा खुलवाकर, ऊपर की मंज़िल से दोनों घरों को जोड़ा जा सकेगा। ये मुझे इसलिये सुविधाजनक लग रहा था कि फ़िलहाल बनी-बनायी व्यवस्था मिल जाने से हमें फ़ौरन कुछ निर्माण करने की आवश्यकता नहीं रहती। परंतु यह सब उनकी सहमति पर निर्भर करता था।

एक दिन शाम को धूरी सँध्या के समय, मैं सामने की सड़क पर टहल रही थी। तभी मैंने देखा, दुबले-पतले अँकल चुपचाप गेट पर खड़े थे।

"नमस्ते अँकल! कैसे है?"

"ठीक हैं।" अँकल ने धीमे से स्वर में कहा।

"अँकल! यदि आप अपने घर के ऊपर वाला हिस्सा सेल करना चाहें, तो हम ले लेंगे।"

मैं हल्के-फुल्के अंदाज़ में बात करके घर आ गयी। लेकिन मेरी इस बात का उनके घर पर क्या प्रभाव पड़ेगा, मुझे क्या पता था? न जाने कितना हँगामा, रोना-पीटना सब हुआ उनके घर में। दो दिन बाद जब सुनीति, मुझे सब्ज़ी के ठेले पर मिली, तो उसने मुझसे नमस्ते नहीं की। उसका चेहरा भी सूज कर फूला हुआ था।

"क्या हुआ सुनीति, कुछ प्राब्लम?"

और कभी कुछ न बोलने वाली सुनीति तपाक से बोली,

"क्या आँटी, आपने ऐसी बात ही क्यों की? वैसे ही हमारे घर में इतना टेन्शन रहता है, ऊपर से ये नया टेन्शन शुरू हो गया। हमें, हमारे हाल पर छोड़ दीजिये।"

मैं अवाक् रह गयी। मैंने तो उनके घर के ऊपर का हिस्सा लेने की बात, साधारण रूप से उनके मन की थाह लेने के लिये की थी। एक हल्की-फुल्की सी बात किसी को इतनी चोट पहुँचा गयी थी? मैं अजीब सी ग्लानि से भर गयी। मैंने क्यों अँकल से ऐसी बात कह दी? क्या पता आँटी किस बात से नाराज़ हो गयी?

****

कुछ दिनों बाद ही मकर संक्रांति का पर्व आया। मेरी सास की उम्र से कुछ ही छोटी आँटी के लिये मैं परंपरानुसार दर्जन भर चूड़ियां, बिंदी, महावर आदि सुहाग के चिन्हों के पैकेट व आधा किलो तिल के लड्डू लेकर आँटी के घर पहुँची। इतवार का दिन था और आँटी आँगन में धूप में बैठी थी। मैंने आँटी के पैर छुए और उन्हें सुहाग का साँकेतिक सामान दिया, और क्षमा माँगते हुए कहा कि,

"आँटी! अगर मेरी कोई बात आपको बुरी लगी हो तो मुझे माफ़ कर दीजिये।"

और आँटी ने अपने चिर परिचित मखौल उड़ाने वाले अंदाज़ में हँसते हुए कहा,

"क्यों बहुत पैसे आ गये हैं क्या तुम्हारे पास? नई-नई कारें आ गई हैं। बड़ी दूसरों के मकानों पर निगाहें लगाये बैठी हो।"

चूँकि हम दोनों अलग-अलग ऑफ़िसों में नौकरी पर जाते थे, इसलिये बढ़ती उम्र की ज़रूरतों का ध्यान रखते हुए, हमने फ़ियेट को बदल लिया था और एक नई कार ले ली थी। अब एक कार के स्थान पर, हमारे घर में दो नई कारें हो गयी। लेकिन आँटी को तो वह सब जैसे चुभ रहा था। चाहती तो मैं

भी बराबरी से जवाब दे सकती थी, लेकिन उनके उम्र में बहुत बड़े होने का लिहाज़ पालकर, मैंने शान्त रहने की चेष्टा करते हुए, बस इतना ही कहा कि

"नहीं, नहीं आँटी! मैंने तो यूँ ही पूछ लिया था। आप उस बात को दिल पर क्यों ले बैठीं।"

"यूँ ही क्या होता है? ले लो। फिर उसका हाउस टैक्स, पानी टैक्स सब भरते रहना।"

और मैं जैसे अपराधी की तरह खड़ी थी।

"नहीं आँटी! सॉरी! हमें घर बनाना होगा तो हम अपने घर की छत पर ही बना लेंगे।"

"अपने घर की छत पर तुम्हें जो करना हो करो, हमारे मकान पर निगाह भी मत डालना।"

आँटी के इस कटु व्यवहार ने मेरा दिल तोड़ दिया था। अब कभी वो मुझे बाहर टहलती दिखतीं, तो मैं धीरे से कतराकर अंदर आ जाती।

****

ये तो उस परम-पिता की हम पर असीम कृपा का ही परिणाम था कि उनके पड़ोस में रहते हुए, पति-पत्नी दोनों की सम्मिलित कमाई से, हम लगातार सफलता और समृद्धि की सीढ़ियाँ चढ़ते चले गये थे। हमारे बच्चे देश के नामी कॉलेजों में पढ़ने चले गये और घर में सुख सुविधा के सभी साधन आते चले गये थे। हालाँकि, हमारी जवाबदारियों और ज़रूरतों से आँटी का कोई लेना-देना नहीं था, किन्तु लगता था कि शायद आँटी को अंदर ही अंदर ये बड़ा नागवार सा गुज़र रहा था। माना, कि हमारी निरंतर बढ़ती समृद्धि और उनकी लगातार गिरती आर्थिक स्थिति उन्हें शूल सा चुभती होगी, लेकिन हमारा उनसे क्या कॉम्पिटीशन था? हम तो उनकी सबसे बड़ी बिटिया से थोड़े ही बड़े थे और अपने आप में मस्त रहने वाले। अपने कामकाज और जवाबदारियों में हम इतने व्यस्त थे कि पड़ोस में रहनेवालों पर इस सब का क्या असर पड़ रहा था, इस ओर से हम लापरवाह थे।

लेकिन, जब आप सफलता और समृद्धि की सीढ़ियों पर चढ़ रहे होते हैं, तब चुपचाप आपसे कोई डाह कर रहा होता है, इस सार्वभौमिक सत्य का एहसास मुझे हो गया था। ईश्वर की अजीब लीला है ये।

****

नौकरी में बढ़ती परेशानियों से तंग आकर हम दोनों ने वॉलन्टरी रिटायरमेन्ट ले लिया। उस साल, जुलाई-अगस्त में दो-तीन महीनों के लिये बाहर घूमने-घामने निकल गये थे और दीवाली बाद ही लौट पाये थे। इस बीच, हमने अपने बेटे की सगाई कर दी थी और अगले माह ही उसकी शादी की तारीख भी तय हो गई थी। हमारा बेटा, सुनीति से कम से कम तेरह-चौदह बरस छोटा रहा होगा। जब हम इस घर में आये थे, हमारा बेटा मुश्किल से आठवीं में था और सुनीति पच्चीस–छब्बीस साल की थी। उनके ईष्यालु स्वभाव से परिचित होने के कारण मैं इस दुविधा में थी कि आँटी को शादी का कार्ड देने कैसे जाएँगे। घर के एकदम पास में कार्ड न दें, ये भी उचित नहीं था।

किन्तु, बेटे की सगाई करके जब लौटे तो आकर एक अत्यन्त सुखद और आश्चर्यजनक समाचार मिला, बसंत ऋतु के ताज़े हवा के झोकों के समान। इन्हीं तीन-चार महीनों के अंतराल में, सुनीति की शादी हो गयी थी। मुझे अपनी हाउसमेड से, ये शुभ समाचार मिला था। मैंने चैन की साँस ली। चलो, अब आँटी के घर कार्ड देने जा सकते है।

अपने उत्साही स्वभाव के कारण, मैं दौड़कर आँटी से मिलने गयी थी। सुनीति के लिये एक साड़ी, पाँच सौ रुपये का एक लिफ़ाफ़ा और सुहाग का सामान ले गई थी। उस दिन बरसों बाद मैंने आँटी को ख़ुश देखा।

"आओ-आओ।"

"बधाई हो आँटी!" मैंने चहकते हुए कहा।

"आओ-आओ, मिठाई खाओ......." और उन्होंने लगभग पन्द्रह-बीस दिन पुरानी मिठाई और साखें, दो प्लेट में रखकर सर्व कीं।

"आँटी! दीदी ख़ुश हैं?"

"हाँ ख़ुश है। दामाद, हमारे विनीत के साथ में ही काम करता है। हमने तो भई, आसपास वालों में से किसी को बुलाया नहीं। बस होटल में जाकर, सीधे चुपचाप शादी कर दी, और वहीं से बिदा भी कर दिया था।"

अब आँटी कभी-कभी सामने की सड़क पर घूमती दिखतीं, लेकिन बड़ी प्रसन्नचित्त, और बड़े प्यार से बातें करतीं। जैसे उनके सीने से, एक बहुत बड़ा बोझ उतर गया हो। चलो! सुनीति के जीवन में भी सुख के, किसी से रूठने और किसी को मनाने के दिन आ गये थे।

****

समय अपनी गति से चलता रहा। विनीत ने किसी तरह अपने होम टाउन में अपना ट्राँसफर करवा लिया था। सुनीति की जगह, अब वो मम्मी को कभी-कभी मंदिर ले जाते दिखता, कभी बरतन माँजते, कभी कपड़े धोते दिखता। लेकिन चेहरे पर कोई शिकन नहीं। उम्र बढ़ जाने के बाद भी चेहरे पर भोलापन मौजूद था। गेहुँआ सा रंग, चौड़े कंधे और आँखों पर काले फ़्रेम वाला चश्मा। रोज़ वो अपनी मोटर साइकिल पर कभी कॉलेज जाते दिखता तो कभी आसपास के बाज़ार से समान लाते।

बुजुर्ग होते अँकल, अब बिस्तर पर आ गये थे। उनके सारे काम बिस्तर पर ही होते। आँटी भी अब काफ़ी झटक गयी थीं। लेकिन बेचारा विनीत! वह किसी से मिलना-जुलना नहीं रख पाता था। रखता भी तो कैसे? उसे अकेले ही घर बाहर दोनों के काम संभालने होते थे। अब तक वो भी पैंतीस-चालीस साल के आसपास का तो हो ही गया था, लेकिन था एकदम श्रवण कुमार। नौकरी के अलावा बस एक ही लगन, बूढ़े माँ-बाप को सँभालना।

भाग्य जब अनुकूल हो तो दिन पलटने में देरी नहीं लगती। अब विनीत के जीवन में भी एक दिन बहारों के आगमन का आग़ाज़ हो गया था। नई भोर का, नया सूरज उदय हुआ था, ढेर सारी ख़ुशियाँ लेकर। सुनीति के ही रिश्ते में, उसकी एक ननद थी, सुकन्या। लेकिन दुर्भाग्य से अनाथ। माता-पिता

बचपन में ही गुजर गये थे। उसकी शादी की फ़िक्र कौन करता? बढ़ते-बढ़ते उम्र पैंतीस के आसपास पहुँच गयी थी।

वह साँवली-सलोनी, सीधी-सादी अविवाहिता सुकन्या, एक मिडिल स्कूल में सोशल स्टडीज़ की टीचर थी। क्वालिफ़िकेशन में डबल एम.ए.। बड़ी बहन की ज़िम्मेदारी की भावना से सुनीति ने सोचा कि अगर इस रिश्ते की ननद से उसके भाई विनीत की शादी हो जाये, तो दोनों का घर बस जायेगा। वैसे भी अब उनके माँ-बाप अब कितने दिन रहेंगे, कौन जाने?

इधर सुकन्या अनाथ और बेसहारा थी और उधर माँ-बाप के न रहने पर विनीत भी बिलकुल अकेला ही पड़ जायेगा। ऐसे में अगर दोनों का संबंध हो जाये तो फिर से एक घर आबाद और गुलज़ार हो जायेगा। सुनीति ने सुकन्या को विनीत के लिये पसंद कर लिया। उसने ससुराल में, रिश्ते के एक चाचा-चाची, जो थोड़ा-बहुत सहारा सुकन्या को दे रहे थे, उनसे बात चला दी और फिर चुपचाप एक होटल में सुकन्या और विनीत की शादी करवा दी। चाचा-चाची ने ही सुकन्या का कन्यादान किया।

घर में बहू के आ जाने से आँटी ख़ुश थीं। भगवान ने चाहा तो अगले साल नन्हें बच्चे की किलकारी उनके घर में गूँजेगी। घर फिर रौनक से भर जायेगा। वर्षों की अंधकार से भरी रात्रि अवसान पर थी और आँटी के घर में नई सुबह का उदय हो रहा था।

****

वामा का इंद्रधनुष
खण्ड-दो
विलुप्त होती स्मृतियाँ

ज़हर

तुम खाट पर पड़े-पड़े कराह रहे थे और मैं गार्डन में फूलों की फ़ोटो खींच कर फेसबुक पर डाल रही थी।

चिल्लाओ! चिल्लाओ! जितना चिल्लाना है। अपने कर्मों का फल भुगतो। मुझे जीवन भर बहुत परेशान किया है। कितने ही जानवरों को भी मार के खा गये। आखिर ईश्वर, है ना देखने के लिए। जब देखो तब, चिकन सूप। आह! छोटे-छोटे नन्हें-नन्हें चूज़ों को, मार कर, पीस कर पी जाना। छिः! तुम्हें तो नरक में भी जगह नहीं मिलेगी।

****

शादी से पहले, मैं शुद्ध, सात्विक विचारधारा वाले परिवार से थी। मंगलवार को सुंदरकांड और रोज़ रामायण पढ़ने वाली। तुम्हें तो हर दिन घर में माँस-मदिरा चाहिये होती थी। बाहर तो न जाने कहाँ-कहाँ और क्या-क्या खाकर घूमते रहे होगे? वैसे भी घर के बाहर तक ही बात सीमित रहती तो मुझे क्या फ़र्क पड़ता? मैं कितना कहती थी कि कम से कम मंगल और

पूरनमासी, ये दो दिन तो छोड़ दो। इन दो दिनों में घर के मेरे चौके को शुद्ध रहने दो। लेकिन तुम थे कि मानते ही नहीं थे, बल्कि और ज़्यादा ज़िद पर अड़कर अपनी मर्दानगी दिखाने लगते कि घर में जो मैं चाहूँगा वही होगा। अब देखो! ईश्वर ने तुम्हें क्या फल दिया है? अरे! स्वर्ग-नरक सब यहीं है। तुम्हारा शरीर सड़ रहा है। बेड सोर हो गये हैं। दिमाग़ की एक नस फटने से ऐसा पक्षाघात हुआ, कि छ: महीने से बिस्तर पर पड़े हो। तुम्हारी कड़वी जबान से निकलने वाली गालियाँ भी सब बंद हो गयी हैं। लकवे ने तुम्हारी ज़बान को ऐंठा दिया है। बस घों-घों करके आवाज़ निकलती है।

****

उस दिन पूरनमासी को तुम ज़बरदस्ती चौके में, माँस बनवाने का उपक्रम कर रहे थे। मेरे मना करने पर तुम, थाली लेकर मेरे पीछे दौड़े थे। पाँव फिसल जाने से, सिंक के नीचे के पत्थर से टकराये थे और तुम्हारा माथा और सिर, ख़ून से बुरी तरह से रंग गया था। तुम्हारे बेहोश शरीर को बड़ी मुश्किल से घसीटकर, मैं कमरे तक लायी थी और उसके बाद से ही तुम उठ नहीं पाये।

तुम्हारी यह अवस्था किसी प्रकार से सुखकर नहीं थी। संस्कार तो यही कहते थे कि नारी को अपना परलोक सुधारने के लिये पति की कमियों को नज़रअंदाज़ करते हुए उसकी सेवा-सुश्रुषा को ही अपना धर्म मानना चाहिये। लेकिन विवाह के बाद, जीवन में, तुम्हारे जिस व्यवहार को मैंने झेला था और जो मानसिक प्रताड़नाएँ सहन की थीं, शायद वे कहीं मेरे मन को गहरे तक बहुत अधिक आहत कर चुकी थीं और ये उसी का दुष्परिणाम था कि तुम्हारी असहाय अवस्था मेरे चित्त को डिगा नहीं पाई थी। विवाह के बंधन में रहते हुए भी, मुझे अपनी अवस्था उस राजकुमारी की तरह लगती रही थी, जो किसी राक्षस के चंगुल में क़ैद होकर रह गई हो। पति होने के बावजूद, मेरे अंतर्मन में तुम्हारे प्रति, लगाव के स्थान पर एक विचित्र सी घृणा का भाव घर कर गया था।

****

पता नहीं माँ-बाप ने मेरी शादी इस घर में कर ही क्यों दी थी? मैं कोमल, सात्विक, सहृदय लड़की और शादी होकर पहुँच गई, ऐसे पति के घर में, जहाँ हफ़्ते में कम से कम तीन बार माँस पकाया-खाया जाता। सास कमज़ोर, सदा बीमार रहने वाली और कमज़ोर व्यक्तित्व की। मेरी ही तरह शाकाहारी और जीवन भर पति से प्रताड़ित रही थी।

ससुर और पति, शाम को एक साथ बैठकर, जाम टकराते। उनके साथ, घर के माहौल में ज़हर घोलती, एक लम्बी-चौड़ी, साँवली विधवा ननद। घर पर दरअसल उसी का राज चलता। तुम्हारी काम-पिपासा के शमन के लिये, घर में पल रही एक मूक अबला के अतिरिक्त, मेरा अस्तित्व ही क्या था तुम्हारे जीवन में?

****

उस पुरानी सी गली में वो छोटा सा दो कमरों का घर। जिसमें एक ही टॉयलेट था, कॉमन स्पेस से जुड़ा। मुझसे विवाहित जीवन की स्वर्णिम रात्रि की कटु स्मृतियाँ जीवन में कभी नहीं भुलाई जा सकीं। उस पहली रात में ही, शराब के नशे में धुत, तुम मेरी लाल शिफ़ॉन की, सितारों जड़ी साड़ी को खींचकर मुझ पर पिल पड़े थे। ना कोई प्यार का इज़हार, ना कोई मीठे बोल। मेरी कोमल अनछुई काया को तुमने निर्ममता से कुछ इस तरह से मसल डाला था, जैसे दमित उद्दाम काम वासना का ज्वार एक ही दिन में निकालना लेना चाहते थे तुम। ये बलात्कार नहीं तो और क्या था? रेप इनसाइड मैरिज।

उस रात मैं मछली के समान तड़प उठी थी। सुबह होते-होते, मेरा रोम-रोम पीड़ा से छटपटा उठा था। और फिर, हर रात वही दरिंदगी। क्या यही पति-पत्नी का प्यार है? केवल शरीर। कहाँ गये मेरे वो रूमानी सपने, जिसमें धीरे से आ कर मेरा साजन, मेरा घूँघट उठाता, कानों में कुछ मदभरी बातें कहता और धीरे से मुझे बाँहों में भरकर चूम लेता।

सगाई के बाद दिवा स्वप्नों में, मैं कितनी ही बार कश्मीर की बर्फ से ढँकी पहाड़ियों में गयी थी। कितनी ही बार अपने प्रियतम के हाथ में हाथ डाले

सागर की गीली बालू पर चली थी। लेकिन, मेरे वो सारे स्वप्न, यथार्थ के धरातल से टकराकर चकनाचूर हो गये थे।

****

पुलिस विभाग में डी.एस.पी.। तुम्हारी ऊँची सरकारी नौकरी देख कर ही माता-पिता ने मुझे तुमसे ब्याह दिया था। मेरे माता-पिता को तुम्हारे अंदर का क्रूर और घिनौना इंसान नहीं दिखा था। वो देख भी कैसे सकते थे? किसी के मन में तो नहीं झाँका जा सकता।

अपराधियों को बरसों से टॉर्चर करते-करवाते हुए तुम्हारे अंदर की सारी संवेदना ही ख़त्म हो गयी थी। बहुत देरी से और बढ़ी हुई उम्र में तुम्हारा विवाह होना भी शायद इसके लिये ज़िम्मेदार रहा होगा। क्योंकि, मेरे प्रति तुम्हारे बर्ताव से तो मुझे ऐसा महसूस होता था कि जैसे तुम अपराधियों और पत्नी के साथ किये जाने वाले व्यवहार में अंतर को पूरी तरह से भुला चुके थे।

लम्बी, पतली, गोरी और नाज़ुक सी मैं। लम्बे, काले, सीधे बाल, जैसे चंद्रमा के चारों ओर बदली सी छायी हो। भावुक काली आँखें। और तुम, गहरे साँवले रंग के, तीखे नैन-नक्श, और गठीले बदन के इंसान। मैं जहाँ उछलती-कूदती हिरणी सी, तुम शेर जैसी गर्जना वाले। तुम्हारी आवाज़ सुनकर ही मैं डर जाती। हँसी तो तुम्हारे चेहरे पर कभी आती ही नहीं थी। बारह-तेरह साल का उम्र का फासला। मैं बाईस साल की नवयौवना और तुम पैंतीस साल के अधेड़। शायद छोटी बहन की शादी और उसके बाद उसका जल्दी ही विधवा हो जाना तुम्हारी शादी को टाल गया था। लेकिन, उसकी सजा तो मुझे भुगतनी पड़ी।

****

वैसे भी, माता-पिता की मैं सातवीं संतान थी। उन्हें तो सिर्फ़ यही चिंता थी कि बस एक बार कैसे भी इसका विवाह हो जाये, इसकी शादी का हमारा फ़र्ज़ पूरा हो और हमारी जान छूटे। उसी बेमेल विवाह का ख़मियाज़ा, मैं बरसों तक मूक पशु की भाँति भुगतती रही थी।

दोनों बच्चों के होने के बाद, तुम मुझे अप्राकृतिक सेक्स के लिए मजबूर करते और मेरा मन घृणा और विरक्ति के भाव से भर जाता। क्या, मैं तुम्हारी लौंडी हूँ, जिससे जैसा चाहो व्यवहार करो? गोदी के बच्चे ना होते, तो मैं कब का घर छोड़ के भाग जाती। लेकिन माता-पिता ने इतना पढ़ाया भी तो नहीं था कि नौकरी कर के बच्चों को पाल सकती। पराश्रित औरत घर और बच्चों में बँधकर रह जाती है। माता-पिता का दरवाज़ा परित्यक्ता के लिए बंद ही रहता है और समाज में बिना पैसे के, किसके बल पर रहती? पति के साथ बने रहना ही मेरी सामाजिक मजबूरी थी।

****

विवाहित जीवन के तीस-बत्तीस साल मैंने ऐसे ही निकाल दिए, तुमसे चिढ़ते, घृणा करते। बच्चों को पालने, पढ़ाने-लिखाने और शादी करके उनका घर बस जाने का इंतज़ार करते-करते, गृहस्थी के यज्ञ में मैंने स्वयं के जीवन की आहुति डाल दी।

मैं अच्छी तरह से जानती थी कि तुम दूसरी औरतों के पीछे भागते रहे हो। मुझे कभी-कभी तुम्हारे किस्से भी इधर-उधर से सुनाई दे ही जाते। लेकिन तुम्हारे साथ रहते-रहते, मैं इतना तो जान ही गई थी कि न तुम मेरी कोई बात मानोगे, न तुम्हारे कठोर हृदय पर मेरी बातों का कोई असर होगा। तुम, एक ज़िद्दी किस्म के इंसान, अपनी आदतें छोड़ोगे नहीं। हारकर, मैंने अपने दिल में ठान लिया कि घर के बाहर, तुम जो चाहे करो, मुझे उससे कोई वास्ता नहीं रखना चाहिये। और मैं, अपने कानों और मुँह को बँद किये रही। इतना लम्बा जीवन गुज़र गया। विवाह के बाद भगवान् की दी हुई संतानें भी घर में आ ही गईं। लेकिन, सच कहूँ, तो मैं जीवन भर पति के सच्चे प्यार के लिए तरसती ही रही।

शादी के बाद तुम्हारे न जाने कितने तबादले होते रहे। बड़े-बड़े बंगलों में रहना, नौकर चाकर, शानो-शौकत, सब कुछ तो था। लोगों की निगाह में किसी बात की कमी नहीं थी, मेरे जीवन में। उनके नज़रिये से तो, ज़िंदगी ऐशो

आराम की रही। बच्चों की पढ़ाई-लिखाई, शादियाँ, सब कुछ पूरे टीम-टाम से हुआ। लेकिन जीवन की पूर्णता को मैंने कभी अनुभव नहीं किया।

****

पहले मेरे चेहरे पर दीनता का भाव रहता था। दीनता का भाव तीन दशकों तक मेरे चेहरे की पहचान बना रहा, किन्तु चौथे दशक में, मैं स्वयं नहीं जान पाई कि मैंने, कब मैंने विद्रोहिणी रूप धारण कर लिया। जीवन के इस चौथे दशक के सफ़र में कुछ लोग तो अवश्य ही ऐसे रहे होंगे, जिनके संपर्क में आकर मेरा सोया कॉन्फिडेन्स, जागृत हो उठा था।

एक बार जब मैंने भी ठान लिया कि ज़िंदगी, अब मैं अपने अंदाज़ में जिऊँगी, तो आख़िर नतीज़ा हुआ क्या? हालत यहाँ तक बिगड़ी कि तुम चिल्लाते रहते और मैं तैयार होकर, सजधज कर मार्केट निकल जाती। घर के आँगन में, पेड़-पौधों को सम्हालती-सँवारती रहती, उनकी फ़ोटो खींचती और फेस बुक पर डालती।

मेरी मानसिकता ही क्रमशः इस ओर झुकती चली गई थी कि मेरी ओर से, भाड़ में जाओ तुम। मुझे अपना जीवन जीना है। तुम्हारे उस घटना में पक्षाघात का शिकार होने के बाद मैंने, तुम्हारी सेवा में ख़ुद को खपाने के बजाये, चौबीस घंटे का अटेन्डेन्ट लड़का रख दिया। मैं तुमको छूती भी नहीं। सिर पर गॉगल्स चढ़ाकर और रंग बिरंगी साड़ियाँ पहनकर, मैं सहेलियों के साथ घूमती रहती।

****

पूरे घर में मातम का हाहाकार मचा है। दुनिया की नज़र में, मैं विधवा हो गयी हूँ। लेकिन, मुझे ऐसा लग रहा है कि जैसे मुझे आजीवन कारावास से मुक्ति मिली हो। मेरे सुयोग्य आज्ञाकारी बेटे हैं, जिन्हें मैंने अपने सात्विक संस्कार दिए हैं। वो मेरा बहुत ध्यान रखते हैं। रहने को बड़ा सा बँगला है और भगवान् की दया से, बैंक में भरपूर पैसा। अब मैं अपना जीवन अपने हिसाब से जीने के लिये स्वतंत्र हूँ। सुबह शाम वॉकिंग, दिन में सहेलियों से मिलना और शॉपिंग।

उतार-चढ़ाव से भरे जीवन में हुए सारे परिवर्तनों के चलते भी मंगलवार को सुंदरकांड और पूरनमासी को कथा और भजन कीर्तन का क्रम, मैंने कभी खंडित नहीं होने दिया है। तुम्हारे जाने (देहावसान) के पश्चात्, माँस पकाने में काम में लिये गये सारे बर्तन, मैंने ज़रूरतमंदों में बँटवा दिये और किचिन में ताज़ी पेंटिंग कराके, उससे सभी पुराने निशान मिटा दिये। हींग-जीरे की सादी सब्ज़ियाँ और फ़लाहार ही मेरे सात्विक चौके में बनता है। अगरबत्ती और धूप बत्ती की ख़ुशबू से मेरा घर महकता रहता है।

सुबह शाम मैं ध्यान और पूजा करती हूँ। पवित्र श्लोकों के उच्चारण और भजनों से मेरा घर गूँजता रहता है। हर नवरात्रि पर मैं कन्याओं को भोजन कराती हूँ। अनंत रंग बिरंगे फूलों से मेरा गार्डन गुनगुनाता रहता है और गुलाबों से घिरे आँगन में, सुनहरी धूप में झूले पर झूलती हुई मैं सोचती हूँ, शायद यही मेरे लिये जीवन का स्वर्ग है। इस बात को लेकर मत वैभिन्य हो सकता है कि मैं अंतिम दिनों में पति की सेवा न करने की जघन्य अपराधी हूँ, लेकिन मेरा स्वयं का मन तो यही कहता है कि ये थी, मेरी क़ैद से मुक्ति की यात्रा। ज़हर से अमृत की यात्रा। शायद लोग मुझे मानिनी कहें, लेकिन मैं संतुष्ट हूँ कि अपने कान्हा की भक्ति के रंग में रंगी मैं, अपने जीवन के अंतिम वर्षों को, बेहतर तरीक़े से गुज़ार रही हूँ।

****

कांता

कानों में आवाज़ पड़ते ही, थक कर सो रही कांता, हड़बड़ाते हुए उठ गयी थी। बिखरे बालों को लपेटकर उसने कसकर जूड़ा बना लिया था। जल्दी से किचन में रखे ऑटोमेटिक बॉयलर से उसने स्टेरेलाइज़ की हुई चाँदी की कटोरी और चम्मच निकाला और नीचे की ड्रॉअर में रखे पैकेट में से एक बेबी डायपर। दो चम्मच लैक्टोजेन पाउडर कटोरी में लेकर उसमें उबला हुआ गरम पानी डाला और जल्दी-जल्दी चम्मच को चला कर बेबी को पिलाने के लिये दूध बनाया। एक हाथ में पकड़ी ट्रे में कटोरी-चम्मच रखे और दूसरे हाथ में डायपर लिये, जब वो रूम में पहुँची, तो नई-नई माँ की गोद में बेबी चीख-चीखकर रो रहा था।

ट्रे और डायपर को एक तरफ़ रखकर कांता ने, धीरे से माँ की गोद से नन्हें बेबी को लिया और कंधे से चिपटाकर दुलारने लगी। भिंची हुई बँद आँखें

और रो-रो कर लाल हुए चेहरे के साथ, हिचकी लेता बेबी, उसके सधे हाथों में आकर चुप हो गया। बेबी के चुप हो जाने पर कांता ने, गोदी में लिटाकर धीरे से उसका डायपर बदल दिया और फिर ड्रॉइंगरूम की हल्की सी लाइट में, उस अबोध शिशु को जिसे प्राकृतिक नियमानुसार, माँ के स्तनों से निःसृत होता हुआ अमृत पीना चाहिये, कटोरी चम्मच से बनावटी फ़ार्मूला दूध-पिलाने लगी।

क्षुधा शांत होते ही शिशु, पुनः सो जाने की मुद्रा में आ गया था। पता नहीं कितनी देर, हल्की आवाज़ में कुछ गुनगुनाते हुए, उसी कमरे में घूम-घूमकर, उसने बेबी को सुला दिया। बेबी की माँ, बेसुध सी सो रही थी। ऑपरेशन के बाद पेट में लगे टाँकों और स्तनाग्रों की पीड़ाजनक संवेदनशीलता ने उसे बेहाल कर दिया था।

बेबी को उसकी कॉट में सुलाकर, कांता भी पास के कमरे में बिछे उसके बिस्तर पर, आँखें बँद करके लेट गयी थी। आँखों पर हाथ रखने के बाद भी नींद, उसकी आँखों से कोसों दूर थी।

****

लगभग बाईस-तेईस साल हो गये थे, उसे बेबी नर्सिंग का ये काम करते। अब तो बच्चे उसे रबर की गुड़िया की तरह लगते हैं। उसके ममत्व भरे हाथों का स्पर्श पाते ही नन्हें शिशु, उसकी गोदी में आकर चुप हो जाते। नये-नये पैदा हुए ऐसे बच्चों को नहलाना-धुलाना, मालिश करना, उनके कपड़े बदलना, दूध पिलाना और सुलाने में ही सारा दिन निकल जाता। जच्चा (नयी माँ) की मालिश और सिर धोने का काम भी उसे ही करना पड़ता। लेकिन अपने हँसमुख और मीठे स्वभाव से, कांता जिस किसी के घर काम करती, वहाँ सबका मन जीत लेती।

साँवला गहरा रंग, चौड़ा माथा, तीखी नाक और चमकती हुई आँखें। भरा हुआ बदन, क़ायदे से बाँधी साड़ी और तेल लगे काले बालों का क्लिप लगा टाइट जूड़ा। माथे पर लाल बड़ी बिंदी, माँग में भरी सिंदूर की लाल लम्बी रेखा, पैरों में बिछिये और हाथों में मिश्रित लाल-सफ़ेद रंग के कड़े कांता के

सुहागन होने के प्रतीक थे। लेकिन क्या वाकई उसने सुहागन होने का सुख उठाया था?

****

कलकत्ता के पास के एक छोटे से गाँव की रहने वाली कांता, ग़रीबी का दंश झेल रहे ग्रामीण परिवार की थी। गाँव में उसका पति, बड़े-बड़े किसानों के यहाँ पहले दिहाड़ी पर काम करता था। खेती के काम में दिहाड़ी करने से होने वाली आमदनी, न तो निश्चित ही होती थी और न ही साल भर एक सी। आये दिन, रोज़ाना के गुज़ारे के लिये पैसों का अकाल ही रहता था।

लेकिन ईश्वर ने कांता को नवजात शिशुओं को सँभालने का अद्भुत कौशल दिया था। इसी कौशल की बदौलत, परिवार के भरण-पोषण के लिये चार पैसे कमाने को, गाँव में अपने छोटे-छोटे बच्चों को पति के पास छोड़कर, वह बड़े-बड़े शहरों में बसे धनाढ्य परिवारों के नवजात शिशुओं की देखभाल करती हुई, शहर-शहर भटकती थी।

कलकत्ता की भीड़ भरी सड़कों और सँकरी गलियों से लेकर, दिल्ली एन.सी.आर. की पॉश कॉलोनियों तक में, उसने काम किया था। रात-रात भर जागी थी और दिन-दिन भर, लगातार चौबीसों घंटे काम किया था। खुद के सोने जागने या आराम करने का कोई ठिकाना नहीं, न दिन में, न रात में। किस्मत से घर-मालिक अच्छे मिल गये, तो समय अच्छा कट गया और यदि कठोर या स्ट्रिक्ट मिल गये, तो छ: महीने निकालने मुश्किल हो जाते। लेकिन ये पापी पेट और उसके साथ जुड़े परिवार के छ: और पेट उसे घर से बाहर रहने पर मजबूर कर देते।

****

नये-नये मम्मी-पापा बने जोड़े, अपने नवजात बेबी को कांता के सुपुर्द कर निश्चिंत हो जाते और अपने कमरों में जाकर बाँहों में बाँहें डाले चैन से सोये रहते और उधर कांता उनके दिल के टुकड़े को अपने सीने से चिपटाकर बगल के कमरे में करवटें बदलती रहती।

कई बार उसे पति की बहुत याद आती और कितनी ही रातों में वह भी, पति के विरह में तड़प उठती। आखिर उसकी उम्र भी तो पति की गर्म बाँहों में लिपट कर सोने की ही तो थी। गाँव में, उनकी छोटी सी कुटिया ही सही, लेकिन पति की बाँहों का तकिया लगाकर, उसे तीनों लोकों की खुशियाँ मिल जाती थीं।

उसी छोटी सी कुटिया में पति के साथ बिताये उन प्रेम भरे पलों की यादें उसे रह-रह कर तड़पा जातीं, जब वे दोनों उस छोटी सी कुटिया में प्यार भरी बातों में डूबे रहते और बाहर चाँदनी बरसती रहती।

परंतु, मानव समाज का ढाँचा ही कुछ इस प्रकार विकसित हुआ है कि संसार में अपना और अपने परिजनों का पेट भरने की प्राथमिकता अन्य जैविक आवश्यकताओं पर हमेशा भारी पड़ती रही है। इसी मूलभूत आवश्यकता की पूर्ति के लिये अनजान परिवारों के घरों में जाकर उनकी मेहरबानी पर जीवनयापन का साधन तलाशना उसकी मजबूरी थी।

****

शायद शिक्षित धनाढ्य परिवारों के नवजात नौनिहालों की परवरिश के काम में लिप्त होने का ही ये परिणाम होगा कि बहुत ही प्राथमिक स्तर पर शिक्षित होते हुए भी उसका मानसिक और बौद्धिक स्तर सामान्य ग्रामीण महिलाओं की तुलना में बहुत बेहतर हो चुका था।

लेकिन शिशुओं की साल-सँभाल के ज़िम्मेदारी भरे ऐसे नाजुक काम के साथ कुछ ख़तरे भी अनिवार्य रूप से जुड़े थे, जिनसे बच पाना कई बार उस की क्षमता से परे होता था। ऐसी अनेक अनसोची उलझन भरी स्थितियों से दो-चार होना पड़ता था, जिसकी कल्पना भी संभ्रांत महिलाओं के रोंगटे खड़े कर देने के लिये पर्याप्त है।

ऐसी ही एक घटना सबसे पहली बार उसके साथ तब घटी थी, जब दिल्ली में एक युवा जोड़े के जुड़वाँ शिशुओं की नर्सिंग के लिये पहली-पहली बार कलकत्ता से दूर गई थी। हालांकि तब तक वह ख़ुद चार बच्चों की माँ बन

चुकी थी और उसका पहला बच्चा दस-बारह साल से ऊपर का हो चुका होगा लेकिन वह ख़ुद तो मुश्किल से तीस साल की भी नहीं हुई होगी। जवानी के भरपूर उठान से लबरेज़।

जिन साहब के घर से उसे बच्चे की नर्सिंग के काम का बुलावा मिला था, उन दोनों पति-पत्नी के घर में और किसी की मौजूदगी नहीं थी। वो सर एकदम युवा और हैंडसम थे। उनके जीवन में पहले-पहल छोटे-छोटे दो मेहमानों ने एक साथ क़दम रख दिया था। परवरिश दुश्वार तो होनी ही थी।

पहले गर्भ के भार से दोहरी होती पत्नी और फिर मेजर सर्जरी से पैदा हुई जुड़वाँ संतानें। पत्नी की गर्भावस्था के चलते, महीनों से सर को पत्नी से शारीरिक दूरी बना कर रखना पड़ी थी। युवावस्था के आवेग से भरे-पूरे सर, शारीरिक बेचैनियों का बुरी तरह शिकार थे।

बरसात की उस एक रात, दोनों नवजात शिशु और उनकी मम्मी एक कमरे में सो रहे थे और वह बाजू वाले कमरे में चौकन्नी सी सोई थी। आधी रात के आसपास दरवाज़े पर हल्की दस्तक़ से उसकी नींद खुली थी। उसे लगा शायद दोनों बेबी में से कोई उठ गया। अपने लम्बे काले बालों को लपेटने की कोशिश करती वो आधी नींद में उठी और दरवाज़ा खोल दिया।

दरवाज़े पर सर खड़े थे, जो ज़्यादातर ड्रॉइंगरूम के सोफ़े पर ही रात काट लिया करते थे। लम्बे, हैंडसम, बड़ी-बड़ी भावपूर्ण आँखें। वो कुछ नहीं बोले, बस धीरे से दरवाज़ा बँद करके उसे बाँहों में भर लिया था। वह साहब तो उग्र कामपीड़ा से ग्रसित थे ही, दूर बैठे पति के विरह से उग्र होती शरीर की तपन से कांता भी, वैसी ही पीड़ित थी। और उस पर, बरसती रात में साहब का सहलाहट देने वाला कोमल स्पर्श। जैसे वो ख़ुद के बस में नहीं रह गयी थी। दो गर्माहट भरे युवा शरीर और गहरी रात का सन्नाटा। सामाजिक मर्यादाओं और आर्थिक विषमताओं की सीमाएँ तोड़कर, गर्म साँसों की सरसराहट और गहरे चुम्बनों की हलकी-हलकी मीठी सिहरन के बीच, वे दो शरीर पिघलते चले गये थे।

सुबह कांता ठगी सी उठी थी। ये उसने क्या किया? कुछ क्षणों के शारीरिक आवेग की लहरों में बह कर, उसने न केवल पति के प्रति अपनी एकनिष्ठता को कलंकित कर दिया था बल्कि किसी दूसरी ब्याहता के सुहाग पर अकारण डाका डालने जैसा घृणित कृत्य किया था। और पश्चाताप की अग्नि में झुलसती वह, अगले ही दिन अपना बैग लटकाकर, मुँह अँधेरे उस घर से चुपचाप निकल गयी थी।

कलकत्ता जाने वाली गाड़ी दोपहर तीन बजे जाती थी। सारा दिन उसने प्लेटफार्म के सामान्य वेटिंग रूम में छुपते-छुपाते बिताया था और दो दिन बाद जब थकी, बेहाल घर पहुँची तो पन्द्रह दिन के लिये उसने खटिया पकड़ ली थी।

लेकिन, एक महीने बाद ही जी कड़ा करके, ज़िंदगी की सबसे बड़ी ज़रूरत, पेट भरने के लिये, उसे फिर एक बार राजस्थान के लिये निकलना पड़ा। एक नई जच्चा, एक नए बच्चे को सँभालने के लिये। लेकिन इस बार, एक ओर तो वह मानसिक रूप से पहले से ही बहुत सावधान थी और दूसरे, उस घर में एक पकी उम्र की संबंधी की चौबीसों घंटे चौकसी के चलते, वहाँ से वह बिना किसी अनहोनी के दो-तीन महीने में ही लौट आई थी।

लेकिन हरियाणा के एक जाट देवर की करतूत उसे अभी भी डरावनी लगती है। शिशु से खेलने के बहाने, वह हर समय भाभी के कमरे में ही घुसा रहता। कभी बेबी से मीठी-मीठी बातें करके उसे बहलाने का ढोंग करता हुआ कांता के इर्द-गिर्द मंडराते रहने की कोशिश में रहता और जब देखो तब, शिशु को कांता के हाथों से लेने या देने के बहाने से हमेशा उसके शरीर को यहाँ-वहाँ नर्म जगहों पर छू लेने की ताक में रहता।

कभी जब कांता कटोरी चम्मच से शिशु को दूध पिलाती तो वह उससे एकदम ही सटकर बैठने की ताक में रहता। उसकी लाल-लाल नशा चढ़ी आँखों से कांता वैसे ही भयभीत रहती कि कहीं कुछ ऐसा-वैसा न हो जाये। इसी आशंका से घिरी कांता, सवा महीना पूरा होते ही वहाँ से भी निकल भागी थी।

ऐसी और भी डरावनी स्मृतियाँ, कई बार उसके दिल की धड़कनों को बढ़ा देती थीं। कितना मुश्किल है एक अकेली औरत के लिये अनजाने घरों में उनके रहमोकरम पर रहना। उसके जैसी स्त्री शिकायत करती भी तो किससे? वैसे भी पैसों के लिये मोहताज इंसान की फ़रियाद का मोल ही क्या? कौन उसकी सुनेगा?

लेकिन उम्र और अनुभव बढ़ने के साथ-साथ कांता का आत्मविश्वास भी बढ़ता गया। अब ऐसे नशेड़चियों को तो, वो पहली बार में ही दुतकार देती या मीठी घुड़की पिला देती कि,

"भैया! ज़रा दूर ही बैठो। बेकार में किसी को कोई बात बनाने का मौका देना ठीक नहीं है।"

****

कान्ता अपने बिस्तर पर आ लेटी थी। दिन भर की थकान और वक़्त-बेवक़्त के जागरण से उसकी आँखें नींद से बोझिल थीं। लेटते ही उसकी आँख लग गई और उसके सपनों में उसके अपने जीवन के पुराने सरस दिन घूमने लगे थे।

हरहराते नीले-हरे समुद्र के किनारे बसा उसका गाँव। दूर-दूर तक फैले ताड़ और नारियल के वृक्ष। बहती हवाओं में झूमते, लहलहाते खेत। कितनी ख़ुश थी वो शादी के बाद पति के इस नए गाँव में आकर। सोलह वर्ष की अल्हड़ किशोरी। पति के प्यार में पगी। शादी में मिली एकमात्र पायल झनकाती घूमती थी।

परिवार में सभी थे जेठ, देवर और ननदें। कोई बड़ा सा घर तो था नहीं, जिसमें सब साथ रहते हों, लेकिन गाँव में रहते सब आस-पास की कुटियों-झोंपड़ियों में ही, जो ख़ुद के हाथों या सबके सम्मिलित श्रमदान से बनी होती थीं।

एक साल के अंदर ही चाँद से बेटे को जन्म देकर, वो सास की लाड़ली बहू बन गयी थी। आँगन में धूप में लिटाकर सास, बेटे की मालिश करती और

नहलाती। वो बड़े ध्यान से सास को देखती और उसके हाथों की गति को समझती। छ: महीने का होते-होते उसका साँवला-सलोना बेटा गोल-मटोल हो गया। उसके बेटे की अच्छी साल-सँभाल देखकर आस-पड़ोस की औरतें भी उन्हें, अपने बच्चों की मालिश के लिये बुलाने लगी थी। सास के साथ वो भी कभी-कभी जाती। नन्हें बच्चे को उसकी ननदें संभाल लेती और वो सास के साथ गाँव के बड़े-बड़े घरों में जाने लगी। सास बच्चे की और जच्चा की मालिश करती उसको नहलाती और वो बच्चे और जच्चा माँ के कपड़े धोती।

उसको नन्हें-नन्हें बच्चों को सँभालना बड़ा अच्छा लगता। धीरे-धीरे वो भी नवजात शिशु की मालिश करने लगती। उसको प्यार से गुनगुने पानी से नहलाती, गोदी में लिटाकर बॉटल या कटोरी-चम्मच से दूध पिलाती और घुमा-घुमाकर सुलाती।

धीरे-धीरे सास बूढ़ी होने लगी और जापा के काम के लिये कांता की माँग बढ़ने लगी थी। एक बेटे के बाद कांता को तीन बेटियाँ और हुईं। कांता के अपने बच्चों को, उसकी सास घर पर रहकर सँभालने लगी और कांता घर-घर जाकर जापा का काम करने लगी थी। सवा महीने या चालीस दिन तक जच्चा-बच्चा की मालिश, नहलाना, धुलाना कपड़े धोना। सुबह दस बजे निकलती और डेढ़-दो बजे तब वापस आ जाती।

कभी-कभी इकट्ठे दो-तीन घरों में भी काम मिल जाता था। उन दिनों उसे सुबह आठ से शाम को चार बज जाते। यदि मालकिन दयालुता दिखाती, तो उसे वहीं चाय के साथ नाश्ता या और कुछ मिल जाता, नहीं तो कभी-कभी खाली एक चाय में पूरा-पूरा दिन निकालना होता था।

****

सपनों का क्रम जारी था। कभी-कभी काम मिलने पर, वह बस से कलकत्ता भी जाती और कभी दिन-भर के बाद लौटती तो थकी-माँदी सो जाती। कई बड़ी-बड़ी कोठियों में जापा को पैंतीस-चालीस दिन, घर पर ही रख लेते। बड़ी-बड़ी कोठियों में जच्चा और बच्चे के कमरे के साथ लगे किसी एक कमरे में उसके रहने की व्यवस्था कर दी जाती। वो वहीं, उसी कोठी या

बँगले में रह जाती और रात और दिन जच्चा और बच्चे को संभालती। खाना-पीना, रहना, सोना सब वहीं होता।

बड़े-बड़े घरों में अकसर नौकर खाना बनाते। घर मालकिन का हाथ खुला रहता और जम कर खाना-पीना भी मिलता। चाय, दूध, दही से लेकर भरवाँ मछली और मुर्ग-मुसल्लम तक। घर की बासी रोटी से, उसे ये चालीस दिन का जापा का काम अच्छा लगता। आरामदायक घरों में रहो, जाड़े में गीज़र से आते गरम पानी से नहाओ और मई-जून की तपती गरमी में पंखे-कूलर की ठण्डी हवा में सोओ।

जिन घरों में जच्चा के साथ सास या माँ भी साथ रहती, वहाँ तो सब कुछ उस सास या माँ के नियंत्रण में रहता, लेकिन कुछ घर ऐसे भी मिलते जहाँ इस तरह का कोई कंट्रोल नहीं रहता। उन घरों में वो मस्त हिरनी सी घूमती। फ्रिज का पानी, घी में तर पराँठे और आराम का जीवन। अपने चारों बच्चों को वो भूल सी गयी थी।

****

पति ने किसी जानकार से टेलरिंग का काम सीख कर दिहाड़ी मज़दूरी करना बंद कर दिया और घर से ही काम करके थोड़ा बहुत कमाने लगा था। लेकिन घर मुख्यतः कांता की ही कमाई पर निर्भर था। आठ-दस हजार महीने नकद कमा ही लेती, ऊपर से साड़ी, कपड़े, मिठाई, इनाम अलग।

कलकत्ता में ही उसे पता चला कि सरकार की ओर से कोई ट्रेनिंग सेंटर है जिसमें बच्चों को पालने की न केवल ट्रेनिंग दी जाती है बल्कि कुछ पैसा भी मिल जाता है और बाद में ऐसी ट्रेंड आया को प्रायवेट एजेन्सियों के मार्फ़त देश के दूसरे भागों में आसानी से काम मिल जाता हे।

उसने सुना था कि ऐसी ट्रेंड आया को जरूरतमंद लोग सिर्फ़ कलकत्ता ही नहीं बल्कि दिल्ली, मुम्बई, राजस्थान, यू.पी. जैसी सब जगह, महँगे दामों पर बुलाते, बीस हजार से लेकर तीस पैंतीस हजार महीने तक।

उसने तीन महीने की वो ट्रेनिंग भी कर ली थी। व्यावहारिक रूप से काम कर-कर के कांता, पहले से ही इस काम के बारे में अच्छी तरह से जानती ही थी, लेकिन उस ट्रेनिंग में उसने जच्चा की डिलिवरी के बाद की केयर, मालिश, बच्चे की मालिश करना और नहलाना, टाइम-टाइम पर उसको देने वाली दवाइयाँ, टॉनिक, टीके लगने के बाद की देखभाल सब कुछ आधुनिक मेडिकल साइंस के अनुसार कैसे किया जाता है, यह भी सीख लिया। ट्रेनिंग के दौरान छोटे बच्चों की जगह प्लास्टिक के मॉडल होते, जिन पर प्रशिक्षु हाथ साफ़ करते। कभी-कभी किसी अस्पताल में लेकर जाते जहाँ वो नर्सों को नवजात शिशुओं को संभालते देखते और उनकी मदद करते। तीन महीने बाद ही, वो ट्रेंड जापा बन गयी थी।

****

उसको पहला ऑफ़र मिला था, पच्चीस हजार का दिल्ली के पॉश इलाके वसंत विहार में। जहाँ मम्मी-पापा को लम्बे समय तक बाहर रहना पड़ता और घर में बूढ़ी दादी की देखरेख में बच्चा रहता। पच्चीस हजार में लगभग पच्चीस परसेंट एजेंट कंपनी ही काट लेती थी और उसके हिस्से में अट्ठारह हज़ार सात सौ पचास ही आते। सात सौ पचास रुपये अपने छोटे-मोटे खर्चों के लिये रख कर, अठारह हज़ार वह घर भिजवा देती जो उसके पति के अकाउंट में जमा हो जाते। उसका तो रहना, खाना सब फ्री था ही।

उसके अपने चारों बच्चे भी अब बड़े हो चले थे। वो दादी को ही अपनी माँ समझते। माँ तो उनके लिये कभी-कभी घर आने वाली आँटी थी। घर में सुख-समृद्धि फलने-फूलने लगी थी। बच्चों को भी भरपेट खाना मिलने लगा था वे गाँव के सरकारी स्कूल में पढ़ने लगे थे। पति मेहनती थे और उनकी टेलरिंग की दुकान भी अच्छी चलने लगी थी। पैंट-शर्ट, कुर्ते-पायजामे और शादी-ब्याह के लिये दूल्हे के स्टाइलिश कुर्ते भी वो सिलने लगे थे।

****

जगह-जगह काम करके, कांता एक्सपर्ट हो गयी थी और काम भी उसे खूब मिलने लगा था। कभी दिल्ली की किसी डॉक्टर के घर, कभी सुबह से

शाम काम में डूबी सॉफ्टवेयर इंजीनियर के घर और कभी मुम्बई की किसी मॉडल के घर। उच्च शिक्षित संभ्रांत महिलाओं के साथ रहते-रहते वो भी अँग्रेज़ी के बहुत से शब्द बोलने-समझने लगी थी। अब वह कॉन्ट्रेक्ट सवा महीने या चालीस दिन का नहीं वरन् छ: महीने या एक साल का करती।

नई-नई माँ, कभी तीन महीने या छ: महीने बाद ऑफ़िस जॉइन करती। माँ के ऑफ़िस जाने के बाद, वो बच्चों को घर में संभालती, नहलाती, धुलाती, शाम को तैयार कर के पार्क में घुमाने ले जाती। माँ से भी ज़्यादा बच्चे उससे हिलमिल जाते। छ: महीने या साल भर बाद जब उसका कॉन्ट्रेक्ट ख़तम होता तो बच्चा उसे बड़ी मुश्किल से छोड़ता।

नन्हीं सी जान, जिसे वो अपनी संतान की तरह सीने से लगाकर बड़ा करती थी, गोदी में लिटाकर दूध पिलाती, अपनी छाती पर लिटाकर सुलाती और हर तरह से उसे जन्म देने वाली माँ के कर्तव्यों को पूरा करती हुई, यशोदा की तरह से उसका पालन-पोषण करती थी। वे नादान तो कान्हा की तरह उसे ही अपनी असली माँ समझने लगते थे। अब, इसमें उन मासूमों का क्या कुसूर, जिनकी शिक्षित, अत्याधुनिक, कैरियर ओरिएण्टेड और अपने फ़िगर के मेन्टेनेन्स पर ध्यान देने वाली माँ के लिये, उनका वेल मेन्टेन्ड फ़िगर, ऑफ़िस का काम और बॉस के निर्देश तथा उनका अपना मनोरंजन के लिये इधर-उधर घूमना, बच्चे की परवरिश पर समय बिताने से कहीं अधिक महत्वपूर्ण होते थे, ।

छ: महीने से ज्यादा समय के कॉन्ट्रेक्ट की समाप्ति पर, जब कांता उस नन्हें अबोध शिशु से हमेशा के लिये नाता तोड़ती तो बस या ट्रेन में बैठने तक उस शिशु पर उसकी ममता भी इतनी गहरा चुकी होती थी कि उसकी आँखों से भी बरबस आँसू बहने लगते।

धीरे-धीरे इसने ख़ुद को ऐसे बच्चों की ममता में परेशान होने से बचने के लिये ख़ुद को कॉन्ट्रेक्ट की समाप्ति के पन्द्रह-बीस दिन पहले से ही उन बच्चों से डिटैच करना शुरू कर दिया था। रवानगी के दो-तीन हफ्ते पहले से

वो बच्चे को गोद में लेना धीरे-धीरे कम करती जाती, उसकी दादी, नानी या माँ को ज़्यादा संभालने देती।

कभी-कभी नानी, दादी या अन्य संबंधी की अनुपलब्धता की स्थिति भाँपकर, वह स्वयं बच्चे के माता-पिता से कह देती कि आप मेरे जाने के बाद, डे केयर या दिन भर की देखभाल के लिये आया का प्रबंध पहले से कर लीजिये। यदि नई आया समय से मिल जाती, तो बच्चे का पूरा रूटीन और उसका साज़-समान बताती कपड़े, दूध की बॉटल, कटोरी-चम्मच और खिलौने वगैरह के बारे में उसे अच्छी तरह समझाकर बता देती।

कहीं-कहीं, वो चिढ़कर कुछ भी नहीं बताती और ऐसे ही चल देती। कभी उसे तुरंत ही अगला काम मिल जाता और कभी अगला काम पाने के लिये, उसे एक–दो महीनों का इंतज़ार भी करना पड़ जाता। तब वह अपने गाँव चली जाती थी।

****

कई सालों तक कांता को एजेंसी के माध्यम से ही काम तलाशना पड़ता था, लेकिन उसकी कार्यकुशलता बढ़ती जाने के फलस्वरूप अब वर्ड ऑफ़ माउथ से भी उसके फ़ोन पर डायरेक्ट कॉल आने लगे थे। जहाँ वह काम करती रही होती वही मॉर्डन माँ, फेसबुक में उसके बारे में डाल देती और कभी सोसायटी के वॉट्सअप ग्रुप में। वर्ड ऑफ माउथ से उसकी लोकप्रियता अधिक हो गई थी।

उसके मेहनती और अच्छे स्वभाव के कारण उसकी लोग तारीफ़ किसी न किसी से कर ही देते और उसे अगला काम आसानी से मिल जाता। जब कभी घर की याद उसे बहुत सताती, वो दो कामों के बीच में घर जाने के लिये दौड़ती।

इधर, वह ख़ुद अपने बच्चों, अपने पति, अपने घर से दूर रहकर परिवार का वित्तीय पोषण करने में लगी रही और उधर, उसके अपने बच्चे बड़े होते चले गये थे। सबसे बड़े बेटे ने बारहवीं के बाद आई.टी.आई का कोर्स कर

लिया था और अब कलकत्ता में इलेक्ट्रिशियन का काम करता था। धीरे-धीरे दो बेटियों की शादी भी कर दी गई थी।

पापा और दादी के साथ रहकर तीनों बेटियाँ, कपड़ों की सिलाई-कटाई के काम में बहुत होशियार हो गयी थीं और घर पर ही रहकर कपड़ों कि सिलाई के ऑर्डर लेने लगी थीं। लेडीज़ ब्लाऊज़ और सूट वो बड़े अच्छे सिलतीं। उनका ये हुनर, विवाहित बेटियों को उनकी ससुराल में भी काम आ रहा था।

अत्यन्त विषम आर्थिक परिस्थितियों के कारण जहाँ कांता ने अपनी सास के जापा का काम करने को बिना किसी गुरेज़ के अपना लिया था, वहीं उसकी बेटियों को शिशुओं के पॉटी, शू-शू और नव-प्रसूताओं के रक्त से भरे कपड़े धोने या उनके अन्य काम करना घटिया लगता था। माँ की तरह जापा कोई नहीं बनना चाहती थी।

कांता ने तो दर हक़ीक़त, अपने जाये बच्चों का पेट पालने और उनके बेहतर भविष्य के लिये क़ुरबान कर दिया था, लेकिन उसकी अपनी लड़कियों की स्मृति में अधिकांश समय, उनकी माँ घर पर रही ही नहीं। इसलिये, माँ का अस्तित्व उनके लिये एक पैसे कमाने वाली मशीन से अधिक महत्व नहीं रखता था। इसके लिये लड़कियों को क़ुसूरवार ठहराना भी शायद उचित नहीं होगा, क्योंकि उनकी याददाश्त में, उन्हें तो दादी और बापू ने ही पाल-पोसकर बड़ा किया था। उनकी अपनी माँ तो, औरों के बच्चों को ही बड़ा करती रह गई थी।

****

कांता जब गाँव जाती, तो शहर से सबके लिये कपड़े और दूसरा वह सब सामान लेकर जाती, जो आमतौर पर गाँव में उनको मिलता नहीं था। तब वह सभी अन्य नाते-रिश्तेदारों से भी मिलती।

गाँव की ताज़ी हवा में नारियल के पेड़ों के बीच घूमती और समुद्र के किनारे बैठी रहती। शहरों के धुएँ और शोर भरे वातावरण में वो ताज़गी कहाँ?

गाँव में बड़ा सा चैतन्य महाप्रभु का मंदिर उसमें बजते भजन। नवरात्रि में पंडालों में रखी काली, दुर्गा की देवी की बड़ी-बड़ी मूर्तियाँ, और हलुए का प्रसाद। गाँव उसे भुलाए नहीं भूलता। लेकिन पापी पेट का क्या करे?

शहरों में मिले काम के सहारे से ही तो उसने सारी ज़िम्मेदारियों को पूरा किया था। बेटे की पढ़ाई, लड़कियों की शादियाँ, घर का थोड़ा-बहुत साज़-सामान। कच्चे घर से पक्का घर। सोफा, टी.वी., पलंग सब इसी जापा की कमाई के भरोसे ही तो था।

****

कभी उसकी आँखों के सामने घूमने लगती थी वसंत विहार, दिल्ली की वह आलीशान कोठी, जिसके बाहर एक बड़ा सा गार्डन था। उस कोठी के गार्डन में चलते फव्वारे, ढेरों की तादाद में खिलते रंगबिरंगे फूल और उनकी ख़ुशबू फ़ैलाती हवाएँ। कोठी के अंदर बनी क्राँकीट की सड़क पर नौकर पानी छिड़कते रहते। बड़े-बड़े दो अलसेशियन कुत्ते किसी को कोठी के अंदर घुसने नहीं देते।

तीन मंज़िला कोठी में, बीच के तल पर सास-ससुर रहते और सबसे ऊपर की मंजिल में छोटी बहू। बड़े बेटा-बहू, दो वर्ष के पोते को छोड़कर विदेश में जा बसे थे। शायद कोई बहुत बड़े बिजनस मैन थे, जिनका एक्सपोर्ट-इंपोर्ट का बिज़नेस था।

छोटी बहू थी बहुत सीधी-सादी, सरल और निश्छल स्वभाव। शायद उसकी अपार सुंदरता और सरल व मीठे स्वभाव के कारण ही इस मिडिल क्लास लड़की की इतने बड़े घर में शादी हुई थी।

आये दिन फ़ॉरेन क्लाएँट्स उस घर में आते रहते। ग्राउंड फ्लोर के बड़े से हाल में, आये दिन ही पार्टियाँ होतीं।

छोटी बहू का बेहद स्मार्ट पति या तो विदेश यात्राओं में या बिजनेस मीटिंग्स या पार्टियों में बिज़ी रहता। उसकी फूल सी नाजुक बहू, जुड़वाँ बच्चों

को ठीक से सँभाल नहीं पाती थी, इसीलिये कांता को वहाँ काम मिल गया था। शायद साल-सवा साल, कांता ने उस घर में काम किया था।

उसे बड़ा अजीब लगा था जब डिलिवरी के दसवें दिन ही शाम को छोटी बहू कांता से बोली,

"चलो दीदी! पिक्चर देखने चलो।"

"पिक्चर? दस दिन के बच्चों को घर से बाहर ले जायेंगे?"

छोटी बहू हँसती हुई कहने लगी,

"अरे नहीं दीदी! बस नीचे की फ़्लोर तक चलना है।"

कांता को याद आ रहा था कि गाँव में सवा महीने तक नव-प्रसूताओं को आँखों पर ज़ोर डालने वाला कोई काम करने से परहेज़ करने की सलाह दी जाती थी। उसे लग रहा था पिक्चर की रोशनी की बार-बार की घट-बढ़, चौंधियाहट और तेज़ रोशनी से नई-नई जच्चा की आँखों पर बुरा असर पड़ सकता है। ये सोचकर कि हो सकता है शायद छोटी बहू को इस बारे में कोई जानकारी ही न हो, कांता, उसे पिक्चर देखने से रोकने का मन बना ही रही थी कि तभी उसके मन में एक ख़याल ये भी आया कि उच्च शिक्षित छोटी बहू, उसकी मालकिन का दर्जा रखती है, कहीं नाराज़ न हो जाये।

इन शहरी लोगों के रहन-सहन के तौर-तरीके कुछ अलग ही होते हैं। साथ ही वह यह भी जानती थी कि छोटी बहू अपनी सास की बहुत लाड़ली है। उसकी सास ने तो दुनिया देख रखी है। जब सास को ही कोई आपत्ति नहीं है तो आया की बिसात ही क्या? कांता ने चुप रहना ही बेहतर समझा और चुपचाप बच्चों की दूध की बोतलें, नैपीज़, चेंज करने के लिये कपड़े वगैरह बास्केट में रखकर छोटी बहू के साथ नीचे उतर आई।

नीचे का हॉल, एक छोटे ऑडिटोरियम सा ही था। दीवाल पर बड़ा सा फुल साइज टीवी स्क्रीन लगा था। कुछ गद्दे बिछे थे, और कुछ सोफ़े पड़े थे। छोटी बहू, आराम से सोफ़े पर बैठ गयी और कांता बच्चों की बास्केट लेकर नीचे गद्दे पर।

उसे याद है कि शाहरुख़ ख़ान की कोई हँसने वाली पिक्चर थी। छोटी बहू हँसते-हँसते लोट-पोट हो रही थी। हमेशा साड़ी में सजी छोटी बहू, घर में अपने बच्चों और सहेलियों में समय बिताती या कभी-कभी इसी तरह पिक्चर देख लिया करती। उसके पति तो ज़्यादातर बाहर-बाहर ही रहते और अकसर उसके साथ होतीं, उसकी शॉर्ट फ्रॉक पहनी, मॉडर्न गर्ल फ्रैंडस।

****

इसी तरह से उसे अलीगढ़ के वो ट्रिपलेट्स भी याद आते जिनमें से दो बच्चे तो बारह-तेरह सौ ग्राम के ही हुए और एक आठ-नौ सौ ग्राम का। छोटे को तो रुई के फ़ाहे में लपेटकर कांता, हमेशा साथ ही रखती और रात में भी सीने से लगाये रहती।

तीन लोग मिलकर उन तीन बच्चों को सँभालते। एक कांता, एक दिन भर की आया और एक हेल्पर लड़की, जो बच्चों की दूध की बोतलें साफ़ करती और कपड़े धोती। बहुत कम वज़न के पैदा हुए, उन तीन-तीन कमज़ोर बच्चों को सँभालना आसान नहीं था। दो बेटे और एक बेटी। एक ही बार में परिवार पूरा हो गया था। शुरू-शुरू में तो उन अल्प-विकसित बच्चों के मुँह में बोतल की निपल लगाना भी संभव नहीं था। तीनों बच्चों को एक ही गद्दे में लिटा दिया जाता और बड़ी मुश्किल से उन रोते बच्चों के अधखुले होंठों के बीच में से रुई के फ़ाहे की मदद से दूध टपकाया जाता था। कुछ दिनों बाद दो बच्चे दूध की बोतलें मुँह में पकड़ने लगे थे, लेकिन तीसरा तो बहुत कठिनाइयों के बाद उस स्थिति तक पहुँचा था।

आठ-नौ सौ ग्राम के उस मांस के तीसरे लोथड़े को तो सब यही मान कर चल रहे थे, कि किसी भी दिन सुबह मृत पाया जायेगा। लेकिन नहीं। कांता ने जी-जान से उसकी बहुत ही अच्छी तरह से देखभाल की थी और उस बच्चे के पाँच-छः साल का होने के बाद ही उस घर का काम छोड़ा था। वह बच्चा कांता के अलावा किसी के पास जाता तक नहीं था। यहाँ तक कि अपनी माँ और दादी के पास भी नहीं। हालांकि बच्चे के घर वालों ने कांता से कभी नहीं कहा कि बस! अब तुम्हारा यहाँ और काम नहीं है। लेकिन न जाने क्यों, कांता

को ये लगने लगा था कि शायद उसके साथ इतना अधिक भावनात्मक जुड़ाव, बच्चे के भविष्य के लिये ग़लत साबित हो। इसलिये कांता ने, ख़ुद अपनी मरज़ी से, उस घर में काम करना छोड़ दिया था।

उस बच्चे को छोड़ते समय कांता बेहद रोई थी और साथ में वो छोटू भी बहुत बिलख-बिलख कर रोया था। क्योंकि, माँ-बाप को तो वो पहचानता ही नहीं था। उसके लिये तो कांता ही उसकी माँ भी थी और बाप भी। कांता, उस बच्चे को कभी नहीं भुला पाएगी। भगवान जाने बाद में वह कैसे रहा होगा? अब तो दस-पन्द्रह वर्ष बीत गये, कांता को उस परिवार से निकले हुए।

****

ऐसे ही अनेक किस्सों की यादें कांता के जेहन में बसी हुई हैं। अलग-अलग घरों में तरह-तरह की जीवनशैली से दो-चार होते हुए, उसके जीवन का अधिकांश समय, अपने घर और अपने पति से दूर-दूर ही बीतता रहा।

छोटे-छोटे बच्चों और उनकी कमज़ोर माताओं की ज़रूरतों का ख़याल रखने की व्यस्तता के बीच, उसे ख़ुद के बारे में सोच पाने का समय कम ही मिलता था, लेकिन फिर भी गाँव और घर की याद कई बार उसे तेज़ी से सताने लगती।

विशेषकर, जब वह रोज़ ही नये-नये बने माता-पिता को एक साथ कमरे में बंद होता देखती या कभी उनकी बाँहों में बाँहे डाले सोते हुए झलक मिल जाती तब आयु के चौथे-पाँचवे दशक से गुज़र रही नारी देह की जलन, उसे भी बहुत तड़पाती। पति की याद उसे सताती। पति के साथ की चाह उसे गांव की ओर खींचती।

थी तो वह भी एक साधारण और संपूर्ण स्त्री, जिसने दाम्पत्य का भोग भी किया था और अपनी संतानों को जन्म भी दिया था। अतृप्त शारीरिक वासना की तृप्ति की चाह को पति से दूर-दूर रहकर कब तक नियंत्रण में रखती। पति के अलावा, पहली-पहली बार जब दिल्ली के उन हैंडसम सर से उसका अनचाहा शारीरिक संसर्ग हो गया था, तो ग्लानि और पश्चाताप ने उसे

भीतर तक झकझोर कर रख दिया था। लेकिन आर्थिक मजबूरियों से उपजे हालातों, घर और पति से दूरी और देह की क़ुदरती ज़रूरतों ने अकेलेपन में गुज़रते समय के साथ, उसके विवाह की पवित्रता के बंधनों को तार-तार कर रख दिया था।

मौका मिल जाने पर, कभी-कभी इसी तड़पन में, न जाने कितने जाने अनजाने लोगों से उसके शारीरिक संबंध बनते चले गये थे। कभी किसी घर का ड्रायवर तो कभी कोई सिक्योरिटी गार्ड। कभी-कभी तो बेबी का चाचा, दादा या ताऊ भी पीछे न रहते। हालांकि ज़्यादातर अवसरों पर मर्दों ने उसकी इस कमज़ोरी का मुफ़्तखोरी भरा नाजायज़ फ़ायदा ही उठाया, लेकिन गाहे-बगाहे, कभी-कभार कोई उदारमना कुछ दे ही जाता और उसे थोड़ी-बहुत ऊपर की आमदनी भी होती रहती। शरीर की आग बुझाने के साथ-साथ यदा-कदा होने वाली इस आमदनी को वह अपने लिये बचाकर रखती और उससे नयी सिंथेटिक साड़ियाँ, रंग-बिरंगे मैचिंग ब्लाऊज़ और दूसरे छोटे-मोटे प्रसाधन, जूड़े के क्लिप और कान की झुमकियों वगैरह के अपने शौक पूरे करती। कांता ने अपने मन को भी तसल्ली दे ली थी कि उधर गाँव में उसका पति ही कौन सा बीवी से वफ़ा निभाने वाला नमूना बना बैठा होगा? वो भी तो जवाँ मर्द रहा था, उसकी भी तो कुछ ज़रूरतें थी, जिनकी पूर्ति करने के लिये कांता वहाँ मौजूद ही नहीं रही।

अब तो कांता बस बड़ी-बड़ी कोठियों और आधुनिक फ्लैटस के सर्वसुविधा सम्पन्न बाथरूम में नहाती। महँगा शैम्पू, ख़ुशबूदार साबुन और ढेर-सारा ठंडा गरम पानी। गाँव के कुओं और सामूहिक नलों को वो भूल गयी थी। किचन में आधुनिक गैस, माइक्रोवेव, बॉटल स्टेरेलाइज़र, आटोमेटिक वाशिंग मशीन इस्तेमाल करना उसकी आदत में शुमार हो गया था। बेबी के डायपर और बेबी के वाइप्स। डव और जॉनसन बेबी आइल, बेबी पाउडर, शैंपू और टैलकम से महकता बेबी उसकी गोद में होता। कहाँ गाँव के सरसों के तेल, काजल में लिपटे अर्धनग्न बच्चे और कहां सर्वसुविधाओं से युक्त ये अल्ट्रा मॉडर्न सुविधाओं में पलते बच्चे।

****

जब कभी कांता को, बम्बई से काम के लिये बुलाया जाता तो बरबस उसे बॉम्बे की उस 'हाय बेबी! बाय बेबी! मम्मा' की याद आ ही जाती जो अपने प्रोफ़ेशन को संभालती, सुबह से देर रात तक बिज़ी रहती थी। बेहद सुंदर, गोरी, पतली। बस सुबह घर से निकलते समय बेबी को हेलो बोलने आती। वह और उसका हैंडसम पति, दोनों सुबह-सुबह ही काम पर निकल जाते। आउट डोर शूटिंग, इनडोर शूटिंग और देर रात तक चलती पार्टियाँ।

नवजात शिशु को पोषित करने में इस्तेमाल करने के लिये कुदरत की तरफ़ से मिली देन, अपनी छातियों से बहते दूध को उसने, दवाइयाँ ले-लेकर सुखा डाला था और चालीस दिन होते ही जिम का रास्ता लिया था। उसका फ़िगर ही तो उसकी कमाई का स्रोत था, उसे कैसे बिगड़ने देती? बच्चा तो फ़ार्मूला मिल्क पीकर जिंदा रह ही गया। फ़िगर मेन्टेनेन्स की कोशिश में अगर उसके शिशु को कुछ खोना पड़ा, तो उसकी परवाह किसे थी? भई! डिलिवरी कॉम्प्लिकेशन्स में जिनकी माँ नहीं बचती, ऐसे बच्चे भी तो जिंदा रहते ही हैं। अब इस तर्क पर बहस कौन करे?

कांता दिन भर और रात भर बेबी के साथ अकेली रहती। बेबी की नींद सोती, बेबी के साथ जागती। बॉटल से दूध पिलाकर, जैसे ही बेबी सोता वो फ़टाफ़ट नहाती और अटेच्ड बाथरूम में लगी वाशिंग मशीन में बेबी के कपड़े धोकर, बालकनी में धूप में सुखा देती। रात-रात भर वही बच्चे को गोद में लेकर घूमती। बच्चा उसी के बदन की ख़ुशबू और गोद को माँ की समझता। माता-पिता जन्मदाता होकर भी, उसके लिये दो अजनबी से ज़्यादा कुछ नहीं थे।

कभी-कभी कांता सोचती, ये कैसी कैजुअल सी वॉर्किंग मम्मा है? माँ होकर भी, क्या उस एक अबोध शिशु से, उस छोटी सी उम्र में भी 'हाय! बाय! हलो!' सिर्फ़ इतना ही नाता रखेगी? अरे, ऐसे लोग बच्चे पैदा करते ही क्यों है? शायद बच्चे को जन्म लेने से रोक पाने में वे फ़ेल हो गये। ख़ैर! उसे क्या करना? उसके लिये तो अच्छा ही है। उसे तो बेहतर पैसे और अपनी बेहतर ज़िंदगी से मतलब रखना चाहिये।

****

उधर गाँव में उसके पति के घर में सुख-समृद्धि क्रमशः बढ़ रही थी। बड़े बेटे और पति का काम अच्छा चल रहा था। जाड़ों में सबसे छोटी बेटी की शादी होना तय हो गया था। बेटी की शादी की बात तय होने की ख़बर मिलने के बाद, काम में उसका मन लगना कम हो गया था। घरवालों की याद सताने लगी थी।

उन दिनों वह गुड़गाँव में एक सॉफ़्ट वेयर इंजीनियर कपल के घर काम करती थी । सुबह के गये पति-पत्नी रात आठ-साढ़े आठ बजे तक लौटते। थकी-माँदी माँ, बच्चे को थोड़ा प्यार करती और फिर नींद में खो जाती। कमज़ोर शरीर और आये दिन मिलने वाले टारगेट्स से वो परेशान थी। घर में विधुर ससुर रहते थे। लगभग पचपन-छप्पन साल के। पत्नी की मृत्यु के बाद, उन्होंने ही ब्रम्हचर्य का जीवन जीते हुए, बेटे को बड़ा किया था। बड़े ही धैर्यवान और सज्जन पुरुष। सुबह-शाम, वॉक के लिये जाते, अखबार पढ़ते और कभी-कभी बेबी को गोद में लेकर खेलते।

खाना बनाने और झाड़ू-पोंछा करने के लिये एक नौकरानी अलग से लगी थी, जो सुबह-शाम आती। दिन-रात बच्चे को सँभालते-सँभालते कांता परेशान हो गयी थी। माँ की याद में बच्चा दिन-रात रोता। एक दिन कांता के सिर में बहुत तेज दर्द था। बच्चा रोये जा रहा था, चुप ही नहीं हो रहा था। कांता ने खीझकर अपनी पोटली खोली और डिबिया में रखी अफ़ीम, अँगुली से धीरे से बच्चे को चटा दी। रोता बच्चा चुप हो गया, और गहरी नींद में सो गया। चार महीने का अबोध क्या जाने उसके साथ क्या हो रहा है?

कांता ने दरवाज़ा अंदर से बंद किया और गहरी नींद में सो गयी। शाम को सात बजे ही उसकी नींद खुली। नींद में सोते हुए बच्चे के कपड़े उसने बदले और दूध की बोतल लगा दी। माता-पिता के आने तक बच्चा कुछ चैतन्य हो गया।

अब कांता के लिये आसान हो गया जिस दिन बच्चा ज़्यादा तंग करता तो धीरे से उसे अफ़ीम चटा देती और चैन की नींद सोती। रोज़ रोने वाला बच्चा, अचानक चुप होकर सोने कैसे लगा? मिस्टर वर्मा को आश्चर्य हुआ। गरम पानी से नहाकर, उन्होंने पूजा की और धीरे से बेबी के कमरे में झाँक

कर देखा। कांता अपनी साड़ी के पल्लू से अफ़ीम निकाल कर उसे चटा रही थी। वे सोच रहे थे,

"ये क्या हो रहा है?"

अचानक मिस्टर वर्मा के दिमाग में बिजली कौंधी। उन्होंने झटककर बेबी को कांता की गोद से छीन लिया और जमकर दहाड़े,

"ये क्या हो रहा है आया?"

कांता घबरा गयी। ये पापा जी अचानक कहाँ से आ गये? वो थर-थर काँपने लगी। अब ख़ैर नहीं! पापा जी की पहुँच कहाँ तक है, उसे पता था। पुलिस! जेल! उसका रोम-रोम सिहर उठा।

अचानक ही उसका त्रिया चरित्र जागृत हो उठा। ऐसे कितने ही पुरुषों को उसने चलाया है। उसने एक झटके से अपना साड़ी का पल्ला नीचे गिराया और ब्लाऊज़ के हुक तोड़ दिये। शूर्पनखा सी बनी चिल्लाई,

"अगर एक कदम भी आगे बढ़े, तो मैं शोर मचा दूँगी......."

और उसने अपने बालों को खोलकर बिखरा लिया।

पिछले बीस वर्षों से ब्रम्हचर्य का पालन कर रहे मिस्टर वर्मा में एक तेज़ जागृत हो गया था। वे ज़ोर से चिंघाड़े-

"बंद करो बकवास, और कपड़े ठीक करो। मैं अभी पुलिस को फ़ोन करता हूँ।"

घर में लगे कैमरों ने मिस्टर वर्मा का साथ दिया और कांता को पुलिस पकड़ कर ले गयी थी। ऊपरी कमायी आमदनी, पुलिसवालों को ख़ुश करने में निकल गयी थी। बड़ी मुश्किल से जान बचाकर, वो दूर बसे अपने गाँव पहुँची थी। दिल्ली के एक प्रतिष्ठित अंग्रेज़ी दैनिक में प्रमुखता से छपी ये खबर पढ़कर, वे माताएँ सिहर उठी थीं, जिनके छोटे बच्चे इसी तरह आयाओं के भरोसे पर पल रहे थे।

****

गाँव पहुँचकर, उसने ये बात किसी को नहीं बतायी। कुछ दिन गुमसुम रही। बहुत रह ली घर से दूर। बहुत संभाल लिया दूसरों के बच्चों को। अब उसकी भी उमर हो गयी है और उसकी बहू को भी कुछ होने वाला है। अब अपने पोता-पोती को सँभालूँगी, ये सोचकर उसमें नया जोश भर गया।

हालांकि उसके बच्चे उनकी दादी के हाथों, यथासंभव अच्छी तरह से ही पाले-पोसे गये थे, लेकिन अपने बच्चों को ख़ुद ठीक से नहीं पाल पाने की कसक कहीं न कहीं उसको पीड़ा तो देती थी। उसने सोचा, अब अपने बच्चों के बच्चों को सँभालेगी। उसके सधे हुए हाथों में बच्चे कितनी सुघड़ता से पलेंगे। वह इस आनंददायी कल्पना में गोते लगाने लगी थी।

पुराना सब कुछ भुलाकर, वह छोटी बेटी की शादी की तैयारी में जुट गयी। कुछ जमा किए हुए पैसे और बहुत सा कर्ज़ लेकर, बेटी की शादी बड़ी धूमधाम से की।

****

लेकिन समय ने करवट ली। संपूर्ण विश्व चलते-चलते रुक गया था। एक अनजान सी अनोखी बीमारी ने दुनिया को अपनी चपेट में ले लिया था। जितने मुँह, उतनी बातें। सच्चाई की भनक किसी को नहीं थी। अफ़वाहों का बाज़ार गर्म था। हवा में कुछ अनहोनी की झलक थी। गाँव में भय का वातावरण छा गया था।

दूर शहर से बेटा घर वापस आ गया था। उसका काम छूट गया था। बड़ी मुश्किल से पहले स्पेशल ट्रेन और फिर बस से वह घर पहुँचा था। सूखे हुए मुनक्के जैसा चेहरा लिये। पति की टेलरिंग की दुकान भी बंद हो गयी थी। इस छूत की बीमारी के समय जब घर से निकलना भी मना था, कौन नये कपड़े सिलवायेगा?

एपिडेमिक और लॉक डाउन का कहर। घर में पाँच-छ: पेट और कमायी का साधन कोई नहीं। बड़े दामाद का छोटा सा होटल था, वो भी बंद हो गया था। गाँव की सड़कों, गलियों में सन्नाटा छा गया था। चाय की दुकानें,

छोटे-छोटे होटल, कपड़े की दुकानें, सब बंद हो गये। केवल खेती किसानी और मछली पकड़ने वाले मुँह में गमछा बाँधकर बाहर निकलते रहे थे।

लॉक डाउन का असर कुछ मायनों में अच्छा रहा। हवा साफ़ लगने लगी। आसमान भी साफ़ हो गया था। समुद्र का पानी साफ़ दिखने लगा। मछलियाँ तैरती दिखाई देने लगी थीं। स्वच्छ पानी, पारदर्शी, एकदम साफ़। जिन लहरों को देखने के लिये वो समुद्र किनारे जाकर बैठी रहती थी, अब केवल उनका शोर सुनायी देता है।

मार्च गया, अप्रैल गया, मई गया। जून के आते ही हर-हराकर मेघ बरसे। चारों ओर पानी ही पानी। शुरू में जिस पानी की ख़ुशबू ने सबको मदमस्त कर दिया था, वही बारिश अब कहर बनकर छाने लगी थी। रात-रात भर पानी की ज़ोरदार झड़ी लगी रही। कच्चे रास्तों में कीचड़ ही कीचड़। सूखी नदियाँ और छोटे-छोटे तालाब लबालब हो गये। भात और बरसाती मछली से ही भोजन का काम बन रहा था। पास की कमाई ख़तम होती जा रही थी। ऐसे कैसे काम चलेगा?

शहर जाने के नाम पर उसकी रूह काँप जाती। फिर वही, जापा का काम। बड़े-बड़े घरों में गुलामों सी ज़िंदगी। एक बार पहुँच जाओ तो लौटने का टिकिट नहीं।

और फिर आया समुद्री प्रलय। समुद्री तूफ़ान और साइक्लॉन। पहली बार तो तूफ़ान, गाँव की सीमा के बाहर से गुज़र गया था, लेकिन जब दूसरी बार तूफ़ान आया, तो उस रात भड़भड़ाते दरवाजों और बिजली की कड़कड़ाहट से सब घबराकर जाग उठे थे। सुबह होते-होते, समुद्र की लहरें घर की दीवारों पर सर पटकने लगी थीं। चारों ओर शोर मच गया,

"भागो रे भागो! तूफ़ान!"

सब अपनी एक-एक पोटली जल्दी-जल्दी बाँधकर मुँह-अँधेरे गाँव के ऊँचे टीले की ओर भागे थे। कांता पलट-पलटकर भीगी आँखों से अपने घर

को देखती रही थी। इस घर को बनाने में, उसने अपना पूरा जीवन निकाल दिया था। कहाँ–कहाँ नहीं भटकी थी, रोज़गार की तलाश में।

घर से जुड़ी सारी पुरानी स्मृतियाँ तरोताज़ा होकर उसके दिमाग़ में कौंध रही थीं। वह नयी-नयी शादी होकर आयी ब्याहता के रूप में यहीं आई थी। पति का प्रेम, चूल्हा-चौका, नौ महीने का गर्भ-भार, प्रसव पीड़ा, घर में जन्म लेते बच्चे, सब कुछ आँखों के आगे नाचने लगा। पूरे समय का गर्भ और आसन्न प्रसव की बेला में भी, आख़िरी समय तक, वो चूल्हे में जलाने के लिये लकड़ियाँ काटकर लायी थी। जड़ से उखड़े पेड़ों की बड़ी-बड़ी जड़ों को काटकर या खोदकर वो लाती और चूल्हा जलाती। मेहनतकशी का परिणाम, मुश्किल से एक-दो घंटे की प्रसव पीड़ा में ही उसके बच्चे हो जाते थे। प्रसव के चार-पाँच दिन बाद, घर का काम फिर शुरू। लेकिन वो सब तो बीता हुआ कल था।

इस समय तो वे लोग ज़ोर पकड़ते तूफ़ान का सामना कर रहे थे। वह तूफ़ानी रात उन्होंने ऊँचाई पर बसे एक रिश्तेदार के घर निकाली। पानी के रुकने के बाद, जब वो अपने घर की हालत देखने आये थे तो घर की जगह साफ़ मैदान था। सब जगह दिखाई दे रहा था, सिर्फ़ कीचड़ और जगह-जगह भरा पानी। आसपास के सब घर भी या तो पूरी तरह ढह गये थे या टूट कर रहने लायक स्थिति में नहीं रह गये थे।

कहाँ गया मेरा घर? आह मेरे सपनों का घर! छ: महीने की पोती को गोद से चिपकाए, वो परिवार सहित अपनी बहन के घर आ गयी थी। टूटा घर, खाली हाथ।

जापा का काम खोजने की मज़बूरी, एक बार फिर, उस पर आ पड़ी थी। बड़ी मुश्किल से, उन डॉक्टरनी साहिबा का नंबर ढूँढ निकालने में, उसे सफ़लता मिली, जिनके मार्फ़त पहले भी एक बार उसे आया का काम मिल चुका था। उस दिन, बहन के बेटे के मोबाइल से, उसने डॉक्टरनी साहिबा को, अपनी सारी विषम परिस्थिति विस्तार से बता दी और उनसे स्पष्ट कहा कि

"मैडम, हम बड़ी मुसीबत में हैं। आपकी जानकारी में, कहीं किसी को जापा के काम के लिये मेरी ज़रूरत हो तो बताइयेगा।"

****

अगस्त के आखिर में उसके पास फ़ोन आया था। बैंगलोर में काम था। पति-पत्नी दोनों इंजीनियर थे। सिज़ेरियन अंडर वेट बेबी की साल-सँभाल करने का काम मिला था।

सितंबर के पहले सप्ताह में उसका टिकट आ गया और कलकत्ता से दो-ढाई घंटे की फ्लाईट लेकर वो बैंगलोर पहुँची थी। एक हफ़्ते होटल में क्वॉरेंटाइन और फिर कोविड टेस्ट। अगले दिन वो एक बार फिर जापा के ही काम के लिये उस नये घर पहुँची थी। सर्वसुविधायुक्त घर। सभी कमरों में ए.सी., पंखे, गोल्डन लाइट्स। उसके रहने के लिये अलग कमरा और आधुनिक बाथरूम, माइक्रोवेव, गैस, ऑटोमेटिक वॉशिंग मशीन सब। पहुँचते से ही, छः दिन के बेबी को उसकी गोद में दे दिया गया था।

उसी मनोयोग से वो फिर से अपने जापा के काम में जुट गयी। बेबी को सँभालना, नवप्रसूता की देखभाल, उन दोनों के सभी काम। रात-रात भर बेबी को लेकर बैठी रहती।

कुछ महीनों बाद उसे कुछ लॉकडाउन हटने और बेटे के काम पर लौटने की राहत भरी ख़बर तो मिली थी, लेकिन उस "बुलबुल" नाम के तूफ़ान और लॉकडाउन के कहर ने उसके घर के साथ-साथ उसके सपनों और उसकी शेष रही ज़िंदगी को भी तहस-नहस करके रख दिया था।

ज़िंदगी भर संघर्ष करते हुए जो कुछ हासिल किया था, उसमें से अब कुछ भी नहीं रहा था। बुढ़ापे में सिर छुपाने को छत तक नहीं रही। कहाँ तो उसने सुकून के साथ अपने पति, बेटा-बहू और नाती-पोतों के साथ रहकर बाकी की ज़िंदगी गुज़ारने के सपने देखे थे और किस्मत का फेर उन्हें फिर साधनहीन, संघर्षपूर्ण जीवन के चक्रवात में फँसा गया था।

कहने को उसका अपना एक पूरा परिवार था। लेकिन उसके जीवन की सच्चाई क्या थी? उसका क्या अस्तित्व था? वास्तविकता के धरातल पर, वह न किसी की पत्नी रही थी, न माँ, न सास और न नानी या दादी।

इस बढ़ी हुई उम्र में, फिर एक बार उसी मुहाने पर आ खड़ी हुई थी जहाँ वह आज से बाईस-तेईस साल पहले खड़ी थी। लेकिन आज से बाईस-तेईस साल पहले, उसमें संघर्ष करने की क्षमता थी। अब इस ढलती उम्र में तो सोचकर ही उसका दिल बैठने लगता कि आगे होगा क्या? क्या वैसे ही घरबार छोड़कर ज़िंदगी का बाक़ी सफ़र भी अकेलेपन में ही काटना होगा? वही जापा की अकेली ज़िंदगी, जिसमें बड़े शहरों की बड़ी-बड़ी, बहुमंजिला इमारतों में, सभी तरह की सुविधाओं से लैस घरों में रहते हुए भी, उसका कोई अपना साथ नहीं होता था।

एक बहुमंज़िला बिल्डिंग की सबसे ऊपर की मंजिल पर आधी रात को खिड़की के सामने बैठी वो, सूनी आँखों से, दूर तक फैली चमचमाती लाइटों को देख रही थी, इसी आस में कि कभी तो ऊपर आसमान में बैठे भगवान् का भी हृदय द्रवित होगा। ईश्वर में उसका अटूट विश्वास और जीवन के प्रति सदैव सकारात्मक दृष्टिकोण उसकी सबसे बड़ी शक्ति थी। उसे दृढ़ विश्वास था कि कुछ न कुछ चमत्कार अवश्य ही होगा। उसके और उसके परिवार के दिन भी ज़रूर फिरेंगे और वह फिर लौट सकेगी, हमेशा के लिये, अपने गाँव, अपनों के बीच। वह दिन अवश्य आयेगा जब वह गाँव में आराम से अपने पति के साथ, समुद्र के किनारे बैठी होगी और उनके आसपास खेल रहे होंगे उनके लाड़ले नाती-पोते।

****

सौंदर्यमयी

बेटी को विदा कर मैं कुम्हलायी लता सी, बिस्तर पर जा गिरी थी। बेड के पास रखी ड्रेसिंग टेबल में, मुझे मेरा अक्स दिखाई दे रहा था। थकान से पीला पड़ा चेहरा और आँसुओं से भीगी आँखें। लेकिन मन में असीम संतोष, सारे काम निर्विघ्न सम्पन्न होते हुए, बेटी के शान्ति से डोली में विदा हो जाने का। विदा का समय था, सुबह साढ़े चार बजे का। ढलती रात और सुबह के मिलन का। पलकों में सपनों का संसार लिये, तारों की छाँव में बिटिया, चल दी थी अपने साजन के घर। उसका भोला, आँसुओं भरा चेहरा मेरी आँखों के आगे घूम रहा था।

मैं, जो स्वयं कभी सौंदर्यमयी थी, रूप-गर्विता थी, आज बेटी को विदा कर, एक कमज़ोर हृदय की माँ से अधिक, कुछ नहीं रह गई थी। कहाँ गया मेरा वह रूप, मेरा वह गर्व? बीते हुए समय की स्मृतियाँ, मेरी थकान और नींद से बोझिल हो चुकी पलकों के आगे सर्र-सर्र गुज़रने लगीं। वह हँसता-खेलता, लड़ता-झगड़ता बचपन। वह पति की प्रीत में खोई युवावस्था, वह घूमना-फिरना और घर-गृहस्थी की ज़िम्मेदारियाँ और फिर प्रौढ़ावस्था का दबे पाँव, चुपके से जीवन में प्रवेश। जैसे सब-कुछ यंत्रवत् नियंत्रित सा, किसी चलचित्र की भाँति, क्षणभर में ही मेरी आँखों के सामने से गुज़र गया। ये रूप, ये सौंदर्य, ये शरीर कितने दिन का। आखिर को तो सब नष्ट होना ही है।

****

मैं बचपन से ही अपनी ख़ूबसूरती को लेकर बहुत सचेत और गर्वित थी। मैंने माँ जैसे तीखे फीचर्स, लम्बा पतला सुगठित शरीर और पिता जैसा गोरा, गुलाबी रंग लिया था। पाँच भाई–बहनों में, मैं बीच की थी। तीन बड़े भाई, फिर मैं और फिर एक छोटी, गोलू। जहाँ मैंने माता-पिता दोनों के पॉजिटिव पॉइंट्स ले लिये थे, गोलू, मेरी छोटी बहन, ने पिता जैसे फ़ीचर्स और माँ जैसा गेहुँआ रँग ले लिया था। घर में, शादियों में या और दूसरे त्यौहारों में, जब कभी कुछ रिश्तेदार इकट्ठे होते तो महिलाओं के बीच में, मुझे अपनी ख़ूबसूरती पर तारीफ़ भरे कमेंट्स सुनने को मिलते। मुझे वह सब सुनना बहुत अच्छा लगता।

रंगरूप में मुझसे कुछ अलग होते हुए भी, गोलू में कुछ अलग तरह का आकर्षण था। उसका भोला चेहरा, ठोड़ी पर काला तिल और चेहरे पर खेलने वाली सदाबहार हँसी, उसे अलग ही ख़ूबसूरती प्रदान करती थी। वह मुझसे तीन-चार साल छोटी थी और दीदी-दीदी करके मेरे पीछे-पीछे घूमती हुई, हर बात में मेरा अनुसरण करती रहती। मेरे चेहरे को वह बड़ी मुग्ध दृष्टि से देखती और मुसकुरा देती। उसके गोल-गोल गालों पर पड़ते डिंपल मुझे बड़े ही प्यारे लगते।

****

जहाँ बचपन से माँ, तीनों ही भाइयों का बहुत ध्यान रखती, उनका पढ़ना-लिखना, खाना-पीना सब टाइम से होता, वहीं माँ मुझे बोझ समझती। लड़कियों को पढ़ने की क्या जरूरत है? तुम घर का काम सीखो और उस पर ध्यान दो। वही ज़िंदगी में तुम्हारे काम आएगा। पढ़-लिखकर भाई तो इंजीनियर, डॉक्टर बनेंगे, या और कोई नौकरी, रोज़गार करेंगे। तुम्हें क्या करना है? शादी होते ही उम्र भर चूल्हा-चौका और घर गृहस्थी ही तो सँभालना है।

मुझे माँ की इस सोच पर बहुत क्रोध आता। अरे! लड़की हूँ, तो क्या हुआ? मुझे भी तो पढ़ने का शौक है। मैं भी खूब पढ़ूँगी-लिखूँगी। ये कैसा क़ायदा है कि लड़की हूँ, इसलिये मैं डॉक्टर या इंजीनियर नहीं बन सकती?

अकसर अपनी सारी थकान और खीझ, माँ मुझ पर ही निकालती। दुबली-पतली, मैं थी भी बहुत चंचल। छोटी-सी, घर की सिली, फ्रॉक पहने, मैं बाहर दालान में घूमती फिरती रहती। कभी अमरूद के पेड़ पर चढ़ जाती और उसकी पतली-पतली टहनियाँ पकड़ती हुई फुनगी तक पहुँच जाती और कभी, उछलकर आँगन की दीवाल के सहारे छज्जे पर जा चढ़ती और वहाँ से छत पर।

कई बार, मैं बीच वाले भाइयों के साथ खेलती कूदती रहती और छज्जे से आँगन में कूद जाती। माँ जानती थी कि भाई लोग कूद-फाँद कर, ज़बरदस्ती डाँट खाने का काम नहीं करेंगे। पर, मुझे पता नहीं क्यों, उसमें एक थिल (रोमांच) सा लगता और कभी-कभार डाँट की परवाह न करते हुए, छज्जे से, या अमरूद के पेड़ की ऊँची डाल से कूद ही जाती। धम्म की आवाज़ सुनते ही, माँ की साँस, अटक सी जाती,

'एक तो लड़की की ज़ात, ऊपर से हाथ पैर टूट गये, तो लेने के देने पड़ जायेंगे।'

और मैं, धृष्टता से बेफ़िक्री की हँसी हँसते हुए, दाँत निपोर देती और एक झन्नाटेदार तमाचे से बचने की कोशिश में उछलती हुई माँ की पहुँच से दूर भाग जाती। मेरी इस बेशर्म हँसी पर, माँ को बहुत क्रोध आता। माँ जब

काम में बहुत व्यस्त होती तो थोड़ा बड़बड़ाकर शान्त हो जाती। लेकिन, जिस दिन माँ का मूड ख़राब होता और कहीं ग़लती से मैं ऐसी जगह फँस जाती जहाँ से भाग निकलने का मौका नहीं मिल पाता, तब तो बस, वह होती और उसके हाथ में बाँस की एक लपलपाती पतली संटी। गुस्से से माँ का चेहरा तमतमाया रहता और वह, उस संटी को लहराते हुए मुझे पकड़ने के लिए मेरे पीछे-पीछे दौड़ती।

अगर पकड़ी जाती, तब तो फिर कुछ प्रसाद मिल ही जाता। वह लपलपाती संटी, सट्ट-सट्ट की आवाज़ करती हुई, मेरे कोमल बाल शरीर को, दो-चार बार चूम ही जाती थी। रंग तो मेरा था ही असाधारण रूप से गोरा। संटी पड़ने के स्थान पर लम्बे-लम्बे लाल सुर्ख निशान उभर आते और कुछ सूजन आ जाती। कुछ ही देर बाद मुझे, उन सूजन आई हुई जगहों पर जलन भी महसूस होती और तेज़ दर्द भी। दर्द के मारे रोती, मुँह बिसूरती हुई मैं फिर माँ के पास ही जाती।

लेकिन गुस्सा तो उसका भी तीखा ही था। तब तक गुस्सा, अगर पूरी तरह शान्त नहीं हुआ होता, तो फिर एक ज़बरदस्त लताड़ पड़ती,

'बेहया! बेशर्म! तू ससुराल में जाकर ही सुधरेगी।'

जब माँ का गुस्सा शान्त हो जाता, तब मेरी पीड़ा और मेरे बदन पर लाल सुर्ख निशान देखकर माँ की आँखें नम हो आतीं। मुझे गले से लिपटाकर, सिसकती हुई समझाने की कोशिश करती,

'अरी! तू समझती क्यों नहीं? लड़की का जन्म मिला है बेटी! कुछ ऐसा वैसा हो गया, तो सारी उम्र कहीं की नहीं रहेगी। एक बार तू तेरे ससुराल की हो जाए, तो मुझे चैन मिले।'

****

माँ की समझाइश के गूढ़ अर्थ का लेशमात्र भी मुझे तब समझ में नहीं आता था। मुझे तो बस यही खलता था कि माँ मुझमें और भाइयों में भेदभाव का बर्ताव क्यों करती है?

मुझसे तीन-चार साल बड़े भाई, आराम से टेबल-कुर्सी पर बैठकर पढ़ते रहते और मैं अपने नन्हें-नन्हें हाथों से उनके लिये चाय बनाती रहती। घर के बिस्तर ठीक करती, कपड़े धोती और आँगन में झाड़ू लगाती। मैं उम्र और कक्षा के हिसाब से बड़े भाइयों से तो छोटी ही थी, फिर भी सोचती यही थी कि,

'मैं भी तो छठवीं में आ गई हूँ। क्या मेरी पढ़ाई की कोई कीमत नहीं?'

मुझे केवल शाम को सात से दस बजे का टाइम पढ़ने को मिल पाता था। उसमें भी रात को बिस्तर लगाना, सबके लिये कमरे में पानी भरकर रखना मेरा काम था। भाइयों का लाड़-प्यार और मेरी अपनी ऐसी दुर्दशा? मैं चिड़चिड़ी हो गयी।

कई बार मैं माँ की बात नहीं सुनती और बाहर गार्डन में खेलती रहती। छोटी गोलू मेरे साथ-साथ रहती। अकसर, भाइयों से तो मैं कॉम्पिटीशन की ही भावना रखती और उनसे लड़ती-झगड़ती भी। ऐसे ही लड़ते-झगड़ते, चिढ़ते, मैं किशोरावस्था में पहुँच गयी थी।

****

ऐसा नहीं है कि माँ काम नहीं करती थी या माँ मुझसे ज़बरदस्ती काम करवाती थी। माँ प्यार भी बहुत करती थी। वह बहुत मेहनती थी। लम्बी-पतली, गेहुँए रंग की कर्मठ माँ, सुबह से शाम तक घर का काम करती। सुबह-सुबह उठकर बरतन साफ़ करना, झाड़ू-पोंछा लगाना, खाना बनाना और दिन-भर का चाय-पानी अलग। माँ एक मिनिट को भी नहीं बैठती थी।

पापा सरकारी नौकरी में सीमित तनख़्वाह पाने वाले साधारण से तृतीय श्रेणी कर्मचारी। सिद्धांतों के बड़े पक्के। तनख़्वाह के अलावा, कुछ ऐसा-वैसा करके, कभी एक धेला भी घर में नहीं लाये। बस, कर्त्तव्यनिष्ठा, ऊँची सोच, ऊँचे सपने और मेहनती स्वभाव। यही उनकी सबसे बड़ी पूँजी और उनकी ताक़त थी। उस छोटी सी तनख़्वाह में घर में नौकर चाकर कैसे रखे जा सकते थे?

माँ मुझे भी साथ में काम पर लगाये रखती। पर, मुझे तब यही लगता था कि भाई-बहन से व्यवहार में फ़र्क करके माँ ग़लत कर रही है। माँ जो मुझे उस समय समझाना चाहती थी, उसे उस समय की प्रचलित सामाजिक मान्यता के पैमाने से देखें या माँ के अपने कड़वे अनुभवों की सीख के नज़रिये से, किन्तु आज, जब मेरी अपनी उम्र, जीवन के छठे दशक से गुज़र रही है और भारतीय युवा पीढ़ी, वैवाहिक जीवन में बढ़ती एक प्रकार की अराजकता से ग्रस्त प्रतीत होती है, तो कभी-कभी 'विमेन्स लिब मूवमेन्ट' के इस प्रगत दौर में भी, लगने लगता है कि माँ कुछ हद तक सही थी।

कैरियर बनाने की अँधी दौड़ में उलझी विवाहिताओं के वैवाहिक जीवन में क्रमशः बढ़ रही अशान्ति, संभवतः पुनः इस ओर इंगित कर रही है कि लड़कियों के लिये भी घर का काम सीखने की महत्ता को कम करके आँकना, परेशानियों का सबब बन सकता है।

बहरहाल, बात यहाँ पर थी कि अब मुझे माँ में कोई गलती नजर नहीं आती। सही बात है, माँ भी तो अकेले काम करते-करते थक जाती होगी। पाँच-पाँच बच्चे और बूढ़े सास-ससुर। ऊपर से घर में, आये दिन मेहमानों, रिश्तेदारों का आना-जाना लगा ही रहता था। अकेली इतना सब कुछ करना, उसे परेशानी तो होती ही होगी ? शायद इसलिये मुझे, घर के काम में शुरू से अपने साथ लगा लिया था। छोटी गोलू मेरी नकल करते-करते, हर काम मेरे साथ कराने लगी थी।

****

किशोरियाँ होने तक, माँ ने हम दोनों बहनों को घर के काम करने में काफ़ी दक्ष बना दिया था। हम दोनों सुबह उठ कर चाय बनाते, माँ का हाथ बँटाते हुए मिलकर झाड़ू-पोंछा लगाते, बरतन साफ़ करते, खाना बनाते और कपड़े धोते। हम दोनों की मदद से माँ को घर के कामों से बड़ी हद तक राहत मिली थी। मैं अपने पतले-पतले हाथों से, बड़े सुघड़ तरीके से बड़ी तेज़ी से काम करती। अकसर हम दोनों, मुश्किल से आधा-पौना घंटे में खाना बनाकर किचन से बाहर निकल जाते। मैं ग्यारहवीं में और गोलू सातवीं में आ गयी थी।

दोनों बड़े भाई डॉक्टरी पढ़ने बाहर दूसरे शहर में चले गये थे। गोपू बारहवीं में पढ़ रहा था और शायद इस साल वह भी पढ़ने बाहर चला जाये। माँ–पापा दोनों की एक ही अभिलाषा थी कि बेटे बहुत पढ़-लिखकर हमारा नाम रोशन करें और बेटियों की अच्छे खाते-पीते घरों में शादी हो जाये, जहाँ वे सुखपूर्वक रह सकें।

भाइयों के पढ़ाई के लिये, बाहर निकल जाने के बाद, माँ का सारा लाड़-दुलार, हम दोनों बहनों पर न्योछावर होने लगा। माँ और हम दोनों बहनें, हँसते, बातें करते और मिल-जुलकर घर का काम करते। माँ को तो हम दोनों बहनें, अब ज़्यादा काम नहीं करने देतीं।

'माँ अब तुम आराम करो, ज़िंदगी भर तुमने काम किया है।'

बूढ़े सास-ससुर यानी हमारे दादा-दादी भी अब नहीं रहे थे। उन दोनों के जाने के बाद माँ भी कुछ आज़ादी का अनुभव करने लगी थी। घर का सब काम निपटाकर हम घर के बाहर एक पट्टी पर बैठ जाते और खूब हँसते खिलखिलाते। अड़ोस-पड़ोस में रहने वाली भाभियों और सहेलियों से बातें करते।

जाड़ों में, आंगन में धूप में बैठकर बुनाई करते और गर्मी की लू भरी दोपहरी में घर के अंदर बैठकर सिलाई किया करते। माँ हमें दिन में पलकें भी नहीं झपकाने देती। हाँ, रात में जल्दी सो जाते और सुबह जल्दी उठकर पढ़ाई करते।

****

बड़े भाइयों की तरह मैं भी साइंस-बायलॉजी लेकर डॉक्टर बनना चाहती थी। लेकिन मेरी इच्छा को माँ की एक डाँट ने ख़तम कर दिया था,

'तुमसे आठवीं तक साइंस और गणित में तो कुछ बनता नहीं था। तुम फिजिक्स, कैमिस्ट्री, बायोलॉजी क्या पढ़ोगी? चुपचाप आर्ट्स ले लो और हिन्दी साहित्य, इतिहास, राजनीति शास्त्र, समाजशास्त्र वगैरह पढ़ो।'

मैं मन मारकर रह गयी थी लेकिन मेरे अंदर जैसे कोई ज्वालामुखी सुप्त अवस्था में बैठा, बुदबुदा रहा था। मैं क्यों साइंस-बायोलॉजी नहीं पढ़ सकती? मैं क्यों नहीं डॉक्टर बन सकती?

मुझे बुरा तो बहुत लगा, किन्तु कर ही क्या सकती थी? हाँ, अब मैं, सिर्फ़ परीक्षा में पास होने के लिये पढ़ती। परीक्षा के एक महीने पहले से, मैं रट्टा मारना शुरू कर देती और ज़ोर-ज़ोर से बोलकर याद करती। उससे कभी-कभी रात में सब की नींद खराब होती रही होगी, लेकिन घर में पढ़ाई के महत्व को सभी समझते थे, इसलिये पढ़ रहे बच्चे की ज्यादा टोका-टाकी नहीं की जाती, बस एक कमरे में दरवाज़ा भिड़ाकर पढ़ना होता, जिससे घर में सो रहे दूसरे सदस्यों की नींद में कम से कम ख़लल पैदा हो।

परीक्षाओं के समय खाना बनाने का ज़िम्मा, माँ अपने ऊपर ले लेती और हम बहनें, दूसरे ऊपर के हल्के-फुल्के काम निपटा देते। ऐसा करते-करते मैंने बी.ए. कर लिया। मेरा दो डंडे वाला सेकेण्ड डिवीज़न हमेशा बरकरार रहा, न कभी ऊपर देखा, न नीचे। भाइयों के समान इंजीनियर, डॉक्टर बनने का मुझे हमेशा लोभ रहा। मेरी देखा देखी गोलू ने भी आर्ट्स के विषय लिये, लेकिन वह मुझसे अच्छे नँबर लाती।

****

बड़े दो भाइयों की शादी के बाद माँ को मेरी शादी की धुन सवार हो गयी। माँ की कितनी ही सहेलियाँ मुझे बचपन से ही बहू बनाना चाहती थी, लेकिन माँ के सपने ऊँचे थे। वह अपनी ख़ूबसूरत बेटी के लिये कोई सरकारी अफसर चाहती थी। लड़का डॉक्टर या इंजीनियर हो तो और अच्छा। लेकिन नौकरी तो सरकारी ही चाहिये थी, माँ को होने वाले दामाद की।

जो लोग मुझे देखने आते, वे लोग आते ही मुझे पसंद तो कर लेते, लेकिन उनकी दहेज़ की माँग से मेरा विद्रोही मन भड़क उठता। कितनी मुश्किल से नौकरीपेशा नपी-तुली कमाई वाले माँ-पापा ने भाइयों को पढ़ाया है, अब बेटी को मोटा दहेज़ कहाँ से देंगे? और मैं, ख़ुद ही मना कर देती।

बी.ए. तक की पढ़ाई तो गर्ल्स कॉलेज से रेग्यूलर स्टूडेन्ट की तरह कर ली। हम थे, एक छोटे से शहर के वासी। पोस्टग्रेजुएशन जिस कॉलेज में था, वहाँ को-एजुकेशन थी। माँ ने मुझे प्रायवेट एम.ए. जॉइन करा दिया, यह कहकर कि कॉलेज में लड़कों के बीच जाकर कहाँ पढ़ेगी? घर पर रह कर ही पढ़ाई करो और साथ-साथ सिलाई में डिप्लोमा कर लो।

फिर वही रूढ़िवादी सोच, मेरी पढ़ाई में बाधा बनी थी। ऐसे ही दो-तीन साल निकल गये थे। मम्मी को मेरी शादी की बेसब्री हो रही थी। रात-दिन घर में, बस इसी एक बात को लेकर होने वाली इस चर्चा की वजह से मैं फिर से चिड़चिड़ी होने लगी थी। वह तो छोटी बहन गोलू ही थी जो मुझे जब-तब किसी न किसी बहाने से हँसाती रहती।

****

घर में, हम दोनों बहनें सादी वेशभूषा में ही रहतीं। टॉप और लाँग स्कर्ट, तिरछी निकली माँग और घने बालों की दो चोटियाँ। शादी के प्रस्ताव के साथ दी जाने वाली फ़ोटो घर में ही खींच ली जातीं। जिस पर्दे का बैकग्राउण्ड बनाया जाता, वह भी माँ की कोई पुरानी लाल रंग की साड़ी थी।

और फिर, एक बार तुम, घर आये थे। बीच वाले भाई के दोस्त। उन्हीं के साथ में तुम डॉक्टर थे और अभी-अभी नई-नई सरकारी नौकरी मिली थी, वही मेडिकल कॉलेज के कैम्पस में। आदत के अनुसार हम बहनों ने फ़टाफ़ट खाना बनाया था और थाली में ढेरों छोटी-छोटी कटोरियाँ रखकर तुम्हारी थाली सजा दी थी। तुम्हारी मुग्ध दृष्टि, लगातार मेरा पीछा कर रही थी।

कुछ गोल सा गोरा चेहरा, गहरे काले कुछ घुँघराले बाल, पतली-पतली काली मूँछें और पतले होंठ। तुम मुझे खुद से थोड़े से ही लम्बे और कुछ भरे-भरे गदबदे शरीर के लगे थे। मेरी चोर निगाहों ने तुम्हारी मुग्ध दृष्टि को पहचान लिया था और मेरा चेहरा सुर्ख लाल हो गया था।

उसके बाद का घटनाक्रम बहुत तेजी से बढ़ा। भैया ने संदेश दिया था कि तुम्हारे मम्मी-पापा, मेरे माँ-पापा से मिलना चाहते है और तीन महीने के अँदर ही हम विवाह के अटूट बँधन में बँध गये थे।

लाखों रंगीन सपने आँखों में सजाये हुए मैं, वहाँ मेडिकल कॉलेज कैम्पस में, अपने पिया के घर पहुँच गयी, जहाँ हरियाली और फूलों से लदे घर के गार्डन में, तरह-तरह के पंछियों की आवाजाही थी। छोटे से शहर की पी.डब्ल्यू.डी. कॉलोनी के बाद, उस बड़े शहर की गहमागहमी, बड़े-बड़े चौराहे और शहर के बीच से बहती नदी का शांत किनारा मुझे एक अलग ही दुनिया में पहुँचा गया था।

****

आगे का जीवन मेरा बड़ा आनंद से बीता। शादी होने के पहले मेरे स्वभाव पर हावी सारा गुस्सा, सारी चिढ़, सारी खीझ, पति के निर्मल प्रेम ने धो डाली। बहुत प्यार करने वाले सास-ससुर और कर्तव्यनिष्ठ पति। मैं तो जैसे सपनों की दुनिया में आ गयी। अपनी बेटी की कमी भी सासू माँ, इकलौती बहू से पूरी करती।

पाँच भाई बहनों में चौथे नम्बर की एक साधारण घर की लड़की से, मैं अचानक ही इस परिवार का एक महत्वपूर्ण सदस्य बन गयी। कैम्पस में अठखेलियाँ करते रंगबिरंगे पक्षियों के साथ मेरा मन मयूर भी नृत्य करता और मैं उनको कभी मुरमुरा, चिवड़ा और कभी रोटी के टुकड़े खिलाती। बड़ी सुबह-सुबह, गार्डन में वे तरह-तरह की बोलियाँ बोलते, आवाज़ें करते हुए मुझे जगा देते, जैसे मुझसे पका खाना माँगते हो।

पति बड़ी कर्त्तव्यनिष्ठा और सेवा-भावना के साथ दिन-रात की डयूटी निभाते। कई बार घर पर भी मरीजों का ताँता लगा रहता, लेकिन वह कभी नहीं झुँझलाते।

और फिर, धीरे से पति के प्यार के दो फूल, मेरी गोदी में खिल गये। गोरे-चिट्टे, गोल-मटोल बच्चे। बड़ा सुधांशु भी पापा के नक्शेकदम पर चला

और बड़ा होकर डॉक्टर बन गया। वह मेरे समान ही लम्बा-पतला और नाज़ुक से फीचर्स वाला निकला था, लेकिन छोटी हिमांशी पापा पर चली गयी। एकदम भक्क गोरा रंग, गुलाबी गोल-गोल से गाल और अनार के दाने जैसी दंतपंक्ति। लेकिन कद उसने थोड़ा सा छोटा पाया था और थोड़ा भरा-भरा गदबदा शरीर। काश! वह भी भाई जैसी लम्बी-पतली हो जाती, तो कितनी सुंदर लगती?

वह इंफ़ॉर्मेशन टेक्नोलॉजी में पढ़ाई पूरी करके सॉफ्टवेयर इंजीनियरिंग में जाना चाहती थी। वह अपना मोटा सा चश्मा लगाकर मोटी-मोटी किताबों में डूबी रहती। अपनी उच्च शिक्षा की आकाँक्षा, मैंने अपने दोनों बच्चों में पूरी की और अपने बच्चों को भी स्वावलंबी बनाया। बस, मैं बहुत ही मिलनसार, चंचल और बहिर्मुखी स्वभाव की थी, उसके ठीक विपरीत दोनों बच्चे उतने ही अंतर्मुखी निकले।

****

शादी के बाद, बड़े-बड़े शहरों में रहते हुए, मैं वहीं के आभिजात्य, आधुनिक रहन-सहन को अपनाती रही। समाज के उच्च मध्यम वर्ग में रहते हुए, क़ायदे से बँधी सिल्क की साड़ियाँ, स्टाइलिश ब्लाऊज़ और कानों में तरह-तरह के लटकते झुमके, मैचिंग नेलपॉलिश और बिन्दी मुझे एक अलग सॉफ़िस्टिकेटेड लुक दे देते। मैं अपने काले बालों को सामने से पफ़ बनाकर उठा लेती, और अकसर स्विच लगाकर सुंदर सा जूड़ा बनाती।

शादी-ब्याह और दूसरी पार्टियों में प्रायः लोगों को मेरे रहन-सहन से राजसी व्यक्तित्व की झलक मिलती थी। इसके विपरीत हिमांशी, जींस और ढीला कुर्ता पहन लेती और पैरों में स्पोर्ट्स शूज़ या कोल्हापुरी चप्पल डाल लेती। जहाँ उसके बराबर की लड़कियाँ, शादियों में खूब सज सँवरकर आतीं, वह सादा चूड़ीदार सूट पहनना पसंद करती और हलके घुँघराले बालों की एक पोनी टेल बना लेती।

****

आजकल तो लड़के-लड़कियाँ स्वयं ही अपना साथी चुन लेते हैं, लेकिन अपनी बैच की टॉपर हिमांशी, किसी से भी अधिक मिलती जुलती नहीं थी। उसके लिये जब लड़का ढूँढने की भटकन शुरू हुई, तब मैं मम्मी के रोल में आ चुकी थी। हम दोनों जहाँ भी उसके लिये रिश्ता लेकर जाते, हम लोगों से मुलाक़ात के बाद, लड़के वाले, लड़की से मिलने को तुरंत तैयार हो जाते।

हिमांशी, आजकल की पढ़ी-लिखी, प्रोफ़ेशनली क़ालिफ़ाईड लड़कियों से इस मायने में थोड़ी अलग थी कि जहाँ आजकल की ज़्यादातर लड़कियों में, घर-गृहस्थी के या किचन में काम करने को बिलो डिग्निटी मानने की टेन्डेन्सी घर कर गई हैं, वहीं हिमांशी ने बचपन से ही इन सभी में अपनी ओर से रुचि दिखाई थी और वह पढ़ाई में अव्वल होने के साथ-साथ घर के कामों में भी उतनी ही निष्णात् थी। लेकिन, उसकी शिक्षा, उसके गुण, सब एक तरफ रखे रह जाते। आशा के विपरीत, माँ की तुलना में कम कद-काठी और भारी शरीर की लड़की, लड़केवालों के गले नहीं उतर पाती।

अब तो मुझे कहीं जाने से भी डर लगने लगा। मेरी ख़ूबसूरती मेरी ही बेटी की दुश्मन बन गयी थी। मैं बहुत ही हल्का मेकअप करके और कायदे से कॉटन साड़ी बाँधकर, लड़के वालों के घर मिलने जाती। मेरे हँसमुख चेहरे, मधुर आवाज़ और मिलनसार स्वभाव से वह बहुत प्रभावित हो जाते, लेकिन हिमांशी से मिलने के बाद उनकी ओर से हम जवाब का इंतज़ार ही करते रह जाते। बहुत इंतज़ार करने के बाद जब हम उनसे उनका निर्णय जानने की कोशिश करते तो हमेशा टका सा, रटा-रटाया जबाव ही मिलता,

'अभी लड़का तैयार नहीं है।'

दुख तो होता था, लेकिन हम आशा का दामन थामे हुए, अगली कोशिश में जुट जाते। कुछ आपसी सोच-विचार के बाद, पति की सहमति से यह तय हुआ कि आगे से जहाँ बात छेड़ी जाये वहाँ, बातचीत में यह संकेत पहले ही दे दिया जाये कि लड़की का कद माँ की तुलना में कुछ कम है और शरीर का गठन भी कुछ भारीपन की ओर है।

कई बार लड़केवालों के घर से लौटकर मैं अपना सिर पकड़कर बैठ जाती। ऐसे कैसे शादी होगी हिमांशी की? मेरे जाये बिना बात आगे नहीं बढ़ सकती थी और मेरे जाने से बात बनती नहीं थी। हाय! क्या मैं अपनी ही बेटी की दुश्मन बन गयी हूँ?

और फिर, एक दिन शाम को, हिमांशी ने चुपचाप आकर मेरे कंधे पर अपना सिर रख दिया था,

'माँ तुम इतना परेशान क्यों होती हो? मुझे तो अपने कद-काठी से कोई शिकायत नहीं। तुम मेरी फ़िक्र करना छोड़ दो?'

****

वह रविवार का एक ख़ुशनुमा दिन था और बच्चों के पापा, किसी सेमिनार में गये हुए थे। घर पर मैं और हिमांशी, हमारे बेडरूम में, टी.वी. पर कोई पिक्चर देख रहे थे। कोई सस्पेंस मूवी चल रही थी, उसका क्लाइमेक्स आ रहा था। अचानक कॉलबेल बजने पर, मैंने कहा,

'हिमांशी! देखो तो कौन आया है इस समय?'

हिमांशी को बड़ा कुतूहल था कि आगे क्लाइमेक्स में क्या होगा? वह विनती भरे स्वर में दीनता से बोली,

'मम्मी! प्लीज़। आप देख लो न। मेरा क्लाइमेक्स मिस हो जाएगा।'

मैंने जाकर दरवाज़ा खोला तो लगभग हिमांशी की ही उम्र का एक युवक खड़ा था। अभिवादन की मुद्रा में हाथ जोड़कर उसने कहा,

"आँटी! मैं राजीव। हिमांशी का घर यही है क्या?"

शक की मुद्रा में मेरी भवें तन गईं,

"हाँ! हिमांशी से क्या काम है?"

"जी, हम दोनों एक ही साथ जॉब करते हैं।"

कुछ और बात हो उसके पहले ही हिमांशी दरवाज़े तक आ पहुँची थी। उसके मुँह से निकला,

"अरे! राजीव आप?"

हिमांशी मेरी ओर देखकर बोली,

"मम्मी! ये राजीव हैं। हम दोनों एक ही कम्पनी में एम्प्लॉएड हैं।"

मैंने राजीव को अंदर आने का इशारा किया।

उसने अंदर आकर मेरे पैर छुए और बोला,

'आँटी, मैं हिमांशी को फर्स्ट ईयर से जानता हूँ। बेहद सीधी सादी और पढ़ाकू क़िस्म की लड़की थी ये। क्लास की दूसरी लड़कियाँ जहाँ तितली के समान उड़ती-फिरती थीं, इसका स्वभाव मैंने शांत झील के समान देखा था। आजकल, हम दोनों फिर एक बार, एक ही कम्पनी में जॉब में आ पहुँचे हैं।'

आरंभिक औपचारिकता पूरी करने के बाद राजीव को ड्रॉइंगरूम में बैठाकर, मैंने कहा कि,

'हिमांशी! तुम और राजीव बातें करो। मैं चाय-नाश्ता का प्रबंध करने किचन में जा रही हूँ।'

****

जिसकी बिटिया शादी की दहलीज़ पर हो, उस माँ की नज़रें हर उस लड़के के प्रति सशंकित रहती है, जो उसकी बिटिया के इर्दगिर्द आये। साथ ही उसकी निगाहें, किसी उपयुक्त आज़ाद पंछी को जाल में फाँसने को हमेशा उतावली भी रहती ही हैं।

दो-तीन मिनटों में ही मैंने हिमांशी को आवाज़ लगा दी,

'हिमांशी! पानी ले जाओ।'

पानी के बहाने से, मैंने हिमांशी को किचन में बुलाकर, फुसफुसाते हुए पूछ ही लिया कि,

'राजीव बस यों ही आ टपका है, या तुम दोनों का कोई और चक्कर चल रहा है।'

हिमांशी ने भौंहे चढ़ाते हुए, शिकायत भरी मुद्रा में, वैसे ही फुसफुसाते हुए जवाब दिया कि,

'नहीं मम्मी! ऐसा कुछ नहीं है। आप भी बस यूँ ही कुछ भी अंदाज़ लगा रही हो।'

'तो फिर, घर का पता लगाते-लगाते यहाँ तक कैसे आ पहुँचा?'

'माँ! अब आप बिना बात का बतंगड़ मत बनाइये।'

इतना कहकर, कुछ नाराजगी सी दिखाती वह पानी की ट्रे उठाकर चली गई। उसके पीछे-पीछे मैं भी चाय-नाश्ता लेकर पहुँच गई।

चाय पर बस ऐसे ही औपचारिकता भरी बातें होती रहीं। बातचीत में यह बात और साफ़ हो गई कि राजीव, कॉलेज में हिमांशी का सहपाठी रह चुका था और संयोग से दोनों अब एक ही कंपनी में एकसाथ जॉब भी कर रहे थे। राजीव ने कुछ ही दिनों पहले किसी और कंपनी से रिज़ाइन करके हिमांशी की ही कंपनी जॉइन कर ली थी।

वह साधारण कद-काठी का गेहुँए रंग का युवक था। पहली नज़र में बहुत आकर्षक तो नहीं लगता था, लेकिन उसका ड्रेसिंग सेंस और मैनरिज़म ज़बरदस्त था। बेहद सलीकेदार। बातचीत में उसकी शिष्टता तथा सौम्यता किसी को भी प्रभावित कर सकती थी। मेरी निगाहें तो शुरू से ही उसे तौल रहीं थीं। हिमांशी की शादी तय कर पाने में हमें वैसे ही पसीना छूट रहा था और अभी तक तो कुछ हाथ नहीं आया था। हिमांशी के हिसाब से कद-काठी को देखते हुए, लड़का मुझे ठीक लग रहा था। उसी के साथ एम्प्लॉएड था और दोनों एक दूसरे से पूर्व-परिचित भी थे। लड़का मुझे पसंद आया। मैंने बात-

बात में उसके परिवार के विषय में आरंभिक जानकारी और उसके घर का पता पूछ ही लिया।

कुछ देर के औपचारिक वार्तालाप, हल्के स्नैक्स और चाय वगैरह के बाद उसने घर लौटने की आज्ञा माँगी। लेकिन वह एकदम से निकला नहीं। उसकी भाव-भंगिमा से कुछ असहजता लग रही थी। ऐसा लग रहा था कि वह कुछ कहना चाह रहा है। जैसे ही हिमांशी नाश्ते के बाद ट्रे उठाकर किचन में रखने जाने लगी तो, एक गहरी साँस लेकर और कुछ हिम्मत जुटाकर वह बोला-

'आँटी जी! मैंने हिमांशी को अभी तक प्रपोज़ नहीं किया है। मैं चाहता था कि पहले आप लोगों से मिल लूँ। अँकल से तो मुलाकात नहीं हो पाई है, लेकिन अगर आप लोगों को ऑब्जेक्शन न हो, तो मैं हिमांशी से शादी करना चाहता हूँ।'

उसकी बात सुनकर हिमांशी ठिठककर रुक गई थी। मैंने देखा हिमांशी के गाल, शर्म से लाल हो रहे थे। जो कुछ किचन में उसने मुझसे कहा था उसे याद कर, उस पर जैसे घड़ों पानी पड़ गया था। वह झिझकती हुई ट्रे को लेकर सरपट किचन की ओर दौड़ गई। ये उसका 'नो ऑब्जेक्शन सर्टीफिकेट' था। मुझे लग रहा था जैसे मैं तीस साल पुरानी अपनी ही तसवीर देख रही हूँ। ऐसा लगा जैसे मेरे सिर से एक बड़ा भारी बोझ उतर गया था। एक शादी के लायक लड़की की माँ की इससे ज़्यादा ख़ुशक़िस्मती क्या हो सकती है कि रिश्ता उसके दरवाज़े पर आकर खड़ा हो जाए। मैंने मन ही मन धन्यवाद देते हुए ईश्वर का ध्यान किया। भाव-विभोरता की स्थिति में, मैंने केवल इतना ही कहा था कि,

"मैं अँकल से बात करूँगी। हो सकेगा तो हम जल्दी ही, आपके पेरेन्ट्स से मिलने, आपके घर आयेंगे।"

आज ईश्वर की कृपा से, वे दोनों हमेशा के लिये दाम्पत्य के एकसूत्र में बँधकर, सुखी विवाहित जीवन की ओर कदम बढ़ा चुके थे। मन में असीम संतोष की भावना के साथ-साथ सच्चाई भरा, एक ये अहसास भी जागृत हुआ

कि मैं जीवन भर अपने आप को सौंदर्यमयी मानकर व्यर्थ के भ्रमजाल में ही जी रही थी। कम से कम मेरे ही दामाद राजीव जी ने तो मुझे इस बात की सत्यता स्वीकार करने का प्रमाण दे ही दिया था कि ख़ूबसूरती का मापदण्ड केवल तन की ख़ूबसूरती ही नहीं होती। असली सौंदर्य तो मनुष्य के गुणों और मन की सुंदरता में है।

****

लाल साड़ी

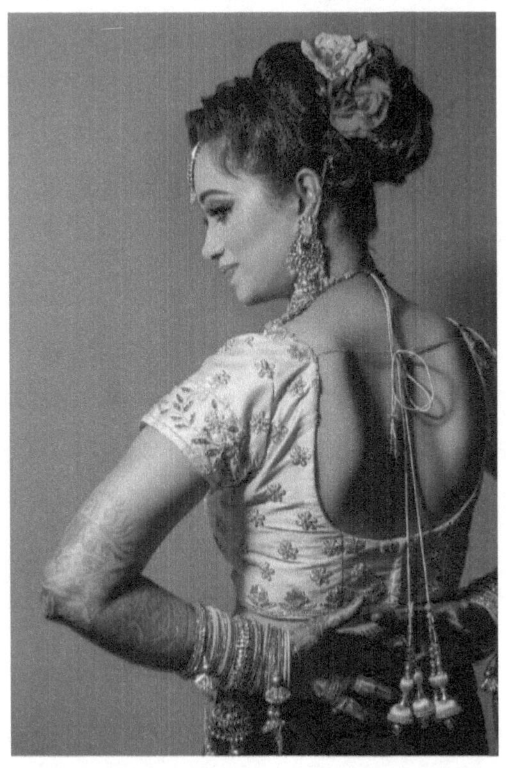

लाल साड़ी में लिपटी वो जा रही थी, डोली में नहीं, चार जोड़ी कंधों पर। गोरा रंग, काले बाल, बड़ी-बड़ी काली पलकें, लाल लिपस्टिक और पान से रंगे होंठ और बड़ी सी लाल बिंदी। जैसे लाल जोड़े में सजी कोई दुल्हन। पीछे-पीछे चारों ओर से दोस्तों और सालों (पत्नी के भाइयों) से घिरे जा रहे थे, उसके हैंडसम, लम्बे, दुबले और अत्यन्त दुखित नज़र आ रहे पति, आँखों में उमड़ती नमी लिये।

पुलिस भी आयी थी कुछ तहकीक़ात करने, लेकिन बड़े साले साहब ने बड़ी शालीनता से मना कर दिया था,

"नहीं-नहीं। हमारे बहनोई जी का कोई दोष नहीं है। मेरी बहन ने, न जाने किस आवेग में बिना सोचे-समझे ये काम किया है।"

पुलिस अधिकारी ने स्थिति साफ़ करते हुए कहा कि कानूनन घटना की आरंभिक जाँच-पड़ताल की रिपोर्ट फ़ाइल करना उसकी ड्यूटी है, और जाँच में सहयोग देना परिजनों का दायित्व। कथित संदिग्धों से मौके पर पूछताछ किया जाना अनिवार्य है, इसलिये पाँच छः घंटे में वे लोग लौटकर फिर आयेंगे, तब तक पोस्टमार्टम की रिपोर्ट भी आ जायेगी। अंतिम क्रिया के पश्चात् वे लोग पूछताछ के लिये तैयार रहें। बड़े साले साहब ने उन्हें पूर्ण सहयोग का आश्वासन देते हुए, कृतज्ञता पूर्वक हाथ जोड़ लिये।

व्हाइट शॉर्ट्स और शर्ट पहने, गले में झूलती लाल टाई लिये, उनके दोनों छोटे-छोटे बच्चे, बाहर गार्डन में खेल रहे थे। बालपन के गोल, भोले चेहरे। उन्हें क्या पता कि उनके नन्हें से जीवन में क्या त्रासदी घटित हो गयी है? नन्हा बचपन, इस बात से बेख़बर था कि उन्होंने अपनी सबसे प्रिय, सबसे प्यारी, सबसे निजी और मूल्यवान चीज़, अपनी माँ के आँचल की छाँव खो दी है, वे हँसते, किलकारियाँ भरते हुए एक दूसरे के पीछे भागदौड़ रहे थे।

****

दुर्घटना की ख़बर आग की तरह फैल गई और बहुत से आस-पड़ोस के लोग, परिचित, रिश्तेदार आदि आ गये। एकत्र हुए लोगों में लेडीज़ और जेंट्स सभी थे। सभी की आँखों में आँसू भरी सहानुभूति थी। लेकिन कामना (मृतका) के लिये नहीं, वरन उसके पति वरुण के लिये।

कुछ ही दिनों बाद वरुण और कामना के विवाह को सात साल पूरे होने वाले थे। उसके पहले ही ये अनहोनी घट गई। लॉ के अनुसार यदि सात साल के पहले पत्नी को कुछ हो जाये, तो पहला संदिग्ध उसके पति को मान लिया जाता है। वरुण देखने में निरीह सा था और पिछले कुछ सालों से उन दोनों को जानने वालों को उन दोनों पति-पत्नी के बीच अच्छा सामंजस्य और उनका वैवाहिक जीवन ख़ुशहाल ही चलता लग रहा था।

लेकिन एकत्र हुए लोगों में अपुष्ट जानकारी के आधार पर चल रही कानाफूसी में लोग तरह-तरह की प्रतिक्रियाएँ कर रहे थे। इकट्ठी हुई महिलाओं में कई घरेलू पहलुओं पर चर्चा चल रही थी। मसलन,

"अरे! और भी घरों में तो पति-पत्नी के बीच रोज़ ही ऐसे फालतू के छोटे-मोटे, झगड़े-टंटे होते रहते हैं।........... अरे! कैसी पागल औरत थी?..........क्या कोई इतने से झगड़े के पीछे कोई अपनी जान दे देता है?......कितना चाहने वाले पति थे वरुण।...... अपनी सुंदर पत्नी पर जान छिड़कते थे।...... अरे! इतना प्यार करते थे, कोई क्या करेगा?........"

"अरे! कामना को तो कोई आर्थिक तंगी भी नहीं थी,....... और न उस पर कोई ज़िम्मेदारी थी।...... सास-ससुर भी गाँव में रहते थे..... और सब ननद, देवरों की शादियाँ हो ही गयी थीं।..... कभी-कभी ही कोई गाँव से आता था।......"

किसी ने ईर्ष्या से कहा,

"ठाठ से तो रहती थी, महारानी की तरह। पति उसके चारों ओर भँवरे सा घूमते। गहनों से लदी रहती.... एक से एक साड़ियाँ।..... अरे! उसके पास तो सोने की करधनी भी थी।"

"अच्छा?"

"हाँ, किसी चीज की कोई कमी नहीं। अरे! लोग तो बेटों के लिये तरसते है। उसे तो भगवान् ने चाँद-सूरज की तरह राजकुमारों जैसे दो बेटे दे दिये थे।"

"ओह! उन बेचारों को तो पता भी नहीं कि उनकी माँ को क्या हो गया?..... कैसे हँसते हुए खेल रहे हैं।..... तीन और चार साल के।..... शादी के दो-तीन साल के अंदर ही तो दोनों बच्चे हो गये थे।"

"अरे, पता है! एक बार वरुण काली मोटर साइकिल ले आया था। कामना ने नखरे दिखाकर कहा, हमें तो लाल बाइक पसंद है, और वो दो हज़ार ज्यादा देकर, लाल बाइक लेकर आया था।"

"अच्छा!"

"हर काम उसी से पूछ कर करता था।"

"तभी तो कुछ लोग कहते भी हैं कि पत्नी की हर बात नहीं माननी चाहिये। थोड़ा तो अनुशासन रखना चाहिये। अब देखो! जरा सी डाँट नहीं सह पायी, कामना।...."

कहते हुए मिसेज़ वर्मा की आँखों में कामना और वरुण की ख़ूबसूरत जोड़ी घूम गयी थी। दोनों एक से गोरे, लम्बे, पतले और सुंदर, एक दूसरे के प्यार में डूबे हुए। मिसेज़ वर्मा ने उन्हें तब से देखा था, जब से कामना शादी होकर आयी थी। वे उन के घर के सामने वाले ब्लॉक में ही तो रहते थे। उसका शुरू-शुरू का शर्मीला रूप, प्रेगनैन्सी और फिर गोद में छोटे-छोटे दो बच्चे। क्या कमी थी उसको?

अकस्मात् उन्होंने अपने कान की बालियाँ और चेन छू कर देखी। शादी के बाद यही उनकी अमूल्य निधि थी। उधर वे देखती थीं कि कामना गहनों से लदी रहती थी। उसे क्या दुख था? शायद जब जीवन में बहुत अधिक सुख होता है, तब भी इंसान दुख का एक छोटा झटका भी सहन नहीं कर पाता है।

धीरे-धीरे सभी महिलायें, आश्चर्य, दुख और खेद से चुप हो गयी थीं। कोई शादी के इतने साल बाद भी एक-एक गहने को तरसती थी, कोई पुत्र-रत्न को और कोई पति के प्यार को। कामना को तो ईश्वर ने सब कुछ दिया था, प्यार करने वाला पति, बच्चे और धन दौलत.... सब कुछ।

****

पारिवारिक सुख में डूबे और जीवन के उल्लास से सराबोर युवा दम्पत्तियों के सौ सवा सौ घरों की, वह एक छोटी कॉलोनी थी। चहकती सुबह और महकती रसोई। सुबह-सुबह बच्चों के रोने और उनकी किलकारियों से भरी आवाज़ें, यहाँ-वहाँ से सुनाई देतीं। सुबह के एक-डेढ़ घंटे, कॉलोनी के घरों में बड़ी गहमा-गहमी का माहौल रहता।

लगभग सभी घरों में स्कूल-कॉलेज जानेवाले बच्चे थे। सुबह-सुबह बच्चों के टिफ़िन तैयार करने में व्यस्त गृहिणियों के किचन से, सब्जियों के छौंकने की आवाज़ें आतीं। फिर, नर्सरी और प्रायमरी क्लासों के बच्चों की अँगुलियाँ थामे या उन्हें गोद में उठाये उनके युवा माता-पिता स्कूलों की ओर रवाना होती बसों के लिये लाइन में खड़े दिखते। थोड़े बड़े बच्चे, ख़ुद ही घर से दौड़ते-भागते लाइनों में आकर खड़े हो जाते।

पिछले दो-तीन दिनों से बच्चों की बस रोज़ छूट रही थी और फिर वरुण को उन्हें मोटर साइकिल पर आगे-पीछे बिठाकर आठ-दस किलोमीटर स्कूल तक छोड़ने जाने पड़ता। लौटने पर आकर जल्दी-जल्दी नहाओ, नाश्ता करो और ऑफ़िस की तैयारी करो।

बच्चे अगर कॉलोनी से ही बस में चले जाते तो उसे एक-डेढ़ घंटा अपने लिये आराम से मिल जाता था। उस एक डेढ़ घंटे की वजह से, थोड़ा सुकून रहता था, हड़बड़ी नहीं रहती। चाहो तो मार्निंग वॉक करो या चाय की चुसकियाँ लेकर पेपर पढ़ो। मन आनंद से भरा रहता।

****

वो सुबह भी रोज़ के जैसी ही एक सुबह थी। हलकी-हलकी ढंडक घुली बयार बह रही थी। कॉलोनी से अलग-अलग स्कूलों के लिये रवाना होती बसों में अपने बच्चों को बैठाकर, बहुत से जेंट्स छोटे-छोटे ग्रुप्स में मार्निंग वॉक के लिये चले गये थे और बच्चों की माताएँ, फ़्री होकर, घर के सामने मैदान में धूप सेंकती हुई, बैंचों पर बैठकर गप्पों के मज़े मार रही थीं, हँस रही थीं, खिलखिला रही थीं, चुलबुला सा माहौल था। रूमानी रातों की चटखारे भरी बातें और शोख़, शर्मीली हँसी के फ़व्वारे से छूट रहे थे। बड़ा ही प्यारा सा माहौल था, उस कॉलोनी का।

ऐसे मदभरे माहौल वाली कॉलोनी में, उस दिन कामना का मूड बहुत ही ख़राब था। वो सुबह से बड़बड़ा रही थी। हुआ यूँ कि उस दिन भी कामना को जागने में देरी हो गई। वह डाँटते हुए सोनू को ब्रश करा रही थी,

"जल्दी करो! जल्दी करो! बस छूट जायेगी।"

"अरे! तुम सुबह जल्दी क्यों नहीं उठ जाती हो? बच्चों को डाँटने से क्या होगा? क्यों डाँट रही हो?"

हमेशा शाँत रहने वाले वरुण का झुँझलाया स्वर आया था।

"अच्छा जी! ख़ुद सब काम करो तो पता चले। मैं बच्चों को तैयार भी करूँ, टिफ़िन भी बनाऊँ। और तुम? अरे! कभी-कभी स्कूल छोड़ दिया, तो ऐसा कौन सा पहाड़ टूट गया?"

बीवी का मूड ख़राब देखकर वरुण भी बहस न करते हुए चुपचाप, मोनू को जल्दी-जल्दी तैयार करने के लिये उसके साथ लग गया। लेकिन कामना का प्रलाप जारी था,

"बहुत पीं-पीं करते हो ना। जब मैं नहीं रहूँगी, तब समझ में आयेगा......" और बोलते-बोलते कामना का गला भर आया और आँखें लाल हो आईं। उसने जैसे तैसे टिफ़िन पैक किये ओर मोटर साइकिल पर पापा के साथ जाते बच्चों को टा-टा किया।

वरुण तो बेचारा, बिना किसी बहस-बाज़ी के हमेशा की तरह बच्चों को मोटर-सायकिल पर बैठाकर स्कूल छोड़ने निकल गया था। उसने कामना से ऐसा कुछ विशेष कहा भी नहीं था। सिर्फ़ इतना ही कहा था कि "तुम सुबह जल्दी क्यों नहीं उठ जाती हो? बच्चों को डाँटने से क्या होगा?"

अब ये तो उन सामान्य सी बातों की तरह ही था जो अमूमन कोई भी पति, अपनी पत्नी से, कभी न कभी कह ही देता है। लेकिन कामना का मन अकारण कुछ ज़्यादा ही उद्वेलित हो गया उस दिन। उसके मन में नकारात्मक विचारों के सर्प ने फन उठा लिया,

"हर समय मुझे डाँटते रहते हैं। जब कामना नहीं रहेगी न, तब इन्हें समझ आयेगा कि बच्चों का काम सँभालते-सँभालते बीवी कितनी परेशान होती रहती है? दिन भर ख़ुद तो ऑफ़िस में कुर्सी तोड़ते रहते हैं। तब यहाँ घर पर बच्चों को कौन संभालता है? और भी तो ढेरों काम निकलते हैं घर में? क्या

काम सब अपने आप हो जाते हैं? मुझे नहीं खानी अब बेकार की डाँट। मुझे नहीं रहना ज़िंदा। जब मैं नहीं रहूँगी न, तभी इन्हें मेरी वैल्यू पता लगेगी।"

क्षणिक आवेग के संभावित दुष्परिणामों की परवाह न करते हुए, गुस्से और क्षोभ में भरी कामना, बेडरूम से जुड़े छोटे कमरे में गयी और एक दिन पहले उतार कर फेंकी, लाल गुलाबी जार्जेट की साड़ी, जो अभी तक वहीं पड़ी थी, उसके एक सिरे पर एक फंदा बनाकर गले में डाल लिया और एक स्टूल खींचकर उस पर चढ़ गई। फिर दूसरे सिरे को ऊपर लटकते पंखे में फेंक कर फँसा दिया। जैसे ही उसने, एक पैर उठाकर दूसरे पैर से स्टूल को धक्का दिया, स्टूल अपनी जगह से खिसक कर गिर गया और पलक झपकते ही गले में पड़े फंदे की कसती पकड़ से उसका कोमल, संगमरमरी शरीर निस्सहाय सा झूल गया था। आँखें और ज़बान बाहर निकलने लगीं। कामना की गरदन में कसाव बढ़ता ही जा रहा था और मस्तिष्क में अपनी क्षणिक आवेश में आकर की गई भयंकर भूल का एहसास। लेकिन ग़लत दिशा में आगे बढ़ चुके कदम को पीछे खींच लेने की कोई संभावना ही शेष नहीं रह गई थी, क्योंकि घर में तो वह उस समय अकेली ही थी और उसके झूलते हुए असहाय शरीर में पीड़ा बढ़ती ही जा रही थी।

****

उस समय सुबह के साढ़े आठ बजे थे। सभी घरों में बेहद व्यस्तता का समय। घरेलू काम करने वाली नौकरानियाँ, तेज़ कदमों से एक से दूसरे घर जाती दिखाई देती रहतीं, क्योंकि वही समय सभी घरों में नल आने का होता था। बाथरूमों में बनी पानी की टंकियाँ भरती रहती। गृहिणियों द्वारा किचन के सारे बरतनों को साफ़ करवा कर उनमें पीने का पानी भरा जाता। आलू-प्याज और सब्जी ठेलों पर लादे, फेरी लगाने वाले, कॉलोनी में अलग-अलग घरों के सामने खड़े होकर आवाज़ें लगाते रहते। चारों ओर से तरह-तरह के शोर की मिली-जुली ध्वनियाँ गूँजती रहतीं।

वरुण, बच्चों को स्कूल छोड़कर, घर तक लौट आया था। मोटर साइकिल खड़ी करते समय, उसको वर्मा साहब खड़े नज़र आ गये। गुड

मॉर्निंग के अभिवादन के आदान-प्रदान के साथ, दोनों इधर-उधर की बातें करते हुए एक साथ खड़े हो गये और देर तक हा-हा, हो-हो करते रहे। ऑफ़िस की पोलिटिक्स, देश की पोलिटिक्स और चुटकुले। निठल्ली गप्पों के लिये किसी ख़ास विषय का होना ज़रूरी तो नहीं। आसपास के लोगों ने उन्हें काफ़ी देर तक खड़े-खड़े बतियाते हुए देखा।

वहाँ तिमंज़िले बने घर थे। नीचे की मंज़िलों पर प्रायः सीनियर ऑफ़िसर्स, बीच में मिडिल लेवल के और टॉप फ़्लोर पर सबसे यंग, जूनियर ऑफ़िसर्स रहा करते थे। सब नये-नये शादीशुदा जीवन के रस-रंग में डूबे हुए। कुछ देर से अपनी बालकनी में खड़ी उन दोनों को देख रही मिसेज़ वर्मा ने, वर्मा साहब को ऊपर आने का इशारा किया।

"चलते हैं सर.....", कहते हुए वर्मा साहब अपने घर की ओर चल दिये और मुसकुराते हुए "हाँ, सर...." कहता हुआ वरुण भी कुछ गुनगुनाते हुए सीढ़ियाँ चढ़कर मिडिल फ़्लोर पर स्थित अपने घर आ पहुँचा। उसके दिमाग़ में तो यही था कि रोज़ की तरह कुछ देर फुरसत में बैठकर कामना के साथ चाय पियेंगे और फिर ऑफ़िस जाने का रूटीन क्रियाकलाप शुरू करेंगे।

****

घर का दरवाज़ा उढ़का हुआ था, लेकिन खुला था। ड्रॉइंगरूम में बच्चों के उतरे कपड़े ज्यों के त्यों पड़े थे। उलटी चप्पलें और उलटे मोज़े। कॉपी-किताबें इधर उधर बिखरी हुई थीं। उसे थोड़ा आश्चर्य सा हुआ कि आज कामना ने घर क्यों नहीं समेटा? रोज़ तो जब तक वह बच्चों को छोड़कर घर आता था, तब तक कामना घर समेट लेती थी और चाय की ट्रे के साथ, मुस्कराकर उसका स्वागत करती थी।

"कामना! चाय पिलाओ भई! तब तक मैं कुछ चीज़ें समेटता हूँ।"

उसने अपनी बंकिम मूँछों के बीच से मुसकराकर आवाज लगायी।

लेकिन कामना थी कहाँ? बाथरूम की टंकी में नल खुला था और धड़-धड़ करता पानी बह रहा था। पूरे घर में अजीब सा शोर था।

ड्रॉइंगरूम में बिखरे सामान को दोनों हाथों में उठाकर, वरुण बेडरूम में घुसा तो देखा कि बेडरूम में भी बिस्तर ज्यों के त्यों पड़े हैं, रज़ाइयाँ अस्त-व्यस्त फैली हुई हैं और तकिये उलटे-पुलटे पड़े हैं। खिड़की से आती धूप, उन पर सुनहरी चमक बिखेर रही थी। सूर्य की किरणों के साथ धूल के कण चमक रहे थे।

"कामना! ..... कामना!....."

कहाँ है कामना? क्या हो गया? क्या फिसल के गिर गयी? पर, वो तो इतनी हल्की फुल्की है।

कामना मुश्किल से तीस साल की उम्र की रही होगी। लता जैसी नाजुक। पतला-दुबला शरीर। गदराया बदन, गोरा भरा-भरा वक्षस्थल और पतली बलखाती कमर। इस रूप का ही तो वो दीवाना था।

अरे! छोटे कमरे का दरवाज़ा क्यों बंद है? अचानक ही उसके अंदर एक घबराहट सी व्याप्त हो गयी थी। कुछ अनहोनी की आशंका। अब उससे नहीं रहा गया। वह उसे बेसब्री से आवाज़ देने लगा।

"कामना!..... कामना!..... कामना!..... "

उस कमरे के भीतर कोई प्रतिक्रिया न देख, उसने जोर से दरवाजे को धक्का दिया था, दरवाजे की कमजोर चटखनी नीचे गिर गयी थी और इंच भर की सेंध सी खुल गयी। ऐसा लगता था, दरवाजे के पीछे भारी टेबल रख दी गयी हो। उसने और धक्का मारकर अवरोध को हटाने का प्रयास किया। दरवाज़ा थोड़ा सा और खुल गया और जो दृश्य उसने देखा, उसे देखते ही उसकी घबराहट भरी चीख निकल गयी।

कामना का शरीर, मदमाती बेल सा पंखे से झूल रहा था। उसके हरे गाऊन के ऊपर, उसकी लाल गुलाबी साड़ी लिपटी थी और उसका एक फंदा उसके गले में और दूसरा पंखे पर लटका था। कामना अपनी आखिरी साँसें गिनती नज़र आ रही थी।

घबराहट में वरुण बाहर भागा और धड़धड़ाकर ऊपर वाली सीढ़ियाँ चढ़ता गया। एक फ़्लैट का दरवाज़ा खुला था। वह बोला,

"सिंह!...... सिंह!...... जल्दी बाहर आओ।"

और फिर उसने टन-टन करके सामने के फ़्लैट की भी कॉल बेल बजा दी। सैंडों बनियान पर आधी बाँह की शर्ट पहनता हुआ, साँवले शरीर का सिंह बाहर आया था। वरुण ने उसका हाथ पकड़ा और लगभग घसीटते हुए उसे नीचे ले गया।

फिर दोनों ने जोर-जोर से दरवाजे को धक्का मारा, लकड़ी की टेबल हट गयी और दरवाज़ा पूरा खुल गया था। वरुण ने दौड़कर कामना के नाजुक पैर पकड़ लिये थे। देवी जी की तरह लाल नेल पॉलिश, पायल, बिछियों से सजे पैर।

उन दोनों ने मिलकर कामना को पंखे से नीचे उतारा और दीवान पर लिटा दिया। साँसों के लिये संघर्ष करती कामना को एक जोर की हिचकी आई थी और देखते ही देखते उसके प्राण पखेरू उड़ गये। जाते-जाते उसने वरुण को प्यार, दर्द, विवशता, क्षोभ और ग्लानि से आप्लावित जिस दृष्टि से देखा था वो बहुत ही कारुणिक और असहनीय थी। आवाज़ तो निकल नहीं पा रही थी, लेकिन जैसे पछतावे से भरी वरुण से कहना चाह रही हो कि,

"मैंने गुस्से में ये क्या कर ड़ाला? अरे! ये मैंने क्या किया? ओह वरुण, सॉरी, आई एम सॉरी। हाय रे मेरे बच्चे!"

दूसरे ब्लाक में रहने वाले डॉक्टर मिश्रा ने दस मिनिट में ही आकर कन्फ़र्म कर दिया कि "शी इज़ नो मोर।"

फटी-फटी आँखों से वरुण अपनी प्राणप्रिया को देखता रह गया और उसके निर्जीव शरीर से लिपटकर रो पड़ा था।

****

फिर वही पुलिस के चक्कर, मेडिकल कॉलेज, पोस्टमॉर्टम और ढेर सारी कानूनी औपचारिकताएँ। पोस्टमॉर्टम के बाद उसकी पार्थिव देह को अंतिम यात्रा पर जाने के पूर्व, भाभियों और कॉलोनी की सहेलियों ने मिलकर सजाया था, उसका सुहागनों के अनुरूप संपूर्ण श्रृंगार किया, लाल साड़ी, लाल चूड़ियाँ, लाल बिंदी। भावावेश में आकर कामना ने, उस छोटी सी झिड़की के आगे पति के प्रेम की वास्तविकता को अनदेखा कर दिया और परिणामतः पति और बच्चों की दुनिया बर्बाद ही कर दी थी।

****

लेकिन कामना ने ऐसा कदम उठाया ही क्यों? ऐसे प्यार करने वाले पति और दो नन्हें फूल से बच्चों को छोड़कर, क्या उसकी आत्मा को शांति मिलेगी? उसने ऐसा क्यों किया?

वह तो कामना के बड़े भाई की समझदारी ही थी कि वरुण पुलिस और अदालत के चंगुल से बच गया, नहीं तो अभी शादी के सात साल पूरे कहाँ हुए थे? कानून के मुताबिक़ शक़ की पहली सुई, उसी पर जाती। अगर भाइयों ने भी शक़ की बिनाह पर, वरुण का साथ न दिया होता, और अगर उसे (वरुण को) भी जेल हो गयी होती, तो न जाने क्या हुआ होता। उन बच्चों की माँ तो पहले ही चली ही गयी थी, अगर पिता भी जेल चले जाते तो शायद उन मासूम बच्चों का जीवन नर्क ही हो गया होता। लेकिन वरुण के बड़े साले साहब ने, रोते हुए वरुण को अपनी मज़बूत बाँहों में समेटकर, सुरक्षित बचा लेने का दृढ़ निश्चय कर लिया था।

बाद में पता चला था कि कामना के परिवार में सुसाइडल टेन्डेन्सी मौजूद थी। उसके कई रिश्तेदारों ने, बुआ ने, उसके चाचा ने और बाद में, यहाँ तक कि बड़े वाले भैया ने भी सुसाइड कर लिया था। शायद यह थी, आनुवंशिकी में मिली हुई, एक भयानक त्रासदायी न्यूनता।

अपने पीछे एक बहुत बड़ा प्रश्नचिन्ह और सीख छोड़कर कामना असमय ही संसार से चली गयीं थी। हर किसी व्यक्ति के जीवन में यदा-कदा

ऐसे भावनात्मक उद्वेलन भरे क्षण आ सकते हैं, जब उसे यह लगने लगता है कि "इससे तो मर जायें, वही अच्छा होगा।"

लेकिन, मानसिक संतुलन बनाये रखते हुए जो उन क्षणों को पार कर जाने का हौसला दिखाता है, वही जीवन को सही मायनों में जीता और उसका आनंद उठाता है। सुख और दुखों से भरा जीवन और जीवन संघर्ष, कई मायनों में मनुष्य के आत्मबल को मज़बूती प्रदान करता है।

हमारे शास्त्रों में तो आत्महत्या को महान पाप की संज्ञा दी गई है और यह निर्देश है कि ईश्वर के द्वारा दिये गये जीवन को मामूली कमज़ोरियों का शिकार होकर समाप्त करने का हमें कोई अधिकार नहीं हैं। कहा तो यह भी गया है कि आत्महत्या, आत्मा की मुक्ति के मार्ग को अवरोधित करती है और ऐसा व्यक्ति युगों-युगों तक मुक्ति के मार्ग की खोज में भिन्न-भिन्न योनियों में या कभी-कभी तो बिना शरीर के भटकता रहता है।

किसी के संसार छोड़कर चले जाने से दूसरों का जीवन रुकता नहीं है। साल भर बाद, परिजनों के आग्रह पर नन्हें सोनू-मोनू की ख़ातिर वरुण ने दूसरा विवाह करना स्वीकार कर लिया। लेकिन किसी अविवाहिता से नहीं।

कामना की चचेरी छोटी बहन, विवाह के पश्चात् असमय वैधव्य को प्राप्त हो गयी थी। वह संतानहीन थी। चचेरी बहन के ससुराल वालों ने भी, उसकी अल्पायु को देखते हुए उसके पुनर्विवाह की स्वीकृति दे दी और इस प्रकार भाग्य की वक्र-दृष्टि के शिकार दो युवा जीवन, एक दूसरे के जीवन को सँवारने के लिये परिपूरक की भूमिका में, पुनः एक दूसरे के जीवनसंगी बन गये।

नई माँ ने सोनू और मोनू को भलीभाँति सँभाल लिया और वरुण के जीवन की रिक्तता को भी भर दिया। लेकिन सपने में कभी-कभी वरुण को कामना का गुलाब के फूल सा चेहरा और उसके कोमल शरीर की स्मृति ताज़ा हो आती और वह पास सोती पत्नी को कसकर आलिंगन पाश में बाँध लेता, जैसे कामना कहीं गई नहीं, रूप बदलकर सदैव उसी के साथ रहती चली आई हो।

****

दुर्गा

वह घबराकर उठ बैठी थी। उसका पूरा शरीर और चेहरा पसीने से तरबतर था। कमरे में चारों ओर अँधेरा था। माँ के कमरे से, हलकी सी रोशनी छन कर आ रही थी। कुत्तों के चीखने की आवाज़ से लग रहा था कि रात के बारह-साढ़े बारह बजे के आसपास का टाइम था। पहली नींद पूरी होने का समय। अकसर इसी समय उसको भयानक सपने आते हैं।

आज सपने में उसे एक ब्रिज के ऊपर से जलती हुई ट्रेन, गुज़रती दिखाई दे रही थी। अचानक ब्रिज टूट जाता है और ट्रेन के जलते हुए डिब्बे, अँधेरी, काली भयावह रात में नदी में गिरते हुए नज़र आने लगते हैं। उसके बाद, उसे चारों ओर आग ही आग और धुआँ फैलता दिख रहा था। शोर, घबराहट और लोगों की चीख-चिल्लाहट से वातावरण भरा हुआ था। ... तभी उसकी नींद टूट गई। वह समझ गई थी कि कहीं न कहीं कोई भीषण रेल

दुर्घटना होने वाली है। क्योंकि, अकसर ही उसे, ऐसे सपनों से पूर्वाभास हो जाता था कि कुछ अनहोनी होने वाली है, लेकिन कहाँ और कब? ये उसे पता नहीं चल पाता था। आज भी हमेशा की तरह, सपने में, उसे पता नहीं चला कि ये सब कहाँ हो रहा है या कहाँ होने वाला है? वह किसी को क्या बताती? अपना तकिया, सीने से चिपकाकर वह एक बार फिर रुआँसी हो गई थी, अपनी इस असमर्थता पर।

अगले दिन, सुबह से ही वह पूरे समय घबराते-घबराते टीवी और रेडियो न्यूज़ पर कान लगाये रही और अंततः टीवी पर उसे यह समाचार देखने-सुनने को मिला कि,

"गुजरात में अहमदाबाद के पास एक एक्सप्रेस ट्रेन में आग लगी और पुल टूटने से जलते डिब्बे नीचे बहती नदी में गिरे।"

इस ख़बर को सुनकर वह सिहर उठी थी। जब ईश्वर ने उसे ये शक्ति दी थी, कि आगे आने वाली घटनाओं का संकेत उसे पहले से ही मिल जाता था, तो काश! इतना जान पाने की शक्ति और दे देता कि कहाँ व कब हो रही हैं? यदि ऐसी शक्ति उसे मिल जाती, तो शायद वह समय से उस व्यक्ति को चेतावनी तो दे पाती जिसकी मदद से संभावित दुर्घटना को टालने की कोशिश की जा सके। लेकिन यहीं तो वह स्वयं को लाचार पाती थी।

यदा-कदा, भयानक सपनों में कभी उसे समुद्र की ऊँची-ऊँची लहरें, सब कुछ बहाये लिये जा रही दिखतीं और कभी टुकड़े-टुकड़े होकर गिरता एयरोप्लेन किसी घनी बस्ती पर गिरता दिखता। सपना दिखने के एक या दो दिन बाद ही, कभी सुनामी तो कभी किसी देश में घनी बस्ती पर हवाई जहाज गिरने की ख़बर, उसके सपने को सच कर जाती और वह फड़फड़ा कर रह जाती, उस पर कटी चिड़िया के समान, जो आकाश को देखती हुई, एक ही घर के आँगन में कैद हो उसी में घूमती रहती है। कुछ न कर पाने की अपनी विवशता पर मोटे-मोटे आँसू, उसकी बड़ी-बड़ी आँखों से बहने लगते।

****

बचपन से माँ कहती आई थी कि उसमें देवी का अंश है, तभी तो माँ ने उसका नाम 'कमला' रखा था। 'कमला' अर्थात् कमल के फूल पर विराजमान देवी। वैसी ही सुंदर और सौम्य थी वह, भाई बहनों में सबसे छोटी, बहन। बड़े भाई-बहनों की सबकी शादियाँ हो गयी थीं। सबसे बड़ी दीदी से वह दस साल छोटी थी।

माँ की कोख से जन्मी आखिरी संतान। लेकिन माँ के प्यार में कोई कमी नहीं थी, बल्कि माँ और बाबूजी दोनों उसे बहुत प्यार करते। गोल भोला चेहरा, गोरा रंग, काले बाल, चौड़ा माथा, तीखी नाक और पतले-पतले होंठ। बस, उसका कद सामान्य से कुछ कम होने के कारण, शरीर भरा-भरा और कुछ-कुछ मुटापे की ओर लगता था। पढ़ने में उसका बहुत मन लगता था। इतिहास और समाजशास्त्र में उसे रुचि थी और देर रात तक वह पढ़ाई करती हुई कॉम्पटीटिव एग्ज़ाम्स की तैयारी भी साथ में ही कर रही थी।

उसका एक ही लक्ष्य था। उसे सरकारी नौकरी मिल जाये, और जब एम.ए. करने के बाद उसे पी.डब्ल्यू.ड़ी. में ऑफ़िस जॉब मिल गया था, तो वह बहुत ख़ुश हुई थी। उसके जातिगत समाज में इतना दहेज़ चलता था कि अगर लड़की नौकरी करती हुई अपने पैरों पर खड़ी न हो तो विवाह में तमाम अड़चनें आती रहतीं। अब उसे विवाह की कोई चिंता करने की ज़रूरत नहीं थी। किसी दहेज के लालची इंसान से, वह वैसे भी शादी नहीं करेगी। उसे एक ऐसा सीधा-सच्चा इंसान चाहिये था, जो उसके गुणों की क़दर करता हो।

****

जब वह अपनी सुरीली आवाज में भजन गाती, तो लगता उसकी मीठी आवाज़ में जैसे शहद घुला हो। दोनों समय पूजा पाठ और शुद्ध शाकाहारी भोजन। सलवार, कुरता और दुपट्टा। इन सादे कपड़ों में ही वह ऑफ़िस जाती। कभी किसी ख़ास अवसर पर ही साड़ी पहनती, वह भी सूती। ऑफ़िस का काम पूरा मन लगाकर करना उसकी आदत थी।

माँ अपनी बेटी पर निहाल थी। फिर भी बेटी के भविष्य की चिंता उसे खाये जाती। इतनी सीधी लड़की। दहेज के अभाव में इसकी शादी कैसे होगी?

बढ़ते-बढ़ते उम्र उनतीस–तीस साल तक आ गयी थी और बाबूजी को भी रिटायर हुए बरसों हो गये थे। बस बेटी अपने पैरों पर खड़ी है, यही एक संतोष था, माँ के मन में।

नवरात्रि में वह नौ दिन का मौन व्रत रखती। सिर्फ़ फल और दूध का आहार लेती। सुबह पाँच बजे उठकर नहा-धो कर पूजा करती और एकाग्रता के साथ बहुत समय ध्यान में बैठी रहती। ऑफ़िस में वह अपना काम तो अच्छे से कर लेती, लेकिन मौन व्रत के समय, किसी से बात न कर पाने के कारण बड़ी परेशानी होती। ऑफ़िस से लौटते में, बस से उतरकर, रिक्शा करते समय कैसे समझाए रिक्शेवाले को, कहाँ जाना है?

उसकी परेशानी का निवारण करने के लिये माँ ने एक उपाय ढूँढ निकाला था। पूरी नवरात्रि के समय में, माँ उसके लिये एक रिक्शा बँधवा देती, जो उसे सुबह बस पर छोड़ आता और शाम को उसी स्टॉप से ले आता। शाम को जब वह छ: बजे ऑफ़िस की बस से उतरती, तो रिक्शा वाला स्टॉप पर खड़ा मिलता और उसे घर पहुँचा देता।

****

यह जन्म से ही मिली दैवीय शक्तियों का प्रभाव था या उसके व्रत, उपवासों और ध्यान का असर, ये तो उसे भी नहीं पता, लेकिन वह लोगों के हाथों की रेखाओं और जन्म-कुँडलियों को देखकर उनका सटीक भविष्य बता देती। डिपार्टमेंट के लोग, उसके पास अपनी और अपने बच्चों की जन्म-कुँडलियाँ लेकर आते, और उन बारह खानों में उसे पता नहीं, क्या-क्या दिख जाता।

वह संदेह में भरे लोगों की जिज्ञासाओं का समाधान करती हुई उनके सामने भविष्य का ऐसा खाका खींचती कि लोग आश्चर्यचकित रह जाते। विदेश यात्रा कब होगी? घर कब बनेगा? बच्चे का उच्च शिक्षा के लिये सिलेक्शन कहाँ होगा? आम तौर पर कुछ ऐसे ही प्रश्नों को लेकर, लोग उसके पास आते और वह उन प्रश्नों का उत्तर चुटकियों में बता देती। समय आने पर, जब वह

सब सच भी निकलता, तो प्रश्नकर्ता उसकी दैवीय शक्तियों का क़ायल हुए बिना नहीं रह पाता था।

कभी-कभी वह ऐसी भविष्यवाणियाँ करती कि लोग सहज ही उसकी बातों पर विश्वास करने का साहस नहीं कर पाते थे। कमला मैडम इंजीनियरिंग से संबंधित एक सरकारी विभाग में कार्यरत थीं। उनके विभाग में इंजीनियरों के लिये इंजीनियर इन चीफ़ का पद सबसे ऊँचा होता था और प्रत्येक विभागीय इंजीनियर का एक सपना होता था कि वह उस पद तक पहुँच सके। एक बार उसने अपने विभाग के एक मिडिल लेवल के अफ़सर के हाथ की रेखाएँ पढ़ ली और उनसे कहा कि,

"सर, आप एक दिन इंजीनियर इन चीफ बनेंगे।"

वह अधिकारी अविश्वास करते हुए कहने लगे कि,

"अरे, मैडम! ये कहाँ होगा? आप भी कैसी बात कर रही हैं? अभी तो हम डिप्टी चीफ़ के पद तक भी नहीं पहुँचे हैं। प्रमोशनल प्रॉस्पेक्ट्स की बुरी हालत देखकर तो ऐसी कोई संभावना लगती ही नहीं है कि कभी चीफ़ इंजीनियर बन भी पायेंगे। ऊपर से सरकारी विभागों में वर्त्तमान में लागू रिज़र्वेशन की पॉलिसी, कब क्या गुल खिलायेगी, किसे पता है? आगे और न जाने कौन-कौन से रिज़र्वेशन लागू कर दे सरकार? हमें तो उस सबका फ़ायदा मिलना है नहीं। इसलिये, इंजीनियर-इन-चीफ़ तक पहुँचने की बात सोचना और उसके सपने पालना तो सरासर बेवकूफ़ी के अलावा कुछ भी नहीं लगता है हमें।"

"सर! आप कैसे बनेंगे, ये मुझे नहीं पता। लेकिन, आपके हाथ की रेखाएँ तो साफ़ बता रही है कि आपको सर्वोच्च पद तक जाना ही चाहिये।"

पाँच साल बाद, जब सिंह साहब अचानक आउट-ऑफ-टर्न प्रमोशन पाकर सबको आश्चर्य में डालते हुए, "इंजीनियर-इन-चीफ़" बन गये, तो सबसे पहले उन्होंने कमला मैडम को बुलाकर ही मिठाई खिलायी थी।

"मैडम! आपकी बात तो सच हो गयी। मेरे लिये तो ये किसी चमत्कार से कम नहीं है।"

कमला मैडम ने विनम्रता से कहा कि,

"सर! ये तो सब आपकी लगन, मेहनत और ईश्वर की आप पर कृपा का ही फल है। वैसे भी, आप स्वीकार करें या न करें, हर तरफ़ आपकी इंटेलिजेन्स और आपके हार्ड वर्क की सभी लोग बहुत प्रशंसा करते हैं।"

कमला मैडम की ख्याति दूर-दूर तक फैल रही थी। अलग-अलग डिपार्टमेंट के लोग आकर कभी अपने हाथ की रेखाएँ और कभी जन्म-पत्री दिखाते और अपना भविष्य जानकर हतप्रभ रह जाते।

"मैडम! मेरी पत्नी लम्बे समय से बीमार चल रही है, क्या उपाय करें कि उनका स्वास्थ्य जल्दी से ठीक हो सके?"

"आप रोज़ दुर्गा चालीसा का पाठ करें।"

....

"मैडम! मेरे बच्चे के बार-बार एक्सीडेंट हो रहे हैं, क्या करें?"

"आप राम रक्षा स्त्रोत का पाठ करें।"

....

किसी को हनुमान चालीसा पढ़ने का तो किसी को ग्रह-शांति का कोई और उपाय बताती।

प्रश्नकर्त्ता व्यक्ति को स्वयं ही सच्चे मन से, भगवान् की स्तुति करने के अतिरिक्त, कमला मैडम को उनके जानने वालों ने, कभी कोई दूसरा कर्मकांड बताते हुए नहीं सुना। कभी-कभार कोई छोटे-मोटे व्यय वाला उपाय भी बताती, जिसे वह व्यक्ति आसानी से सहन कर सके। जैसे,

"कुछ नहीं होगा, बस मंगल के मंगल गाय को लाल मसूर की दाल और गुड़ खिलायें।"

यह सुनकर अजीब सा लग सकता है, लेकिन वह इसी प्रकार के सामान्य से उपाय ही बताया करती थी। वरना, आम ज्योतिषी और पंडित जी तो ऐसे-ऐसे खर्चीले कर्मकांड बताते हैं कि व्यक्ति का सारा बजट ही बुरी तरह से गड़बड़ा जाता है।

कभी कोई उसे दक्षिणा स्वरूप कुछ गिफ़्ट या रुपये देना चाहता तो उसे लेने से साफ़ इंकार कर देती। कहती,

"नहीं, ये देवी का वरदान है। यदि मैंने दक्षिणा ले ली, तो ये शक्तियाँ ही समाप्त हो जायेंगी। मैं तो ईश्वर की कृपा से लोक-कल्याण के लिये ये काम करती हूँ, वरना मेरी आवश्यकताओं की पूर्ति के लायक तनख़्वाह तो विभाग से मिल ही जाती है।"

निस्वार्थ भाव और लोगों के हित की कामना से, वह सबकी कुछ-न-कुछ मदद करती। सबकी सहायता करते-करते उसके चेहरे का अद्भुत तेज धीरे-धीरे और भी बढ़ता ही गया था। लगता था, जैसे वाकई उसके मुख से वह नहीं, बल्कि दैवीय शक्ति बोल रही है। उसके व्रत उपवास और बढ़ गये थे।

बढ़ते-बढ़ते मिस कमला की उम्र चौंतीस–पैंतीस साल हो गयी थी। शरीर भी और भर गया था। चेहरे पर उम्र का असर स्पष्ट झलकने लगा था। सबको भविष्य बताने वाली मिस कमला ख़ुद अपने भविष्य के विषय में अनभिज्ञ रही। अपना ही भविष्य कभी बाँच नहीं पाई।

****

क्या वह ऐसे ही जीवन-भर अकेली रहकर नौकरी ही करती रहेगी? उसका भी तो सपना है, अपना घर, एक प्यार करने वाला पति और नन्हें-मुन्ने बच्चे। माँ जहाँ कहीं भी रिश्ते की बात चलाती, लड़की की बढ़ी उम्र और दहेज का राक्षस उसके सपनों को निगल जाता।

तभी बड़े जीजाजी उसके लिये एक रिश्ता लेकर आये थे। उनके परिवार में एक अच्छा शिक्षित लड़का था, जो हायर सेकेण्डरी स्कूल में पढ़ाता था। प्रशान्त नाम था उसका। छोटे भाई-बहनों की शादियाँ करते-करते, उसकी

अपनी उम्र चालीस को छूने लगी थी। बिन बाप के बच्चों को उसने बाप बनकर पाला था। उसकी अपनी शादी की उम्र, ज़िम्मेदारियाँ पूरी करते-करते ही निकल गयी थी।

कमला की तस्वीर और उसके गुण प्रशान्त के मन को आशा से भर गये थे। शायद वही उसकी जीवन-संगिनी बनने के योग्य थी। साँवले, सलोने लेकिन भावुक सी आँखों वाले प्रशांत ने भी कमला का मन मोह लिया था और शीघ्र ही मंदिर में आर्यसमाजी ढंग से शादी करके वे दोनों विवाह के पवित्र बंधन में बँध गये थे।

कमला के सलवार-कुर्तों की जगह साड़ियों ने ले ली थी। माथे पर लाल बिंदी, दप-दप करता लाल सिंदूर और चमकता चेहरा। सुबह प्रशांत उसे ऑफ़िस तक छोड़ देता और शाम को ठीक पाँच बजे, उसका स्कूटर कमला के ऑफ़िस के गेट के बाहर खड़ा होता। ऐसे प्यार करने वाले पति को पाकर, कमला निहाल हो गयी थी।

रात को जब पति के सीने में सिर छुपाकर वह सोती, तो जैसे उसका चित्त ठण्डक और आनन्द से भर जाता। उसके वे डरावने सपने सब लुप्त हो गये थे। अब उसे अपने पति के पार्श्व में शांति भरी नींद आने लगी थी।

क्रमशः वह मानसिक रूप से शांत होती चली गयी। उसने लोगों की जन्मपत्रिका और हाथ देखना भी छोड़ दिये थे। नवरात्रि में व्रत, उपवास तो करती लेकिन मौन व्रत नहीं। पति का प्यार, घर-गृहस्थी और ऑफ़िस अब यही उसका जीवन था और मन में थी परम शांति। लोग कहते,

"शादी के बाद मिस कमला की शक्तियाँ ख़त्म हो गयी हैं, क्योंकि वह सांसारिकता में डूब गयी है।"

वह सर झुकाकर सबकी बातें सुन लेती। कुछ समय पहले तक सबकी अपनी ओर से यथासंभव सहायता करने वाली उस महिला ने कभी किसी की व्यंग्यात्मक टिप्पणियों या अनावश्यक आक्षेप पर कोई प्रतिक्रिया नहीं की। अब घर और गृहस्थ जीवन की ख़ुशहाली ही उसका ध्येय था।

बस अंतर्मन से उसकी यही इच्छा है कि जीवन के वानप्रस्थ आश्रम में, कुछ ईश्वरीय कृपा ऐसी हो कि उसकी लुप्तप्राय हो चुकी शक्तियाँ पुनर्जीवित हो सकें, जिससे वह जीवन की सांध्य बेला में पुनः एक बार, लोक कल्याण के कार्य में प्रवृत्त हो सके और अपनी सीमित क्षमता में, यथासंभव आसपास के लोगों की निस्वार्थ भाव से पुनः सहायता कर सके। अभी ये कौन जान सकता है कि उसकी मनोकामना कभी पूरी होगी भी या नहीं? यदि देवी जी ने चाहा तो यह अवश्य हो सकता है। अभी तो सबके लिये वह सच्चे मन से सिर्फ़ इतना ही कहती है कि,

"जय हो जगदम्बा! जय हो माँ दुर्गा! तुम्हारी शरण में आये सब लोगों का कल्याण करो।"

****

मृगतृष्णा

उसकी आँखों में, एक छोटा सा काला तिल था। बड़ी-बड़ी ख़ूबसूरत आँखें, लम्बी पलकें और कमान सी काली भवें। तीखी नाक और रसभरे होंठ। जब वो हँसती, गाल पर गहरे ख़ूबसूरत गड्ढे पड़ते। प्रीति, हाँ प्रीति ही नाम था उसका। प्रीति के पति संजय, पी.डब्ल्यू.डी. में एस.डी.ओ. साहब थे। छोटे शहरों में पी.डब्ल्यू.डी. का एस.डी.ओ., राजा की तरह ही होता। प्रीति राजरानी की तरह ही रहती थी।

बेहद ख़ूबसूरत जोड़ी थी दोनों की। पति-पत्नी दोनों मिलकर डुएट गाते। संजय की आवाज़, किसी ज़माने के मशहूर फ़िल्मी गायक किशोर कुमार की आवाज़ से मिलती-जुलती थी। लेकिन, बॉबी फ़िल्म का एक गाना

"हम तुम एक कमरे में बंद हों और चाबी खो जाये....."

वे दोनों बहुत मस्त होकर गाते थे और साथ में प्रीति टेबल पर तबला बजाती। लंबी, पतली और भूरे लम्बे बाल। वो बेहद सुन्दर भरत-नाट्यम करती। कॉलोनी भर की छोटी-छोटी लड़कियाँ उससे डान्स सीखने आतीं और प्रीति आँटी, प्रीति आँटी कर के उसके आसपास घूमती रहतीं। प्रीति आँटी भी बड़े ख़ुश होकर, सबको डान्स सिखातीं।

****

प्रीति का एक छोटा सा तीन साल का बच्चा था, पीकू। दुबला, पतला और पतले-पतले फ़ीचर्स वाला। मम्मी–पापा का लाड़ला। पीकू के तीसरे बर्थ डे पर प्रीति ने बहुत सुन्दर केक बनाया था। पूरा ड्राँइंगरूम पिंक और लाइट ब्लू गुब्बारों से सजाया गया और ढेर सारे छोटे-छोटे बच्चों के बीच में पीकू ने केक काटा। छोटे-छोटे ढेरों बच्चे बर्थ-डे कैप लगाकर उछल-कूद रहे थे। उनकी किलकारियाँ दूर तक गूँज रही थीं।

पी.डब्ल्यू.डी. रेस्ट हाउस के खानसामा के पास उस दिन कोई विशेष काम न होने से वह उस दिन का स्पेशल खाना बनाने में मदद करने के लिये आ गया था और उसकी मदद के लिये घर पर तमाम नौकर चाकर तो थे ही।

बर्थ-डे पार्टी के लिये अन्दर आँगन में टेबल्स लगा दी गई थीं, जिन पर तरह-तरह की सब्ज़ियाँ, पनीर मटर, आलू दम, मटर, गाजर, और फ्रैंच फ्राईज़ से सजा हरियाला पुलाव और दही बड़े सजे हुए थे। दौड़-दौड़कर लड़के पूरी, कचौड़ी और गरम-गरम रोटी ला रहे थे। स्वादिष्ट भोजन की भाप और ख़ुशबू पूरे वातावरण में उड़ रही थी।

लोग हँसते, ठहाके मारते, जोक्स सुनाते खाना खा रहे थे। तरह-तरह की कीमती साड़ियों और अन्य आभूषणों से सजी-धजी लेडीज़ मिलकर पार्टी

का मज़ा ले रही थीं। उनके द्वारा लगाई गई अलग-अलग फ़्रैगरेन्स और आँगन में लगी रातरानी की प्राकृतिक महक वातावरण को ख़ुशनुमा बना रही थी।

प्रीति बेबी पिंक कलर की साड़ी में बेहद ख़ूबसूरत लग रही थी। उसकी खिलखिलाती हँसी और मधुर आवाज़, चारों ओर रस बिखेर रही थी। सफ़ेद कुर्ते-पाजामे में सजा संजय, सबसे हँस-हँस के बातें कर रहा था। कितनी ख़ूबसूरत जोड़ी थी। मेड फॉर ईच अदर।

पार्टी ख़त्म होने से पहले ही पीकू, खेलते-खेलते बुरी तरह थक कर सो गया था। अन्य छोटे-छोटे बच्चे भी या तो अपने युवा माता-पिता की बाँहों में लटके से सो रहे थे या अपने घर लौटने को अधीर हो रहे थे। धीरे-धीरे एक के बाद एक, सभी मेहमान भी विदा हो गये थे और ग्यारह बज़े तक उत्सव पूरी तरह से समाप्त हो चुका था। सर्वत्र पूर्णमासी की चन्द्र-किरणों से धरा सुशोभित थी और रजनीगन्धा के फूलों की सुवास रात्रि में अद्भुत मद का संचार कर रही थी। नींद में सोते हुए पीकू के मासूम चेहरे पर अपने मातृवत् स्नेह की मुहर लगाते हुए, प्रीति संजय के पार्श्व में आकर लेट गई। संजय ने अपनी फूल सी पत्नी के रेशमी बदन को बाँहों में भर लिया था।

****

वो कहाँ-कहाँ नहीं भटका था। उसके काले घुँघराले बाल, झूलकर माथे पर चिपक गये थे। सफ़ेद शर्ट, ब्लैक पैंट से बेतरतीबी से बाहर निकली हुई और चेहरे पर उड़ती हवाइयाँ। कहाँ गयी, उसकी ख़ूबसूरत प्राण प्रिया? बर्थडे के दो दिन बाद, वो पीकू को आया के पास छोड़कर, शॉपिंग करने मार्केट गयी थी।

संजय ने फ़ोन पर कहा भी था, कि वो ऑफ़िस से जीप भेज सकता है, लेकिन प्रीति ने ये कहते हुए मना कर दिया था कि,

"अरे! आप अपना काम कीजिये। मार्केट घर के पास ही तो है और फिर साइकिल रिक्शा तो यहाँ आसानी से मिल ही जाती है, मैं उसी से चली जाऊँगी।"

उसे रिक्शा में घूमने में बड़ा मज़ा आता था। रिक्शा में बैठते ही उसे कॉलेज के वे दिन याद आ जाते थे, जब तीन-तीन सहेलियाँ एक ही, रिक्शा में बैठकर, पिक्चर देखने जाती थीं। क्लास की टॉपर और बेहद कुशल नृत्यांगना प्रीति, सभी टीचर्स की फेवरेट थी। इंग्लिश लिटरेचर और हिस्ट्री की छात्रा। माँ-पापा की इकलौती बेटी, जहाँ जाती, सब का मन मोह लेती।

उस दिन वो सिल्क की साड़ियों की शॉप पर गयी थी और आती दीवाली के लिये बेहद ख़ूबसूरत फीरोज़ी साऊथ सिल्क की साड़ी खरीदी थी। साड़ी के पैकेट को हाथ में लेकर, वो अपने सफ़ेद पर्स को हाथ में झुलाती हुई, प्रसन्नचित्त दुकान से उतरी थी। तेज़ धूप से बचने के लिये उसने गॉगल्स लगाये और रिक्शावाले को इशारे से बुलाया। .....और फिर ....

फिर क्या हुआ? यह एक रहस्य ही रह गया था। कहाँ चली गयी प्रीति? संजय ने प्रीति के माँ-पापा के घर फ़ोन लगाया, उसकी सभी सहेलियों के घर भी। लेकिन वो कहीं नहीं पहुँची थी। माँ-पापा एक दूसरे शहर में सेटल हुए थे। वे भी ख़बर मिलने पर घबरा गये और नन्हें पीकू को सँभालने की ज़रूरत को समझते हुए दौड़े चले आये थे।

माँ की याद में, नन्हा सा बच्चा हलाकान हो गया था। नाना-नानी उसे तरह-तरह से बहलाने फुसलाने की कोशिश करते लेकिन माँ तो माँ होती है। रो-रो कर गुलाबी हुई नाक को दोनों हाथों से रगड़ता पीकू, 'मम्मा-मम्मा' करता, पूरे घर में अपनी माँ को ढूँढता रहता। घर में पीकू परेशान रहता और बाहर बावरा सा संजय।

****

पुलिस में रिपोर्ट की गयी। पेपर में इश्तहार निकाला गया, लेकिन प्रीति का कुछ पता न चला। उस छोटे से शहर में, वो कहाँ-कहाँ नहीं भटका। संजय पगला सा गया था। कहाँ ढूँढे अपनी पत्नी को? हर फ़ोन पर उसके कान खड़े हो जाते। हर घंटी, हर आहट पर उसे लगता, जैसे प्रीति आ गयी हो। लेकिन वो नहीं आयी, हवा के किसी झोंके सी, वो गायब हो गयी थी। किसी तरह का

लड़ाई-झगड़ा नहीं, कोई तनातनी नहीं थी दोनों के बीच। फिर क्यों और कहाँ अन्तर्ध्यान हो गई थी? संजय कुछ नहीं समझ पा रहा था।

प्रीति को ग़ायब हुए काफ़ी समय बीत गया। उसके माँ-पापा नाती की देखभाल करते रहे, लेकिन आख़िर अपना घर-बार छोड़कर कितने दिन दामाद के घर पड़े रहते? बेटी के अचानक लुप्त हो जाने के दुख में, वे भी पीकू की ही तरह हलाकान से हो गये थे। प्रीति के संबंध में कोई सही सुराग़ न मिल पाने के कारण, कुछ दिनों बाद में, नन्हें पीकू को अपने साथ लेकर वे आगरा चले गये थे। जब तक शरीर में ताकत है, वे बच्चे को सँभालेंगे, फिर किसी अच्छे होस्टल में डाल देंगे, ताकि उसकी शिक्षा-दीक्षा और परवरिश सही तरीक़े से हो सके।

बेटी का यूँ अचानक गायब हो जाना, उनके लिये एक बहुत बड़ी त्रासदी थी। किसी बीमारी या एक्सीडेन्ट से कोई चल बसा हो, तो इंसान कुछ दिन रो-धोकर शान्त हो जाता है, लेकिन ऐसी जवान शादीशुदा, ख़ूबसूरत लड़की और वो भी तीन साल के बच्चे की माँ होकर, बग़ैर कुछ बताये अचानक ग़ायब होना, किसी पहेली से कम नहीं था।

आजकल क्या नहीं होता? किडनैप, रेप और उसके बाद हत्या। कुछ भी हो सकता था। जब कोई विश्वसनीय सूचना न मिले तो हृदय न जाने कैसी-कैसी आशंकाओं से ग्रसित हो उठता है। माँ की आँखें रो रोकर धुँधला गयी थीं। रात-दिन ईश्वर से एक ही विनय करती रहतीं,

"हे ईश्वर! हमारी बेटी जहाँ भी हो, सुरक्षित हो। हे भगवान! मेरी बिटिया की रक्षा करना।"

****

उधर संजय का सारा सुकून, सारा चैन, प्रीति अपने साथ ले गयी थी। समय काटे नहीं कट रहा था। कुछ दिन तो उसने छुट्टी लेकर प्रीति की खोज में यहाँ-वहाँ दौड़-भाग करते हुए दिन-रात एक कर दिया। फिर भी, थक-हार कर, देर-सबेर घर तो आना ही पड़ता था। घर भी काटने को दौड़ता।

हर जगह उसे प्रीति की हँसी सुनायी देती। कहीं उसके गाने की आवाज, 'मुझको अपने गले लगा लो ओ मेरे हमराही' सुनायी देती, तो कहीं उसकी पायल के घुँघरुओं की झनकार। ड्रेसिंग टेबल के शीशे के सामने तो, कई बार उसे भ्रम होता, जैसे प्रीति अपने नृत्य की भँगिमाएँ बना रही हो। कभी लगता जैसे उसके कोमल हाथ पीछे से उसे बाँहों में भर लेंगे, तो कभी उसकी रेशमी साड़ी का आँचल सरसराने का एहसास चौंका जाता।

संजय को लगने लगा कि वह प्रीति की हर तिनके में मौजूदगी के एहसास से सराबोर इस घर में, उसके बिना, रह नहीं पायेगा। ऑफ़िस जॉइन करते ही उसने घर बदलने के लिये एप्लीकेशन दे दी।

ऑफ़िस जॉइन करने के बाद, फिर से वही, धूल भरी सड़कें, और जीप के पीछे उड़ते धूल के गुबार। पहले कई बार, लंबी अवधि के दौरों पर वह प्रीति को भी साथ में लेकर चला जाता था। तब यही उजड़ी, कच्ची सड़कें और खेत-खलिहान, उसके लिये कश्मीर की वादियों के समान होते थे।

प्रीति दिन भर रेस्ट हाउस में रहती, और वो जगह-जगह बिल्डिंग और सड़क का इंस्पेक्शन करता हुआ अपनी नौकरी के दायित्वों को निभाता रहता। फिर रात में कभी कहीं, कभी किसी के घर डिनर। जीवन कितना ख़ूबसूरत हुआ करता था प्रीति के साथ।

और अब? उसकी कितनी ही रातें, रेस्ट-हाउस के अंधेरे कमरे में, छत की ओर ताकते-ताकते, नींद का इंतज़ार करते हुए निकल जाती थीं। वह काम में ख़ुद को इतना थका डालने की कोशिश करता कि उसे बिस्तर पर गिरते ही नींद आ जाये। लेकिन कई बार उसकी ये कोशिश भी नाक़ामयाब ही साबित होती।

****

एक दिन सुबह-सुबह पाँच बजे, फ़ोन की घंटी, घनघना उठी थी।

"हलो, संजय!, मैं सत्येन्द्र। सॉरी दोस्त! मैंने अचानक ही तुम्हें सुबह-सुबह पाँच बजे फ़ोन मिला लिया।"

उनींदी सी अलसाई आवाज़ में संजय ने प्रत्युत्तर देते हुए कहा,

"नहीं, नहीं। कोई बात नहीं, मैं तो वैसे भी जाग ही गया था। और बताओ, कैसे याद किया, सुबह-सुबह। कोई ख़ास बात है क्या?"

"संजय! मैंने प्रीति भाभीजी के लापता होने की बात सुनी तो थी, बहुत पहले। लेकिन कल ही मैंने यहाँ शायद भाभीजी को देखा था। कल रात से ही तुमसे फ़ोन पर बात करने की कोशिश में था, लेकिन अब जाकर कॉल मिली है।"

उधर प्रीति के बारे में सत्येन्द्र की बात सुनकर हर्ष और आश्चर्य से, संजय की साँस रुक सी गयी।

"लेकिन कहाँ?"

"यहाँ। हरिद्वार में। लक्ष्मण झूले पर।"

"सत्येन्द्र! तुम उससे मिले? वो, कैसे पहुँच गई वहाँ? किसके साथ?"

"संजय! भाई मेरे! मेरे पास तुम्हारे किसी सवाल का कोई सही जवाब नहीं है। मैं और कुछ नहीं जानता, सिवाय इसके, कि कल मैंने हू-ब-हू भाभी जैसी एक महिला को, भगवा साड़ी और गले में रूद्राक्ष की माला डाले देखा। वह साधुओं के एक झुंड के बीच में यंत्र चलित सी चली जा रही थी। मुझे तो पहचानने में भी समय लगा और यक़ीन से कुछ कह पाना मुश्किल है क्योंकि जब तक मैं याददाश्त पर ज़ोर डाल कर पहचान पाता या आवाज़ देता, ढलती शाम के झुटपुटे में, भीड़ में वो पता नहीं कहाँ गुम हो गयी। मुझे कुछ समझ में नहीं आया। मेरा ख़याल है कि तुम्हें फ़ौरन हरिद्वार आ जाना चाहिये। ईश्वर ने चाहा तो उनको खोजने में जल्दी सफलता मिल सकती है। तुम जितना हो सके, जल्दी से जल्दी हरिद्वार चले आओ।"

सत्येन्द्र ने उधर से आगे ज़्यादा कुछ नहीं कहा और फ़ोन रख दिया था। अचानक संजय के दिमाग में बिजली सी कौंधी। जिन दिनों प्रीति गायब हुई थी, उन दिनों सुनने में आया था कि साधुओं की बहुत सी टोलियाँ, शहर में

अवतरित हो गयी थीं और शहर की भीड़भाड़ भरी सड़कों पर घूमती रहती थी।

क्या साधु के छद्मवेश में उनमें से ही किसी टोलीवाले ने, सम्मोहित करके, या कुछ सुँघाकर उसकी अप्सरा सी पत्नी को अगवा कर लिया था? संजय का दिमाग घूम रहा था। उसने सुन रखा था कि साधुओं के वेश में कुछ लोग सम्मोहनी शक्ति का प्रयोग करके अच्छे खासे समझदार लोगों के तन से गहने, पैसे, घड़ी सब उतरवा लेते हैं। क्या प्रीति भी ऐसी ही किसी सम्मोहनी शक्ति के जानकार का शिकार हो गयी थी?

लेकिन प्रीति अच्छी-खासी शिक्षित और समझदार थी। उसको न तो ज़्यादा पूजा पाठ का भरोसा था और न ही साधु-सन्तों के कहने पर वह अंधविश्वास की हद तक जा सकती थी। कभी संजय का मन कहता कि ऐसा नहीं हो सकता और कभी उसका मन कहता कि होने को दुनिया में क्या नहीं हो सकता? वह बुरी तरह संभ्रमित था कि उसे क्या करना चाहिये?

सत्येन्द्र उसके नज़दीकी दोस्तों में से था और नौकरी में बहुत समय से दोनों अलग-अलग स्थानों पर पदस्थ होते रहे थे। लेकिन अगर सत्येन्द्र का संदेह पक्का नहीं होता तो वह कदापि संजय को तुरन्त निकल पड़ने का आग्रह नहीं करता। कुछ सोच-विचार के बाद उसने हरिद्वार जाने का निर्णय लिया और अगले ही दिन किसी तरह हरिद्वार तक जा पहुँचा।

उसके बाद, सत्येन्द्र और उसके मित्रों तथा अन्य परिचितों की सहायता से अगले दस-पन्द्रह दिनों में, उसने हरिद्वार, रुड़की, रुद्रप्रयाग, केदारनाथ, बद्रीनाथ तक का पूरा इलाका छान डाला था। ढेर सारे साधु-सन्तों के आश्रम, मन्दिर व ठहरने के अनेक स्थानों पर भटका, लेकिन प्रीति कहीं नज़र नहीं आयी थी। अगर किसी ने प्रीति को बहका फुसला लिया था तो उसने न जाने, हिमालय की किन कन्दराओं में उसे छिपा दिया था? उन सभी स्थानों पर लोकल पुलिस से भी जितनी संभव हो सकी उतनी मदद प्राप्त करने में संजय ने कोई कसर बाकी नहीं रखी थी, लेकिन नतीजा सिफ़र ही रहा।

दस-पन्द्रह दिनों की जी-तोड़ कोशिशों में असफल रहने के बाद, उसने मन ही मन इस वास्तविकता को स्वीकार कर लिया था कि इस जीवन में अब उसे प्रीति संभवतः कभी नहीं मिलेगी। वह अगर किसी असामाजिक नराधम के षड्यंत्र का शिकार हुई है तो उस नर-पिशाच ने, न जाने उसका क्या हश्र किया होगा? कोई सफ़लता हासिल न होने पर, उसके सामने इस वास्तविकता को स्वीकार करने के अतिरिक्त कोई और उपाय नहीं था कि प्रीति को ढूँढने की कोशिश अब केवल एक मृगतृष्णा है और उसे जीवन के कठोर धरातल पर उतरना ही होगा। थक-हारकर संजय ख़ाली हाथ लौट कर वापस आ गया था।

****

लगभग दो-तीन साल, एकाकी जीवन जीकर, माँ-पापा के बहुत ज़ोर देने पर उसने सुनन्दा से दूसरी शादी कर ली थी। सुनन्दा, एक स्थानीय स्कूल में टीचर थी, और पैंतीस वर्ष की आयु पार कर चुकी थी। पिता की असमय मृत्यु के बाद, छोटे भाई-बहनों के पालन-पोषण, शिक्षा, विवाह संबंधी दायित्वों के निर्वाह को प्राथमिकता देते हुए उसके स्वयं के विवाह की आयु तो पहले ही बीत चुकी थी। जीवन की धूप-छाया और बढ़ती आयु ने, किसी समय नैसर्गिक रूप से आकर्षक रहे उसके चेहरे पर, कठोरता का आवरण चढ़ा दिया था।

लेकिन अब उसके भाई-बहनों संबंधी दायित्वों के पूरे हो चुके थे और उनकी नौकरी-धंधे संबंधी तथा अपनी निजी पारिवारिक व्यस्तताएँ बढ़ने लगी थीं। भाई-बहनों के अपने-अपने जीवन में व्यस्त हो जाने पर सुनन्दा भी अकेलेपन के दंश की अनुभूति करने लगी थी। यूँ भी, समाज में प्रौढ़ होती महिला के लिये अकेले जीवन काटना दुरूह ही होता है। इस सच्चाई को स्वीकार करते हुए, सुनन्दा ने भी अपने संबंधियों की सलाह पर, संजय से विवाह की स्वीकृति दे दी थी।

कर्तव्यनिष्ठ सुनन्दा ने, संजय के जीवन में आते से ही, उसकी उजड़ी गृहस्थी को संभाल लिया था। जीवन की बगिया में प्यार के मुरझाते पौधे को,

दोनों ने मिलकर बड़े जतन से फिर से सींचना शुरू किया। संजय ने सीधी-साधी सुनन्दा को मन से पूरी तरह अपना लिया था। लेकिन प्रीति थी उसका पहला प्यार, वह उसे भुलाये नहीं भूलती। अभी भी कभी-कभी, आधी रात में, उसे लगता है कि एक रेशमी आँचल, उसके पास सरसरा जाता है और प्रीति की मदभरी आवाज़ उससे फुसफुसा कर कहती है,

'Sanju! Sunny! I Love You'.

लेकिन संजय जानता है कि एक बीते हुए कल से अधिक, प्रीति का कोई अस्तित्व, अब शेष नहीं है। प्रीति के होने का एहसास, महज एक मृगतृष्णा है और अब प्रीति नहीं, बल्कि सुनन्दा ही उसके जीवन का सत्य है, वास्तविकता है और शेष जीवन, उन दोनों को ही, एक-दूसरे का सहारा बन कर बिताना है।

****

चन्दा

सुबह से शाम तक वो सामने वाली सड़क पर जल्दी-जल्दी चलती दिखायी देती थी। सुबह नौ सवा नौ बजे से लेकर रात को नौ बजे तक। उन गलियों में ही खेलकर बड़ी हुई थी, इसलिये उसे कुछ अजीब नहीं लगता, कोई परेशानी नहीं लगती बल्कि कम्फ़रटेबल ही लगता।

उसका पूरा नाम तो चन्द्रकला था, लेकिन सब लोग उसे सिर्फ़ चन्दा कह कर ही बुलाते थे। छोटी सी नाक, छोटी-छोटी लेकिन तीखी आँखें, गेहुँआ रंग और गठा हुआ शरीर। मध्यम हाइट और उभार भरे वक्षस्थल को संभालती पतली सी कमर। माथे पर बड़ी सी मैरून बिंदी और रंग बिरंगी

साड़ी, कायदे से बँधी हुयी। कंधे पर सेट किए हुए प्लीट्स और प्लीट्स को यथास्थान बनाये रखने के लिये छुपा कर लगाई गई सेफ्टी पिनें। रोज़ाना एकदम टिपटॉप तैयार होकर निकलती। उसकी सबसे बड़ी ख़ासियत थी, उसकी बेबाक हँसी और बिजली की सी तेज़ी से, झुकी गर्दन से जल्दी-जल्दी सरपट इधर से उधर चले जाना। झुकी गर्दन से भी वह आसपास की गतिविधियों पर पैनी नज़र रखती थी और कोई भी महत्वपूर्ण चीज़ या घटना उसकी निगाहों से बच न पाती।

सुबह-सुबह ही माँ का सब काम करके और बेटी के लिये खाना बनाकर, वो नहा धोकर तैयार होकर घर से निकलती। उसके अपने घर में झाड़ू-पोंछा, बरतन आदि का काम सम्हालना उसकी किशोर वय की ओर बढ़ती उसकी भांजी और उससे तीन साल छोटी बेटी की जवाबदारी बन गई थी। घर पर बच्चियाँ, पूरे समय अपनी नानी के संरक्षण में रहती थीं, इसलिये वह उनकी ओर से निश्चिंत रहती थी। वह स्वयं, सुबह से शाम तक, दिन भर अपने घर से दस मिनिट की दूर अपने चिर परिचित मुहल्ले में, इधर-उधर घूम-घूमकर दूसरे घरों के विभिन्न घरेलू काम करती घूमती रहती। किसी के घर झाड़ू, पोंछा, बरतन, तो किसी के घर रोज़मर्रा के कपड़े धोने का और दो तीन घरों में रोटी बेलने या पूरा खाना बनाने का काम।

त्योहारों के अलावा, वो कभी छुट्टी नहीं करती। दीवाली पर देर शाम तक काम करती और उन घरों के लिये सजावट के काम में मदद करती। लेकिन शिवरात्रि और होली पर दो दिन की छुट्टी लेती थी। आख़िर उसे भी तो आराम चाहिये। कोई मशीन थोड़ी न है वो।

दोपहर को बूढ़े डॉक्टर साहब के घर खाना बनाकर और ख़ुद भी खाकर, एक घंटे के लिये कमर सीधी कर लेती। डॉक्टर साहब के घर में एक कमरा खाली ही पड़ा रहता, उसमें एक चटाई बिछी रहती और एक पँखा चलता रहता। गर्मी के दिनों में वही उसकी शरणस्थली थी।

डॉक्टर साहब की पत्नी के स्वर्गवास को न जाने कितना अरसा हो गया था। उनकी पत्नी के जीवित होने के दिनों से ही चन्दा, उनका किचन संभालती

रही थी। झाड़ू, पोंछा और बरतन के लिये एक दूसरी लड़की आया करती थी। चन्दा और वह लड़की दोनों मिलकर डॉक्टर साहब का घर संभालते और आराम से वहीं खाते-पीते भी।

****

कभी-कभी गर्मी की दोपहर में जब वो थककर लेटती, गोल-गोल घूमते पंखे को देखकर उसे अपना रंगीला बचपन याद आ जाता। क्या बढ़िया दिन थे वे भी। पाँच भाई बहनों में सबसे छोटी। पिता एक सरकारी कॉलोनी में पक्की नौकरी पर चौकीदार के काम में लगे हुए थे। वहीं कॉलोनी में उन्हें दो कमरों का छोटा सा घर अलॉट हुआ था। घर के ऊपर पक्की छत और चारों ओर ख़ुली जगह जिसमें आम, अमरूद और नीम के पेड़ लहराते।

ख़ुली-ख़ुली कॉलोनी, ख़ुली-ख़ुली हवा। बीच में बड़ा सा पार्क, जिसमें कॉलोनी के बच्चों के लिये झूले लगे हुए थे। घर में दुख का नामोनिशान नहीं था। सब भाई बहन पढ़ते और ख़ूब ज़ोर शोर से त्योहार मनाते चाहे होली हो, दीवाली या शिवरात्रि। होली में ज़ोर-ज़ोर से गाने बजते और बच्चे छत पर चिल्ला-चिल्लाकर गाने गाते और डांस करते। "भोला के चढ़ गयी भांग" या "रंग बरसे, भीगे चुनर वाली"। माँ-बाप भी बच्चों के साथ नाचते-गाते। बेकार की डाँट घर में नहीं पड़ती थी। दो मुड़ी हुई, चोटियाँ लाल रिबन और फ्रॉक पहनकर घूमती-खेलती चन्दा बहुत मस्ती करती।

फिर बड़े भैया की शादी हो गई। भाभी अच्छी थी, और चन्दा को बड़ा प्यार करती थी। कुछ मोटी, साँवली सी, लेकिन कर्मठ। वो भी बच्चों के साथ बच्ची बन जाती। फिर बीच वाली दोनों बहनों की भी शादियाँ हो गयी और उससे बड़ा भाई नौकरी करने के लिये दूसरे शहर में चला गया। रिटायर होने के पहले पिताजी ने चन्दा की भी शादी कर दी।

उसी कॉलोनी के सबसे बड़े साहब की कार के ड्राइवर राकेश ने, कॉलोनी में खेलते-कूदते घूमती हँसमुख और चंचल चन्दा को पसंद कर लिया

और चन्दा के माता-पिता के पास संदेशा भिजवाया। माँ-बाप ने उनकी शादी कर दी।

****

पति के प्यार में डूबी चन्दा को पता ही नहीं चला कि उसके विवाह के दो साल कैसे निकल गये। साल भर के अंदर ही एक नन्हीं कली उसकी गोदी में खेलने लगी थी। चन्दा का ससुराल उसके मायके से पाँच मिनिट की दूरी पर ही था। अत: शादी के बाद भी उसका पीहर कभी नहीं छूटा था। राकेश उसे जी जान से प्यार करता था। कभी-कभी वो साहब को लेकर लम्बे टूर पर जाता था और चन्दा उसके वापस सकुशल लौटने तक भगवान् से उसके जल्दी लौट आने की प्रार्थना करती रहती।

किन्तु, ज़िंदगी हमेशा इतनी आसान और सुखदाई नहीं रहती। एक बार चन्दा के बड़े जीजी-जीजाजी ने जिद पकड़ ली, हमको बद्रीनाथ, केदारनाथ की यात्रा कराकर ले आओ। राकेश का कहना था कि

"दीदी! पहाड़ी रास्तों के, तेज़ ढलान और तीखे मोड़ों पर, सुरक्षित तरीके से गाड़ी चलाने का अभ्यास नहीं है मुझे।"

लेकिन जीजी को तो जैसे जिद चढ़ गयी थी।

"अरे, तुम तो कितने एक्सपर्ट ड्राइवर हो।"

बेटी के बहुत छोटी होने के कारण, चन्दा का उनके साथ जाना संभव नहीं था। जीजी की भी तीन साल की बेटी थी। उसे भी, चन्दा की माँ ने अपने पास ही रोक लिया था। जीजी-जीजाजी के अलावा, राकेश का छोटा भाई ज़रूर उनके साथ चला गया था। सब दिल्ली से हरिद्वार और हरिद्वार से श्रीनगर और फिर हिमालय की सर्पीली सड़कों से होते हुए बद्रीनाथ, केदारनाथ तक जा पहुँचे।

जाते समय यात्रा बहुत सुखद रही, लेकिन लौटते समय रात हो चली थी और न जाने कहाँ से घनघोर बादल, भीषण वर्षा लेकर आ गये। रपटीली, गीली सड़कों पर गाड़ी फिसलती सी चली जाती थी। बादल जैसे फटे पड़ते थे और

फिर एक तीखे मोड़ पर, संभालते-संभालते भी स्टीयरिंग बहक ही गया और किराये पर ली हुई सफ़ेद ऐम्बेसेडर गेंद के समान लुढ़कती गहरी खाई में चली गयी थी। गहरा अँधेरा और तीखा बरफ़ से ठंडा पानी चारों व्यक्ति, गाड़ी सहित कहाँ गुम हो गये पता ही नहीं चला।

हरिद्वार के जिस डाक बँगले में जाते समय कुछ जुगाड़ करके वे लोग रुके थे, उसने उनका पता और कार का नंबर रजिस्टर में नोट करवा लिया था। जब उस चौकीदार को पहाड़ों पर से उस नंबर की कार के दुर्घटनाग्रस्त होने और यात्रियों के लापता होने की ख़बर मिली तो उसने रज़िस्टर से पता ढूँढकर चन्दा के घर पर तार करवा दिया था।

घर में हाहाकार मच गया था। ये कैसा तीर्थ करने गये? इकट्ठे तीन घर बर्बाद हो गये। माँ-पापा का रोते-रोते बुरा हाल था और चन्दा, दीदी की तीन वर्षीय बेटी को सीने से लगाये स्तब्ध बैठी थी। उसके जीजी, जीजाजी, पति, पति का सगा भाई सब इकट्ठे काल का ग्रास बन गये थे। इतना बड़ा दुख सहने के लिये पत्थर से भी कठोर हृदय चाहिये। मौत की ख़बर आते ही, एक सन्नाटा सा छा गया और कॉलोनी के हरे भरे पेड़ों से चारों ओर कौए बोलने लगे। इस दुख ने चन्दा के माँ-बाप को बावला सा बना दिया था। पिताजी इतने बड़े दुख को सहन नहीं कर पाये थे और एक नीरव रात में माँ को अकेला छोड़कर चले गये थे। चन्दा के साथ-साथ, माँ के माथे का सिंदूर भी जल्दी ही पुँछ गया था।

अब जीवन की कँकड़ीली, पथरीली राहें, चन्दा का इंतज़ार कर रही थीं।

****

पापा की जगह बड़े भैया को नौकरी मिल गयी थी और घर खर्च चलाने के लिये भाभी भी घर-घर जाकर बरतन और कपड़े का काम करने लगी। मेले जैसी चहल पहल से भरा घर श्मशान हो गया था। घर की सबसे छोटी और लाड़ली बेटी, खाली माथा और खाली हाथ, सफ़ेद, स्लेटी और भूरी साड़ियों में दिखने लगी।

अभी उम्र ही क्या थी उसकी? मुश्किल से बीस–इक्कीस साल और गदराया बदन। लोगों की चुभती निगाहों से ख़ुद को पल्लू से ढँककर छिपाती फिरती, फिर भी आते जाते शोहदे आवाज़ें कस ही देते। घर की परिस्थितियों से घबराकर बड़े भैया ने शराब पीना शुरू कर दिया। सुबह शाम भैया-भाभी का झगड़ा होता। ज़ोर-ज़ोर से चिल्लाते भैया। नन्हें-मुन्ने बच्चे, थर-थर काँपने लगते। आर्थिक परेशानियाँ तो थी हीं।

रात-दिन की चिकचिक से तंग आकर एक दिन चन्दा ने, उसने तय कर लिया कि अलग रहना ही अब उसके लिये हितकर है। उसने यह निर्णय ले लिया कि अब वह भैया-भाभी के साथ एक ही घर में कदापि नहीं रहेगी। भैया भाभी के घर से दस मिनिट की दूरी पर एक कमरे का घर खाली था। ऊपर की मंजिल पर एक कमरा नीचे मकान मालिक रहते थे। अँकल-आँटी दोनों अच्छे थे। लेकिन किराया था, छ: सौ रुपये। चन्दा के लिये तो ज़्यादा ही था, फिर भी उसने सोचा कि एक दो घरों का काम बढ़ाकर कुछ जुगत बैठा लेगी, लेकिन कम से कम सुकून से तो रह सकेगी।

ऐसे समय में माँ ने बेटी का साथ नहीं छोड़ा था। काम के साथ दो छोटी-छोटी बच्चियों को, वो अकेली कैसे संभालेगी? वो भी चन्दा के साथ रहने के लिये, उसके नए घर में चली गयी थी। दिन भर माँ, दोनों बच्चियों को संभालती और साथ में घर का काम भी कर लेती। चन्दा अपने पुराने मुहल्ले में घूम-घूमकर काम करती रहती।

बस इस नए घर में आने के बाद, उसने अपने पहनावे में, एक ज़बरदस्त बदलाव किया। अपनी सब सफ़ेद, स्लेटी साड़ियाँ उसने माँ को दे दीं और अपने लिये शादी के समय की साड़ियाँ निकाल लीं। मुहल्ले की ही एक दुकान से उसने किश्तों पर कुछ रंग-बिरंगी सस्ती साड़ियाँ भी खरीद लीं। रंग-बिरंगी गोटा लगी साड़ियाँ, माथे पर बड़ी सी मैरून बिंदी, आँखों में काजल और हाथों में ढेर सारी चूड़ियाँ, गले में मंगलसूत्र और पैरों में बिछिया। बस माँग में सिंदूर डालने की उसकी हिम्मत नहीं हुई थी। दूर से यही लगता, जैसे कोई सुहागन स्त्री आ रही है। शोहदों ने भी उसे देखकर,

फ़िकरे कसना और सीटी मारना छोड़ दिया। उन्हें लगा होगा कि चन्दा ने शायद दोबारा शादी कर ली।

****

स्त्री और पुरुषों के विषय में सामाजिक मानदण्ड कुछ मायनों में दोहरे ही लगते हैं। कितने पुरुष हैं, जो पहली पत्नी के न रहने के बाद, अकेले जीवन बिता पाते हैं? ऐसे लोग बिरले ही होते होंगे। साल, दो साल बीतते न बीतते, अधिकतर पुरुष दूसरी शादी कर ही लेते हैं। वैसे भी, यदि वे ऐसा न करें तो शायद उनकी कामेच्छा, समाज में कई निरीह नारियों की बरबादी का जरिया बन सकती है। लेकिन, औरत के विधवा होते ही, उसका तो जैसे जीवन जीने का अधिकार ही समाप्त हो जाता है।

न रंग-बिरंगे कपड़े पहन सकती है और न किसी से प्रेम कर सकती है। प्रेम करना तो दूर की बात है, किसी पुरुष को जी भर के देख भी नहीं सकती वरना 'चरित्रहीन' का लांछन लगाने में कोई देरी नहीं करता। उसके लिये तो बस एक ही मार्ग शेष रह जाता है कि अपने बच्चों को पालने में पूरा जीवन लगा दो।

जब बच्चे भी बाहर चले जाएँ अथवा स्वतंत्र रहने लगें, तब औरत अपना जीवन कैसे निकाले? सामाजिक मान्यता तो कहती है कि वह भजन कीर्तन करे और ईश्वर भक्ति में मन लगा ले। जहाँ एक ओर सत्तर-अस्सी साल के पुरुष भी पैसे के बल पर अपने लिये प्रेमिका या पत्नी ढूँढ ही लेते हैं, वहीं दूसरी ओर उम्र में महज इक्कीस-बाईस साल की महिला के लिये भी, पुनर्विवाह का मसला एक टेढ़ी खीर ही होता है। ख़ास तौर पर अगर दिवंगत पति से उसके बच्चे हों, तो पुनर्विवाह बहुत मुश्किल हो जाता है।

यह सब जानते-समझते हुए, चन्दा ने तय कर लिया था कि पति नहीं रहा है तो क्या हुआ, उसे तो जीना ही पड़ेगा। वह किसी के सामने बेचारगी नहीं दिखायेगी। सज-सँवर कर रहो, हर समय हँसते-मुसकुराते रहो और आँटियों-भाभियों से बातें करो।

लेकिन, इन रंगों में ही कोई रंगीला असर था या फिर उसके बीस-इक्कीस साल के युवा शरीर में ठाठें मारता यौवन का उफ़ान, रह-रहकर उसके मन में, फिर से रंगीन ख़्वाब अँगड़ाइयाँ लेने लगे थे। पति के साथ बिताये मधुर क्षण रह-रह कर उसे याद आने लगते और मन जैसे किसी पुरुष के सानिध्य को ललचा उठता था। जब भी पति के जैसे चौड़े सीने, चौड़े कंधे वाले इंसान को देखती तो चन्दा का मन व आँखें मुग्ध होकर उसी की ओर देखते रह जाते। बीस-बाईस साल की चढ़ती उम्र में शारीरिक भूख से जुड़ी भावनाओं के ज्वार को दबा पाना दुश्वार ही नहीं, नामुमकिन सा होता है। ये तो एक आदिम भूख है, जो स्त्री हो या पुरुष, दोनों में समान रूप से पायी जाती है।

पति की असामयिक मौत ने चन्दा को भी ऐसी ही भूलभुलैया में उलझा दिया था। वह न टाले जा सकने वाले ऐसे सम्मोहन में जकड़ गयी थी, जो मृगतृष्णा के समान दूर से तो हरा-भरा, चमकता, ठण्डा जल दिखायी देता है, लेकिन पास आते ही भभकते रेगिस्तान की भूमि ही हाथ आती है।

****

अमर! हाँ। अमर ही नाम था उसका। चन्दा का, दूर के किसी रिश्ते से, देवर लगता था। अच्छा सा चेहरा-मोहरा, काली घनी मूँछें और गठा हुआ शरीर। उसका परिवार शहर से सटे, पास के ही एक गाँव में रहता था। काम की तलाश में वो अकसर शहर आया करता था। वह पेशे से पेंटर था। उसके हाथों में कमाल का जादू था। जिस घर में भी पेंटिंग का काम करता, उसको चमका देता। वह सुबह नौ-साढ़े नौ बजे काम पर आ जाता और शाम पाँच-साढ़े पाँच बजे के आसपास वापस अपने गाँव लौट जाया करता था।

चन्दा की अमर से तब मुलाकात हुई थी, जब आँटी, जिनके यहाँ वह दोपहर में काम करती थी, उनके घर में पेंटिंग का काम चला। घर में बस अँकल-आँटी ही रहते थे और कोई रहता नहीं था। दोनों सुबह जल्दी ऑफ़िस चले जाते थे। दिन में घर का ध्यान रखने का काम चन्दा के जिम्मे था। उनके पीछे दोपहर में, घर की साफ़-सफ़ाई, कपड़े धोना वगैरह का काम चन्दा

आराम से निपटाती रहती। बीच-बीच में दूसरे घरों के काम भी जाकर निपटा आती। जब उस घर में अमर को पेंटिंग का काम मिला, तो अँकल-आँटी हमेशा की तरह ऑफ़िस निकल जाते और चन्दा से कई तरह के काम करने को कह जाते कि,

"चन्दा! पेंटिंग के लिये कमरों का समान अमर के साथ इधर-उधर शिफ्ट करा लेना।......... अमर के लिये एकाध बार चाय बना देना।....... काम पूरा हो जाने पर अमर के साथ अलमारी सेट करा देना।"

जितने दिनों उस घर में पेंटिंग का काम चला, चन्दा, ईमानदारी से उनकी हिदायतों का पालन करती हुई, दिन भर वहीं टिकी रहती। वो मुग्ध दृष्टि से अमर की मज़बूत बाँहों को ब्रश चलाते देखती रहती। कभी-कभी उसकी चोरी पकड़ी जाती और अमर भी उसकी ओर देखकर मीठी सी हँसी के साथ मुसकुरा देता।

अमर का स्वर भी बड़ा मीठा था। पेंटिंग करते-करते अपनी ही धुन में वो पुराने गाने, गाने लग जाता और चन्दा सम्मोहित सी हो जाती। दिन में कभी वो चाय बनाती और न जाने किस जादू से बँधी, वो ज़मीन पर अमर के एकदम पास बैठ जाती। खाली घर और गर्मी के लम्बे-लम्बे दिन। सामान यहाँ से वहाँ करते समय अमर की उँगलियों के पोर उसके हाथों से छू जाते और वो झनझना उठती। आह! ये कैसा सम्मोहन! ये कैसा मकड़-जाल!

एक दिन आँटी के जाने के बाद, वह किचन का काम निपटा कर हाथ पोंछ ही रही थी कि अमर उससे किचन में ही पानी माँगने आ गया। पानी का गिलास अमर के हाथ में थमाकर, वो उसे सम्मोहित नज़रों से पानी पीता देखती रही। जैसे ही अमर ने हाथ का गिलास नीचे रखा, वो ख़ुद को रोक नहीं पाई और अचानक ही उससे जाकर लिपट गई।

अमर हक्का-बक्का सा, उसे अपने से अलग करता हुआ बोला,

"ऐ चन्दा! परे हट। ये क्या है? तू जानती है कि मैं शादीशुदा हूँ और मेरी बीवी है, तीन बच्चे हैं। तू भी बेवा है और एक बच्ची की माँ भी। ये सब ठीक नहीं है। मैं अपनी पत्नी से बहुत प्रेम करता हूँ।"

लेकिन एक पुरुष के संसर्ग को तड़पती चन्दा, ये कहती हुई जाकर फिर उससे लिपट गई कि,

"नहीं अमर! मैं तुम्हारे साथ ज़िंदगी को एक बार फिर जीना चाहती हूँ। तुम्हारे बिना नहीं रह पाऊँगी।"

चन्दा ने उसके सीने पर अपना सिर रख दिया और उसकी कमर में हाथ डालकर अपनी पूरी ताक़त से उसे अपनी पकड़ में जकड़ लिया। चन्दा का शरीर बुरी तरह दहकने लगा था। बरसों का दबाया लावा जैसे बह निकलने को बेताब था। चन्दा के दहकते शरीर की उस आँच ने, अमर को पिघला ही दिया। अमर को भी ख़ुद पर नियंत्रण नहीं रहा।

अनजाने में बहुत दिनों बाद एक बार फिर मिले उस यौन सुख से चन्दा का चेहरा चमकने लगा था। एक अजीब सा संतोष, एक अजीब सा नशा उस पर हावी हो गया था। उसका मन कह रहा था कि यदि एक दुर्घटना ने उसके पति को छीन लिया है तो इसका ये मतलब तो नहीं कि अपने जीवन पर उसे अधिकार ही नहीं रह गया है। ईश्वर के दिये इस सुख को भोग कर उसने कोई ग़लती नहीं की है। उसके भरे-भरे वक्षों को ठण्डक सी मिल गयी थी। जैसे एक अरसे के बाद किसी ने दहकती देह पर ठण्डे पानी की फुहार डाल दी थी। ओह ये आनंद! उस तपन के बाद की ये शीतलता! उफ़! ये कैसा अनोखा सुख है?

****

चन्दा के लिये तो शायद वह जीवन में एक पुरुष के अभाव से उपजी नैसर्गिक आवश्यकता थी, लेकिन एक बार झिझक टूट जाने के बाद, अमर के लिये भी चन्दा के शरीर के आकर्षण से दूर रह पाना मुश्किल ही हो गया था। विवाहित होने की वास्तविकता उसे अंदर से झकझोरती रहती, लेकिन

जैसे किसी अनजान डोर में बँधा, वह चन्दा से मिलने के लिये चला ही आता और जब तक दोनों के शरीर एक न हो जाते उसे चैन नहीं आता था।

अमर के लिये काम, त्योहारों के आसपास ज्यादा मिला करता, उसके अलावा बस घर की गाड़ी जैसे-तैसे चलती रहती थी। जब भी अमर के पास कोई काम नहीं होता या कम काम होता वो आ धमकता। चन्दा को पहले से अँकल-आँटी के घर या उसके आसपास किसी जगह पकड़ लेता और उसी दिन या अगले किसी दिन मिलने का प्रोग्राम तय हो जाता। इस तरह वे लोग मिलने लगे, कभी दिन में घोर दोपहरी में, कभी शाम को और कभी चाँदनी रातों में।

कभी पहचान वाले लोगों की नज़रों से छुपती-छपाती चन्दा उसे दूर, कहीं मिल जाती, छुप के मोटर साइकिल पर उसके पीछे जा बैठती और वो उसे ले उड़ता कहीं भी। कभी भेड़ाघाट की खाली सुनसान सड़क पर, तो कभी कभी श्वेत, गुलाबी, आसमानी, संगमरमरी चट्टानों की वादियों में फुहारों को बरसाते हुए धुँआधार फ़ॉल तक, तो कभी नर्मदा के और किसी किनारे पर, या कभी भँवरताल गार्डन।

अकसर संडे शाम को, चन्दा सब घरों में काम की छुट्टी कर देती और नहा धोकर, रेशमी बालों में रजनीगंधा के महकते फूलों का गजरा लगाकर, सज सँवर कर अपने प्रियतम की मोटर साइकिल पर उसकी कमर में बाँहें डालकर बैठी, वो उड़ती सी चली जाती।

****

इस बीच अमर को एक बड़े से खाली पड़े बँगले के रेनोवेशन के बाद उसकी पेंटिंग का काम मिला। उस बँगले के चौकीदार को गाँव में खेती-किसानी के काम से जाना था। वह सुदूर बिहार के किसी गाँव का रहने वाला था। गाँव आने-जाने में लगने वाली रकम उसके लिये एक बहुत बड़ी धनराशि होती थी। इसलिए वह जब भी गाँव जाता तो एक बार गाँव जाने के बाद, वह महीने दो महीने लौटकर नहीं आता था। बँगला, घनी बस्ती से थोड़ा हटकर, कुछ सुनसान सी जगह पर था। पेंटिंग का काम भी, महीने भर से कुछ ज़्यादा

ही चलने की संभावना थी। बँगले के मालिक ने अमर से बात की कि चौकीदार के गाँव से वापस लौटने तक, वह उसी आउट हाउस में रह जाये जिसमें चौकीदार रहता था। इससे उसे तो कुछ अतिरिक्त आमदनी हो ही जाएगी और उन्हें भी चौकीदार नहीं खोजना पड़ेगा। दिन में वह पेंटिंग का काम कर ले और रात में वहीं सो भी जाया करे। खाने पीने की व्यवस्था चौकीदार की ही तरह वहीं कर ले। वे रोज़ सुबह आकर पिछले दिन कितना काम हुआ, ये देख जाया करेंगे।

दिन भर काम करके अमर थक तो जाता ही था और रोज़ गाँव से आने-जाने में घंटे-दो घंटे का समय लग जाता था। पेट्रोल का रोज़ का ख़र्च अलग। अमर ने सोचा कि चलो अच्छा ही है, पेट्रोल भी बचेगा और थोड़ी अतिरिक्त आमदनी भी हो जायेगी। घर-मालिक के प्रस्ताव को स्वीकार करने में उसने देरी नहीं की और फ़ौरन हामी भर दी।

संयोग से ये बँगला, चन्दा के घर से भी बहुत ज़्यादा दूर नहीं था। वही आउट हाउस अब कभी-कभी घनी दोपहर में चन्दा और उसके एकांत मिलन का साधन बन गया। अब घर और पत्नी से दूर रहकर भी अमर को वहाँ अधूरापन नहीं रहता था, क्योंकि वह चन्दा के साथ अपनी शारीरिक क्षुधा शांत कर लिया करता था। हफ़्ते में एक दिन तो वह काम की छुट्टी करता ही था। तब कभी-कभार कुछ घंटों के लिये वह गाँव हो आता और वहाँ घर की व्यवस्था ठीक-ठाक चल रही है, इस बात की तसदीक़ कर आता।

चन्दा का सुबह का काम ख़त्म होने पर, दोपहर बारह बजे के आसपास अमर उसे एक गली के मोड़ पर मिल जाता और मोटरसायकल पर बैठाकर ले आता। उस बँगले के चौकीदार के लौटने तक, लगभग डेढ़-दो महीने, वे दोनों दोपहर का कुछ समय उसी बँगले के आउट हाउस में एकसाथ बिताते रहे। शर्मोहया के सारे बँधन तो उनके बीच पहले ही टूट चुके थे। बँगले के सुनसान जगह में होने से, उनके यौवन के तूफ़ान ने बार-बार सारे तटबँध तोड़ डालने की धृष्टता की। रोकने वाला कौन था वहाँ?

आनंद के उन क्षणों को भोगकर, अमर तीन-चार बजे के बीच, शाम के घरेलू कामों को करने के लिये चन्दा को गली के उसी मोड़ तक छोड़ आता और लौटकर अपने काम में लग जाता। रात को आठ बजे वो चन्दा को फिर उसी कोने पर खड़ा मिलता। बँगले का काम चलने तक, उन दोनों के बीच वैसी नज़दीकियाँ बनी ही रहीं।

चन्दा का चेहरा चमकने लगा था। उसके गालों पर गुलाब से खिलने लगे थे। उसके जीवन में उजाला ही उजाला फैल गया था। बूढ़ी और बीमार माँ बेटी को ख़ुश देखकर ही ख़ुश हो जाती। बेटी के वक़्त-बेवक़्त आने-जाने को लेकर, कुछ-कुछ अंदेशा होते हुए भी, चन्दा की माँ ने, न कभी अंदर की बात जानने की कोशिश की और न कभी चन्दा को रोकने की ही कोई कोशिश की। वह भी सोचती कि छोटी सी उम्र में क्रूर भाग्य के हाथों छली गई उसकी बच्ची, जैसे भी हो, ख़ुश रहे, उसे और क्या चाहिये?

****

और फिर अचानक आई कोविड नाम की एक लाइलाज बीमारी जिसने बरपाया था लॉकडाउन का कहर। सारे कंस्ट्रक्शन और मेन्टेनेन्स वर्क्स बंद हो गये थे। ढेरों मजदूर और फील्ड वर्कर्स को मजबूरी में गाँव लौटना पड़ा। उसी का शिकार बना था अमर। न कोई नया घर बना रहा था और न कोई पुराने घरों में पेंटिंग करवा रहा था। ब्रश पकड़ने वाले हाथ दूसरा और कोई काम करना, भली प्रकार से जानते भी नहीं थे। लेकिन इस भयंकर बीमारी के आने से काम मिलना ही बंद हो गया था।

अभी तक तो उसकी शहर में अच्छी-खासी कमायी हो जाती थी और काफ़ी पैसे बचाकर वो घर भी दे आता या भेज देता था। अब वह क्या करे? मजबूरी में, अमर को भी अपने गाँव जाना ही पड़ गया। घर में थोड़ी सी खेती थी, बूढ़े माँ-बाप, पत्नी और तीन बच्चे थे। लुटा पिटा सा वो एक दिन संध्या की बेला में अपने गाँव, अपने घर पहुँचा था। जहाँ बाँहें फैलाये माँ और पत्नी ने उसका दिल खोलकर स्वागत किया था।

और यहाँ चन्दा फिर रह गयी थी, अकेली उसके नाम पर रोती। लोगों ने सरकार के निर्देशों पर, घरों में सर्वेंट्स से काम करवाना बँद कर दिया था। उसके भी सारे काम उस समय छूट ही गये। घर में पैसे का आवागमन बंद हो गया। सबसे बड़ी मुसीबत, उसे पेट में एक नन्हें बच्चे की आहट सुनायी दे रही थी। वो छुपते-छुपाते पास के सरकारी नर्सिंग होम गयी और उस अनचाहे भार से किसी तरह से मुक्ति पायी। शायद इसीलिये विधवाओं के लिये रंगीन कपड़े पहनने की मनाही की गई होगी, जिससे उनके मन में सोये हुए ज़ज़्बात भड़क न सकें और मन में ही दबे रह जाये।

जैसे-तैसे लॉक डाउन के उन डरावने महीनों का वक़्त गुज़रा। जीवन कुछ सामान्यता की ओर लौटने लगा। एक दिन तेज़ धूप में वो आँटीजी के घर गयी,

"आँटी जी! आप कपड़े और बरतन हमसे करा लें। आप सब बाहर निकालकर रख दें। हम बाहर से काम करके चले जायेंगे।"

दो-तीन महीनों से पूरा काम अपने हाथ से करते-करते तँग आ चुकी आँटी जी ने, चन्दा की बात मान ली थी। चन्दा को फिर से कुछ पुराने घरों से ही बुलावे आने लगे। ऐसे दो-तीन घरों के काम उसने पकड़ लिये थे और वह एक बार फिर ज़िंदगी के जाने-पहचाने ढर्रे पर चलने लगी, वही पुराने काम-धाम। खाने और रोटी बनवाने का काम कोई नहीं करवा रहा था। बस किसी तरह घर की गाड़ी फिर कुछ पटरी पर आ गयी और घिसट-घिसट कर ही चलने लगी।

लेकिन अब आँखों के नीचे काले गड्ढ़ों के साथ, वो धूमिल, धूसरित साड़ियों में आ गयी। अब सजे तो किसके लिये सजे वो? पति तो जा ही चुका था। किसी संयोगवश, एक अमर मिला था, कुछ दिनों का साथी। चाहे मजबूरी में ही सही, लेकिन वो भी अपनी ज़िंदगी में लौट गया था और अब, उसके पलटकर चन्दा के जीवन में आने की संभावनाएँ क्षीण ही हो गई थी।

वैसे भी दैहिक आकर्षण कोई स्थायित्व लिये तो होता नहीं है। अमर की कमी से, चन्दा के तो जैसे जीवन का पूरा सत ही लुट गया। चेहरे का नूर, गालों

की लाली, होंठों की हँसी, सब कुछ। अब भी वह उसी लगन, उसी फुर्ती के साथ घर-घर काम करती घूमती रहती, लेकिन सर झुकाए चलती हुई दिखाई देती, लुटी पिटी सी।

****

जैसी आशंका चन्दा को पहले से ही थी, लॉकडाउन पूरी तरह से खुलने के बाद भी, उसकी तरसती आँखें जिसका इंतज़ार कर रही थीं, वो वापस नहीं आया था। मनमौजी आदमी, कहीं भी जा सकता था। उसके हाथ में हुनर जो था। वो अपना जादू कहीं भी बिखेर सकता था। शहर की उन्हीं तंग गलियों में, चन्दा के भाग्य में तो अमर की याद में तड़पना, कलपना ही शेष रह गया था। वैसे भी, वह थी ही कौन उसकी? एक रखैल से ज़्यादा उसका अस्तित्व ही क्या था? अमर का तो अपना एक विवाहित संसार था, जहाँ उसकी ब्याहता स्त्री, पति के सहवास की निर्विवाद अधिकारिणी थी।

****

एक दिन आँटी जी की तबीयत ठीक नहीं थी। उन्होंने चन्दा से कहा,

"चन्दा! रोटी बना दो।"

पल्ले से चन्दा को पसीना पोंछती देखकर, सोफ़े पर बैठी आँटी ने उससे वहीं कुछ देर ड्रॉइंग रूम में पंखे के नीचे बैठ जाने के लिये कहा। चन्दा, वहीं आँटी के पास, ठण्डे फर्श पर मुरझाई सी बैठ गयी थी।

"क्या हुआ चन्दा! तू इतना मुरझा कैसे गयी?"

पता नहीं, आँटी के उस स्वर में कैसा प्यार, कैसी संवेदना थी कि चन्दा का दिल भर आया और वह फूट-फूटकर रो पड़ी। दिल में शूल की तरह चुभती जो बात उसने अपनी माँ तक को भी कभी खुलकर नहीं बतायी थी, वही बात रोते-रोते आँटी जी के सामने खुलकर बयान कर दी।

आँटी ने उसके सिर पर अपना ममता से भरा हाथ रखकर कहा,

"चन्दा! ऐसे हिम्मत नहीं हारते। ये दुनिया ऐसी ही है। बरसों से भँवरे, फूलों का रस पीकर उन्हें, कुम्लहाने के लिये छोड़ ही देते है। तक़दीर से भला कौन जीत सका है, लेकिन फिर भी तक़दीर अपनी जगह है और तदबीर अपनी जगह। तक़दीर से हारकर, तदबीर का दामन कभी मत छोड़ना। जीवन उनका ही बदलता है जो कर्म करते रहते हैं। हिम्मत हारोगी, तो उन मासूमों का क्या होगा, जिनका जीवन अब भी तुम पर बहुत हद तक निर्भर है। उनके लिये अपना फ़र्ज़ निभाती रहो, ईश्वर तुम्हारा सहायक होगा।"

आँटी का इशारा उसकी बेटी, भांजी और माँ की ओर था। आँटी की आँखों के सामने वो नन्हीं चन्दा घूम गयी थी, जो शिवरात्रि पर तेज़ आवाज़ में बजते लोकगीत "भोला के चढ़ गई भांग" की लय पर छत पर डांस किया करती थी। उसके और अमर के बीच पनपे प्यार ने उसे कितना तोड़ दिया होगा, वो समझ गयी थीं, लेकिन जानती थीं कि उस प्यार की दुखद त्रासदी को तो, अकेली चन्दा को ही झेलना पड़ेगा।

आँटी के समझाने पर, अगले दिन से चन्दा ने अपनी धूल-धूसरित मटमैली साड़ियाँ एक ओर रख दीं और दोबारा अपनी गुलाबी लचका लगी साड़ी निकाली। आँखों में काजल और माथे पर बड़ी सी बिंदी लगायी और उसी पुराने आत्मविश्वास के साथ काम पर निकली थी। उसकी आँखों के सामने दूर-दूर तक फैला गगन था, जिसमें उसे अपनी बिटिया की छवि उभरती दिख रही थी और उसकी बेटी हाथों में डिग्री लिये मुस्कुराती हुई माँ को निहार रही थी, मानो कह रही हो,

"मैं हूँ न माँ! तेरे साथ।"

****

सुनयना

कल वह मेरे घर आई थी। हल्का हरा कुर्ता और सफ़ेद सलवार, हमेशा की तरह सादगी से। माथे पर बिंदी चमक रही थी, कानों में हीरे के कर्णफूल, आँखों पर गोल्डन फ़्रेम का चश्मा और उसकी वह जानी-पहचानी हँसी। वह मुझसे हमेशा एक ख़ास गर्मजोशी के साथ मिलती थी और उसके इसी व्यवहार ने मुझे उसकी ओर आकर्षित किया था।

वैसे तो वह मेरे गृहनगर इलाहाबाद की ही थी और कॉलेज में तीन साल सीनियर। लेकिन कॉलेज में तो हम कभी मिले भी नहीं थे। हाँ, संयोग से नौकरी में एक ही जगह जा पहुँचे और वहीं हमारी पहली मुलाकात हुई थी। हम दोनों के ऑफ़िस, बिल्डिंग की एक ही विंग में हुआ करते थे।

एक बार मुझे छेड़ते हुए सुनयना कहने लगीं कि जब तुमने पहली बार जॉइन किया था, तब मैंने घर जाकर अपने भाई-बहन से कहा था कि आज हमारे ऑफ़िस में एक लड़की ने जॉइन किया है, जो संगमरमर जैसी सफ़ेद है और जिसकी बड़ी-बड़ी सपनीली आँखें हैं। उसकी बातें में कितनी सच्चाई थी, ये तो मैं नहीं जानती, परंतु अपनी तारीफ़ सुनना किसे अच्छा नहीं लगता? मेरी तारीफ़ में उसके द्वारा कहे गये ये शब्द, मुझे सदा के लिये याद रह गए और हमारी दोस्ती दिन-ब-दिन प्रगाढ़ होती चली गई। धीरे-धीरे उनके घर आना-जाना भी शुरू हो गया था।

****

जब मेरा बेटा छोटा सा था, तब एक बार मैं उसके घर गयी थी। तब वह अविवाहित थीं। घर में उनके साथ छोटा भाई और छोटी बहन रहते थे।बहन बहुत सुंदर और लम्बे-लम्बे काले भूरे बाल। वह फाइन आर्ट्स का कोर्स कर रही थी। दो-तीन बार पी.एम.टी. में बैठने के बाद भी जब उसका सिलेक्शन नहीं हुआ, उसका फाइन आर्ट्स में एडमीशन करा दिया। फाइन आर्ट्स में आकर वह खिल सी गयी थी। बड़ी-बड़ी पेंटिंग्स बनाते समय, पता नहीं वह कौन सी दुनिया में खो जाती थी? उसकी कलाकार आँखों में अनेक कल्पनाएँ साकार होने लगती थीं।

उन दिनों सुनयना पार्ट टाइम बी.ई. कर रही थी। माता-पिता ने उसके लिये बहुत से लड़कों की खोज की, लेकिन सब के घरवाले भारी-भरकम दहेज़ के लिये मुँह फाड़े खड़े रहते थे। लड़की की शिक्षा-दीक्षा उनके लिये जैसे महत्वहीन ही थी। चार-चार बेटियों का बाप आख़िर क्षमता से अधिक दहेज कैसे दे?

बढ़ते-बढ़ते सुनयना की उम्र अट्ठाईस-उनतीस साल हो गयी। लड़की की पक्की सरकारी नौकरी लगने की ख़बर लगने के बाद, लड़के वालों के रुझान बढ़ गये। लेकिन नौकरीशुदा लड़की को भी बहू बनाने के लिये, जब एक बार, एक लड़के के माँ-बाप ने, दहेज में अन्य वस्तुओं के अतिरिक्त पचास हजार कैश माँगे, तो सुनयना को गुस्सा आ गया।

"क्या मैं कोई फालतू चीज़ हूँ? जो इनको अभी पूरे दहेज के अलावा पचास हजार भी मेरे माँ-बाप दें और मैं ज़िंदगी भर इनको कमा कर भी देती रहूँ? पापा! क्या आप अपना घर गिरवी रखेंगे? फिर मुझसे छोटे भाई-बहनों की पढ़ाई-लिखाई और शादी के लिये कहाँ से इंतज़ाम होगा? मुझे ऐसे लालचियों के घर में शादी नहीं करनी।"

और क्रोध में फ़नफ़नाती, वह अपने कमरे में बंद हो गयी।

****

अपना पोस्टिंग प्लेस कानपुर होते ही उसने पार्ट टाइम बी.ई. जॉइन कर लिया। दिन भर ऑफ़िस में काम करती और शाम को भाई के साथ दस-पन्द्रह किलोमीटर दूर इंजीनियरिंग कॉलेज जाती। वह भी एक पूरी तपस्या थी। एक भी लेक्चर वह मिस नहीं करती। घर आकर खाना खाकर जो पढ़ने बैठती तो रात को दो-दो तीन-तीन बज जाते। घर के आँगन में लगे आम और जामुन के पेड़ों के नीचे जाड़ों की गर्म धूप और बसंत की बयार में, सुनयना घूम-घूमकर पढ़ती। पढ़ाई में ध्यान लगाकर, अपने शरीर को तो उसने भुला ही दिया था। न तन के कपड़ों का ध्यान, न मन की भूख का।

न जाने कहाँ खो गये वे, उसके वे फागुनी सपने, जिनमें लड़की ख़ुद को एक दुल्हन बनते हुए देखती है, लाल सुर्ख़ जोड़े में, लाल-लाल चूड़ियाँ पहने हुए और कल्पना करती है कि कोई सपनों का राजकुमार, दबे पैर आकर उसका घूँघट उठायेगा। उसका भी प्यारा सा एक घर होगा, जिसमें नन्हें-मुन्ने खेलेंगे। ऐसे सारे सपने, जो एक आम लड़की देखती है, सुनयना ने भुला दिये थे।

उसकी निगाहें अब बस मोटी-मोटी किताबों में मैथ्स और इलेक्ट्रॉनिकी से संबंधित कॉम्पलिकेटेड सर्किट्स, न्यूमेरिकल, सर्किट एनैलिसिस और सिगनल्स थ्योरी से जुड़े सवालों में उलझी रहती थीं। नौकरी और पढ़ाई के दोहरे बोझ से, उसकी सपनीली आँखों पर चश्मा भी टंग गया, लेकिन उसे पढ़ने में मज़ा आने लगा।

उसका शरीर एकदम सूखकर काँटा हो गया था। बगल में किताबें दबाये और चश्मा लगाये, वह एक बच्ची सी लगती। लेकिन उसकी तपस्या रंग लायी और फाइनल एक्ज़ाम में उसने कॉलेज में टॉप किया। अपनी क्लास के पैंतीस लड़कों में, वह अकेली लड़की थी। अब वह सब के लिये उदाहरण बन गयी। उसके अनुभाग के और भी कुछ साथियों ने उससे प्रेरणा लेकर, पार्ट-टाइम बी.ई. जॉइन करने का मन बना लिया था।

****

जल्द ही वह ख़ुशनसीब दिन आया जब वह अपने विभाग में क्लास टू गैजेटेड ऑफ़िसर बन गयी। अब फिर से उसके दिन खिलने लगे। उसकी पुरानी हँसी वापस आ गयी, और वह हँसने, मुसकुराने लगी।

प्रमोशन के साथ ऑन जॉब ट्रेनिंग पीरियड के दौरान काम में जवाबदारियाँ बढ़ जाने के बाद भी वह काफ़ी ख़ुश रहने लगी। वेशभूषा और सामान्य श्रृंगार में पहले के लापरवाह तौर-तरीकों की अपेक्षा अधिक सावधानी बरतने लगी। अपने लम्बे-लम्बे बालों की दो चोटियाँ गूँथती और उन्हें मोड़कर सुंदर रिबनों से सजा लेती। प्रसन्नतापूर्वक घूमती हुई वह बड़ी आकर्षक लगती। उसको देखकर कोई नहीं कह सकता था कि उसने अपने जीवन के पैंतीस बसंत पूरे कर लिये हैं।

इन्हीं दिनों बेख़याली में, वह कब किसी के दिल में समा गयी, उसे पता ही नहीं चला। भोला चेहरा और निश्छल हँसी किसी का मन लुभा गयी और वह जान ही नहीं पाई। सर्दी के दिनों में एक दिन वह ऑफ़िस में, लंच टाइम में अकेली बैठी हुई, चुन-चुन कर मूँगफली खा रही थी। ऑफ़िस में सभी लोग लंच में यहाँ-वहाँ हो गये थे। उसी समय उससे पाँच साल जूनियर सृजन चुपचाप उसके पास रखी हुई एक कुर्सी पर आकर बैठ गया।

गोरा-चिट्टा सृजन, बेहद आकर्षक और कोमल से फ़ीचर्स वाला था। गाँव का होने के कारण, वह थोड़ा शर्मीला भी था। कुछ देर तक वह चुपचाप बैठा रहा। कभी सुनयना की ओर देखता तो कभी इधर-उधर। बस यूँ ही समय काटने का अभिनय सा करता हुआ। उसकी झिझक भरी भाव-भंगिमा से

सुनयना को आभास हो रहा था कि वह कुछ कहना चाहता था, लेकिन किस प्रकार बात की जाए, शायद यह तय नहीं कर पा रहा था।

सुनयना ने भी मूँगफली उठाकर छीलते हुए आँखें नीची कर लीं, लेकिन वह कनखियों से सृजन की ओर निगाह रखे थी। उस एकान्त में, कुछ पल सृजन, सुनयना की ओर देखता रहा और फिर बिना किसी भूमिका के सीधे शब्दों में बोला

"सुनयना! मैं तुमसे शादी करना चाहता हूँ।"

सुनयना अवाक्। यूँ तो, सहकर्मी के रूप में, वे कभी-कभी एकसाथ बैठकर खाना खा लेते थे और ऑफ़िस की छोटी मोटी समस्याएँ तो आपस में डिस्कस करते ही रहते थे, लेकिन अपने से पाँच साल छोटे और जूनियर ऑफ़िसर की ओर इस दृष्टि से उसका ध्यान कभी गया ही नहीं था।

सुनयना ने कोई त्वरित प्रतिक्रिया नहीं की। सृजन कुछ देर बैठा असमंजस में रहा, फिर बोला,

"सुनयना! मैं तुमसे बहुत सालों से प्रेम करता हूँ, लेकिन कभी कहने की हिम्मत नहीं जुटा पाया। तुम सोच-समझकर उत्तर देना, मुझे जल्दी नहीं है।"

इतना कहकर, वह उठकर चला गया था।

****

सुनयना सोच में पड़ गयी थी। ये सच है कि अब तक पढ़ाई उसकी पहली प्राथमिकता रही थी। ये भी सच है कि पढ़ाई में उसने ख़ुद को भुला दिया था, लेकिन अब तो ऐसा कुछ नहीं रहा था।

उसकी ज़िद के आगे हारकर माता-पिता ने जैसे-तैसे दोनों छोटी बहनों की शादी कर ही दी थी। छोटा भाई भी शादी के लायक हो गया है, और आगे पीछे वह भी अपने परिवार में व्यस्त हो जायेगा। तब वह जीवन में बिलकुल तनहा हो जायेगी। उसको भी सहारे की ज़रूरत तो होगी ही।

आज भी गहराती रातों में, जब कभी अचानक किसी वजह से नींद नहीं आ रही होती थी, तो प्राकृतिक शारीरिक तृष्णा से उसका भी मन छटपटा जाता था। दबे हुए अरमान मन में हिलोरें लेते ही थे और लगता था कि वह किसी की मज़बूत बाँहों के घेरे में सिमट जाए और उसका साथी जी भर कर उसे मसल डाले।

रात के उन अंधेरे, एकान्त के क्षणों में हमेशा ही उसका जी तड़प उठता था और लगता था क्या कोई ऐसा नहीं है जो सिर्फ़ उसका हो? उसका अपना। जो उसे निस्वार्थ प्रेम करता हो। जिसके कंधे पर सिर रखकर वह अपना सुख-दुख बाँट सके। दिन के उजाले में आस-पड़ोस में गूँजती नन्हें-मुन्ने बच्चों की किलकारियाँ भी उसके नारीत्व की कसक को जगा जाती थीं।

ख़यालों में डूबी, वह देर तक, सृजन के उस एक वाक्य के सीधे प्रस्ताव के बारे में सोचती रही। सीधा-साधा सृजन या तो काम में व्यस्त रहता या किताबों में डूबा रहता। सुनयना की ही तरह, उसने भी नौकरी के साथ ही आगे की पढ़ाई भी की थी। लेकिन सृजन में सब अच्छाइयाँ होते हुए भी, ईश्वर ने उसमें एक खोट डाल दी थी। उसका एक पैर पोलियो ग्रस्त था। जब वह एक पैर घसीटकर चलता तो सभी का ध्यान उसके ख़ूबसूरत आकर्षक चेहरे से हटकर उसकी कमी की ओर ही खिंच जाता था।

सुनयना और सृजन पिछले कुछ सालों से एक ही ऑफ़िस में काम कर रहे थे और सुनयना, सृजन की दिव्यांगता की इस सच्चाई से भलीभाँति परिचित थी। लेकिन एक लड़की के रूप में उसे अपनी कमी का भी पूरा अहसास था। उसे मालूम था कि पैंतीस-छत्तीस वर्ष की अविवाहिता से भला कौन कुँवारा शादी करेगा?

****

गाँव में, सृजन के पारिवारिक खेत-खलिहान थे। माँ-बाप का सबसे छोटा लाड़ला बेटा था वह। गाँव की कोई भी सुंदरी लड़की उसे मिल सकती थी, लेकिन उसे अपने मानसिक स्तर की लड़की चाहिये थी। सुनयना और वह समान स्तर के पढ़े-लिखे थे, परंतु सुनयना उम्र में उससे बड़ी और नौकरी में

वरिष्ठ थी। इसके बावजूद उसे लगता था कि सुनयना का नैसर्गिक निश्छल सौंदर्य और स्वभाव उसके हृदय में गहरे तक बस गया था।

सृजन जानता था कि शायद इस विवाह के बाद माता-पिता उसे अलग कर देंगे। गाँव के जमीन जायदाद से उसका हिस्सा ख़त्म हो जायेगा और हो सकता है कि माँ-पिता उससे संबंध ही तोड़ ले। कहाँ वे गाँव के ठाकुर, जिनके घर में बहुएँ हाथ-हाथ भर का घूँघट लेकर रहती हैं और कहाँ गाँव की उन परंपराओं से विलग शहरी वातावरण की अभ्यस्त पढ़ी-लिखी इंजीनियर सुनयना।

पारिवारिक मान्यताओं के बंधन और नौकरी में जूनियर होने का अहसास, सृजन को सुनयना से खुलकर दिल की बात कहने की हिम्मत नहीं करने देता था। परंतु, उस क्षण किसी तरह सृजन ने, सुनयना से अपने दिल में बहुत समय से उमड़-घुमड़ रही बात कहने का साहस जुटाकर कह ही डाला। ये सोचकर, कि आगे जो परिणाम हो, देखा जाएगा।

****

अगले दिन, जब शाम के साये ढल रहे थे और आसमान रंगबिरंगी छटा से ख़ूबसूरती की मिसाल बना हुआ था, ऑफ़िस के अधिकाँश सहकर्मी अपने-अपने वाहनों पर सवार होकर घर का रुख कर चुके थे। लगभग खाली हो चुकी पार्किंग में सुनयना और सृजन आज फिर अकेले पड़ गये थे। घर लौटने के लिये गाड़ी स्टार्ट करने से पहले सुनयना ने सृजन के निकट थमकर अपने सिंदूरी होते चेहरे से उसकी ओर देखा और बोली,

"सृजन! तुम जानते हो, मैं तुमसे पाँच साल बड़ी हूँ। क्या तुमको अपने फ़ैसले पर कभी अफ़सोस नहीं होगा? क्या तुम्हारे घरवाले नाराज़ नहीं होंगे?"

कोई उनको देख न रहा हो, इस बात की तसदीक कर, सृजन ने उन मदमाते क्षणों में सुनयना के कोमल हाथ पर अपना हाथ रख दिया, और बहुत संजीदगी से धीमी आवाज़ में जवाब देते हुए कहा,

"नहीं सुनयना! उससे कोई फ़र्क नहीं पड़ता। मैंने जो कहा था, पूरी गंभीरता से कहा था क्योंकि मैं जीवन भर के लिये तुम्हारा साथ चाहता हूँ। तुम मुझे हर हाल में प्रिय रहोगी।"

सुरमई शाम के, उस क्षणिक एकान्त में भाव विभोर हो रही सुनयना ने, धीरे से अपना सिर कुछ क्षणों के लिये सृजन के कंधों पर टिका कर आँखें बंद कर लीं। उसे ऐसा लग रहा था जैसे वर्षों से सागर की लहरों सी उथल-पुथल से भरे उसके मन को असीम शांति मिली हो।

परंतु इस समय वे सार्वजनिक स्थान पर हैं इसका ध्यान आते ही, सचेत होकर दोनों ने, एक सम्मानजनक दूरी बना ली और जैसे कोई बात हुई ही न हो, उसी प्रकार अभिवादन की भंगिमा में एक-दूसरे की ओर हाथ हिलाते हुए दोनों, उछलता हुआ दिल लिये, अपने-अपने रास्ते चल पड़े।

****

एक महीने के अंदर, चार-पाँच दोस्तों की उपस्थिति में दोनों ने, मंदिर में आर्य समाजी ढंग से शादी कर ली। इस डर से कि शादी से पहले ही व्यर्थ का बखेड़ा खड़ा न हो जाये, वर और वधू दोनों पक्षों के माता-पिता और सगे भाई-बहन को भी इसकी सूचना नहीं दी गई थी। रिश्तेदारों के नाम पर, सृजन के एक दूर के रिश्ते के भाई-भाभी ज़रूर मौजूद थे, जो उसी नगर में रहते थे और भाई-भाभी कम, सृजन के लिये नज़दीकी दोस्त की तरह ज़्यादा थे।

भाई-भाभी ने वहीं मंदिर के प्राँगण में तीस-पैंतीस लोगों के लंच का भी अरेंजमेंट करवा लिया, जो उनकी शादी का रिसेप्शन था। लाल साड़ी, लालबिंदी और सिंदूर से सजी माँग में सुनयना खिली पड़ रही थी। सुनयना अपनी वास्तविक आयु से कम आयु की लग रही थी और सृजन तथा उसकी जोड़ी को देखकर ये अंदाज़ आसानी से नहीं लगाया जा सकता था कि वह आयु में सृजन से पाँच साल बड़ी भी हो सकती है। कभी वह अपने सुदर्शन पति को देखती और कभी बगल में खड़े सृजन के दूर के रिश्ते के भाई-भाभी को।

विवाह के अवसर पर सुनयना ने अपनी जमा पूँजी से, अपने लिये दो सोने के कंगन, हार और कान के झुमके बनवा लिये थे। अँगूठी उसे सृजन ने पहनायी थी। कुछ भारी और कुछ सामान्य साड़ियाँ उसने ख़ुद ही ख़रीद ली थीं। शादी की शॉपिंग में भी, सृजन की रिश्ते की भाभी ही उसके साथ जाती थीं।

****

जब वह, दुलहन के वेश में सजी सुनयना, अपने नए घर में पहुँची तो खिलती हुई गुलाब की कली सी लग रही थी। हलके गुलाबी रंग की दीवालों वाला वह आधुनिक बना हुआ घर था। स्वतंत्र घर। सपनों के इस नीड़ में, सीमेंटेड फ्लोर का आँगन था, जिसमें सृजन ने पहले से ही गमले लाकर सजा दिये थे। पीछे पतला सा गलियारा था, जिसमें कपड़े सुखा सकते थे। सृजन के पड़ोस वाली भाभी ने आरती उतारकर नई बहू के पति-गृह में प्रवेश की रस्म अदा करते हुए उसका स्वागत किया। सृजन अपनी शर्मीली दुलहन की ओर देखकर मुसकुराते हुए बोला,

"बेग़म! आपके नए घर में, आपका स्वागत है।"

सुनयना को यह विश्वास ही नहीं हो पा रहा था कि उसके सपनों ने साकार रूप ग्रहण कर लिया था और वह सचमुच सृजन की पत्नी के रूप में इस के घर में प्रवेश कर रही थी, जहाँ एक सुनहरा भविष्य उसका पलक-पाँवड़े बिछाये स्वागत कर रहा था।

****

वह रात सुनयना की ज़िंदगी की सबसे सुंदर रात थी । अपने गर्म होंठों से, जब सृजन ने सुनयना के कपोलों को चूमा तो उसने शर्मा कर अपनी बाहें उसके गले में डाल दी थीं। शादी के बाद अब उन दोनों के दिन और रातें रूमानियत भरे होते थे। अकसर सृजन सुनयना की गोद में सिर रखकर लेट जाता और वह अपनी अलकों से उसका चेहरा छुपा लेती। लाल साड़ी में लिपटी वह बड़ी सुंदर लगती, घुटनों तक के लम्बे बालों को खोलकर रखती

और माथे पर लाल लम्बी बिंदी चमचमाती रहती। अपने सधे हाथों से उसने अपने छोटे से घर को सँवार दिया था।

घर में फर्नीचर के नाम पर उनके पास चार फोल्डिंग कुर्सियाँ, एक फोल्डिंग सेन्टर टेबल और एक डबल बेड था। रसोई में एक गैस का चूल्हा और थोड़े से बर्तन थे। सुबह-सुबह सुनयना नहाकर पहले पूजा-आरती करती। फिर किचन में सीताजी को प्रणाम करके खाना बनाती।

सृजन भी सुबह-सुबह उठ जाता और नहा-धोकर कई बार किचन में काम करती सुनयना के गले में पीछे से बाँहें डाल देता और उसके बालों या फूल से मुखड़े को चूम लेता। उस समय सुनयना को लगता जैसे दुनिया में उससे ख़ुशनसीब कोई नहीं।

कुछ दिनों तक तो इस नव-दंपत्ति को दुनिया-जहान से कोई मतलब नहीं रह गया था, न घरवालों और न किसी दोस्त या सहेली से। दोनों एक-दूसरे में ही खोये रहते और अंतरंगता के उन क्षणों को जी भर कर जी रहे थे।

माता-पिता, इस शादी की ख़बर से अनजान, अलग अपनी जगह वैसे ही उनकी ज़िंदगी से दूर थे और दूसरा कोई उनकी इस नई-नवेली ज़िंदगी में दखल देनेवाला था नहीं।

कुछ दोस्तों को ज़रूर शिकायत रही कि,

"अरे! हमें पता तक नहीं चला और शादी कर ली। अरे भाई! हम तो इतने नज़दीक थे, हमें भी नहीं बताया?"

****

सृजन के माता-पिता को जब पता चला वह बौखला गये। पिता तो जैसे ज़मीन पर आ गिरे। उनका दिमाग़ चकरा रहा था, ये सोच-सोचकर कि अरे! ऐसे लाड़ले बेटे ने ये क्या किया? क्या-क्या उम्मीदें लगायी थीं उससे? लड़का इंजीनियर बन गया था, कई बेटियों वाले लाखों का दहेज लिये बैठे थे। ट्रैक्टर और जमीन तक देने को तैयार थे। बगल वाले गाँव के सरपंच ने तो उन्हें अपना समधी मान ही लिया था और वे तैयार भी थे, कई बीघा जमीन देने को। अगर

उनकी लड़की आठवीं तक पढ़ी है तो क्या हुआ? उसे कौन सी नौकरी करनी है? घर का चूल्हा-चौका ही तो संभालना है, उसमें बिटिया बड़ी होशियार है। लड़के के पाँव में खोट को तो उसकी इंजीनियरिंग की डिग्री ने ढँक ही लिया था। हाय! नालायक ने बिना बताए सब मनसूबों पर पानी फेर दिया।

लाखों का लड़का, टके में बिक गया। माँ तो दहाड़े मारकर रोने लगी और पिता ने सिर पीट लिया। ममेरे भाई से कहलवा भेजा कि अब हमसे कोई उम्मीद न रखना। परिवार और जायदाद से बेदखल कर देंगे। या तो उस नास-पीटी लड़की को छोड़ो, या हमसे रिश्ता ख़त्म।

सृजन ने शांत मुद्रा में, ममेरे भाई ने जो कहा, सब कुछ स्थितप्रज्ञ भाव से सुन लिया। वह बड़ा दृढ़निश्चयी था। बड़ा सोच समझकर ही उसने सुनयना को चुना था। उसे कोई पछतावा नहीं था। भला एक पढ़ी–लिखी परिष्कृत पत्नी का उस आठवीं पास से क्या मुकाबला? उसने ममेरे भाई की सारी बातें मुसकुराकर सुन लीं और केवल इतना कहा कि,

"माँ-पिताजी से हमारा चरण-स्पर्श कहना। उनसे कहना कि मैंने उन्हें बिना बताये विवाह कर लिया, इस बात को लेकर उनका गुस्सा जायज़ है। लेकिन ब्याह तो हो चुका और ये रिश्ता ऐसा नहीं है कि चाहे जब इसे ख़त्म किया जा सके। रिश्ता तोड़ने का तो अब प्रश्न ही नहीं है। सुनयना बहुत अच्छी लड़की है। इसमें उसने कोई अपराध नहीं किया है। हो सके, तो हमें माफ़ कर दें।"

सृजन ने बचपन से माँ का बेहद प्यार पाया था। उसका मन कहता था कि माँ अपने छोटे बेटे के बिना अधिक दिन नहीं रह पायेगी, किसी दिन ख़ुद ही अपनी डलिया हिलाती आ जायेगी और आकर हम दोनों को आशीर्वाद देगी।

उसको ये भी विश्वास हो चला था कि सुनयना के माता-पिता के पास जब ये खबर पहुँचेगी तो उन्हें भी सिर से एक बोझ उतर जाने का ही अहसास होगा कि चलो इस ज़िद्दी लड़की ने अपनी पसंद के लड़के से ही सही, शादी तो कर ली। अपनी इस ज़िद्दी लेकिन बेहद होशियार बड़ी बिटिया की शादी

को लेकर, अब उन्हें चिंता करने की ज़रूरत नहीं होगी। उसकी जरूरतों का ख़याल रखने, ज़िंदगी की धूप-छाँव से उसे बचाने का दायित्व अब उसका पति निभायेगा।

****

समय क्रमशः बीतता गया। दोनों ने ही ऑफ़िस जॉइन कर लिया था। सृजन के मदभरे प्यार में डूबती-उतराती सुनयना के गर्भ में छ: महिने में ही नव पल्लव अंकुरित हो उठा।

सृजन ने, सुनयना को फल, दूध, फलों का जूस जैसी ज़रूरी पोषक चीज़ें टाइम से मिलती रहें, इसका बहुत ध्यान रखना शुरू कर दिया। सुनयना तो छोटी बच्ची जैसी बन गयी थी और सृजन, जैसे उम्र में अचानक बड़ा हो गया था। उसकी ग्रामीण पृष्ठभूमि ने भी, गर्भावस्था संबंधी सुनयना की आवश्यकताओं की समय से पूर्ति में अनायास ही बड़े-बूढ़ों की तरह उसकी बहुत मदद की। वह सुनयना की गर्भावस्था संबंधी सभी सावधानियों के पालन पर पूरा ध्यान देने लगा। माँ-बाप या सास-ससुर किसी की कमी उसने सुनयना को महसूस नहीं होने दी।

घर में अनुभवी बड़े लोगों की कमी के बावजूद, जैसे-तैसे समय कटता चला गया और ईश्वर की कृपा से, सुनयना की गर्भावस्था के आठ माह, बिना किसी अनहोनी के निकल गये। अब बहुत ही नाजुक समय शुरू हो चुका था।

ऐसे नाजुक दौर में, माँ के बारे में सृजन का अनुमान सही निकला। डोलची डुलाती माँ, सचमुच ही एक दिन बेटा-बहू के घर आ पहुँची, जब सुनयना का नवाँ महिला चल रहा था। वह अपने टोकरे में बहू के लिये शुद्ध घी के लड्डू और पगी हुयी मेवा लाई थी। जब गर्भ के भार से पीड़ित सुनयना ने आगे बढ़कर, बड़ी कठिनाई से झुकते हुए सास के पैर छूने का उपक्रम किया तो सासू माँ ने उस चाँद सी बहू को बीच में ही रोक कर गले से लगा लिया और उसके मुँह से आशीषों की झड़ी लग गई,

"कैसी राम-सीता सी जोड़ी है। कैसी सुंदर, सती-सावित्री सी बहू। घर भी क़रीने से सजा हुआ। कहाँ वो साँवली, गैंठी सी, उस सरपंच की बेटी और कहाँ ये गर्भ के भार से दोहरी हुई जा रही कोमल काया वाली बहू। मुसकुराती है, तो जैसे मोती झरते हैं। उस सरपंच की बेटी में क्या रखा था? कितने ही बीघा जमीन दे देते, पर उसके थुलथुले बदन को पतला तो नहीं कर पाते।"

सुंदर सी बहू पर वारी जाती माँ ने, उसे फिर से गले लगाया और फ़ौरन हुक्म सुना दिया,

"आज से बहू घर का कुछ काम नहीं करेगी।"

बड़े प्यार से सुनयना को, पलंग पर बैठाकर उन्होंने घर की कमान अपने हाथों में ले ली।

सृजन के मन से सारा तनाव हट गया। माँ घर आ गयी। अब न उसे डिलीवरी की चिंता, ना घर की। वह सब कुछ भुलाकर छोटे बच्चों की तरह माँ की गोद में सिर रख लेट गया।

****

उसके बाद समय चक्र कितनी तेज़ी से घूमा, विश्वास ही नहीं होता। आज सुनयना के दो बहुत प्यारे-प्यारे बच्चे हैं। बड़ी बिटिया, छोटा बेटा। बड़ा सा घर और दो नयी चमचमाती कारें। ये सब उन पति-पत्नी की अपनी कमाई की संपत्ति है।

समय बीतने के साथ सास-ससुर को अपनी विजातीय लेकिन परिवार को समर्पित गुणवन्ती बहू में कोई ख़ामी निकालने का मौका नहीं मिला। उलटे, सुनयना के दिये आदर-सम्मान ने उन्हें कृत्-कृत्य कर दिया और सुनयना के प्रति उनका स्नेह दिनों-दिन बढ़ता गया। पति तो आज भी सुनयना पर जान छिड़कते हैं। अपने घर-आँगन में प्यार की ख़ुशबू से उसके जीवन की बगिया महक रही है। शायद, ये सुनयना और सृजन के अटूट प्यार, जीवन-संघर्ष में की गई अभूतपूर्व तपस्या और पूर्वजन्म के संचित सत्कर्मों का ही फल

है कि सामाजिक मान्यताओं के विपरीत किए गये विवाह से एकसूत्र में बँधा ये जोड़ा एक ख़ुशहाल ज़िंदगी बसर कर रहा है। ईश्वर करे उनका ये प्रेम-बंधन अनंतकाल तक दीर्घजीवी हो।

****

पवित्र प्रेम

दूर तक फैली नैनी झील, अठखेलियाँ करते बादल, गहराती रात और चाँदी सी झील पर चमकती नौकाएँ। आकाश का रंग नीले से काले की ओर गहरा हो गया था और धुँध में दूर दिखने वाली पहाड़ियाँ छुप सी गई थीं। सूर्यास्त के समय गुलाबी लाल रंगो से भरा आकाश और झील पर पड़ता प्रतिबिम्ब। सूर्य की स्वर्णिम किरणों में चमकते बादल और अब ये गहराती रात। कल सुबह फिर सूर्योदय होगा और ये झील फिर से जीवन के लाल-गुलाबी रंगों में रंग जायेगी। क्या उसका जीवन भी झील के इस रंग बदलते रूप के समान ही नहीं है?

खिड़की के बाहर देखती प्रिया, देर तक झील के रंग-बिरंगे बदलते रूप को देखती रही। वह स्वयं को एक अरसे के बाद अंतर्मन से अत्यन्त प्रफुल्लित महसूस कर रही थी। आज का दिन उसके रंगहीन हो चुके जीवन में, एक बार फिर से चटक रंगों की आभा बिखेर गया था।

****

उसे याद आ गया था रवीन्द्र के प्यार में सजा, वह इठलाता यौवन, मदमाती शामें और अजीब से ख़ुमार में डूबी हल्की सिसकारियों भरी नशीली रातें। उसके चेहरे पर मुसकान खेल गयी और मन तीस साल पुरानी अल्हड़ युवावस्था में लौट गया था।

वे भी कैसे मदहोशी भरे दिन थे, जब पति के हाथों में हाथ डाले, वह कोमल बादलों सी अठखेलियाँ करती बर्फ़ीली धुँध में उड़ी सी चली जाती थी। चंडीगढ़ में वो ब्यूटी क्वीन के नाम से जानी जाती थी। बुजुर्ग होते पिता, छः-छः बच्चों की शादी निपटाते-निपटाते थक गये थे। जैसे ही प्रिया ने ग्रेजुएशन पूरा किया, पिता ने उसका रिश्ता एक आर्मी ऑफ़िसर से तय कर दिया।

लम्बा, सुंदर, रवीन्द्र देखने में बहुत हैंडसम लगता। प्रिया ने जब उसको देखा तो वो उसकी दीवानी सी हो गयी। रवीन्द्र भी उसकी बड़ी-बड़ी बादामी आँखों और गालों पर पड़ते डिम्पल पर मुग्ध था। पैंसठ वर्षीय पिता ने शीघ्र ही बिटिया के हाथ पीले कर दिये।

प्रिया जब रवीन्द्र के साथ उसकी पोस्टिंग प्लेस दार्जिलिंग आई तो उसे ऐसा लगा जैसे वो सपनों की नगरी में आ गई हो दूर-दूर तक फैले नीले पर्वत और कल-कल करते झरने। सूरज जब पहाड़ियों के पीछे डूबता और सारा आकाश सतरंगी हो जाता तो प्रिया विस्फ़ारित नेत्रों से उसे देखती रह जाती। रवीन्द्र के साथ रहकर उसके दिन सपनों की तरह बीतने लगे। दिन सुहावने और रातें रंगीन होती चली गईं। उसका सजीला दूल्हा रवीन्द्र जब यूनिफार्म पहनकर आर्मी की जीप में बैठकर जाता तो प्रिया उसे देखती रह जाती।

आये दिन पार्टियों और पिक्चरों में समय कैसे बीत जाता, पता ही नहीं चलता। ऑफ़ीसर्स मेस का छुरी-काँटे और चम्मच के साथ फॉर्मल ड्रेसेस में डिनर का माहौल। देर रात तक चलती पार्टियाँ। कभी रवीन्द्र-प्रिया एक साथ डान्स करते और कभी डान्सिंग पार्टनर चेंज होने वाला डान्स होता। हँसता, खिलखिलाता, नशीला, मदमस्त सा माहौल।

****

विवाह के बाद के एक-डेढ़ साल का समय तो जैसे पंख लगाकर कब बीत गया, पता ही नहीं चला और प्रिया एक नन्हें-मुन्ने की माँ बन गई। उस राजदुलारे की देखभाल करते, उसे खिलाते-पिलाते, नहलाते-धुलाते वह कब चार वर्ष का हो गया वह नहीं समझ पाई। रवीन्द्र अपने काम में बहुत अधिक व्यस्त होते चले गये और कई बार उन्हें लंबी ड्यूटी पर टूर पर हेडक्वार्टर से बाहर रहना पड़ता। बेबी के स्कूल जाने के बाद प्रिया घंटों घर में अकेली रहती।

मन लगाने के लिये उसने वहाँ का सेन्ट्रल स्कूल जॉइन कर लिया। छोटे-छोटे बच्चों को वो संगीत और चित्रकारी सिखाती। संगीत ही उसका जीवन हो गया। झर-झर करते झरनों में, गरजते-बरसते बादलों में और हवा की सरसराहट में वो जीवन का संगीत सुनती। कभी-कभी वो बच्चों को झील के किनारे ले जाती और उनसे छोटी-छोटी पेंटिंग्स बनवाती। कभी वो एकांत के क्षणों में सूर्यास्त को बैठकर घंटों निहारा करती। रवीन्द्र की लम्बी-लम्बी अनुपस्थिति उसे बहुत खलने लगी थी। बेटा भी कब तक खेलता रहता। थककर रात में जल्दी सो जाया करता। रवीन्द्र का साथ कम मिल पाने से उसका फूल सा चेहरा उदासी के रंग में रंगता चला गया था।

उनके स्कूल में इंग्लिश के टीचर थे मि. प्रियदर्शन। प्रिया से लगभग दो-तीन साल बड़े। अकसर वे प्रिया को अकेला बैठा देखते और उसके अकेलेपन को बाँटने का प्रयास करते। इंग्लिश के टीचर होने के कारण वे जब भी प्रिया के पास आकर बैठते तो उसके साथ वर्ड्स वर्थ और शैली जैसे प्रकृति प्रेमी कवियों की कविताओं पर चर्चा करते कि कैसे इन कवियों ने बसंत ऋतु, फूलों भरी रंगीन वादियों और वन प्रदेश में गूँजती कोयल की कूक, पक्षियों की चहचहाहट का जादू सा उत्पन्न करता सजीव चित्रण किया है।

****

प्रिया के अकेलेपन और लम्बे एकांत क्षणों में प्रियदर्शन का साथ अचानक ही दोनों के बीच आकर्षण का कारण बन गया। प्रिया उसके हंसते, मुसकुराते, गोरे चेहरे को देखते हुए उसकी काव्यात्मक बातों में डूब जाती

और उसमें रवीन्द्र की छवि ढूँढने लगती। प्रियदर्शन भी प्रिया की बादामी आँखों और तराशे हुए बदन पर मुग्ध था।

प्रिया, प्रियदर्शन की ओर एक तीव्र आकर्षण का अनुभव करती थी। उसके न चाहते हुए भी, यह आकर्षण बढ़ता ही जा रहा था। परंतु, अभी तक यह आकर्षण, रवीन्द्र के सच्चे प्रेम के एहसास की तुलना में कमज़ोर पड़ता था। फिर वह, सामाजिक तौर पर रवीन्द्र की ब्याहता स्त्री थी, उसकी विधिसम्मत पत्नी थी। प्रिया पूरी सजगता से स्वयं को संयमित और संतुलित रखते हुए अपने मन को रवीन्द्र की ओर केन्द्रित कर लेती थी।

****

फ़ैमिली पोस्टिंग का समय समाप्त होते ही रवीन्द्र की तीन वर्षों के लिये फील्ड पोस्टिंग हो गयी। राजौरी की बर्फीली वादियों में फ्रंटलाइन पर रवीन्द्र की ड्यूटी लगा दी गई थी, जहाँ आए दिन दुश्मन के साथ गोलीबारी की घटनाएँ होती रहतीं।

रवीन्द्र की फील्ड पोस्टिंग हो जाने से, प्रिया और भी अकेली पड़ गयी। खाली घर उसे खाने को दौड़ता। तेज ठण्ड के दिनों में, रवीन्द्र के साथ बिताये नशीली मस्ती भरे दिन उसे याद आते। ठाठें मारते यौवन में पुरुष संसर्ग की पिपासा से कभी-कभी रात में उसका बदन जलने सा लगता और उसके मन में सुप्त इच्छाएँ जाग जातीं। काश! कोई होता, जिसको वो अपना ये तपता शरीर अर्पित कर देती। जिसके प्यार की फुहार, उसकी अतृप्त कामनाओं को संतृप्त करती हुई, उसकी संतप्त देह में शीतलता का संचार कर देती।

रवीन्द्र की याद में प्रिया के उत्तेजित हृदय की धड़कनें बढ़ती ही जातीं। व्याकुलता के ऐसे उद्दीप्त क्षणों में सहज ही प्रियदर्शन का जादुई व्यक्तित्व उसकी जागृत आँखों के आगे स्वप्न सा लहराने लगता। रवीन्द्र की अनुपस्थिति में प्रियदर्शन का आकर्षण उसको अपने मोहपाश में बाँधता चला गया। स्कूल में भी वह उसके अधिकतम सामीप्य की तीक्ष्ण उत्कंठा

का अनुभव करने लगी थी। उन दोनों के बीच बातचीत का सिलसिला दिनों दिन बढ़ता गया।

****

एक बार उनके स्कूल में एनुअल फंक्शन था। एक कल्चरल प्रोग्राम के लिये, प्रिया ने छोटे-छोटे बच्चों का तितली डांस तैयार करवाया। प्रिया ग्रीन बॉर्डर वाली सिल्क की साड़ी पहनकर गयी और उसने बालों को खुला रखकर एक पतला सा बैंड लगा लिया था। एक नारी की सहज अनुभूति से, यह बात छुपी न रही कि चोरी-छुपे प्रियदर्शन की मुग्ध दृष्टि, पूरे समय उसी का पीछा करती रही थी। पति के विरह में अकुलाये नारी मन में गुदगुदाने वाली कुछ भावनाएँ झंकृत हो उठीं।

अगले दिन जब प्रिया स्कूल पहुँची तो प्रियदर्शन उसके आने की राह देख रहा था।

प्रिया ने मुसकुरा कर पूछ लिया,

"आपको कल का फंक्शन कैसा लगा?"

प्रियदर्शन बोला,

"बहुत अच्छा।"

और फिर थोड़ा मुसकुराकर, कुछ झिझकते हुए, धीमे स्वर में बोला,

"आप भी बहुत अच्छी लग रही थीं। मुझे दिल ही दिल में कुछ-कुछ होने लगा था।"

न चाहते हुए भी प्रिया के चेहरे पर शर्म की लाली छा गई।

उसको रात भर नींद नहीं आयी। प्रियदर्शन के ये शब्द कि,

"आप भी बहुत अच्छी.... मुझे.. कुछ-कुछ होने लगा था....."

रह-रह कर रात भर उसके मस्तिष्क में गूंजते रहे।

दो-तीन दिन बाद, जब प्रियदर्शन पेंटिंग लैब में उसके कमरे में आया तो प्रिया के मुँह से अनजाने में निकल ही गया कि,

"हम दोनों के बीच कुछ इमोशनल बॉन्डिंग हो गयी है।"

सहसा इस वाक्य के निहितार्थ की व्यापकता का विचार कर वह मन ही मन सकुचा सी गई और प्रियदर्शन की प्रतिक्रिया की प्रतीक्षा करने लगी।

प्रियदर्शन उसकी ओर आश्चर्य से देख रहा था। फिर उसने भी अपनी कुछ ऐसी ही भावना की स्वीकारोक्ति देते हुए कहा कि,

"प्रिया! मैं भी कुछ ऐसा ही अनुभव करता हूँ। लेकिन हम दोनों ही शादीशुदा हैं। इसलिए सामाजिक रूप से ये गलत है और हमें अपनी सामाजिक मर्यादाओं के प्रति जागरूक रहना चाहिये।"

****

प्रियदर्शन का कथन सत्यता से भरा था। उसने स्वयं सीमा का उल्लंघन न करके, प्रिया को सचेत रहने की चेतावनी भी दे ही दी थी। दो दिन तक प्रिया ने शर्म के मारे, उससे कोई बात नहीं की, लेकिन प्रिया की आँखों के सामने हर समय प्रियदर्शन की छवि तैरती रहती। रवीन्द्र की गैरमौजूदगी उसे बुरी तरह से त्रस्त किए जा रही थी और अंदर ही अंदर प्रियदर्शन से मिलन की उसकी अभिलाषा दीवानेपन की हद तक बलवती हो चुकी थी।

तीसरे दिन प्रियदर्शन स्वयं ही पेंटिंग लैब में उसके कमरे में आ गया। लगभग पूर्ण एकांत का अवसर था। प्रिया स्वयं को रोक नहीं पा रही थी। उसका दिल ज़ोर-ज़ोर से धड़क रहा था। उसके मस्तक पर पसीने की छोटी-छोटी ठंडी बूँदें चुहचुहा आई थीं। स्वयं पर बड़ी कठिनाई से नियंत्रण करते हुए प्रिया ने बिना कुछ कहे अपनी आँखों की पलकें बंद कर लीं। उसे लग रहा था जैसे प्रियदर्शन आगे बढ़कर उसे अपने सीने में भर ले अपने भीगे होंठ उसके कोमल अधरों पर रखकर जी भरकर उसे प्यार करे।

किन्तु प्रियदर्शन ने ऐसी कोई चेष्ठ नहीं की। वह चुपचाप खड़ा रहा और फिर कुछ क्षणों बाद कमरे में छाये मौन को तोड़ते हुए, प्रियदर्शन का स्वर उसके कानों में पड़ा,

"प्रिया जी! आप कुछ अनवेल लगती हैं। लुक्स लाइक यू नीड सम रेस्ट। बेटर यू गो होम।"

इतना कहकर वह पलटा और कमरे से बाहर निकल गया।

****

पति से वियोग के उन दिनों में, रवीन्द्र के साथ बिताए हुए अंतरंग पलों की स्मृतियाँ, प्रिया को रह-रहकर विकल कर देती थी। जितना प्रियदर्शन का ख़याल मन से निकालने की कोशिश करती उतना ही ज़्यादा वह उसके दिलोदिमाग़ पर हावी होता चला गया।

करवाचौथ के दिन जब चंद्रमा को अर्घ्य देते समय, वह रवीन्द्र के सुदर्शन चेहरे की छवि को याद करना चाह रही थी, लेकिन उसमें भी उसे रवीन्द्र और प्रियदर्शन की छवि गड्डमड्ड दिखाई दे रही थी। कभी-कभी उसके दिल में अजीब से ख़याल आते जैसे ईश्वर ने उसको कहीं दो प्रेमियों के प्रेम का उपहार तो नहीं दिया होगा या प्रियदर्शन से उसका पूर्व जन्म का कोई नाता तो नहीं है।

रात बहुत बीत चुकी थी। बहुत देर तक करवटें बदलने के बाद न जाने कब उसकी आँख लग गई। उसके अंतर्मन में दबी कामनाएँ सपनों में सजीव हो उठी थीं। लेकिन सपनों में आज रवीन्द्र की जगह उसे प्रियदर्शन की सूरत दिख रही थी।

सपने में क्षण-क्षण में बदलते अनेक दृश्यों में कल्पना की उड़ान भरते हुए वह देख रही थी कि......

वह और प्रियदर्शन हाथों में हाथ डाले ख़ूबसूरत पहाड़ी वादियों में बहुत दूर तक निकल आये हैं। दूर-दूर तक कोई नहीं है, सिर्फ़ वो और उसका प्रेमी। अचानक वह प्रियदर्शन के गले में बाहें डालकर झूल गई है। प्रियदर्शन उसको

कसकर अपनी बाँहों में ऊपर उठा लेता है और उसका चेहरा प्रियदर्शन के चेहरे के ऊपर आ जाता है। कुछ देर तक वह अनुरक्त नयनों से प्रियदर्शन का चेहरा निहारती है और फिर शरीर की नसों में बढ़ते दबाव के साथ वह अपने अतृप्त अधर प्रियदर्शन के होठों पर टिका देती है और फिर देर तक दोनों......

..... जैसे ढेरों गुलाब उसके चारों ओर खिल गये हों। जीवन में फिर से प्यार का संगीत गुंजरित होने लगा हो।....

...... जैसे वह स्कूल में परियों की तरह नई-नई साड़ियों और दूसरे ख़ूबसूरत परिधानों में सजी यहाँ से वहाँ आ-जा रही है..... लेकिन स्कूल में दूसरा कोई नज़र नहीं आ रहा है..... सिर्फ़ वह और प्रियदर्शन हैं.....

...... जैसे वो वसंत के मौसम में चारों ओर खिले फूलों के बीच, किसी सुंदर से बगीचे में, प्रियदर्शन के चेहरे को अपने दोनों हाथों में भर कर, धीरे से कभी उसके माथे को तो कभी उसके गुलाबी गाल और कानों के किनारे की लालिमा पर चुम्बन अंकित कर रही है.....

..... जैसे वह और प्रियदर्शन, एक दूसरे से आलिंगनबद्ध, ऊपर से गिरते झरने की रिमझिम फुहारों में भीग रहे हैं और उनके चारों ओर, खुशियाँ ही खुशियाँ बिखरी पड़ी हैं.....

..... जैसे एक घने वृक्ष के नीचे, वह प्रियदर्शन से कह रही है कि... "तुम बहुत सुंदर हो प्रियदर्शन। तुम्हारे चेहरे पर ये मूँछें कितनी अच्छी लग रही हैं।".....

.... जैसे प्रत्युत्तर में प्रियदर्शन ने उसके कानों में "प्रिया आई लव यू" कहते हुए उसके गालों पर अपने प्रेम की मोहर लगा दी है.... वह भावुक होकर उससे कह रही है कि "तुम मुझे धोखा तो नहीं दोगे"..... और प्रियदर्शन उसे आश्वस्त कर रहा है कि जब तक साँसें हैं, मैं तुम्हारा साथ निभाऊँगा।...

सहसा उसकी नींद टूट गई और सपनों की दुनिया, हक़ीक़त में बदल गई। वह अपने घर में, अपने पलंग पर अकेली ही थी और कोई नहीं था।

सपने की अस्पष्ट आकृतियों का स्मरण कर, प्रिया को रोमांच हो आया और वह सिहर उठी।

****

गर्मियों की समाप्ति और वर्षा के आरंभ होने के लक्षण दिखने लगे थे। बच्चों के स्कूलों में छुट्टियों का सीज़न ख़त्म होने की कगार पर था। अधिकांश बच्चे अपनी माताओं के साथ नाना, मामा, या दादाजी के घरों से लौटने लगे थे। प्रियदर्शन की पत्नी भी काफ़ी दिनों से बिटिया के साथ उसके नाना-नानीजी के घर गई थी और प्रिया की जानकारी में अभी तक लौटी नहीं थी।

उस रात, वह प्राकृतिक कामनाओं के उद्दाम ज्वार की चुभन का अनुभव कर रही थी। शरीर की जलन को शांत करने के लिये, वह रात साढ़े दस-ग्यारह बजे, ज़बरदस्ती ठंडे-ठंडे पानी से नहा आयी। प्रियदर्शन से मिलन की आकाँक्षा सिर उठाने लगी थी। वह नहीं जानती थी कि प्रियदर्शन की पत्नी लौट आई थी। भावनाओं के हाथों लाचार सी होकर, बेख़याली में, उसने रात ग्यारह बजे प्रियदर्शन को फ़ोन मिला लिया।

"हलो! प्रियदर्शन।"

लेकिन दूसरी ओर से खटाक् की आवाज़ आई। फ़ोन काट दिया गया था। उसने फिर से फ़ोन मिलाया। इस बार प्रियदर्शन ने फ़ोन उठाया था।

"हलो! प्रियदर्शन हियर।"

"हलो! मैं प्रिया। रात में अकेले-अकेले....." उसका वाक्य अधूरा ही रह गया,

"जो भी बात करना हो कल सुबह देखेंगे?"

कहते हुए इस बार प्रियदर्शन ने फिर फ़ोन काट दिया।

वह झुंझलाकर रह गई। उसे रात भर ठीक से नींद नहीं आई। पूरी रात मछली की तरह तड़पती वह करवटें बदलती रही। अगले दिन सो कर उठी

तो उसके बदन का पोर-पोर टूट रहा था। उसने स्कूल से एक दिन की छुट्टी ले ली।

****

उसके अगले दिन उसे प्रियदर्शन कुछ नाराज़ दिखा। अवसर देखकर, जब आसपास कोई नहीं था, प्रिया ने मुसकुराकर उससे पूछ लिया,

"उस रात मैंने फ़ोन लगाया था, आपने बात क्यों नहीं की? मैं तो.."

उसका वाक्य पूरा होने के पहले ही प्रियदर्शन ने कुछ खिन्न से स्वर में उत्तर दे दिया,

"जिस समय आपका फ़ोन आया, घर पर बहुत से लोग बैठे हुए थे। पहली बार मेरी पत्नी ने ही फ़ोन उठा लिया था। वह बड़ी सेंटिमेंटल है। उसे यदि शक़ भी हो गया कि मेरा किसी के साथ अफ़ेयर है, तो बहुत मुश्किल हो जायेगी।"

प्रिया भी उसे छेड़ती हुई बोली,

"तो फिर उस दिन एनुएल फंक्शन में आप की वह बात कि मुझे देखकर आपके दिल ही दिल में कुछ-कुछ होने लगा था, मुझे बेवकूफ़ बनाने के लिये कही थी।"

"आई, डोन्ट डिनाय दैट समटाइम्स आई फ़ील स्ट्राँग अट्रैक्शन फ़ॉर यू बट प्लीज़, ख़ुद पर कंट्रोल करो।"

किसी के अचानक वहाँ आ जाने से बात वहीं अटक गई। लेकिन, कल तक का प्रिया का प्रेम, क्रोध में परिवर्तित हो गया। पत्नी और समाज से ऐसा डर तो फिर प्यार और आकर्षण जताने की बात करता ही क्यों है? प्रिया को रवीन्द्र का न होना अब और ज़्यादा परेशान करने लगा था। रह-रह कर उसके साथ बिताये अंतरंग क्षणों की याद न आती तो उसे दूसरे के सामने चिरौरी ही क्यों करनी पड़ती? नहीं! अब तो वह प्रियदर्शन से कभी बात नहीं करेगी।

****

लेकिन आगे परिस्थितियाँ किस प्रकार बदलेंगी ये पहले से कौन जानता है? उस दिन हलके बादल छाए हुए थे। शाम होने को थी। हवा में हल्की ठंडक के साथ मौसम बहुत सुहावना हो चला था। बेटे के ज़िद करने पर, उसने काम करके अपने घर लौट रही मेड के साथ, उसे पड़ोस में कहीं किसी दोस्त के घर खेलने भेज दिया था।

मेड के निकलने कुछ ही मिनटों बाद, ढलती शाम के समय प्रियदर्शन अचानक मुसकुराता हुआ उसके घर आ गया। कुछ देर औपचारिकताओं में निकल गई। बदलते मौसम और बारिश की संभावनाओं की बात करते हुए, वे दोनों खिड़की के पास एक-दूसरे से लगभग सटे से खड़े थे। फिर अचानक वो हुआ जिसकी प्रिया ने आशा ही छोड़ दी थी। दोनों तरफ़ पुराने आकर्षण के शोले, अभी भी राख की ओट में, कहीं धधक रहे थे। एकान्त और पति के प्रेम को तरसती नारी के युवा शरीर की उष्णता को इतने निकट पाकर, प्रियदर्शन आपे में नहीं रहा और आसन्न वर्षा की गवाही देती, मदमाती पवन के झोंकों के बीच, पलक झपकते ही उसने प्रिया को आलिंगन में लेकर, आवेश में उसका पूरा चेहरा चूम ड़ाला। बदहवास सी प्रिया कुछ समझ ही नहीं पायी।

लेकिन प्रियदर्शन जल्दी ही संयत होकर पछतावे के स्वर में बोला,

"सॉरी प्रिया! आपे में न रहकर न जाने मैंने ये क्या कर डाला? पता नहीं क्यों एक अदृश्य रेशम की डोरी मुझे तुम्हारी तरफ़ खींचती रहती है। आई एम सॉरी।"

प्रिया क्या कहती? आज जब इतने लंबे इंतज़ार के बाद वह क्षण आया था, जिसकी उसे बहुत समय से प्रतीक्षा थी, तो रवीन्द्र के प्रति बेवफ़ाई के अपराध बोध से उसका मन भर आया। आख़िर रवीन्द्र का क्या दोष है? ये तो उसके कर्त्तव्यों का बंधन ही है कि उसे पत्नी से हमेशा दूर रहना पड़ता है।

वह साड़ी ठीक करती हुई नज़रें झुकाये, प्रियदर्शन से थोड़ी हट कर खड़ी हो गई।

कुछ देर के लिये सन्नाटा सा छा गया। मौन को तोड़ते हुए, प्रियदर्शन बोला,

"व्हॉट ऐवर हैपन्ड, हैपन्ड इन ऐन इमोशनल मोमेन्ट। आई कैन एक्सप्रेस रिग्रेट ओनली। आई एम सिंसियरली सॉरी। प्लीज़ फ़ॉरगिव मी। आई शुड लीव नाउ।"

वह जाने के लिये दरवाज़े की ओर पलटा और फिर कुछ सोचता हुआ बोला,

"प्रिया! हमारा ये संबंध, मन से मन का संबंध है। बेहतर होगा कि इसे हम ऐसा ही रहने दें। तन के रिश्ते में, तो कुछ समय बाद ऊब आ जाती है और वह ख़त्म हो जाता है, लेकिन मन का रिश्ता सदा रहता है। मेरे मन में सदा, तुम्हारे लिये प्यार रहेगा। लेकिन इस प्यार को, मर्यादा की सीमाओं में बँधकर रहना होगा। मैंने पहले भी एक बार यही कहा था कि हमें सामाजिक मर्यादाओं का पालन करना होगा। एक विवाहित स्त्री के नाते, तुम अपने पति और अपने घर को संभालो। विश यू ऑल द बेस्ट। हम सदा अच्छे दोस्त बने रहेंगे। बाय।"

इतना कहकर, बलपूर्वक चेहरे पर मुसकान की एक स्मित् रेखा खींचते हुए उसने दरवाज़े से निकलने के लिये कदम बढ़ा दिये। प्रिया अवाक् उसको जाता हुआ देखती रही। पूर्ण एकांत पाकर भी उसके प्रेमी ने, अपनी समर्पिता प्रेयसी का कोई लाभ नहीं उठाया था और मुसकुराता हुआ चला गया। प्रिया के मन में उसके लिये ढेर सारा सम्मान भर गया। अचरज भरी नम आँखों से प्रिया अपने निश्छल प्रेमी को जाते हुए देखती रही। उसका दायाँ हाथ ऊपर उठकर बहुत देर तक हवा में हिलता हुआ, प्रियदर्शन को सम्मान सहित "बाय-बाय" करता रहा। फिर आत्मग्लानि से भरी हुई, वह औंधे मुँह पलंग पर जा गिरी और धीरे-धीरे उसकी आँखों से रिसते आँसू, उसके मन की कलुषता को धोते रहे।

प्रियदर्शन ने अपना ट्राँसफर, नैनीताल के निकट कहीं करवा लिया था। रवीन्द्र भी फील्ड की ड्यूटी से वापस आ गये और ऊपरी तौर पर वह पूरी

तरह अपनी घर-गृहस्थी में डूब गई थी, लेकिन एकांत के भावनात्मक क्षणों में प्रियदर्शन का चेहरा कभी-कभी उसकी आँखों के सामने उभर आता।

****

समय बीतता गया। प्रिया का बेटा बड़ा हो गया। रवीन्द्र, देश सेवा करते हुए, एक मिलिट्री ऑपरेशन में वीरगति को प्राप्त हुए। जिसके पिता, देश के लिये सर्वोच्च बलिदान देकर, परम वीर चक्र से विभूषित हुए थे, वह बेटा, उच्च शिक्षा के लिये विदेश गया, तो फिर वहीं का होकर रह गया।

प्रिया के बालों में चाँदनी छिटक आई थी। पति की असामयिक परमगति और बेटे के विदेश में सेटल हो जाने के बाद, रवीन्द्र की यादों को सीने से लगाये प्रिया आगे पढ़ाई करती रही और उसने हिन्दी साहित्य में डॉक्टरेट हासिल कर ली थी।

शिक्षा के क्षेत्र में, एक सेमिनार अटेण्ड करने के लिये प्रिया नैनीताल आई थी। देश भर से विशेषज्ञ उसमें भाग लेने आये हुए थे। उसी सेमिनार की प्रबंधक समिति में प्रिया को लगभग विस्मृत सा अपना अलबेला प्रियतम दिखा। उसके भूरे-सुनहरे बालों में भी चाँदनी डेरा डाल चुकी थी। आँखों पर गोल्डन फ्रेम का चश्मा और वही मुसकुराता चेहरा।

दोनों ने एक दूसरे को देखते ही पहचान लिया। प्रिया उसको सामने देखते ही, पलकें झपकाना भूल गयी। बरसों पुरानी भूली-बिसरी यादों ने, दोनों के दिलों को तरंगित कर दिया था। सेमिनार के दिन भर के सेशन के बाद, शाम को दोनों उसी होटल के रेस्ट्राँ में कॉफी पीकर, टहलते हुए नैनी झील के किनारे जाकर बैठ गये।

बातों-बातों में प्रियदर्शन ने बताया कि इसकी इकलौती बेटी विवाह के बाद अमेरिका में बस गयी थी और एकाध साल पहले उसकी पत्नी भी उसे अकेला छोड़कर अनन्त यात्रा पर चली गई थी।

प्रिया ने भी नाजुक शब्दों में, उसे अपनी आपबीती सुना दी कि रवीन्द्र, नश्वर संसार त्याग चुके थे और उसके बेटे की स्वदेश वापसी की भी कोई

आस, शेष नहीं रही थी। प्रिया की कहानी सुनकर, वह कुछ पल को शून्य में ताकता रहा। कैसा विचित्र संयोग था, बरसों बाद दोनों, एक बार फिर, समान स्थिति में पहुँच गये थे।

धूरी संध्या के समय, जब सूर्य पहाड़ियों के पीछे डूब रह था, नैनी झील के किनारे बैठे-बैठे प्रियदर्शन ने, हिम्मत बाँधकर प्रिया का हाथ अपने हाथ में ले लिया,

"प्रिया! जवानी के जोश में भरे, उम्र के पहले मोड़ पर जब हम मिले थे, तब हमारा अलग राहों पर निकलना ही मुनासिब था। लेकिन आज, मुझे ये एहसास हो रहा है कि क़िस्मत ने किसी प्लानिंग के तहत ही हमें फिर से एक ऐसे मोड़ पर लाकर मिलवा दिया है, जहाँ हम-तुम एक-दूसरे का सच्चा सहारा बन सकते हैं। हम अपने बचे हुए दिन एक साथ बिता सकते हैं। क्या आगे मेरा साथ निभाने के लिये मुझसे शादी करोगी?"

एक अनोखी प्रतीति से, प्रिया का हृदय झंकृत हो उठा। प्रियदर्शन की बातें सुनकर, इस उम्र में भी, वह अपनी नज़रें नहीं उठा पा रही थी। वह सोच भी नहीं सकती थी कि इस ढलती आयु में, उसका साथ निभाने के लिये ईश्वर, उसे ही भेज देगा, जिसकी कभी उसने प्रियतम के रूप में कल्पना ही की थी। जिस प्रियदर्शन को स्पर्श करने के लिये वो बरसों पहले तरसी थी, अनायास आज वही, शेष आयु के लिये उसका संबल बनकर, उसे जीवन-संगिनी बनाने का अभिलाषी था। उनका वर्षों पुराना सोया हुआ प्यार, मानो फिर से जाग उठा था।

प्रिया की आँखों में आशाओं के अनेक दीप जल उठे। कम आयु के उस दैहिक आकर्षण में, शायद कहीं गहरा आंतरिक पवित्र प्रेम अवश्य ही रहा होगा, जिसने उनको आज फिर से मिलवा दिया था। नई आशाओं, नये सपनों के रंगों में रंगी प्रिया ने, झुकी पलकों के साथ, धीरे से अपना सिर, प्रियदर्शन के कंधे पर टिका कर अपनी स्वीकृति में गरदन हिला दी थी और स्वप्निल मुसकान के साथ, आँखें बंद कर लीं।

एक ही राह पर चलने के आकांक्षी दो पथिक, बरसों पहले बिछुड़े ज़रूर थे, लेकिन आज वे ही, हाथों में हाथ डाले एकसाथ हलके कदमों से होटल की ओर चल पड़े थे। गगन में लाखों झिलमिलाते तारों के बीच शीतल चन्द्रिका, उन पर जैसे अमृत-वर्षा कर रही थी। रजत आभा से चमकती झील मुसकुरा रही थी।

****

श्रद्धांजलि

कल से मेरा मन फूट-फूटकर कर रोने का कर रहा था, लेकिन क्यूँ? ये नहीं समझ पा रही थी। आज सुबह से, सूरज के दर्शन तक नहीं हुए थे और आकाश गहरे स्लेटी रंग के बादलों से घिरा हुआ था। लग रहा था, जैसे बाहर पूरा वातावरण, एक गहरे सदमे में, किसी दुख में डूबा हुआ हो। मन में कुछ धुकधुकी सी हो रही थी कि कहीं कुछ अनहोनी न हो जाये। अचानक मोबाइल पर मैसेज आने की 'ट्रिंग' की ध्वनि सुनाई दी। अनमनेपन से नज़रें घुमाकर देखा तो मेरे मोबाइल पर मैसेज चमक रहा था,

"प्रियंका पास्ड अवे।"

और मैं क्षोभ और दुख से भर गयी। समाचार पाते ही मन जैसे बहुत भारी सा हो गया था।

****

प्रियंका, मेरी बहुत प्यारी सहेली थी। जीवन और उल्लास से भरी हुई। दो साल पहले, जब मैं उसके घर गयी थी, तब मुझे क्या पता था, कि हम आखिरी बार मिल रहे हैं। कौन कब जीवन में छोड़ कर चला जाये किसी को पता नहीं होता। जितना और जब तक, किसी का साथ बना रहा, उसके लिये हमें हमेशा ईश्वर को धन्यवाद देना चाहिये।

ज़िंदगी की राह में, न जाने कितने लोग मिलते है और कितने छूट जाते हैं। जीवन चलता रहता है। लेकिन कुछ लोग, अपनी एक अमिट छाप छोड़ जाते है। प्रियंका, उन्हीं में से एक थी। वह मेरे बेटे के दोस्त की मम्मी थी और उसके पति और मेरे पति एक ही विभाग में काम करते थे।

पति-पत्नी दोनों एक जैसे ख़ूबसूरत थे। दोनों की जोड़ी बहुत सुंदर थी। जहां प्रियंका, मध्यम कद और गदबदे शरीर की चंचल सी महिला थी, वहीं उसके पति लम्बे, चौकोर चेहरे, गोरे रंग और ख़ूबसूरत पर्सनैलिटी के मालिक थे। उनके काले घुँघराले बाल और आँखों पर गोल्डन फ़्रेम का चश्मा, उन्हें अलग सौम्यता प्रदान करता। अकसर वे ब्राइट कलर की शर्ट्स और ब्लैक पैंट में नजर आते। उनकी शर्ट्स कभी तरबूजी, कभी डार्कब्ल्यू और कभी परपल कलर की हुआ करतीं। प्रियंका उनके लिये कपड़े बड़े चाव से चुना करती थी।

प्रियंका! जीवंतता की अद्भुत ऊष्मा से युक्त कभी न भुलाए जा सकने वाला व्यक्तित्व। ओवल चेहरा, गेहुँआ रंग, काले हलके घुँघराले, कंधे के नीचे तक कटे बाल, चमकती आँखें और काली घनी पलकें। सुतवाँ नाक और उसके नीचे गुलाबी होठों में अनार के दानों जैसी दंत पंक्ति। मुझे हमेशा उसका हँसता हुआ चेहरा ही याद है। उभरा वक्षस्थल, पतली कमर और चूड़ीदार सूट में सजा, संपूर्ण आकर्षक शरीर। कहीं से भी दुख उसको छू भी

नहीं गया था। जितना सुंदर वो बोलती और हँसती, उतना ही सुंदर डांस करती। उसके डांस में एक अद्भुत अदा थी।

हमारे क्लब का कोई भी फंक्शन, उसके बिना अधूरा रहता। चाहे कोई प्रोग्राम अरेंज करना हो, चाहे हाऊजी खिलानी हो। प्रियंका हर काम, अपने खास अंदाज में हँसते हुए करती। घुँघराले, काले बालों को कभी वो खुला रखती और कभी उनमें एक क्लिप लगाकर ढीला सा छोड़ देती। तरह-तरह के चूड़ीदार सूट, शिफॉन और सिल्क की साड़ियाँ, लहँगा-चोली और प्लाजो सूट पहना करती। माथे पर छोटी सी बिंदी। चमकती आँखों में, पतली काजल की लकीर और कभी मैरून, कभी बैंगनी लिपस्टिक। प्रियंका हर पार्टी में अलग ही चमकती। उस पर ऐसे हँस-हँसकर अपनी मीठी आवाज में बात करती कि कोई भी, उसके व्यवहार में झलकती आत्मीयता से प्रभावित हुए बिना, नहीं रह सकता था।

****

प्रियंका से सबसे पहले मेरी मुलाकात, बच्चों के स्कूल में हुई थी। पाँचवीं की वार्षिक परीक्षा का परिणाम आया था। जहाँ मेरे बेटे को चौथी या पाँचवी रैंक मिली थी, वहीं उसका बेटा फ़र्स्ट आया था। औपचारिकता निभाते हुए मैंने मुसकुराकर, उसे बेटे के फ़र्स्ट आने पर बधाई दी थी। लेकिन अंदर ही अंदर, एक अजीब सी ईर्ष्या हुई थी मुझे। ये सोचकर कि जो फ़र्स्ट आते हैं, उन बच्चों के मम्मी-पापा कितने लकी होते हैं। क्लास का टॉपर! मेरा बेटा टॉप पर क्यों नहीं आया?

हालाँकि, अब उस बात को सोचकर भी ख़ुद पर हँसी आती है, क्योंकि बढ़ती उम्र के अनुभवों ने ये सिखा दिया है कि छोटी कक्षाओं में फ़र्स्ट या फ़िफ़्थ आने का उच्च शिक्षा या उसके बाद रोज़गार पाने और फिर जीवन में सही मायनों में सफ़लता हासिल करने से कोई ताल्लुक़ नहीं होता। लेकिन, उस उम्र में तो बचपन या ख़ुद के स्कूल के ज़माने से पाली हुई विचारधारा बहुत प्रबल थी। स्वाभाविक रूप से उन दिनों आंतरिक आकांक्षा तो यही थी कि जब हमारा बेटा भी इतना होशियार है, तो फिर वो फ़र्स्ट क्यों नहीं आता?

वहीं मैंने देखा कि मुश्किल से दो-ढाई साल की, दो छोटी-छोटी बच्चियाँ, क्लास की बेंचों के नीचे घुस-घुसकर, खेल रही थीं। वे दोनों, प्रियंका की जुड़वाँ बच्चियाँ थीं। इस बात से अनजान कि स्कूल या स्कूल का अनुशासन क्या होता है, उन अबोध बच्चियों की शरारतों को देखकर, मुझे आनन्द आ रहा था, लेकिन प्रियंका को कुछ शर्म सी लगी। उसने एक बच्ची को गोद में उठाया और एक को बेंच के नीचे से खींचकर निकाला, फिर उसकी अँगुली पकड़ कर पास में चुपचाप खड़े रहने की हिदायत दे डाली।

लगभग झेंपते हुए उसने मेरी तरफ़ देखा और मुसकुरा कर कहा कि,

"अरे! बड़ा परेशान करती हैं।"

मैंने हँसते हुए पूछा "जुड़वाँ हैं क्या?"

"जी हाँ!" जवाब मिला।

फिर वहीं, आरंभिक परिचयात्मक बातों में मैंने पूछा कि आप लोग कहाँ रहते हैं? बच्चों के पापा क्या करते हैं... आदि, आदि। पता चला कि फ़र्स्ट आने वाले उस विभु के पापा मेरे पति के डिपार्टमेंट में ही कार्यरत हैं, लेकिन फिर भी, हम लोग एक-दूसरे से अपरिचित ही थे।

****

उसके बाद, फिर बहुत दिनों तक, हमारी मुलाक़ात नहीं हुई। जब हम फिर से मिले, तब हमारे बेटे शायद 11-12वीं में आ गये थे। दोनों स्कूल में तो साथ थे ही, संयोग से, इंजीनियरिंग की उच्च शिक्षा में दाखिला पाने की तैयारी के लिये, दोनों ने एक ही कोचिंग क्लास में एडमिशन ले लिया था। अब दोनों कोचिंग क्लास में साथ-साथ जाने लगे थे। अकसर दोस्तों के समूह के साथ, विभु हमारे घर भी आने लगा।

उच्च कक्षाओं में, अब स्थिति उल्टी हो गयी थी। उसका मन पढ़ाई में अब पहले जैसा नहीं लगता था। अब विभु की चौथी, पाँचवीं रैंक आती और हमारा बेटा क्लास में उससे ऊपर ही रैंक लाने लगा था, फिर भी वो वेल मैनर्ड, गोल-गोल गबद्दू सा बच्चा, मुझे बहुत प्यारा लगता था।

विभु की दोनों जुड़वाँ प्यारी सी बहनें, लता और लतिका, उससे छः-सात साल छोटी थीं। दोनों बिलकुल एक सी। गठा हुआ शरीर, आकर्षक चेहरा, माँ की तरह लम्बे, काले और हलके घुँघराले बाल। दोनों को अलग-अलग पहचानना बहुत मुश्किल था। वो तो जब हम काफी समय साथ-साथ रहे, तब समझ में आया कि उनमें से एक बहुत चंचल, तेज़ और एक बहुत सीधी थी।

प्रियंका उनको बहुत सुंदर तैयार करके रखती। कभी दोनों छोटी-छोटी स्कर्ट और टॉप पहनतीं तो कभी जींस या चूड़ीदार सूट और कभी किसी शादी में लहँगा-चुन्नी। जैसे–जैसे दोनों बच्चियाँ बड़ी होती गयीं, उनके व्यक्तित्व में निखार आता गया। प्रियंका उन्हें ऐसे बड़ा कर रही थी जैसे उसकी बनायी दो सुंदर कलाकृतियाँ हो। दोनों बच्चियाँ कत्थक सीखतीं और साँस्कृतिक कार्यक्रमों में एकसाथ नृत्य करती।

दोनों लड़कियाँ एक सी ख़ूबसूरत, एक सा ड्रेस अप और उतना ही ख़ूबसूरत और सधा हुआ उनका डांस। देखने वाले देखते ही रह जाते। कई बार उन्होंने हमारे घर के फ़ँक्शन में भी डांस किया और समा बाँध दिया। उनका ये सिलसिला स्कूल से लेकर कॉलेज तक चला।

****

प्रियंका बहुत सहृदय थी और किसी की सहायता करने में उसे बहुत ख़ुशी मिलती थी। वह थी ही बहुत सुंदर स्वभाव की। इतना मीठा बोलती और इतने प्यार से कि कानों में शहद घुल जाता। एक बार की बात है, हमारे एक पारिवारिक मित्र की बेटी की शादी थी। उस दिन मेरे पति टूर पर गये हुए थे। मैं और मेरे बच्चों ने, फेरों के होने तक रात दो-तीन बजे तक पूरी शादी अटेंड की। अब इतनी रात में अकेले घर कैसे लौटें? प्रियंका का घर पास ही था। प्रियंका हमें अपने घर ले गई और वही सुला लिया। जाड़ों की वो रात, हम कभी भूल नहीं पाते। कड़कड़ाती सर्दी की वह रात, अपने बच्चों के साथ मैंने, प्रियंका के घर रुक कर गरम-गरम रज़ाई में बड़े आराम से गुज़ारी थी और

सुबह-सुबह प्रियंका ने अपनी प्यारी सी आवाज़ में ऐसे उठाया, जैसे कोई माँ अपने बच्चे को जगाती है,

"मेघा! उठो, सुबह हो गयी।"

कितनी प्यारी थी प्रियंका। जीवन का एक-एक क्षण एक-एक पल उसने बड़ी ज़िंदादिली से जिया था।

****

मुझे याद आता है कि जब मेरे और प्रियंका के बच्चों में से तीन स्कूल एजुकेशन की हायर क्लासेस में और दो कालेजों में पहुँच चुके थे, उस समय की बात है प्रियंका के पति और मेरे पति को, एक साथ अहमदाबाद में आयोजित एक ट्रेनिंग में जाने का मौका मिला। ट्रेनिंग 24 से 29 दिसंबर की अवधि में पड़ रही थी और 30-31 को शनिवार-रविवार की छुट्टी आ रही थी। 25 से 31 दिसंबर तक बच्चों के स्कूल-कॉलेजों में भी क्रिसमस वेकेशन हुआ करती थी। ट्रेनिंग इंस्टीट्यूट, सीमित संख्या में, फैमिली होस्टल एकोमोडेशन भी देता था। इसलिये बच्चों के पापा लोगों ने समझदारी के साथ यह प्लान बनाया कि इस मौके का फ़ायदा उठाकर परिवारों को साथ लेकर चला जाए। ट्रेनिंग के साथ-साथ, बच्चों को छुट्टियों में, एक नई जगह घूमने का मौका भी मिल जाएगा।

हम दोनों के परिवार, एक साथ उस इंस्टीट्यूट के फ़ैमिली होस्टल में ठहरे। पापा लोग तो सुबह-सुबह साढ़े आठ बजे से ट्रेनिंग करने के लिये निकल जाते और फिर दिन भर वहीं इंस्टीट्यूट में रहते थे। इधर मैं, प्रियंका और हमारे पाँच बच्चे। हम सब दिन भर ख़ूब मस्ती करते। सारे बच्चे झुँड बनाकर घूमने निकल जाते और होस्टल कैम्पस की छोटे-छोटे प्राकृतिक तालाबों में भरे पानी, कीचड़ और हरियाली से भरी धरती पर घूमते रहते। जब हम सब लोग साथ बैठते तो बात-बेबात पर इतना हँसते कि हँसते-हँसते लोटपोट हो जाते।

उस मौज-मस्ती भरी ट्रिप में, घूमने जाने के लिये वो जल्दी-जल्दी तैयार होना, दौड़कर हँसते हुए बस में चढ़ना और फिर बातें करते-करते हुए, हँसी-मज़ाक में जोर-जोर से हँसना। बड़ी ही प्यारी सी यादें हैं, जिन्हें भुला पाना संभव नहीं है।

एक रात चारों ओर चाँदनी छिटकी हुई थी और दस-ग्यारह बजे रात को बच्चों सहित, हम सब होस्टल के प्रवेश द्वार के पहले बनी सीढ़ियों पर बैठकर गाना गा रहे थे। उसी गेस्ट हाउस में ठहरे हुए, एक न्यूलीवैड पति-पत्नी घूमघाम कर लौट रहे थे। हम लोगों को अंताक्षरी खेलते देखकर, वे भी हमारे साथ जुड़ गये थे। हमने दो टीमें बना ली थीं और देर तक अंताक्षरी खेलते रहे थे। हमारे टीन एजर बच्चे गानों के साथ थिरकते हुए डांस भी कर रहे थे। मुझे अभी भी याद है कि उस नव विवाहिता ने, अपने पति की ओर अनुराग भरी दृष्टि से देखते हुए, बड़ी ही सुरीली तान में गाया था,

"आ जा सनम मधुर चांदनी में हम....."

हमारे दोनों परिवारों ने बहुत ही आनंद के साथ गुज़ारे थे वे छः-सात दिन। उस अवधि में, लगातार साथ रहने से ही हम लोग भी लता और लतिका को अलग-अलग ठीक से पहचानने लगे थे। लता दस मिनट पहले पैदा हुई थी और अकसर मोटी-मोटी दो चोटियाँ बनाती थी। लतिका छोटी थी और बेहद सीधी। लता कुछ चंचल और तेज स्वभाव की थी। लतिका उतनी ही शांत। कभी-कभी लतिका की आँखों में आँसू भी झिलमिलाने लगते। उनके स्वभाव में इस अंतर को देखकर, मैंने अनुभव किया कि जुड़वाँ संतानें, शारीरिक रूप से भले एक सी दिखती हों, किन्तु दोनों की मनःस्थिति और वैचारिकता समान होना आवश्यक नहीं है। इस बारे में वैज्ञानिक धारणा क्या है? मुझे ठीक से नहीं मालूम।

प्रियंका दोनों बच्चियों को समानता से बड़े प्यार से रखती। उन्हें कभी शार्ट स्कर्ट्स, फ्रॉक्स और लेटेस्ट डिज़ाइन किये हुए कपड़े पहनाती, जैसे वो उसकी छोटी-छोटी डॉल्स हों।

****

अहमदाबाद के उस ट्रिप के बाद में प्रियंका और मैं, बहुत नज़दीक आ गये थे और उसी दौरान उसने अपने जीवन के अंतरंग क्षणों को खोला था। हम लोग आधी-आधी रात तक बातें करते और कभी-कभी अपनी कहानी बयान करते-करते, उसकी बड़ी-बड़ी आँखों में आँसू भर आते।

'मेघा! तुम्हें नहीं पता, मैंने बहुत बचपन में ही, अपनी माँ को खो दिया था, मात्र 7-8 वर्ष की आयु में। मैं, चारों भाई बहनों में सबसे छोटी और बेहद लाड़ली। बड़े भैया कम से कम मुझसे पन्द्रह वर्ष बड़े होंगे। माँ के असमय चले जाने के बाद, इन भैया और भाभी ने ही, मुझे बड़े प्यार से पाला था। माँ की कमी को भाभी ने कभी महसूस नहीं होने दिया। भाभी मेरे लम्बे, काले बालों में तेल ड़ालतीं, उनकी चोटियाँ बनाती और मुझे गुड़िया सा सजाकर रखती थीं। उन्होंने मेरा ध्यान तो बहुत रखा, लेकिन कभी अनावश्यक रूप से टोका-टाकी नहीं की, तभी तो मैं इतने चंचल और बिंदास स्वभाव की बनी। कॉलेज के हर कल्चरल कार्यक्रम में मैं भाग लेती और बहुत ही सुंदर डांस करती थी। मेरी बच्चियों ने भी वैसी ही प्रतिभा पाई है। लगता है जैसे मेरे नृत्य कौशल को इन्होंने इनहेरिट कर लिया है (विरासत में पा लिया है)।

मैं, उम्र में मुश्किल से 19 साल की रही होऊँगी कि कॉलेज के फायनल ईयर में, मेरी इनसे सगाई हो गयी और फ़ायनल करते ही शादी। इस तरह ये जल्दी ही मेरे जीवन में आ गये। चश्मे के अंदर से झाँकती इनकी भावभीनी आँखें, मुझे बहुत पसंद थीं और वही मुझे लुभा गयीं। लम्बे, चौड़े कंधे और गोरा रंग। काले, हलके घुँघराले बालों की लट माथे पर झूलती रहती।

मैं हमेशा से बड़े शहर में ही पली-बढ़ी थी, इसलिये शादी के बाद, इन्होंने मुझे यह कह कर शहर में ससुराल में ही रहने को छोड़ दिया था कि जिस शहरी जीवन की मैं अभ्यस्त थी वैसी रहने की व्यवस्था इनके पोस्टिंग प्लेस पर नहीं थी, इसलिये मुझे वहाँ रहने में तकलीफ़ होगी। ये ख़ुद ही हफ़्ते में एक बार घर आते रहते थे।

नई-नई शादी और इनका ड्यूटी पर ज्यादातर बाहर रहना, बड़ी कठिनाई होती थी। पिया-मिलन की आस लिये, ससुराल में, अकेलेपन से भरे दिनों को मैं जैसे-तैसे काटती। इनके विरह में, मैं बावरी सी रहती।

जहाँ पीहर में, मैं सबसे छोटी लाड़ली थी और चंचल हिरनी सी घूमती थी, वहीं ससुराल के रूढ़िवादी माहौल ने, मुझे जैसे बेड़ियों में जकड़ दिया था। मेरी सासू माँ, शिक्षा विभाग में थीं और घर में भी अनुशासन के मामले में बेहद कड़क। मेरे छोटे ननद और देवर पढ़ाई में लगे रहते और मैं, लगभग उन्हीं के बराबर की उम्र की, चौके में उलझी रहती।

उन दिनों हमारी ददिया सास भी ज़िंदा थीं, जो पक्षाघात से ग्रस्त हुई, बिस्तर पर पड़ी थीं। मेरी सासू माँ ने, शादी के बाद ससुराल में क़दम रखते ही, उनकी सारी ज़िम्मेदारी मेरे अनुभवहीन कंधों पर डाल दी। मुझे आज तक समझ में नहीं आया कि मेरे ससुराल में घुसते ही उन्होंने, अपनी इतनी बड़ी ज़िम्मेदारी, सीधे मुझ अनुभवहीन नवविवाहिता के कंधों पर क्यों ढोल दी?

सुबह-सुबह दादी माँ को चाय बनाकर पिलाना, उनके उलझे बालों को सुलझा कर उनकी चोटी बनाना, साफ़-सफ़ाई करके उनके कपड़े बदलना और ज़रूरत के मुताबिक़ बेड-पैन लगाना, ये सब मेरी जवाबदारी तय कर दी गई। बस, दोपहर को एक आया आकर, दादी माँ को नहला-धुला जाती और आँगन में, धूप में लकड़ी की कुर्सी पर, बैठा देती।

ददिया सासू माँ की ज़बान पर, लकवा असर नहीं कर पाया था। अपने बेटे की बहू से उपेक्षित सा महसूस करती हुई वे अपना सारा प्यार अपने पोते की बहू पर लुटाती। कभी मेरे हाथ चूमतीं, तो कभी ढेरों आशीर्वाद से मेरी झोली भर देतीं। इतने बड़े घर में बस एक दादी माँ ही थीं, जो मुझे अपनी सी लगतीं। उन निरीह दादी माँ के आशीर्वाद से ही शायद मैं आज इतना फल-फूल रही हूँ।

******

दादी माँ की अनंत यात्रा और पति की पोस्टिंग प्लेस पर मेरा जाना, दोनों एक साथ हुए। मैं जैसे सपनों के हिंडोलों में झूलने लगी थी। बेहद प्यार करने वाले पति। कॉलोनी का छोटा सा घर। चारों ओर घिरी पहाड़ियाँ और दूर-दूर तक फैले आसमान में उगते सूरज-चाँद की आवाजाही। उन पहाड़ी पगडंडियों में, हम दोनों लहराते घूमते। मैं घर को खूब सजाकर रखती, तरह-तरह के फूलों से। मैंने उस घर के छोटे से आँगन में भी गमले लगा लिये थे। जब वहाँ मेरी कुछ हम-उम्र सहेलियाँ भी बन गयीं, तो जैसे मेरे बचपन के दिन वापस लौट आये। बस तभी, पति के प्यार के प्रतीक ये तीनों फूल मेरी झोली में आ गये थे। अपनी आपबीती सुनाते-सुनाते उस आधी रात में उसकी आँखों में सपने से झिलमिलाने लगे थे।

****

अहमदाबाद से, मीठी-मीठी यादों के साथ लौटने के बाद, कितने ही वर्ष हम लोगों ने साथ गुजारे। हम कभी पार्टी में मिलते तो कभी किसी पिकनिक में साथ जाते। एक दूसरे के सुख-दुख के साथी, बराबर के बेटों की कालेज की पढ़ाई के बाद उनकी शादियों तक का सफ़र तय करने तक। उसके बेटे विभु की शादी के बाद, लम्बे समय तक उससे मिलना नहीं हुआ, क्योंकि पारिवारिक कारणों से, मैं एक दूसरे शहर में रहने चली गई थी।

लगभग दो साल पहले, मैं उससे आख़िरी बार मिली थी। वह विभागीय कॉलोनी के बड़े-बड़े बँगलों में आ गयी थी। बहुत बड़ा सा गार्डन, नौकर, चाकर और सरकारी गाड़ी, पर उसका वही हँसमुख और प्यार भरा, मीठा स्वभाव वैसा ही बना रहा।

लेकिन शायद बड़े से बँगले में बहुत ज्यादा दिन रहने का सुख उसके भाग्य में नहीं था। इतने बड़े बँगले में वो ज़्यादातर अकेली ही रहती रही। पति, ऊँचे पदों के साथ नौकरी की बढ़ती जवाबदारियाँ निभाते हुए, अधिक समय टूर पर ही होते।

दोनों बच्चियों ने ग्रेजुएशन तक साथ-साथ पढ़ाई की, लेकिन दोनों की जॉब अलग-अलग कंपनियों में लगी और फिर वे दोनों अलग-अलग शहरों में

चली गईं। जीवन में पहली बार दोनों जुड़वाँ बहनें एक-दूसरे से अलग हुई थीं। कितना रोई थीं दोनों।

उनके जाते ही, प्रियंका के मन का एक बड़ा सा कोना खाली हो गया और फिर, धीरे-धीरे उसका स्वास्थ्य गिरता चला गया था। कमज़ोर होती जा रही प्रियंका के चेहरे के दिनों-दिन पीले पड़ते रंग ने, पति-पत्नी को चिन्ता में डाल दिया।

डॉक्टरों की सलाह पर, एक के बाद एक धड़ाधड़ ढेरों टेस्ट कराये गये। उसे गर्भाशय का कैंसर डिटेक्ट हुआ था। आह! इतनी कम उम्र में ऐसी जानलेवा बीमारी ने उसे जकड़ लिया। अभी उसकी उम्र ही क्या थी? पचपन तक भी तो नहीं पहुँची थी। दो साल तक खिंचे लम्बे कष्टकारी इलाज के बाद, कल उसने इस नश्वर शरीर को त्याग दिया था।

दोनों अविवाहित बच्चियाँ, बिलखती रह गयी थीं। उन्हें विश्वास ही नहीं हो रहा था कि माँ, इस तरह अचानक, उनसे नाता तोड़ कर अनंतयात्रा पर निकल जाएगी। और पति स्तब्ध! कैसे वो अपना बचा हुआ जीवन बितायेंगे? इतना बड़ा बँगला किस काम का, जब उसका आनंद उठाने वाली ही, कभी ख़त्म न होने वाली लम्बी यात्रा पर चली गयी। कमसिन बेटियों के हाथ कौन पीले करेगा? उनके लिये नई-नई साड़ी, चुन्नी, ड्रेसेस कौन बनायेगा? जैसे प्रियंका का ये जीवन कहीं अधूरा छूट गया था। उसकी आत्मा भी तो तड़पती रही होगी ऐसे प्यारे परिवार को मँझधार में छोड़कर जाते हुए। हाय री नियति! तेरे आगे सब बेबस, लाचार होकर रह जाते हैं।

आज भी मेरी यादों में, मेरे मन में, उस सहेली की हँसती, मुस्कुराती, कहकहे लगाती, जीवन के उछाह से भरी, कभी न भूली जा सकने वाली छवि उपस्थित है। शायद वो भी, इस असीम आसमान में कहीं, किन्हीं तरंगों पर डांस कर रही होगी। मेरी ये कहानी उसी की ख़ूबसूरत यादों को समर्पित, एक विनम्र श्रद्धांजलि है।

****

वामा का इंद्रधनुष
खण्ड-तीन
अनन्त आसमान

कटी पतंग

"आँटी! कल मैं आपके घर काम पर आयी तो थी ना?"

"नहीं तो।"

"अरे आँटी! कल ही तो आप के कहने पर मैंने मटर का पुलाव बनाया था।"

"नहीं बेटी! तुम कल आयी ही नहीं। मटर का पुलाव बनाने की बात तो परसों शाम की है।"

"नहीं आँटी जी! ये परसों की नहीं, कल की बात है।"

"अरे! तुम मुझे ग़लत ठहराना चाहती हो? ठीक से याद करो पुलाव बनाने की बात परसों की ही है। कल सुबह तो तुमने मैसेज कर दिया था कि मेरी तबीयत ठीक नहीं है। मेरे मोबाइल में अभी भी पड़ा होगा।"

"अरे आँटी! वो तो हमने वैसे ही कर दिया था।"

तभी पीछे से किसी आदमी की आवाज़ सुनायी दी।

"अरे! बेकार की बहस मत करो। मैं सब जानता हूँ, तुम्हारी बहानेबाज़ी।"

इतना कहते हुए फ़ोन किसी और ने ले लिया था और फिर, यह कहते हुए कि,

"आँटी! उस की तबीयत ठीक नहीं है, वो बाद में बात करेगी", दूसरी ओर से फ़ोन काट दिया गया था।

****

ये कॉल किसी अनजान नंबर से आई थी, इसलिए शुरू में, मैं समझ नहीं पाई थी कि फ़ोन सईदा का है। सईदा, हमारे घर में काफ़ी दिनों से खाना बनाती रही थी। फिर एक बार, अचानक ही बिना कुछ बताए, उसने आना बंद कर दिया। पता नहीं कहाँ ग़ायब हो गई थी?

उसके बाद, कोरोना महामारी के चलते, हमारी हाऊसिंग सोसायटी की मैनेजमेंट टीम ने किसी भी घरेलू काम के लिये, पार्ट-टाइम हाउस मेड्स के सोसायटी में प्रवेश पर ही पाबंदी लगा दी थी। लॉकडाउन के उस समय में, सोसायटी में, सिर्फ़ उन्हीं सहायकों/ परिचरों को चौबीसों घंटे रहने की इज़ाज़त दी गई थी, जो ऐसे उम्रदराज़ बुज़ुर्गों की देखभाल के करते थे, जिनके कोई निकट संबंधी, उनकी देखभाल के लिये वहाँ मौजूद नहीं थे। इसलिए उस दौरान, बहुत समय तक, घर के सारे कामकाज, जैसे-तैसे ख़ुद ही निबटाने पड़ रहे थे।

कोरोना लॉकडाउन के प्रतिबंधों में थोड़ी छूट मिलने के बाद, पिछले दस-ग्यारह दिनों से, सईदा दोबारा आ तो गई थी, लेकिन काम अच्छे से नहीं कर रही थी।

"आज त्यौहार है?"......या

"आज भाई के लिये लड़की देखने जाना है।".... या

और कभी "आज मेरी तबीयत ठीक नहीं है।"...

ऐसे ही, किसी न किसी बहाने से, आये दिन वो छुट्टी ले रही थी।

पहले दिन जब वो काम पर लौट आयी थी, तब बिल्कुल हाथ बाँधकर, गरदन झुकाए खड़ी थी।

"आँटी! छ: महीने से घर में खाली बैठे थे। कोई काम नहीं देता। सब अपने हाथों से खाना बना रहे हैं। घर में भी बहुत टेंशन है।"

"क्यों? क्या टेंशन है तुम्हारे घर में? ऐसा क्या हो गया है?"

"आँटी! लॉक डाउन में सब काम छूट गये। मेरे हसबैंड की ऑटो-रिक्शा थी, उस में भी काम मिलना बंद सा हो गया। बिना पैसों के घर में रहकर भी, इतना तनाव रहता है कि पूछो मत। मेरा बेटा मुझसे सीधे मुँह बात नहीं करता। सोचती हूँ कि कहीं चौबीस घंटे का ही काम मिल जाये तो वही पकड़ लूँ। थोड़ी कमाई भी बढ़ जाए और घर की रोज़-रोज़ की किचकिच से भी छुटकारा मिले।"

मुझे याद आ रहा था, कभी बातों-बातों में उसने बताया था कि उसके दो बच्चे हैं। बेटा, शायद 10वीं में और बिटिया 6वीं में थी। एक दिन उसने अपनी काली कजरारी काजल लगी आँखों वाली बिटिया की, फ़ोटो फ़ोन में दिखायी भी थी।

लेकिन आज, फ़ोन पर दूसरी तरफ़ की बातों की, जो हलकी सी आवाज़ सुनाई दी थी, वह कहीं न कहीं, इस बात की ओर इशारा कर रही थी कि उसकी गृहस्थी में फ़िलहाल सब कुछ ठीक-ठाक नहीं चल रहा है।

****

सईदा, दुबली-पतली लेकिन स्मार्ट सी, बत्तीस-तैंतीस साल की महिला थी। मझोला कद, गेहुँआ रंग और पतले-पतले फीचर्स, सिर पर बालों का टाइट बना जूड़ा। टाइट सूट और लैगिंग्स के साथ अकसर वो बैलीज़ या

लखनऊ वाले नागरे पहनकर आती। वो जूते बाहर नहीं उतारती और खटखट करती किचन तक आ जाती। आते ही वो अपनी तेज़ आवाज़ में पूछती,

"आँटीजी.....! क्या बनेगा?"

सुबह-सुबह उसकी तीखी आवाज़ से मेरा मूड खराब हो जाता, लेकिन क्या करती? पिछले कुछ सालों से सुबह ख़ुद ही जल्दी-जल्दी सारा काम करने की कोशिश में मेरी पीठ और गर्दन में असहनीय दर्द रहने लग गया था। दर्द के मारे, मैं सुबह से चकराती रहती और कुछ समझ में नहीं आता कि घर का कामकाज जल्दी-जल्दी कैसे पूरा करूँ ताकि घर के उन सदस्यों को परेशानी न हो, जिन्हें ऑफ़िस या स्कूल टाइम से पहुँचना होता है। इसी वजह से उसको रखा था और उसे बनाए रखना, अब एक तरह से मेरी भी मजबूरी हो चली थी। इसी कारण, हम उसे निभाते चले आ रहे थे। फिर, एक तो उसके हाथ में टेस्ट था, दूसरे वो बहुत सिस्टमैटिक थी और साथ ही समय की पाबंद। इस कारण हम उसे छोड़ना भी नहीं चाहते थे।

****

रसोई में काम करते-करते, एक दिन शाम को बातों ही बातों में, सईदा ने अपनी बीती हुई ज़िंदगी की सारी दास्तान सुना डाली थी। उसकी शादी तभी हो गई थी, जब वो बमुश्किल पन्द्रह-सोलह साल की रही होगी, जबकि उसका शौहर अनवर, पैंतीस साल से ऊपर ही रहा होगा। उनके घरों में ज्यादातर शादियाँ, इसी तरह उम्र के बेमेल फ़ासले पर होती रहती थीं। उसकी भाभी भी, शादी में सिर्फ़ सत्रह साल की ही थी, जबकि उसका भाई कोई छत्तीस साल का रहा होगा।

अपनी शादी के शुरुआती दिनों में नई नवेली दुल्हन सईदा बहुत ख़ुश थी। उधार के माँगे रुपयों पर, उसका पति उसे मेले ठेले में और पिक्चर दिखाने ले जाता। शादी में मिले नीले, लाल, हरे जगमगाते जोड़ों में वो, उसके पति के आटो-रिक्शा में लखनऊ की सड़कों पर फ़रटि से घूमती। उसका शौहर उसे अमीनाबाद और गड़बड़झाला से रंगबिरंगी चूड़ियाँ और चमकती

चुनरियाँ दिलाता। वो जैसे सपनों के हिंडोले पर झूलती रहती। अनगिनत सपने उसकी आँखों में सजते रहते। जीवन एक सुहाने सपने सा लगता। और इन्हीं प्यार भरे दिनों की देन थे, उसके दोनों बच्चे।

बाद-बाद में, पति के ऑटोरिक्शा से होने वाली कमाई, बच्चों की पढ़ाई का ख़र्च उठाने में नाकाफ़ी लगने लगी। इसलिए, बच्चों की स्कूल फीस और दीगर ख़र्चों की ख़ातिर, वो भी घर-घर जाकर झाड़ू-पोंछा और खाना बनाने का काम करने लगी थी। बस माइनोरिटी कम्युनिटी की होने के कारण, उसे ख़ाना बनाने का काम आसानी से नहीं मिल पाता था। अकसर बैचलर्स, यँग लडकियाँ या न्यूली मैरीड कपल्स ही उसे काम पर रखते। रूढ़िवादी परिवारों में कोई उससे खाना नहीं बनवाता। फिर भी, कई जगह खाना बनाते-बनाते, उसे बहुत से आधुनिक व्यंजन भी बनाने आ गये थे। कटलेट, फ्रैंचफ्राईज़, पीज़्ज़ा, चीले और डोसे भी वो फ़टाफ़ट बनाती। अब उसका जीवन मज़े से चलने लगा था। वो अपने काम में और बच्चों की पढ़ाई में मग्न रहती।

सातवीं तक की पढ़ाई तो सईदा ने भी की थी। उसका बहुत मन था आगे पढ़ने का। दिमाग़ उसने बहुत तेज़ पाया था और उसे पढ़ने का शौक भी था। बचपन में, पिता के घर में लगे एकमात्र बल्ब की धीमी रोशनी में वो पढ़ा करती थी। लेकिन बूढ़े होते अम्मी-अब्बा ने सातवीं से आगे न पढ़ाकर, अपनी इस सबसे छोटी औलाद से भी जल्दी ही मुक्ति पा ली थी।

जैसे ही उसके फ़ूफ़ीज़ाद भाई अनवर का रिश्ता आया, तुरंत ही उन्होंने हाँ कर दी। लड़का जवान है, अच्छा कमाता खाता है। और क्या चाहिये था उन्हें? वैसे भी, बड़ी बहिन रशीदा के पिछले साल अचानक बेवा हो जाने की वजह से वे लोग पहले ही दुःखी थे। उम्र के फ़ासले को देखते हुए, वे सईदा का नहीं, बल्कि रशीदा का निकाह, अनवर से करना चाहते थे, लेकिन अनवर नहीं माना और बेवा रशीदा की जगह, उसकी छोटी कुँआरी बहन सईदा से निकाह करने के लिये ही माना था।

कुछ मोटी सी, गोल-मटोल बदन की रशीदा आपा, घर-घर जाकर काम करती थी और बूढ़े अम्मी-अब्बा की देखभाल भी करती थी। बेहद प्यार करने वाली रशीदा आपा, सईदा के लिये भी बहुत बड़ा सहारा थी। शादी के समय उन्होंने ही उसे दुनिया की ऊँच-नीच की शिक्षा दी थी।

****

शादी के बाद काफ़ी सालों तक, सईदा का जीवन अच्छा ही चल रहा था। धीरे-धीरे बड़ा बेटा दसवीं और छोटी बेटी छठवीं कक्षा में आ गयी थी। लेकिन अब, उम्र बढ़ने के साथ-साथ अनवर, कुछ ज्यादा ही चिड़चिड़ा सा होता जा रहा था। दिन भर ग्राहकों के साथ भाव-ताव करते हुए जूझने की मशक्कत और शहर की लम्बी-पतली गलियों में घूमने से वो बेहद थक जाता। रात को ग्यारह बजे घर आते ही वो बिस्तर पर ऐसे गिरता कि सुबह ही सोकर उठता।

उधर बत्तीस-तैंतीस साल की सईदा अपने यौवन के पूर्ण उभार पर थी। सोते हुए पति की बगल में वो मछली सी तड़पती रहती। दिन में जब उसकी हम उम्र सहेलियाँ अपने-अपने पतियों की रंगीनियों की कहानियाँ सुनाती, तो वो चुप उदास सी बैठी रहती। कैसे बताती उन्हें कि अपने जलते बदन के साथ वो पति के ढीले-ढाले हो चुके शरीर के बगल में जागती लेटी रहती है। शौहर का सुख क्या केवल कपड़े खाने का होता है? एक पूर्ण-यौवना औरत को उसके अलावा भी तो कुछ ऐसा चाहिये जो उसके शरीर की उष्णता को अपने प्यार की फुहारों से शीतल कर सके।

चूड़ियाँ खनकाती और शरारती निगाहों से पारदर्शक चुन्रियों में मुँह दबाते हुए, जब उसकी हम उम्र सहेलियाँ हँस-हँसकर अपने पतियों के रात्रिकालीन कारनामे सुनाती और कहतीं कि किस तरह उनके पति उन्हें रात भर जगाते हैं, तो सईदा के दिल में एक हूक सी उठती। उसे बरबस पति के सफ़ेद होते बाल, सोते समय का उसका खुला हुआ मुँह और निरंतर ढीले पड़ते जा रहे शरीर की छवि याद हो आती और मन में पति के प्रति एक वितृष्णा सी होने लगी थी।

उम्र का जो अंतर जो शादी के शुरू में समझ में नहीं आया था, उसने अब विकराल रूप धारण कर लिया था।

****

और उसी समय, उसके जीवन में आया था चंदन। तीस साल का लम्बा, चौड़ा, गबरू जवान। चौड़ा चेहरा, गोरा रंग और आकर्षक ढंग से सँवारी हुई मूँछें। सोसायटी के गेट पर, जब वो उसका आइडेन्टिटी कार्ड चेक करके रजिस्टर में एंट्री करता, तब सईदा छिपी दृष्टि से उसे देखती रहती। व्हाइट शर्ट, ग्रे पैंट और स्ट्राइप्ड टाई में, चंदन उसे इतना हैंडसम लगता कि वो भूल जाती कि वो दो बच्चों की माँ है।

नारी की मुग्ध दृष्टि कौन पुरुष नहीं पहचानता? चंदन भला कोई अपवाद थोड़े ही था। वह भी भाँप गया था कि सईदा उसकी ओर आकृष्ट हो चुकी है। अब कभी-कभी चंदन कार्ड चैक करते-कराते, सईदा की चूड़ियों भरी कलाइयाँ छू देता और उसका लाल होता रोमांचित चेहरा, सईदा के मन की दास्तान को चंदन के दिल तक पहुँचा देता।

प्राकृतिक शारीरिक आकर्षण, एक अनोखी और विलक्षण शक्ति है, जो सृजन की प्रक्रिया की निरंतरता के तारतम्य में, कब किन अनजान लोगों के बीच अंतरंग संबंधों को बढ़ावा दे दे, इसका कोई अनुमान भी नहीं लगा सकता है।

चंदन, एक हिन्दू परिवार का लड़का था। वो ख़ुद रोज़ सुबह चार बजे उठता। नहा कर पूजा करता, खाना बनाता और इतना सब करके माथे पर टीका लगाकर, सुबह-सुबह ड्यूटी पर पहुँच जाता। नाइट शिफ्ट होने पर भी, वो सुबह घर जाकर बिना नहाए-धोए और पूजा किए बगैर कुछ नहीं खाता था। शुद्ध संस्कारी परिवार का बड़ा बेटा।

छोटे भाई-बहनों और परिवार के किसी तरह भरण-पोषण की ग़रज़ से, वह बड़े से शहर की एक गुमनाम तंग गली की छोटी सी कोठरी में रहता था। फ़र्श पर बिछा एक साधारण सा बिस्तरा, एक गैस स्टोव और कुछ

गिने-चुने बर्तन और दीवार पर ठुके हुए लकड़ी के तख़्ते पर सजी भगवान जी की छोटी सी एक मूर्ति और एक फ़ोटो, बस यही उसकी अनमोल संपत्ति थे। उसके कमरे से जुड़े आँगन में, एक छोटा सा कॉमन बाथरूम था, जिसमें रखे बाल्टी-मग्गे से वह बारहों महीने, सुबह-सुबह ठण्डे पानी से नहाता था।

ऐसे सनातनी परिवार से संबंध रखने वाला चंदन, क्योंकर एक दूसरे धर्म की युवती की ओर आकर्षित हो गया और साँवली सलोनी सईदा उसे कैसे भा गयी, पता नहीं? लेकिन यह तय था कि वह पहले से ही शादीशुदा, सईदा के सम्मोहन का शिकार हो गया था।

****

चंदन उम्र में सईदा से थोड़ा छोटा ही था, लेकिन शारीरिक आवश्यकताएँ भला कब उम्र का फ़ासला देखती हैं और कब बहका दें, इसे समझ पाना मुश्किल ही होता है, चाहे कोई कितना भी संयम बरते। चंदन के साथ भी शायद कुछ ऐसा ही हुआ। उसकी ग्रामीण पृष्ठभूमि के लिहाज़ से, विवाह की सामान्य उम्र तो उसकी भी बहुत पहले ही पीछे छूट चुकी थी। ये बात और है कि अभी तक, वह अविवाहित ही था।

जहाँ सईदा अपनी शादीशुदा ज़िंदगी में कुछ कमी महसूस कर रही थी, वहीं बरसों तक कड़ी कसरत करके बनायी हुई, चंदन की बाँहों की मछलियाँ भी किसी नारी शरीर को मसलने के लिये फड़कने लगी थी। चाहे सईदा हो या चंदन, दोनों के मन में अब तक की दबी-कुचली आकांक्षाएँ और अतृप्त शारीरिक कामनाएँ, जैसे शरीर के पोर-पोर से फूटकर बाहर आना चाह रही थीं।

एक दिन सुरमई जाड़े में जब सईदा, कामकाज निबटाकर गुलाबी शॉल ओढ़े, सोसायटी के गेट से बाहर निकल रही थी, शाम के अंधेरे में उसे अपने पीछे किसी के चोर कदमों की हल्की आहट सुनायी दी। उसका दिल धड़क उठा। वह मुड़कर देख पाती उसके पहले ही, पीछे से बढ़कर चंदन ने, उसकी एक हथेली को अपनी मज़बूत हथेली में थाम लिया था। सईदा पिछले क़रीब पंद्रह सालों से अधिक समय से विवाहित थी लेकिन इसके बावजूद, डर और

रोमांच से, वो पसीने-पसीने हो गयी। सोसायटी के गेट से थोड़ी दूर पड़ते उस अंधेरे कोने से लेकर, सब्जी मण्डी की तेज़ रोशनी तक, चंदन उसका हाथ पकड़ कर चला और इसी बीच मौका ताड़कर, उसने सईदा के शर्म से लाल होते कपोलों को चूम लिया था।

उस दिन, बात बस यहीं तक रह गई। थोड़ा आगे चलकर दोनों मौन रूप से अपनी बेबसी का इज़हार करते हुए, अपने-अपने रास्तों पर निकल गये थे, लेकिन आँखों ही आँखों में इस राज़ को, अपने तक ही सीमित रखने का संदेश भी, एक-दूसरे को दे गए थे।

संयोग से कुछ ही दिनों बाद, एक शनिवार की सुबह सईदा आठ साढ़े आठ बजे ही फ़्री हो गयी। आज उसे केवल एक या दो घरों में काम करके लौटने का मौका मिल गया था क्योंकि जिन दूसरे घरों में वह काम करती थी, उनमें से ज्यादातर युवा जोड़े थे जो, वीक एण्ड पर मौज-मस्ती करने कहीं न कहीं चले गये थे।

चंदन उसे गेट पर मिल गया था, वह भी ड्यूटी पूरी करके घर लौट रहा था। बिना एक दूसरे से कुछ बोले दोनों साथ चलते रहे थे और फिर बढ़कर चंदन ने एक ई-रिक्शा वाले को रोक लिया और सईदा को उसमें बैठने का संकेत किया। पता नहीं किस भावना के वशीभूत, सकुचाई सी सईदा, चंदन के पास बैठ गयी थी। उसके शरीर की गर्मी और ख़ुशबू को वो महसूस कर सकती थी। उसका बदन जून की गर्मी में पसीने से नहाया हुआ था। शर्ट के नीचे, बनियान के ऊपरी हिस्से से झाँक रहे उसके सीने के काले-काले बाल जैसे सईदा को अपनी ओर खींच रहे थे।

पाँच मिनिट बाद ही एक सँकरी गली के आखिरी छोर पर चंदन ने ई-रिक्शा छोड़ दिया था। मंत्रमुग्ध सी सईदा, उसके साथ उसकी कोठरी में आ गयी थी। दरवाज़ा बंद करते ही चंदन ने उसे बाँहों में भर लिया और उसके नाज़ुक चेहरे पर चुंबनों की बौछार सी कर दी थी। प्यार में पागल नायिका के समान, सईदा उसकी बाहों में पिघलती चली गयी थी। न जाने कितने दिनों के दबे अरमान, अहसास, भावनाएँ अचानक बाहर आ गयी थीं। सईदा पागलों

की तरह चंदन से लिपट गयी और चंदन के चुंबनों का भरपूर जवाब उसने दिया था। सईदा बहुत देर तक चंदन को कुछ इस तरह से चूमती रही, जैसे बरसों की कमी पूरी कर लेना चाह रही हो।

चारों ओर एकांत का साम्राज्य था क्योंकि चंदन के आसपास रहने वाले लोग भी अकेले अकेले ही रहते थे और अपने-अपने कामों पर निकल चुके थे। उधर सईदा के घर पर भी आज इस समय कोई इंतज़ार करने वाला नहीं था। शायद कुदरत ने भी तरस खाकर उन दोनों को बहुत थोड़ा ही सही लेकिन कुछ समय, नितांत अकेलेपन में एक-दूसरे के अंतरंग संपर्क में गुज़ारने का एक मौका दे दिया था और उन दोनों ने भी ऐसे कभी न मिल पाने पलों को भरपूर जिया था।

****

उन पलों के अनोखे संतोष को भोगकर, दोपहर में सईदा को अपने घर लौटना पड़ा, उसके बच्चों के घर लौट आने का समय नज़दीक आ रहा था। बाकी का सारा दिन रोज़मर्रा के कामकाज़ में बीत गया। लेकिन दिन भर उन अविस्मरणीय पलों से अभिभूत रही सईदा, उस रात, पूरी रात करवटें बदलती रही। चंदन की बंकिम मूँछें और कभी उसके कोमल होंठों की छुअन उसे सिहराती रही। अगले दिन सुबह जब वह उठी तो उसकी आँखें लाल थीं। रात में नींद पूरी न हो पाने की वजह से, तन्द्रा से उसकी पलकें भारी हो रही थीं। लेकिन कल चंदन के साथ गुज़ारे पलों ने, जैसे उसके ऊपर कोई जादू की छड़ी सी फेर दी थी। नल पर पानी भरते समय और बच्चों का टिफ़िन बनाते समय भी, वह जैसे तंद्रा में भी उन्हीं पलों को फिर से जीना चाह रही थी। उसका मन "पहला नशा, पहला खुमार" जैसे गीत गुनगुनाने को कर रहा था।

****

उस दिन चंदन से मिलने के बाद से ही, सईदा अब रोज़ शाम को जाने के पहले आईना देख कर ही जाती थी। आँखों में काजल और होंठों पर हल्की सी लिपस्टिक, रंग-बिरंगी चुन्रियाँ और लखनऊ के नागरे। साफ़ लगता था कि उसका कोई है, जिसकी सराहती निगाहें उसे अंतर्मन तक भिगो जाती हैं। धूरी

संध्या के हल्के अँधेरे में, उसका प्रियतम उसके साथ-साथ आयेगा, उसे पता था। बरसात के उस मदमाते मौसम में, इन्द्रधनुषी रंगों के बीच सईदा का जीवन, प्यार के रंगों से सराबोर हो गया था। हवाएँ गुनगुनाने लगी थीं, मौसम मुसकुराने लगा था। शाम के हलके साये, उसे गुदगुदाने लगे थे। दूर तक आकाश में फैली लालिमा, उसके चेहरे को इन्द्रधनुषी बना डालती।

अब अपने घर में तैयार होते समय वो गुनगुनाती, जहाँ काम पर जाती, वहाँ खाना बनाते वक्त वो गुनगुनाती। अपने बच्चों के लिये टिफ़िन में अच्छे-अच्छे व्यंजन बनाकर रखती। बिटिया से ढेर सी बातें करती। ज़िंदगी एक बार फिर से ख़ुशनुमा हो चली थी।

चंदन कभी सीढ़ियों के अंधेरे कोने में खींचकर उसे बाँहों में भर लेता और कभी उसकी पतली कलाई को मसल डालता। प्यार में डूबी वो, उसकी हर बात मानती जाती। अकसर जब तब मौका पाकर उसके दिन, चंदन के घर में बीतने लगे। दो ढाई बजे थकी माँदी, जब वो घर पहुँचती तो इतनी भी हिम्मत नहीं रहती कि बच्चों के लिये कुछ ताज़ा बना सके।

****

आख़िर लुका-छुपी का ये दौर, कितने समय तक चल सकता था। इस दोहरी ज़िंदगी से इधर सईदा भी थकने लगी थी और उधर अनवर को भी शक होने लगा था कि कभी-कभी पूरे-पूरे दिन सईदा कहाँ ग़ायब रहती है? जहाँ तक उसे मालूम था, उसके मुताबिक सईदा का काम तो साढ़े ग्यारह बजे तक ख़त्म हो जाता होगा। लेकिन अनवर की अनुभवी आँखों को ये अंदेशा हो गया था कि कभी–कभी वो दोपहर तीन बजे तक लौटती थी और रात को भी वह करवट बदल सो जाती। नीले बल्ब की धीमी रोशनी में उसे अब सईदा का चेहरा कुछ अनजाना सा लगने लगा था।

और फिर, उसका शक़ तब यकीन में बदल गया जब उसके एक साथी ने उसे बताया कि उसने सईदा को किसी तीस-बत्तीस साल के गबरू, जवान आदमी के साथ देखा था। ये जानकर अनवर के तन बदन में आग सी लग गयी। धोखा! फ़रेब! विश्वासघात!

क्या नहीं किया उसने इस औरत के लिये? अच्छा घर, रंग-बिरंगे कपड़े, भरपूर खाने-पीने को। वो सब-कुछ, जो कुछ उसके लिये मुमकिन था, सभी कुछ तो दिया था। रात–रात भर जाग कर उसने ऑटो चलायी थी, स्टेशन से सवारियाँ लेने के लिये। ख़ुद भूखा-प्यासा स्टेशन के बाहर बैठा रहता था, लेकिन कभी बच्चों को भूखा नहीं रखा। उसकी उस भलमनसाहत का ये बदला चुकाया इस एहसान फ़रामोश ने?

इस बात की तसदीक़ ख़ुद अपनी आँखों से करने के लिये एक दिन उसने सईदा का पीछा किया था। सईदा के सोसायटी के गेट से बाहर निकलने से लेकर वहाँ तक जहाँ सईदा का प्यार चोरी-छुपे परवान चढ़ता था। अनवर ने बमुश्किल अपने आप पर बहुत क़ाबू रखा और उस जगह जानबूझकर कोई बखेड़ा खड़ा नहीं किया। लेकिन उस रात जब सईदा घर पहुँची, तो अनवर भूखे बाघ की तरह घात लगाये बैठा तैयार था। उसने सईदा के झोंटे पकड़कर, बेरहमी से, उसे इतना मारा कि सईदा की आह-आह निकल गयी। माँ की दुरुस्ती होते देख दोनों बच्चे, सहमे से एक कोने में दुबक गये थे। सईदा की सिसकियों से सारा घर गूँज उठा था। लेकिन सईदा अपनी भूल स्वीकार न करके इसी बात पर अड़ी रही कि उसने अपनी ख़ुशी के लिये ज़रा सा मिलना-जुलना क्या शुरू किया, उसे जबरन ही इतना बड़ा अपराधी बना दिया गया है।

****

अगले ही दिन उसने बेटी को स्कूल से लिया और रशीदा आपा के घर आ गयी थी। अब नहीं जायेगी वो उस घर में, जिसको बनाने में, उसने अपना सारा जीवन लगा दिया था। कम से कम एक बार प्यार से पूछा तो होता। शायद वो अनवर से माफ़ी भी माँग लेती। लेकिन, यहाँ तो कुछ कहने-सुनने का मौक़ा तक नहीं दिया और एक तरफ़ा फ़ैसला सुनाकर उसे क़सूरवार ठहरा दिया गया।

हफ्ते भर तक, जब सईदा घर नहीं लौटी, तो अनवर परेशान हो गया। वो और उसका बेटा या तो भूखे बैठे रहते या बाज़ार से लाकर कुछ खाते। उसे भी एक बार सईदा से बात तो करनी चाहिये थी।

परेशान होकर एक दिन वो रशीदा के घर आ ही गया था। सईदा को जैसे-तैसे मनाकर उसे घर ले आया था। सईदा तभी आने को राज़ी हुई जब अनवर ने ये वादा किया कि अब वह कुछ नहीं पूछेगा और न ही कुछ कहेगा। वह चाहता था कि उसका घर जैसे चल रहा था, कम से कम वैसे ही चलता तो रहे। कुछ दिन बड़े सुकून से निकले थे, क्योंकि सईदा ने भी चंदन के घर जाना छोड़ दिया था, और चुपचाप सीधे घर आ जाती थी। प्यार के आकर्षण और कर्तव्य के पाटों के बीच फँसी, वो फिर घर की चक्की में उलझ गयी थी और तभी हो गया था लॉक-डाउन। वह दुर्दांत कोरोना महामारी, जिसकी वजह से लॉक-डाउन लगाया गया था, उसकी याद आते ही तन-मन भय से सिहर उठता है।

****

लॉक-डाउन जैसा मंज़र, न कभी सोचा था, न कभी जाना था। अनवर की ऑटो चलना बंद हो गयी और सईदा के सारे काम एक झटके में छूट गये। ना जाने कैसा कहर था ? बच्चे घर में डरे, सहमे से रहते। अनवर दिन भर पड़ा-पड़ा सोता रहता और शाम को आँगन के कोने में बैठकर बीड़ी सुलगाता। यार-दोस्तों की महफ़िलें भी ख़त्म हो गयी।

घर में राशन का सामान तेजी से ख़त्म होता जा रहा था। खाली होते डब्बों को देखकर सईदा परेशान थी। भला हो उन सामाजिक संस्थाओं का और पुलिस वालों का जो बस्ती में आकर दाल, चावल, तेल, आटा और आलू बाँट जाते। फिर भी, बढ़ते बच्चों के साथ राशन कम ही पड़ता। रोज़ साबुन से नहाने वाले बच्चे, अब मजबूरी में, सिर्फ़ पानी से नहाकर आ जाते। बेटी चुपचाप रहती लेकिन घर में बंद बेटा तो उससे सीधे मुँह बात ही नहीं करता था।

सबके अंदर भरा आक्रोश, धीरे-धीरे छोटे-मोटे झगड़ों और बाद में मारपीट में बदल गया। अपना सारा गुस्सा, अनवर सईदा पर और सईदा बच्चों पर निकालती। घर तो जैसे दोज़ख हो गया था। ऐसे में, शाम को तनहाई के लम्हों में चंदन की याद उसके तन-मन को भिगो जाती, एक अजीब सी ठंडक देती और अनायास ही उसके लबों पर एक पुराने फ़िल्मी गाने की ये पंक्तियाँ आ जातीं,

"मेरी साँसों को जो महका रही है,

ये तेरे प्यार की ख़ुशबू,

मेरे साँसों से आ रही है।"

****

लॉकडाउन टू का समाचार सुनते ही वो घबराकर चंदन के घर पहुँच गयी थी। लेकिन इस बार बात वैसी नहीं रह गई थी, जैसा सोचकर वह इधर चली आई थी। इस बार, चंदन कुछ उखड़ा-उखड़ा सा था। वह आँगन में लगी चारपाई पर उससे दूर-दूर ही बैठा रहा। सईदा तो चंदन के प्यार की आस में उसके घर पहुँची थी, लेकिन चंदन ने कोई लाग-लपेट की बात नहीं की। उल्टे, उसने बहुत ही संक्षेप में अपनी स्थिति स्पष्ट करते हुए बता दिया कि लॉक-डाउन में उसकी नौकरी तो नहीं गयी थी, लेकिन घरवालों की याद उसे बेतहाशा सता रही थी और यह भी कि माँ ने उसके लिये गाँव की ही एक भोली-भाली लड़की पसंद कर ली थी और अब वो ख़ुद भी सेटल होना चाहता था। कब तक शहर में ऐसे अकेले रहता रहेगा? सईदा के साथ, उसका ये रिश्ता, अब और अधिक दिन नहीं खिंच सकेगा।

धर्म और संस्कार का अंतर यूँ भी उनके बीच एक गहरी खाई था ही और फिर कहाँ बत्तीस-तैंतीस साल की, दो बच्चों की मां सईदा और कहाँ गाँव की वो अठारह-उन्नीस साल की वह अनछुई ग्रामीण कुँआरी युवती। माँ ने उसकी फ़ोटो भी भेज दी थी। कैसा भोला बच्चों जैसा चेहरा है उसका। नहीं! वो अपनी होने वाली पत्नी को धोखा नहीं दे सकेगा। उसे सईदा से संबंध तोड़ना

ही होगा। इसलिये, अब, वो किसी नई जगह काम की तलाश करके जल्दी ही इस घर को भी छोड़ देगा।

बात को समाप्त करते हुए चंदन बोला कि,

"सईदा! हमारा ये रिश्ता, अब आगे निभ नहीं पायेगा। इसे अब ख़त्म कर देना ही बेहतर है।"

सईदा तो जैसे आसमान से गिर पड़ी थी। जिसके प्यार में वो, इतने महीनों से बौरा रही थी, उसी ने आज, इस तरह उससे साफ़गोई से रिश्ता ख़त्म कर देने की बात कह दी थी। सईदा इतना तो समझ ही गई थी कि अब चंदन का प्यार उसे कभी नहीं मिलेगा। वैसे भी, वो उसका था ही कौन? सामाजिक मानदंडों के हिसाब से और दीग़र हर तरीक़े से उनका मिलना-जुलना और वह संबंध अवैध ही तो था।

एक तरफ चंदन ने दो टूक कह दिया था कि उनके बीच अब कोई संबंध नहीं रह सकेगा और दूसरी तरफ़ वह अपने उम्र-दराज़ लेकिन मेहनती पति की आँखों में भी गिर कर, उसकी रही सही हमदर्दी भी खो चुकी थी। शायद उसकी भटकन का यही अंत होना था। उसका दिमाग़ काम नहीं कर रहा था कि अब वो करे तो क्या करे? संबंधों में जो भी खिंचाव या ठंडा-पन हो, थी तो वो अनवर की ही ब्याहता। फ़िलहाल तो वह वहाँ जा ही सकती थी। मरती क्या न करती, सईदा उलटे पैर वहीं लौट चली।

घर पहुँची, तो अनवर लाल-लाल आँखें लिए उसका इंतज़ार कर रहा था।

"क्यों री कुतिया! आज फिर उसी के पास गयी थी?"

जैसी आशंका थी, आव देखा न ताव, अनवर ने लात-घूसों से सईदा की पिटाई शुरू कर दी। सईदा चूँ तक नहीं बोल पाई थी, बस चुपचाप रोती रही। जब अनवर उसे मार मारकर थक गया तो ख़ुद ही घर से बाहर चला गया।

बुरी तरह से की गई मारपीट ने, सईदा के दिल में विद्रोह की भावना बलवती कर दी। वह सोच रही थी क्या मैं पति की ज़र-ख़रीद ग़ुलाम हूँ कि

जब चाहे मुझे बेदर्दी से पीटता चला जाए? कब तक और क्या-क्या सहती जाऊँ इस तरह की गुलामी करते हुए जिसमें मेरी ज़रूरतों की कोई अहमियत ही नहीं है? क्या मेरी अपनी कोई वक़त नहीं? क्या दुनिया में एक औरत का अपना कोई अस्तित्व ही नहीं है?

उसने फ़ैसला कर लिया कि बहुत हुआ। अब वह नहीं सहेगी। अब इस जाहिल आदमी के साथ तो हरगिज़ नहीं रहेगी जो न तो अपने दम पर घर का खर्च चला पाता है और न बीवी-बच्चों की ख़्वाहिशें ही पूरी कर पाता है।

उसने अपने और बेटी के कपड़े एक टिन के बकसे में रखे और चुपचाप आपा के घर आ गयी थी। कुछ खोजबीन के बाद, आपा ने अपने घर के पास ही, उसे एक कमरा किराये पर दिला दिया। आपा की और अपनी सहेलियों की मदद से उसने अपने गुज़ारे और बेटी के स्कूल के खर्चे चलाने लायक कामकाज ढूँढ लिये थे। अब वह और उसकी बिटिया तक ही उसकी दुनिया सिमट गई थी।

आज, लोगों के घरों का सुबह का काम करके सईदा को कुछ ज़्यादा ही थकान सी लग रही थी। शाम के काम पर जाने में अभी थोड़ा वक़्त बाकी था। दोपहर में स्कूल से लौटी उसकी बिटिया, खाना खाकर फ़र्श पर बिछी दरी पर सो रही थी। सुस्ताने के लिहाज़ से सईदा भी, कमरे का दरवाज़ा बंद करके, सोती हुई बेटी के पास ही लेट गई।

खिड़की से, ढलती दोपहर की उतरती धूप और बादलों के बीच में, उसकी नज़र इधर-उधर लहराती एक बेसहारा कटी पतंग पर जा टिकी थी, जो शायद उसकी अपनी ज़िंदगी की कहानी बयाँ कर रही थी।

****

टिमटिमाते तारे

एयरक्राफ्ट तिरछा होकर आकाश के काले अंधकार में समाता जा रहा था। आई.जी.आई. एयरपोर्ट की लाइट्स छोटी होती जा रही थीं और बिजली की रोशनी से नहाये पूरे शहर की लाइटें झिलमिलाते तारों की तरह पीछे की ओर छूटती दिख रही थीं।

विचारों की अटूट श्रृँखला उसके मनोमस्तिष्क में चल रही थी। बहुत मुश्किल से उसने यह निर्णय लिया था कि अपनी त्वरित जिम्मेदारी छोड़कर एक नई दुनिया में जाये और कोशिश करे, कुछ अलग सा हासिल करने की। अपने कुछ सपनों को जीने, उन्हें अकेले पूरा करने की। कोई नहीं था जो उसको सहारा देता, उसकी मदद करता, उन सपनों को साकार करने में।

कितना कठिन था, उसके लिये ये निर्णय लेना। कितना दबाव, कितना प्रेशर था उसके दिल पर। कितनी मुश्किल से, वह उन बंधनों को, कुछ समय के लिये भुलाकर, कुछ कर पाने की ग़रज से जा रही थी। अपने घर, अपने देश से बहुत दूर एक अनजान देश में, जहाँ कोई उसका अपना नहीं था। इस फैसले ने उसके तन-मन दोनों को हिला कर रख दिया था। भविष्य क्या होगा, कैसा होगा, वह नहीं जानती थी।

लोगों की निगाहों के आगे, हर समय हँसती रहने वाली उस सत्ताईस-अट्ठाईस साल की लड़की को देखकर कौन कहेगा कि किन ग़मों और कितनी जवाबदारियों का बोझ, उसने अपनी नाजुक पीठ पर, कूबड़ के समान उठा रखा है।

****

दिल्ली के एक प्रतिष्ठित गर्ल्स कॉलेज से स्नातक, दिल्ली यूनिवर्सिटी की पोस्ट ग्रेजुएट और अब एक प्रसिद्ध इंटरनेशनल स्कूल में काउंसेलर। दुनिया भर के बच्चों की काउंसेलिंग करने वाली की, ख़ुद की काउंसेलिंग करने वाला कौन था?

लम्बी ,पतली, नाजुक और कंधे तक झूलते, काले घुंघराले बालों वाली रंजीता, सहज ही किसी को अपनी ओर आकृष्ट कर लेती। बड़ी-बड़ी काली आँखें, लम्बी पलकें और घनी काली भवें। हँसती, तो मोती जैसे दाँत चमक उठते। अकसर ही हँसते-हँसते उसकी आँखों की कोरों में नमी तैर जाती। लम्बी कुर्तियाँ और लैगिंग या फिर टी-शर्ट और जींस ही उसके पसंदीदा पहनावे थे। हाँ कभी-कभी किसी ख़ास मौके पर वो मम्मी की सिल्क और शिफ़ॉन की साड़ियाँ पहन लिया करती। साड़ी पहनकर वह किसी फिल्म एक्ट्रेस जैसी लगने लगती।

इकॉनॉमी क्लास में बैठी रंजीता ने अपने थके शरीर को, चेयर में पीछे की ओर डाल दिया और आँखों में उमड़ती अश्रुओं की नदी को ज़बरदस्ती पलकों के कपाटों के भीतर ही क़ैद रखने की कोशिश में आँखों को बँद कर लिया।

सीट पर पीठ और सिर टिकाकर आँखें बँद करते ही, घर और मम्मी की तस्वीर उसके जेहन में तैरने लगी।

****

"मम्मी! कहाँ गयी मम्मी?"

अभी भी मम्मी की वॉर्डरोब में उनके लहँगे, शरारे और भारी एम्ब्रॉयडरी वाले सूट टँगे हुए हैं। ढेर की ढेर साड़ियाँ, हैंगर पर टँगी है और लॉकर में गोल्ड चेन, झुमकियाँ और मोती के सेट रखे है। उन्हीं में से निकाल-निकालकर रंजीता, कुछ कपड़े पहनती रहती और माँ की छुअन और माँ के प्यार को महसूस करती।

कहाँ चले गये मम्मी–पापा? दीवार पर टँगे उस फ़ोटो फ़्रेम में मुसकुराते चेहरे, उसके मम्मी-पापा के ही तो हैं। इतना प्यार करने वाले मम्मी-पापा। घर की एक पूरी दीवाल पर रंजीता, उसके बचपन और कॉलेज के दिनों की फ़ोटो सजी हैं। मम्मी–पापा के बीच में मुसकुराती रंजीता, पापा की गोद में गोल-मटोल खिलखलाती रंजीता, दो भाइयों के बीच में इठलाती रंजीता। दोनों भाइयों और मम्मी-पापा के साथ समुद्र के किनारे खड़ी रंजीता।

आर्मी की फुल यूनीफार्म में खड़े पापा की शानदार तस्वीर, जिसमें उनके सीने पर कई मेडल्स झिलमिलाते लटक रहे है। प्रेसिडेंट से अवार्ड प्राप्त करती मम्मी। एक–एक तस्वीर जैसे बोलती हुई। एक हँसता-खेलता ज़हीन परिवार। आखिर किसकी नज़र लग गयी? ईश्वर यदि कहीं है तो क्या वह ऐसा अन्याय कर सकता है?

ड्रॉइंगरूम में अभी भी मम्मी-पापा के जमाने का कलर्ड टी.वी. लगा हुआ था। वही पुराने काले रैगज़ीन के सोफ़े, गोल शीशे वाली सेंट्रल टेबल और काले-भूरे रंग का कालीन। पापा की आराम कुर्सी भी वही थी। बाहर बरामदे में लगे पँखे, लटकते हुए मनीप्लांट और बरामदे से जुड़ा एक छोटा सा कमरा, उसका स्टडी रूम। एक वुडन ऑफ़िस टेबल, रिवॉल्विंग चेयर और बुक-

शेल्फ में क़ायदे से सजी, सायकोलॉजी की किताबें। वही कमरा उसका ऑफ़िस भी था, जिसमें वो काउंसेलिंग किया करती थी।

पापा की एक बहुत बड़ी तस्वीर उसने डायनिंग रूम में सजा रखी थी। पापा का वो प्यार भरा चेहरा। आह! कैसी प्यारी मुसकुराहट उनके चेहरे पर तैरती रहती थी। एक तस्वीर मम्मी पापा की शादी की भी, जिसमें वो एक दूसरे को देखकर मुसकुरा रहे है। आह! कहाँ चले गये वो इतना प्यार करने वाले मम्मी-पापा? कैसे इतना प्यारा, हँसता-खेलता परिवार तबाह हो गया? दो भाइयों के बीच में इठलाती, प्यार से सराबोर बहन, ये किस भँवर में फँस गयी?

****

अंदर के बेडरूम में जो कुछ था, उसे देखना आसान न था। मन और प्राण दोनों सिहर उठते हैं। बड़ा सा कमरा, जिसमें बड़ा किंग-साइज़ डबल बेड, उस पर ढेर सारे तरह–तरह के छोटे बड़े तकिये रखे हुए, स्टील अलमारी और बड़ी-बड़ी वार्ड-रोब और सर्व-सुविधा-युक्त अटैच्ड वॉशरूम। वहीं एक आराम कुर्सी पर, कोई अधलेटा सा बैठा था। चेहरा ऐसा, जैसे कोई दो साल का मासूम बच्चा। सँकरा माथा, कोमल नुकीली नाक, सीधे सपाट और गोरे गाल और गुलाबी होंठों के बीच से दिखते पीले दाँत। काले घुँघराले बाल, बिल्कुल रंजीता जैसा लम्बा-पतला शरीर। गोरा ऐसा जैसे दूध में नहाकर आया हो। आँखें कभी बँद हो जातीं और कभी एक तरफ़ टकटकी लगाकर देखती रहतीं। चेहरे पर हल्की सी दाढ़ी-मूँछें, जैसे सोलह-सत्रह साल के किशोर की होती है, हाथ-पैरों में कोई हरकत नहीं। रंजीता जाकर धीरे से उसके बालों को सहलाकर बिखेर देती और कभी उसके गोरे गुलाबी माथे को चूम लेती। ये था रोहित, रंजीता का जुड़वाँ भाई।

****

हँसता खेलता परिवार था रंजीता का। पापा आर्मी में हाई रैंकिंग अफिसर, मम्मी सेंट्रल स्कूल में इंग्लिश की लेक्चरर और प्यारे-प्यारे तीन भाई बहिन। बड़ा भाई, रंजीता से चार साल बड़ा था और रोहित, रंजीता से कुछ मिनिट छोटा। रंजीता और रोहित जुड़वाँ भाई-बहन थे। वे कुछ मिनटों के

अंतर से पैदा हुए थे। एक जैसे सुंदर, गोरे और नाजुक। लेकिन जन्म के समय ही डॉक्टरों ने पाया कि रोहित, बहुत कमज़ोर हुआ था। जहाँ रंजीता छ: पौण्ड की नार्मल चाइल्ड थी, वहीं रोहित एक कमजोर सा, चार पौण्ड का छोटा सा बच्चा था।

उसे यथासंभव सावधानियों के साथ पाला जा रहा था, फिर भी रोहित अकसर ही बीमार रहता। कभी निमोनिया हो जाता, तो कभी जॉण्डिस तो कभी कुछ और। मम्मी को रोहित की बहुत केयर करनी पड़ती। नौकरी के साथ, तीन बच्चों को संभालना बड़ा कठिन काम था। लेकिन आर्मी ऑफ़िसर की हैसियत से मिले अर्दली, बटलर, खानसामा और दूसरे नौकर, उनके काम को काफ़ी आसान कर देते।

गिरधर काका जो अपनी पत्नी के साथ बच्चों को संभालते थे, दोनों नन्हें बच्चों को गोद में उठाकर घूमते रहते। मम्मी-पापा से ज़्यादा लाड़–प्यार तो उन्हें गिरधर काका से मिला था। माँ एक स्कॉलरली लेडी थी, अत: पापा नहीं चाहते थे कि वो अपने टेलेन्ट को खोकर, घर में बैठकर सिर्फ़ बच्चों को संभालती रहे।

रंजीता तो पापा की लाड़ली थी। फुरसत के पलों में पापा, फ्रिल वाली फ्रॉक पहनी उस नन्हीं गुड़िया से खेलते हुए उस पर निहाल हो जाते। पापा की अँगुली पकड़कर ही उसने चलना सीखा था और उन्हीं से साइकिल चलाना।

छोटा रोहित, कमजोर सा होने के कारण एक तरफ़ बैठा-बैठा टुकुर-टुकुर देखता रहता। कई बार उसकी तबीयत बिगड़ती रहती और उसे आर्मी अस्पताल में एडमिट करना पड़ता। माँ की कई रातें, रोहित के साथ अस्पताल में बीतती और रंजीता घर में पापा की बाँहों में सोती। पापा के उस असीम प्यार के बीच उसे कभी माँ की कमी नहीं खलती।

****

जैसे-जैसे दोनों बच्चे बड़े होते गये, रंजीता रोहित का भी बहुत ध्यान रखने लगी। अपने साथ वो उसका भी स्कूल बैग लगा देती और कई बार उसका होमवर्क भी रंजीता ही करवा देती। स्कूल में टिफ़िन दोनों साथ बैठकर खाते।

उसे हमेशा लगता, जैसे रोहित उसके ही शरीर का एक अंग है। अगर रोहित को कहीं दर्द होता, तो उसे लगता उसे भी वहीं दर्द हो रहा है। अजीब रिश्ता बनाया था, भगवान ने इन जुड़वा भाई बहनों का। स्कूल में भी, वो इस नाजुक से भाई को, हमेशा प्रोटेक्ट करके रखती। कहीं कोई इसे मार ना दे।

बड़े भैया को इन छोटे भाई-बहन से कोई मतलब नहीं था। उनकी अपनी दुनिया थी, क्रिकेट की, दोस्तों की और दूसरे खेलों की। बड़े भैया पढ़ने लिखने में तो सदा से ही सामान्य ही रहे थे, लेकिन खेलने कूदने में बहुत तेज थे और इंटर-स्कूल कॉम्पीटिशन में स्कूल की क्रिकेट टीम में खेलते थे।

छोटी रंजीता और रोहित आपस में खेलते रहते और मीठी-मीठी बातें करते रहते। जैसे-जैसे रोहित बड़ा होता गया वो पढ़ाई के साथ थोड़ा-थोड़ा खेलकूद में भी भाग लेने लगा। वह बहुत ज्यादा देर नहीं खेल पाता था, फिर भी, टीटी और कैरम उसके प्रिय गेम थे। कभी-कभी वो घर में रंजीता के साथ बैडमिंटन भी खेल लेता।

जहाँ मेधावी रंजीता, क्लास में हमेशा फर्स्ट या सेकण्ड रैंक आती, रोहित की ग्यारहवीं, बारहवीं से कम रैंक नहीं आ पाती थी, लेकिन ज्यादातर शांत और हमेशा मुसकुराते रहने वाले इस बच्चे से, टीचर्स को कभी कोई शिकायत नहीं होती थी।

लेकिन, एक चिंताजनक बात ये थी कि रोहित की तबीयत अभी भी मौसम बदलते ही, या तेज़ सर्दी में हमेशा ही खराब हो जाती। ऐसे ही एक तीव्र बुखार में, उसे एक कान से सुनायी देना भी कम हो गया था। नाजुक सी नाक पर, हमेशा चश्मा लगा रहता। जहाँ दूसरे बारह–तेरह साल के लड़के बाहर खेलते कूदते और शोर मचाते रहते वही रोहित घर में बैठकर किताबें पढ़ता या कम्प्यूटर पर बैठकर विडियो गेम खेलता।

वट वृक्ष के समान सघन पापा के प्रोटेक्शन और ममा के प्यार भरे आँचल के तले, तीनों बच्चे अपना बचपन हँसी खुशी गुज़ार रहे थे।

****

जनवरी की एक भीषण ठण्डी रात थी। तेज ठण्ड के प्रकोप के चलते रोहित को तेज़ बुखार चढ़ गया था और आधी रात को उसकी साँसें उखड़ने लगी थी। मम्मी–पापा उस ठण्डी अंधेरी रात में, रोहित को लेकर मिलिट्री अस्पताल भागे। आई.सी.यू. में एडमिट करने के बाद अस्पताल में पापा से कुछ पेपर्स साइन कराये गये। ऑन-ड्यूटी डॉक्टर ने बताया कि रोहित को एक लाइफ़ सेविंग इंजेक्शन रीढ़ की हड्डी में फ़ौरन देना था। नाइटी नाइन परसेंट (99%) केसेस में रोगी जल्दी ठीक हो जाता है लेकिन कुछ केसेस में मरीज़ की आँखों या नर्वस सिस्टम पर बुरा असर होने की संभावना हो सकती है।

उस सुबह जब रोहित को याद करती तेरह वर्षीय रंजीता रोती हुई अस्पताल पहुँची तो मम्मी-पापा, निढाल होकर कॉरीडोर की कुर्सियों पर पड़े हुए थे। रोहित को अभी तक होश नहीं आया था। वो लगभग कोमा की स्थिति में था। उसके एक हफ़्ते बाद डिस्चार्ज करा के रोहित को घर लाया गया, लेकिन तब तक दवाइयों के साइट इफ़ेक्ट का शिकार हो चुका रोहित, एक जीती जागती लाश में तब्दील हो गया था। उसकी आँखें या तो शून्य में ताकती रहतीं, या थक कर वो बोझिल पलकों को बंद कर लेता। हाथ-पैर सब जैसे बेजान। मुँह से कोई आवाज नहीं, जैसे कोई मूक बछड़ा हो। जिस दिन रोहित घर आया था, मम्मी रोहित की इस हालत पर फूट-फूटकर रोई थी। लेकिन पापा चुपचाप इस दर्द को पी गये थे। बेबस पापा का चेहरा, एक पत्थर की भाँति प्रतिक्रिया-हीन हो गया था।

रंजीता से भाई की ये हालत देखी नहीं जाती थी। वह एक अजीब तरह के अपराध-बोध का शिकार हो गयी थी। उसे लगता उसी की वजह से भाई की ये हालत हुई है। न स्कूल से आते में, वे दोनों ठण्डी बरफ़ सी बारिश में भीगते और न रोहित को बुखार चढ़ता। दिन-रात भाई के पास बैठी वह,

उसके माथे को सहलाती रहती। वही तो उसका सबसे अंतरंग मित्र था। भाई के पास बैठी-बैठी वह सोचती कि हे भगवान्! ये क्या हो गया? मुझे क्यों नहीं उसके सारे दुख दे दिये? उस दिन मैं उसके साथ अस्पताल क्यों नहीं गई? क्यों नहीं मैंने अपने भाई का ध्यान रखा।

कभी-कभी, माँ माथे पर हाथ मारकर कहती,

"हे भगवान! इससे तो बच्चे को मुक्ति दे देता। कितनी तकलीफ़ है। क्या पता, इसे क्या दिखता है, क्या सुनायी देता है, ये क्या महसूस करता है? ऐसा जीवन भगवान किसी को न दे।"

बेटे के कमजोर हाथों को सहलाती हुई माँ रो पड़ती। मम्मी और गिरधर काका मिलकर रोहित को नहलाते, कपड़े बदलते। वह स्वयं तो कुछ बता नहीं पाता था कि उसे कब क्या चाहिये? थोड़े-थोड़े समय के अंतराल पर, चम्मच से उसके मुँह में सूप, जूस और दाल का पानी या पतली खिचड़ी जैसी चीज़ें डाल दी जातीं।

****

घर में, अगर किसी को कोई फ़र्क नहीं पड़ा था, तो केवल रोहित के बड़े भाई को। उसका खेलना-कूदना, घूमना-फिरना अभी भी वैसे ही जारी था। उनके लिये ये अपंग छोटा भाई, एक अवांछित बोझ से अधिक कुछ ना था। वह कभी उसके कमरे में आकर झाँकता तक नहीं था।

लेकिन रंजीता, स्कूल से आते ही, दौड़ के रोहित के पास जाती। उसके काले बालों को सहलाती, उसके गोरे माथे को चूमती और दिन भर की बातें उसको बताती। वो सुन रहा है या नहीं, समझ रहा है या नहीं, इससे उसे कोई मतलब नहीं था। उसकी स्टडी टेबल भी वहीं रखी रहती। स्कूल में पढ़ाये गये सारे पाठ, वो रोहित को पढ़ाती और उसी के पास बैठकर होम-वर्क करती। परीक्षा के दिनों में, वह रोहित के कमरे में घूम-घूमकर पढ़ती और रिज़ल्ट आने पर सबसे पहले दौड़कर रोहित को ही बताती। जैसे रोहित उसके लिये एक जीता जागता गुड्डा था, जो उसके सुख-दुख दोनों का साथी था। कभी वो

रोहित के भोले चेहरे पर बेबी पाउडर लगाती और कभी बेबी ब्रश से उसके बाल काढ़ती। रंजीता अपने तरीके से रोहित की देखभाल करती रही। समय निकलता रहा और दोनों बहन-भाई युवावस्था की दहलीज़ पर पहुँच गये।

****

जहाँ रंजीता के लिये रोहित सबसे बड़ा केन्द्र-बिन्दु बना रहा, वही माँ उसकी सेवा करते-करते डिप्रेशन में जाने लगती। अभी भी तेज जाड़ों की रातों में और बदलते मौसम में रोहित की साँसें उखड़ने लगती और उसे अस्पताल लेकर भागना पड़ता। हफ्तों तक डॉक्टरों और अस्पताल के चक्कर लगाते-लगाते मम्मी-पापा परेशान हो जाते। साल के तीन-चार महीने अस्पताल की भाग-दौड़ में ही जाते। इस भाग-दौड़ और साइकोलॉजिकल प्रेशर का मम्मी की हैल्थ पर बहुत बुरा असर पड़ने लगा। जैसे ही रोहित की तबीयत बिगड़ती उनका बी.पी. बढ़ जाता। पहले वो भगवान और डॉक्टरों को कोसती और फिर ज़ोर-ज़ोर से रोने लगती।

"हे ईश्वर, किन जन्मों के पापों का हिसाब चुकता कर रहे हो? मुझसे नहीं होता अब, मैं थक चुकी हूँ।"

कई बार निराशा की चपेट में आई माँ, ईश्वर से मनाती कि अगली सुबह उठकर, जब वह रोहित के पास जाये, तो रोहित की साँसें थम चुकी हो। माँ की तबीयत ठीक न होने पर, रंजीता ही दिन-दिन भर अस्पताल में रोहित के पास बैठी रहती। रात में गिरधर काका संभालते।

कैसा विरोधाभास था? एक साथ, एक ही माँ के कोख से जन्मे बच्चों में से रंजीता लम्बी, सुंदर और मेधावी निकली और रोहित बन गया एक सजीव किन्तु मूक मूर्ति।

माँ के हृदय पर लगातार बढ़ते दबाव के चलते, उसका, हँसना, बोलना, स्कूल जाना सब बँद हो गया था और एक शाम, जब रात के काले साये गहरा गये थे, माँ को तीव्र हार्ट अटैक आया था। उसकी आँखों के आगे, तीनों बच्चों के चेहरे घूम रहे थे। पापा कह रहे थे कि

"मनु! तुम अपना ध्यान रखा करो। चलो! डॉक्टर के पास चेक-अप करा लो।........"

और माँ का दिल डूब रहा था,

"कौन संभालेगा, अब मेरे रोहित को? हे ईश्वर! मुझे ताकत दे।"

अटैक इतना तीव्र था कि अस्पताल ले जाते समय, बीच रास्ते में ही माँ ने दम तोड़ दिया था। छटपटाते बच्चे और पापा देखते रहे गये थे। मात्र त्रेपन-चौपन साल की आयु में माँ इस असार संसार को त्यागकर चली गयी थी। लेकिन रंजीता को हमेशा लगता, माँ शरीर से मुक्त हो गयी है, लेकिन अभी भी, वो उसके और रोहित के आसपास है। अकसर तनहाइयों में उसे माँ की उपस्थिति की अनुभूति होती।

बड़े भैया ने तो माँ की असमय मृत्यु का पूरा दोष मूक और निरीह रोहित पर मढ़ दिया और अकसर घर के बाहर रहने लगे। हाँ, माँ के इस कम उम्र में चले जाने से, पापा एकदम अकेले हो गये थे। शाम के वक़्त, एक कमरे में तनहा बैठे पापा, मम्मी के ख़यालों में डूबे रहते।

****

पापा ने हमेशा से ही मम्मी को बेहद चाहा था। बचपन का प्यार था उनका, जो स्कूल-कॉलेज के दिनों से बढ़ता-बढ़ता, शादी में तब्दील हुआ था। माँ-बाप की सहमति से दोनों की शादी हो गई थी, लव कम अरैंज्ड मैरिज। कभी, फूल से बच्चों से सजा, उनका एक सुंदर सा घर-संसार था। सब कुछ तो था उनके पास। फिर न जाने किसकी बुरी नज़र उसमें आग लगा गई?

पापा अकसर पुरानी एलबम खोलकर बैठे रहते और मम्मी की तस्वीरों पर प्यार से हाथ फेरते रहते। आखिर कहाँ चली गयी उनकी जीवन संगिनी। जीवन भर वे मम्मी की मौत की सच्चाई को स्वीकार नहीं कर पाये थे। एक ही रात में पापा मानो बूढ़े हो गये। यहाँ-वहाँ थोड़ी-थोड़ी चमकती दाढ़ी और बालों की सफ़ेदी एकदम से पूरी तरह छा गई।

अभी दो साल पहले ही, पापा ने फौज से भी रिटायरमेंट ले लिया था और उसके बाद अधिकतर समय रोहित की देखभाल के अलावा अपने घर के लिये नक्शा बनवाने, उसमें सुधार करवाने और घर की नींव डालने का काम कराने में बिताते रहे। अब वे इस किराये के घर में कम से कम रहना चाहते थे। क्योंकि, यहाँ की हर चीज़ पर, माँ की यादों की छाप थी, जो उन्हें बेचैन कर देती थी। बहती हवाओं में हिलते परदों में और पुराने गानों की गूँजती स्वर लहरियों में, हर तरफ़ उन्हें मम्मी ही दिखायी देती, मम्मी की ही आवाज़ सुनाई देती। अकसर वो आँखें बँद करके लता जी के उन पुराने गीतों को सुनते रहते जो मम्मी अकसर गुनगुनाया करती थी। उन्हीं गीतों में से एक,

'लग जा गले, कि फिर ये हँसीं रात हो न हो,

शायद फिर इस जनम में, मुलाकात हो न हो।'....

जब कभी यह गीत बज उठता, तो पापा बहुत ज़्यादा इमोशनल हो जाते और उनकी आँखों में उमड़ आई नमी, छिपाये नहीं छिपती थी। पापा की भीगी आँखें और दुखी मुख-मुद्रा देखकर रंजीता भी दुखी होती रहती। लेकिन वह कर क्या सकती थी? उस समय तो वह समझ ही नहीं पाती थी कि पापा को कैसे तसल्ली दे? क्या करे, जिससे पापा का ध्यान कहीं और चला जाये और वे जल्दी से नॉर्मल हो सकें?

****

माँ का असमय संसार से विदा लेना, अचानक रंजीता को बहुत बड़ा कर गया था और बिना कहे ही, रोहित की देखभाल के मामले में, वह बहन से माँ की भूमिका में आ गयी थी। गिरधर काका के साथ मिलकर उसे नहलाना, कपड़े बदलना और टाइम से उसे सूप, जूस और अन्य खाद्य पदार्थ दिये जाते रहें, इसका ध्यान रखना। पापा ने दूध लिया कि नहीं? उनके फल और दवाइयों का ध्यान भी वही रखती। अभी उम्र ही क्या थी उसकी? केवल बाईस वर्ष। उसी में ही उसने क्या-क्या नहीं देख लिया था?

पता नहीं, रोहित को माँ के जाने का कितना अहसास था? रंजीता ही उसके पास बैठकर उसका माथा चूमती और कभी-कभी फूट-फूटकर रो भी लेती। उसको ऐसा लगता रहता जैसे अभी भी मम्मी उसके आसपास ही है। कभी रोहित के पास बैठी हुई, कभी पापा के साथ ड्रॉइंग-रूम में सोफ़े पर तो कभी रेडियो के साथ गुनगुनाती हुई। उसे न जाने क्यों ये विश्वास होने लगा था कि माँ कहीं नहीं गयी है, यहीं है इसी घर में। केवल उनका शरीर नहीं है, आत्मा तो यहीं मौजूद है।

उसने "लाइफ़, आफ्टर डेथ (जीवन, मृत्यु के बाद)", "जीवात्मा और जगत" जैसी पैरा-साइकोलॉजी की किताबें लाकर पढ़ना शुरू कर दीं। जैसे–जैसे वो इस गूढ़ विषय में डूबती जाती, उसे मम्मी की उपस्थिति और महसूस होने लगती। वो पापा के साथ भी इस विषय में बात करती रहती। पापा उसकी सब बातें सुनते रहते और उनकी निगाहें धीरे से हिलते हुए परदों को एकटक देखती रहतीं, जैसे अभी माँ परदे के पीछे से निकलकर आ जाएगी। मिलिट्री बैकग्राउँड के पापा अब किसी चीज़ में रेग्युलर नहीं रह गये थे। न टाइम से वॉक के लिये जाते, न दोस्तों से उतनी नियमितता से मिलते। बस अपनी ही किसी दुनिया में गुम से रहते।

एम.ए. फाइनल की पढ़ाई और घर की जिम्मेदारियों ने, फूल सी बच्ची, रंजीता के जीवन का पूरा रस निचोड़ लिया था। केवल रोहित ही था, जिसके पास बैठकर उसे थोड़ा सा सुकून मिलता था।

मम्मी को गये अभी छ: महीने भी नहीं हुए थे कि एक सुबह जब गिरधर काका, पापा के लिये चाय लेकर गये तो सकते में आ गये। रोज़ की तरह "साहब जी, साहब जी" कहकर कई बार आवाज दी। लेकिन, उत्तर देनेवाला हमेशा के लिये ख़ामोश हो चुका था। गिरधर काका की अनुभवी आँखों को हक़ीक़त समझने में देर न लगी।

पापा, न जाने कब, चिर निद्रा में लीन हो गये थे। रात को न उन्होंने मदद के लिये कोई आवाज़ दी, न ऐसी कोई बात हुई जिससे पता लगता कि उन्हें कोई परेशानी या तकलीफ़ है। उस रात भी, रोज़ की तरह पापा को गुडनाइट

कहकर, रंजीता सो गई थी। पापा कब तक जागे और कब सोये, उसे पता नहीं चला था।

लगता था कि सामान्य रूप से सोते हुए पापा, बिना किसी कष्ट के उस लोक के लिये प्रयाण कर गये थे, जहाँ पहले उनकी प्रेयसी और बाद में पत्नी बनी, उनकी जीवन-संगिनी पहले से उनकी प्रतीक्षा कर रही थी। उसके पल्ले की कोमल छुअन, उसकी खनकती हँसी, उसके उन रसीले गीतों को तरसते पापा ने, उसी के पीछे-पीछे इस नश्वर संसार को छोड़ने में ज़्यादा देरी नहीं की। पापा इस अधूरी इच्छा के साथ ही विदा हो गये कि अपने जीते जी, अपनी संतानों के लौकिक जीवन के लिये एक स्वतंत्र स्थाई आवास का प्रबंध कर दें। लेकिन, शायद नियति को यह स्वीकार्य नहीं था।

****

गिरधर काका ने पहले बड़े भैया का कमरा देखा। वे रोज़ की तरह शायद रूटीन मॉर्निंग रनिंग के लिये निकल गये थे। तब उन्होंने रंजीता को आवाज़ दी। रंजीता फ़ौरन गिरधर काका के साथ पापा के कमरे में गई। पापा की निर्जीव देह के एक हाथ में एक तस्वीर और दूसरे में मम्मी की शादी वाली चुन्नी थी। रंजीता देर तक पापा के हाथ में, पंखे की हवा में हौले-हौले हिल रही, फ़ोटो को देखती खड़ी रही। मसूरी के सुरम्य वातावरण में दोनों हाथ में हाथ डाले खड़े दिख रहे थे। लाल रंग के ज़रीदार सूट में मम्मी गुड़िया जैसी लग रही थी। ये कैसा अटूट प्यार का बँधन था, जो अपनी ही बगिया के फूलों का बिलखना भी नहीं देख सका?

हिम्मत जुटाकर, रंजीता पापा के पास गयी, उनके माथे को सहलाया, उनकी आँखें खोलने की कोशिश की और फिर एक तीव्र चीख के साथ रो पड़ी। पापा भी उसे छोड़कर चले गये। अब कौन सँभालेगा हम भाई-बहन को? इतना कितना प्यार था मम्मी-पापा में कि मम्मी के जाने के बाद, इतनी जल्दी पापा भी, हमें बिलकुल अनाथ छोड़कर कर चले गये? बिलख-बिलखकर रो पड़ी रंजीता। मैदान से दौड़कर लौटे बड़े भैया की आँखों से मौन आँसू बह रहे थे।

उस दिन, एक मशीन की तरह बड़े भैया ने अंतिम संस्कार का सब काम निपटाया और फिर देर तक पापा की तस्वीर के आगे खड़े होकर रोते रहे थे। रोहित की निस्तेज आँखों में कोई प्रश्न नहीं था। पता नहीं, वो क्या सोचता या क्या समझता था? घर में उन सब के लिये, वो एक अबूझ पहेली ही तो रह गया था।

पापा की अंतिम विदाई के काम पूरे होते ही, रंजीता ने ख़ुद को एक कमरे में बंद कर लिया था। अंधेरा कमरा और उसकी सिसकियाँ। पता नहीं, पिछले किन जन्मों के कुकर्म सामने आ रहे थे।

****

गिरधर काका भी अब बूढ़े हो चले थे। संतोष की बात ये थी कि उनके बेटे धीरू ने ही, रोहित का काम संभालना शुरू कर लिया था। इन भाई बहन के दुख में अब वही परिवार, दिल से उनके साथ रह गया था।

शोक की अवधि की समाप्ति पर बड़े भैया ने, फिर बाहर ही बाहर रहना शुरू कर दिया था। दिन भर वो अपना ऑफ़िस करते और रात को दोस्तों के साथ घूमते फिरते रहते। कई बार तो दोस्तों के साथ, उनके घर पर ही रुक जाते ।

घर के दुख भरे वातावरण में अकेली रंजीता का दम घुटता था। ऐसे में नानाजी और मँझले मामाजी ने उनका साथ निभाया। अपनी बहन के इन अभागे बच्चों को, उन्होंने अपनी पलकों पर ले लिया। पापा ने घर का नक्शा पास कराने के साथ ही नींव भी ख़ुदवा दी थी। आर्थिक रूप से सम्पन्न नानाजी ने, मामाजी से कहकर अपने पैसों से घर बनवाने का काम शुरू करा दिया। उनकी भी सोच यही रही होगी कि बिना माँ-बाप के बच्चे, कब तक किराये के घर में रहेंगे। पापा भी काफ़ी पैसा छोड़कर गये थे। उससे भी घर का काम जल्दी करवाने में आसानी रही।

चूँकि, नानाजी काफ़ी उम्र के हो चुके थे, इसलिये उन्होंने मामाजी से कह-कहकर बहुत जल्दी, साल-डेढ़ साल में ही, तीन हजार स्क्वेयर फ़ीट के

प्लॉट पर दो मंज़िला घर बनवा दिया। ड्रॉइंगरूम, तीन रूम और किचन नीचे और लगभग इतना ही ऊपर। रंजीता की भावी ज़रूरतों को ध्यान में रखकर एक स्टडी और ऑफ़िस के लिये कमरा भी निकाला गया। सामने बड़ा सा गार्डन, नीचे किरायेदार और ऊपर तीनों बच्चे।

****

नानाजी के आश्रय ने, रंजीता की हिम्मत बहुत बढ़ा दी थी। वह समझ गयी थी कि जीवन की इस लड़ाई में रोने से काम नहीं चलेगा। उसे आगे बढ़ना होगा और वो भी पूरी ताक़त के साथ। उसने जॉब के लिये सब जगह एप्लाई करना शुरू कर दिया और मामाजी के साथ, घर के कंस्ट्रक्शन में भी रुचि ली। घर के एक-एक पिलर की ढलाई और एक–एक ईंट की जुड़ाई उसके सामने हुई थी।

बड़े भैया ने तो घर आना लगभग छोड़ ही दिया था। सुनने में आया था कि वो किसी लड़की के साथ, अलग किसी फ्लैट में लिव-इन रिलेशनशिप में रहने लगे थे। माता-पिता का अंकुश तो अब बचा नहीं था और नानाजी और मामाजी की भी, उन्हें परवाह नहीं रही थी।

रंजीता ने मजबूरन, अपना मन उनकी ओर से हटा ही लिया था। जब कभी दूसरे घरों के बड़े भाइयों को, घर परिवार और भाई-बहनों की ज़िम्मेदारी उठाते देखती, तो उसका मन विषाद में डूब जाता। लेकिन करती क्या? जब बड़े भैया ने घर ही आना छोड़ दिया था, तो उसके पास चारा भी क्या था?

धीरू भइया के साथ, वो रोहित को संभालती और अपनी पढ़ाई भी करती। भगवान ही उसे इतनी ताकत दे रहे थे, वरना तेईस–चौबीस साल की उम्र में आम लड़कियाँ जहाँ अपने अल्हड़ सपनों में खोयी रहती हैं, वहीं उनकी तुलना में वह बेहद समझदार और ज़िम्मेदार युवती बन चुकी थी।

रोहित की साल-सँभाल करते हुए, घर और बाहर के सब काम निपटाने के साथ अपनी नई-नई जॉब को भी सँभालना। इस छोटी-सी उम्र में उसने ज़िम्मेदारियों का पहाड़ अपने सिर पर उठा लिया था। इसलिये, उसके चेहरे

पर नारी-सुलभ कोमलता के साथ-साथ एक अलग तरह की कठोरता भी झलकने लगी थी।

****

पॉश कालोनी में बड़ा सा बैंगलो, गिरधर काका का परिवार और एक मज़बूत सी काले रंग की फ़ोर व्हीलर एस.यू.वी., जिसे वह ख़ुद ड्राइव करती थी। दिल्ली जैसे शहर में ये सब उसका प्रोटेक्शन थे, वरना, उसके जैसी ख़ूबसूरत लड़की के लिये अकेले रहना आसान न था।

ले-देकर अब उसके साथ परिवार के सदस्यों के नाम पर एकमात्र व्यक्ति रोहित रह गया था। वही उसका भाई था, वही उसका दोस्त और हमदर्द भी था, वही उसकी सखि, उसका सखा था और वही माता-पिता की स्मृतियों का पुंज था। वो घंटों रोहित के पास बैठी रहती। उसको अपने सुख-दुख सुनाती, अपनी जॉब के और दूसरे एक्सपीरियेंसेस शेयर करती। रोहित मूक श्रोता की भाँति उसकी ओर ऐसे ताकता रहता, जैसे उसकी हर बात को समझना चाहता हो।

रंजीता प्यार से उसके बाल सहलाती, उसे अभी भी बेबी पाउडर लगाती और उसके बाल बेबी ब्रश से काढ़ती। न जाने किन अनजाने पापों का दंड भुगत रहे भाई का माथा, प्यार से चूमकर, उसके वेदनापूर्ण जीवन की पीड़ा को, यथासंभव कम करने की कोशिश करती।

धीरू भईया, रोहित का बहुत ध्यान रखते। उसका कमरा, हमेशा साफ़ सुथरा रहता और उसमें कभी किसी तरह की कोई दुर्गंध नहीं होती। रोहित निष्पाप शिशु सा, वहीं पड़ा सोता-जागता रहता।

रंजीता ने पूरे घर को मम्मी–पापा के फ़ोटोग्राफ्स से सजा रखा था। सुबह उठकर, सबसे पहले, मम्मी–पापा की फ़ोटो के सामने जाकर उनसे गुडमॉर्निंग कहती और अपनी हर प्रॉब्लम, हर बात उनसे शेयर करती। उसके लिये मम्मी-पापा अभी भी जीवित थे और उसी के साथ रहते थे। बस, उनका शरीर यहाँ नहीं था। उसको लगता मम्मी-पापा का प्यार, उनका सपोर्ट सदा

उसके साथ है। जब कभी उसको अकेलापन लगता, वो उनकी फ़ोटोज़ से बोलती, बतियाती और किसी प्रॉब्लम में फँसती तो रात को पापा की तस्वीर को बोलकर सो जाती। न जाने कैसे, सुबह उठकर उसे, उस समस्या का हल सूझ जाता?

कभी-कभी रोहित को सँभालते-सँभालते वो थक जाती या वो अनजाने में सरक कर, बिस्तर से गिर जाता, तब वो फूट-फूटकर रोने लगती और अपना अकेलापन उसे बहुत खलता। हालाँकि, आधी रात में भी, धीरू आवाज़ देने पर फ़ौरन ही आ जाता था। उम्र-दराज़ गिरधर काका भी ऐसे मौकों पर, हमेशा उसके साथ होते।

****

कभी-कभी, वो घबराकर स्कूल या कॉलेज की सहेलियों के साथ थोड़ा घूमने चली जाती या पिक्चर देख आती या अपनी गाड़ी उठाकर लाँग ड्राइव पर चली जाती थी।

इसी बीच में उसकी मुलाकात हुई, आकाश से। सुदर्शन, सुडौल और सुगठित काया के स्वामी आकाश की आकर्षक आँखें, उससे बहुत कुछ कहतीं। आकाश के तीव्र पौरुषिक आकर्षण के बँधन में, रंजीता के अंदर सोई हुई युवती जागृत होकर, उसकी ओर खिंचने लगती, लेकिन तभी उसके अंदर की माँ हावी होकर, शरीर और दिमाग से अशक्त और विवश भाई रोहित से बँधे रहने के उत्तरदायित्व का बोध कराकर, उसे कदम पीछे खींच लेने को मजबूर कर देती।

वह रह-रहकर संदेह की इस ऊहापोह में घिरी रहती कि क्या कोई भी सामान्य युवक उसकी सब जिम्मेदारियों के साथ उसे कैसे अपना सकेगा? और एक दिन, जब वह ऑफ़िस से लौटते समय आकाश के साथ एक काफ़ी हाउस में बैठी थी, आकाश ने, रंजीता के साथ जीवन का सफ़र तय करने की आकांक्षा जाहिर करते हुए, उसकी प्रतिक्रिया जानना चाही। रंजीता के भीतर सोई युवती का मन, फिर डाँवाडोल होने लगा। उस दिन उससे रुका नहीं

गया। अपनी परिस्थितियों को बहुत स्पष्ट शब्दों में बयान करते हुए, उसने आकाश को सब कुछ साफ़-साफ़ बता दिया।

कॉफ़ी हाउस की उस छोटी सी टेबल के उस ओर बैठा आकाश, रंजीता के बचपन, रोहित की असाध्य बीमारी, मम्मी–पापा का असमय चले जाना और बड़े भाई की ओर से पूरी लापरवाही का वर्णन सुनता हुआ, रंजीता के चेहरे के बदलते भावों को तन्मयता से देखता रहा।

पूरी कहानी बहुत संक्षेप में सुनाकर, रंजीता ने बिना किसी लाग-लपेट के आकाश की ओर सीधा सवाल दाग दिया,

"क्या ये सब सुनने के बाद भी तुम, मुझे मेरी इन सब ज़िम्मेदारियों के साथ, अपनाने का साहस कर पाओगे?"

उसकी आशंका को निर्मूल साबित करते हुए, आकाश ने भावावेश से काँपते उसके हाथों को, अपने मज़बूत हाथों में थाम लिया। रंजीता का दिल चाह रहा था कि सहानुभूति भरे और अनजाना सुकून देनेवाले, स्पर्श के उन क्षणों का कभी अंत न हो। उसने आकाश के हाथों से अपने हाथों को छुड़ाने की कोई चेष्टा नहीं की। एक अनोखे अहसास के साथ, उसने ख़ुद-ब-ख़ुद आँखें कब मूँद लीं थी, समझ ही नहीं पाई। उसे नहीं मालूम कि आकाश, कितनी देर तक उसके हाथों को अपने हाथों में थामे बैठा रहा। वह तो सिर्फ़ एक अद्भुत हलकेपन का अहसास कर रही थी और उसके मन का पंछी, अनन्त आकाश की अंतहीन ऊँचाइयों में उड़ान भरने को व्याकुल हो रहा था। आख़िर, दिल को दिल से राह होती है, आगे, न कुछ कहना ज़रूरी था, न कुछ सुनना। रंजीता के अंतर्मन को, आकाश के स्पर्श में सच्चाई और निश्छल ईमानदारी की अनुभूति मिल गई थी।

****

रंगबिरंगे सपनों में डूबी रंजीता, जब रात नौ बजे घर पहुँची, तो घबराये से गिरधर काका उसे गेट पर ही मिल गये।

"दीदी! भैया पलंग से नीचे गिर गये और उनकी सब नलियाँ बाहर निकल गयी हैं।"

रंजीता बदहवास सी दौड़ कर अंदर आयी, गुड़ी-मुड़ी सा खून में लथपथ रोहित पलंग पर पड़ा था। तुरंत उसने एम्बुलेंस के लिये फ़ोन किया और गिरती पड़ती रोहित को लेकर अस्पताल भागी। फिर दस दिन उसे होश नहीं रहा। घर और अस्पताल के बीच वह चक्कर-घिन्नी सी बन गयी। अचानक ही दस दिन में जैसे वो चालीस साल की बूढ़ी हो गयी।

"नहीं! वो रोहित को छोड़कर कहीं नहीं जा सकती। इस अभागे भाई को किसके सहारे छोड़ दे?"

इसके बाद, रंजीता सब कुछ भूल गयी। आकाश को, उसके प्यार के इज़हार को, अपने सपनों को। उसे बस ये लग रहा था कि वो सिर्फ़ रोहित की माँ है। उससे अधिक और कुछ नहीं। उसे आम लड़कियों की तरह प्यार के सपने संजोने, या किसी को पति के रूप में वरण करने का, कोई हक़ नहीं है।

ये कैसा बंधन था, उन सगे भाई-बहन के बीच। ईश्वर ने क्या यही रच रखा था कि कुछ ही मिनट पहले पैदा हुई बड़ी बहन, सारी उम्र माँ बनकर, उस छोटे भाई की सेवा करती हुई अपना सारा जीवन उसी यज्ञ में होम कर दे? क्या उन्हें साथ पैदा करने का बस यही एक उद्देश्य था?

****

आकाश के कई फ़ोन कॉल और मैसेज आये। लेकिन, रंजीता ने एक भी अटेण्ड नहीं किया। सिर्फ़ इसलिये, कि कहीं वो आकाश जैसे एक अच्छे-भले लड़के की ज़िंदगी ख़राब करने का सबब न बन जाये। शायद वह स्वयं ही, अकेले प्रियतम-विहीन जीवित रहने के लिये ही अभिशप्त है, नहीं तो माँ-पापा ही क्यों उसे इस हाल में छोड़कर चले जाते?

उसने फिर से ख़ुद को पढ़ाई में डुबो देने का फ़ैसला किया। उसने निश्चय कर लिया कि वो साइकोलॉजी और अलाइड सब्जेक्ट्स में रिसर्च करेगी और ढूँढेगी जवाब उन अनखोजे रहस्यों के कि,

"आख़िर कहाँ चले जाते है सब इहलोक को त्यागकर? वो कौन सा लोक है? क्या उनसे अभी भी संपर्क किया जा सकता है? आख़िर इसमें कौन सा रहस्य है कि रोहित जैसे बच्चों के अर्थहीन, अभिशप्त जीवन की लौ, अच्छे घरों में जन्म होने के बाद भी दुर्भाग्य और अपंगता की क्रूर आँधी के थपेड़ों से संघर्ष करती थरथराती रहती है?"

घंटों, वो टैरो कार्ड्स में डूबी रहने लगी और मम्मी-पापा से संपर्क करने का माध्यम ढूँढने का प्रयास करती। कभी-कभी उसकी सहेलियाँ उसके घर आकर सहम सी जाती, "लाइफ आफटर डैथ" के बारे में उसके बुक-शेल्फ में सजी सारी किताबों को देखकर। दीवालों पर लगी मम्मी-पापा की फ़ोटो, उनके जमाने के सोफ़े और पापा की आराम कुर्सी, जिस पर पापा अभी भी कभी-कभी उसे झूलते दिखते। कमरे में, शून्य में देखकर अदृश्य मम्मी-पापा से अनवरत बातचीत करती रंजीता और बेड रिडन रोहित। ये सीन, किसी भी सामान्य व्यक्ति के मन में, एक अनजानी भय की लहर पैदा कर सकता था।

लेकिन रंजीता अपनी ही दुनिया में मगन रहती। उसने फ़ैसला कर लिया कि उसे आगे पढ़कर और स्ट्राँग बनना है, चाहे विदेश ही क्यूँ न जाना पड़े। उसने विदेशी यूनिवर्सिटीज़ में भी एप्लाय करना शुरू कर दिया। यू.के., यू.एस. और ऑस्ट्रेलिया। जहाँ से भी उसे सेंट-परसेंट (100%) स्कॉलरशिप मिलने की संभावना हो, वह उसी यूनिवर्सिटी में जायेगी। बस मन में एक ही बात खटकती थी कि रोहित को किसके भरोसे छोड़ेगी?

बड़े भैया को उसने किसी तरह बता दिया था कि आगे की पढ़ाई के लिये वह साल-दो साल बाहर जायेगी, तब उन्हें घर और रोहित को संभालना होगा। बड़े भैया ने कोई पॉज़िटिव रिप्लाय नहीं दिया था। तब वो मँझले मामा से मिलने गयी थी। मामा ने उसे गले से लगा लिया था,

"बेटी! तुम निश्चिंत होकर जाओ। घर और रोहित को हम सँभाल लेंगे। चौरासी बरस के नानाजी कुछ और करने की स्थिति में तो नहीं थे, लेकिन

रोहित के पास बैठे या लेटे तो रह ही सकते थे। बाकी काम के लिये गिरधर काका और धीरू भैया तो थे ही।"

****

मामाजी से बात करके, रंजीता निश्चिंत सी हो गयी थी। उसने अपना पूरा ध्यान एन्ट्रेन्स फार्म भरने और एक्ज़ाम देने में लगा दिया। तमाम काम थे। पासपोर्ट बनवाना था, रिकमनडेशन लेटर लेने थे और स्कॉलरशिप का प्रबंध सुनिश्चित करना था।

और चमत्कार ही हो गया था। उसे यू.के. की एक सुप्रसिद्ध यूनिवर्सिटी में एडमिशन और 100% स्कॉलरशिप भी मिल गई थी। पढ़ाई का खर्चा, रहने का खर्चा और आने-जाने का टिकिट भी।

उसने तेज़ी से सब काम निबटाने शुरू कर दिये थे और मन को घर और रोहित की ओर से डिटैच कर लिया था। यह सोचकर कि यदि वह नहीं होती तो क्या रोहित को कोई नहीं पालता? हर किसी को पालने वाला, सहारा देने वाला एकमात्र ईश्वर ही है। हम बेकार ही यह भ्रम पाले रहते हैं कि कोई काम सिर्फ़ हमारे कारण संभव हो रहा है। असलियत में तो करनेवाला कोई और ही है। इस बात को समझकर, उसने अपना पूरा ध्यान अपने उच्च अध्ययन के सपनों को पूरा करने पर केन्द्रित कर लिया था।

****

जाने से एक रात पहले, उसने मम्मी की अलमारी से उनके कामदार सूट, लहँगे और सिल्क की साड़ियाँ निकालीं और देर तक उनकी छुअन को महसूस करती रही। कुछ साड़ियाँ उसने अटैची की तली में रख ली कुछ खास अवसरों के लिये। जींस, पैंट, टॉप, लैगिंग, जैकेट और ओवर कोट रखे ही थे। वह आखिर तेज़ ठण्ड वाली जगह जो जा रही थी। उस रात काफ़ी देर तक वो रोहित के पास बैठ कर उसका माथा सहलाती रही, उसे अपना भरपूर प्यार देकर जाना चाहती थी।

चलने से पहले उसने टंगे हुए फ़ोटो में मम्मी-पापा के पैर छुए, लेकिन रोहित को पलटकर भी नहीं देखा। सिर्फ़ मन ही मन में कहा,

"रोहित! मैं जल्दी लौटकर आऊँगी। तुम मेरा इंतज़ार करना।"

उसे मज़बूत बनना है। अगर वो एक बार पलट गयी तो शायद कभी नहीं जा पायेगी। उसने अपना सूटकेस और बैग उठाया था और तेज़ी से घर से बाहर निकल गयी।

मामाजी उसे एयरपोर्ट तक छोड़ने आये थे, अनेक प्रश्नों और समझाइशों की झड़ी के साथ।

"बेटी मोबाइल है? पासपोर्ट है? वीसा बनवा लिया न? करेंसी कन्वर्ट करा ली?"

फिर धीरे-धीरे, आई.जी.आई. एयरपोर्ट के प्रवेश द्वार से वह अंदर चली गई। मामाजी दूर से, भरी आँखों के साथ, उस अनाथ भांजी को विदा कर रहे थे, जिसके बड़े भाई को उसकी कोई परवाह नहीं थी और जो अपने छोटे अपाहिज भाई को उनकी देखरेख में छोड़कर बहुत दूर जा रही थी, एक नई दुनिया में, कुछ अधूरे सपनों को पूरा करने की ख़्वाहिश में। अपने सारे बंधनों, सारी विवशताओं को तोड़कर।

****

रंजीता के विचारों का क्रम टूटने का नाम ही नहीं ले रहा था। हवाई जहाज़ को एयरपोर्ट छोड़े बहुत देर हो चुकी थी। केबिन की मंद लाइटों के अलावा सारी बत्तियाँ कब की बुझा दी गई थीं। एयर-होस्टेस, पर्दा खींचकर अपनी कुर्सी पर जा बैठी थी। सैंतीस हज़ार फ़ीट से अधिक की ऊँचाई पर बोइंग-747 एयर-क्राफ़्ट, असीम आकाश की गहराइयों में सन्नाटे को चीरता हुआ, पूर्व से पश्चिम की ओर उड़ा चला जा रहा था।

हवाई जहाज़ की खिड़की से, रंजीता को असंख्य टिमटिमाते तारे दिखाई दे रहे थे। कानों में इयरफ़ोन लगाये, वह हलके वॉल्यूम पर, मम्मी की

पसंद के, लता मंगेशकर के गाये पुराने गीतों को सुनती, आँखों में नींद का बसेरा होने की राह तक रही थी।

'टिम-टिम-टिम, तारों के दीप जले,

नीले आकाश तले,

हम दोनों की प्रीत पले।'.....

कच्ची नींद के झोंकों में, इस युगल-गीत को सुनती रंजीता को, उन असंख्य टिमटिमाते तारों के बीच, मम्मी-पापा की छवि उभरती दिख रही थी, जैसे वे उसे आशीर्वाद दे रहे हों,

"आगे बढ़ती रहो बेटी! मंज़िल दूर सही, लेकिन एक न एक दिन, ज़रूर तुम्हारे कदमों में होगी।"

****

इफ़ इट इज अ गुड टाइम टू टॉक

मैंने सिर्फ़ इतना ही कहा था कि उधर से हँसी की तेज़ आवाज़ें मुझे सुनाई पड़ी और मैं सोचने को विवश हो गई कि क्या मैं अब संदीप के लिये केवल एक हँसी का पात्र भर रह गई हूँ? या फिर, "इफ इट इज अ गुड टाइम टू टॉक" कहना कुछ हास्यप्रद है, जो संदीप और उसके साथी मिलकर मेरी हँसी उड़ा रहे हैं?

देर तक मोबाइल को पकड़े मैं अवाक् सी खड़ी रही। मैं, जिसने तुम्हें इतना चाहा, इतना प्यार किया? क्या अब मैं, केवल तुम्हारी हँसी के योग्य रह गई हूँ? तुम्हारे जीवन में मेरा कोई स्थान नहीं है? कुछ ही दिनों पहले की तो बात है। सब कुछ कितना नार्मल था। और अब? अब लगता है जैसे मैं तुम्हारे लिये कुछ नहीं रही? क्या मैं सिर्फ़ एक टाइम पास करने का साधन थी? मैं, जिसने तुम्हें मन से चाहा, अपने सपनों में, अपने जीवन में उतारा, अपना वर्तमान और भविष्य तुम पर छोड़ दिया। क्या, मैं अब केवल हँसी का पात्र भर रह गई हूँ?

मेरी आँखें धुंधला गयीं और मैं बिस्तर पर गिर पड़ी थी। गरम-गरम आँसू, मेरी आँखों की कोरों से गिरकर, तकिये को भिगो रहे थे। मेरे दोनों गोरे गालों पर सूखे आँसुओं की लकीरें बन गयी थीं। उदासी भरी इस स्थिति में पड़े-पड़े मैं कब सो गयी थी, मुझे पता ही नहीं चला। आधी रात में माँ ने आकर, मुझे चादर उढ़ाई और तेज चलते एयरकंडीशनर को बंद किया। मेरा जीवन, मेरे सारे सपने, यकायक सब, जैसे यथार्थ के धरातल से टकराकर, चकनाचूर हो गये थे, बिखर गये थे।

****

माँ मेरे कमरे का दरवाज़ा धीरे से उढ़का कर सोने चली गई थी, लेकिन मेरी आँखों के सामने मेरा बचपन तैरने लगा। माँ-बाप की लाड़ली, मैं उनकी इकलौती संतान। नाज़ों की पली। दादा-दादी की तो ऐसी राज दुलारी कि रात को दस बजे भी मैं ज़िद करती तो दादाजी गोदी में उठाकर मुझे ले जाते और कभी चॉकलेट, तो कभी चमचम दिलवाते। चमचम अभी भी मेरी कमज़ोरी है।

संदीप को भी ये पता था कि सुंदरता के साथ-साथ ईश्वर ने मुझे तीव्र बुद्धि से भी नवाज़ा था। हमारे ठेठ सनातनी ब्राह्मण परिवार के वातावरण में गायत्री मंत्र और शिव स्त्रोत गूंजते रहते। दादी के चारों ओर छोटी सी फ्रॉक पहनकर घूमती मैं, बचपन से ही मंत्रों का शुद्ध उच्चारण करने लगी थी।

माँ अपनी मधुर आवाज में जब मुझे "सा रे गा मा" सिखाती, मैं किसी दूसरी ही दुनिया में ही खो जाती । राग कल्याण और राग भैरवी के स्वर, निस्तब्ध रात्रि में दूर-दूर तक सुनायी देते। थोड़ी बड़ी होते ही, माँ ने मुझे कथक भी सिखाना शुरू कर दिया था। अपने समय की कुशल नृत्यांगना रही माँ ने "त्.त्.कार" और "दिग् दिग् तरंग" घर में ही सिखा दिया था और सात आठ साल की होते-होते उन्होंने मुझे भातखंडे संगीत विद्यालय में डाल दिया था। जितनी देर मेरी क्लास चलती माँ उतनी देर बाहर बैठी रहती। जैसे मेरे साथ, माँ अपने सपनों को पूरा कर रही थी। स्कूल मे जब मैं "फर्स्ट इन क्लास" का मेडल लेकर आती, तो माँ की आँखों में तारे से झिलमिलाने लगते।

कॉलेज में जब मैंने टॉप किया था, तब मेरी आँखो में भविष्य के सतरंगी सपने जगमगाने लगे थे। कॉलेज में, मैं ऑलराउण्डरों में गिनी जाती थी। मैं स्कूल में प्रीफेक्ट और कॉलेज में प्रेसिडेंट रह चुकी थी और स्टूडेण्ट्स पोलिटिक्स में बढ़-चढ़कर हिस्सा लेती। मैं थी ही ऐसी बिंदास। पाँच फुट छ: इंच का कद, लम्बी-पतली और कुछ चौड़े कंधे। अपने घुँघराले बालों की ऊँची पोनी टेल बना लेती। रिप्ड और फेडेड जींस और टॉप पहनकर घूमती।

कॉलेज के दिनों में ही मैंने कार चलानी सीख ली थी अपनी सभी फ्रैंड्स को अपनी वैगन-आर में भरकर, मैं लाँग ड्राइव पर जाती थी। धीरे-धीरे ये शौक इतना बढ़ा कि मैंने एक शहर से दूसरे शहर भी जाना शुरू कर दिया। पानी की तरह मेरी गाड़ी जब नेशनल हाईवेज़ पर दौड़ती, तो मैं जैसे हवा से बातें कर रही होती। बड़े मस्ती भरे दिन थे। नैनीताल की पहाड़ी सड़कें हों या लेह लद्दाख की दुर्गम चढ़ाई, मैं कुशलतापूर्वक गाड़ी ड्राइव कर लेती। शायद समय ने मेरी पर्सनैलिटी को मस्त और मज़बूत दोनों बना दिया था।

******

मेरे जीवन में बस एक ही कमी थी। पिता की ओर से अधिक सुख नहीं मिला था। पापा कोई भी नौकरी लग कर नहीं करते। लम्बे समय तक कहीं भी लगकर काम नहीं कर पाते थे। या तो वो काम से ऊब जाते या बॉस से उनकी लड़ाई हो जाती और फिर वो नौकरी भी जल्दी ही छूट जाती। अपनी

असफलताओं का सारा गुस्सा वो माँ पर निकालते। अकसर रात में, पापा की तेज़ आवाज़ और माँ कि ख़ामोश सिसकियाँ मुझे सुनायी देती।

माँ ने मुझे, अपनी इकलौती बिटिया को ही अपनी सबसे अच्छी सहेली बना लिया था। पापा के चीखने-चिल्लाने से तंग आकर माँ, अकसर रात को मेरे कमरे में आ जाती और उनकी हिचकियों से हिलती देह को मैं देर रात तक देखती रहती। माँ की भीगी आँखों को पोंछने और उनकी कोमल हथेलियों को सहलाने में मेरी पूरी रात निकल जाती। सांत्वना देती हुई उनकी उलझी लटों को मैं देर तक अँगुलियों से सुलझाती रहती। कभी–कभी पापा माँ पर हाथ भी उठा देते।

माँ की इस निरीह स्थिति को देखकर मुझमें यह समझ आ गई थी कि ख़ुद को फाइनेन्शियली स्ट्राँग बनाना बहुत ज़रूरी है।

******

जब तक दादा-दादी रहे, हमें कभी पैसों की समस्या नहीं हुई। पैतृक मकान के किरायेदारों और गाँव के खेतों से आती आमदनी, हमारा भरण पोषण करने के लिये पर्याप्त थी। लेकिन पिताजी की नौकरी के प्रति लापरवाही से, वह पैतृक संपदा क्रमशः घटती चली गई और दादाजी-दादीजी के स्वर्गवास के बाद तो, हमारे दिन जैसे रूठ ही गये थे। कॉलेज एजुकेशन पूरा होने के कुछ समय बाद, मैंने अपनी कॉलेज की एक सहेली के साथ, ऑनलाइन प्रॉपर्टी डीलिंग का बिज़नेस शुरू कर दिया था। वो भी अपने पापा की इकलौती बेटी थी और उसके पापा इस बिज़नेस में काफ़ी समय से थे, इसलिये पैर जमाने में उनकी अच्छी मदद मिली। फिर कुछ दिनों के बाद, उन्होंने मुझे अपना काम स्वतंत्र रूप से करने की सलाह दी। ईश्वर की कृपा से ठीक-ठाक आमदनी होने लगी थी।

****

उन्हीं दिनों में तुम आये थे मेरे जीवन में, हँसते-मुसकुराते, मेरे सपनों को सजाते। कॉलेज से लेकर अब तक ना जाने कितने लोगों ने मुझे प्रपोज़ किया था अपना दोस्त और अपना जीवन साथी बनाने के लिये। फूलों से मेरी

राहें सजायीं, लेकिन मेरा मन किसी के लिये नहीं मुड़ा। न जाने कौन सी दुनिया में रहती थी मैं। अपनी ही लाइफ़ में मस्त थी, कुछ अपने दोस्तों के बीच और कुछ अपने कामकाज में व्यस्त। निश्छल और बिंदास। बस पापा की बेरोज़गारी, माँ के आँसू और उनकी बीमारी, चढ़ती जवानी के सुनहरे सपनों की जगह मुझे कठोर धरातल पर खींच लाये थे। घर की आर्थिक जिम्मेदारी लगभग मैंने अपने ऊपर ले ली थी। घंटों मैं अपनी डीलिंग्स और प्रोजेक्ट या स्कीम्स पर काम करती और प्रॉस्पेक्टिव क्लाएण्ट्स से डिस्कशन करती।

धीरे-धीरे काम पर मेरी पकड़ मज़बूत होती चली गयी थी और उसी के साथ पैसों का भी अब वैसा रोना नहीं रहा था। जब मैं अपने ब्लैक फॉर्मल सूट में, हाई हील्स के बैली पहने, ठकठक करती क्लाएण्ट से मिलने जाती, तो कॉन्फिडेंस से मेरा चेहरा चमकता रहता। हवा में लहराते घुँघराले, भूरे बाल और मोहक मुस्कान किसी को भी आकृष्ट करने के लिये काफी थी। हँसती-मुसकुराती, मैं बड़े ही टैक्टफुली बात करती और अपना हर एक काम बहुत एफिशिएण्टली करती।

****

उस दिन शनिवार था। मैंने ख़ुद के लिये आधे दिन की छुट्टी तय की थी। अक्टूबर के उस ख़ूबसूरत मौसम में और शरद ऋतु की चमकती चाँदनी रात में अपनी सहेली के साथ एक ऐसी शादी में शामिल होने चली गयी थी जिसमें मेरे लिये कोई इन्विटेशन नहीं था। उस दिन घर में डिनर के लिये बस बैंगन का भरता बना था, जो मुझे पसंद नहीं था। बस इतनी सी बात थी, जिसने मुझे उस शादी में जाने के लिये उकसाया। हलके पीले रंग के प्लाजो सूट के साथ मैंने हाथों में भी बसंती चूड़ियाँ पहन ली थीं और अपने भूरे घुँघराले बालों को खोलकर, माथे पर एक नन्हीं सी चमकीली बिंदी लगा ली थी। कानों के लटकते ईयरिंग मेरे गालों पर अठखेलियाँ कर रहे थे। आलू की टिक्की और गोल गप्पे खाते हुए मैंने ध्यान ही नहीं दिया कि तुम कब से टकटकी लगाये मुझे देख रहे थे। झूमती, गाती, मुसकुराती मैं डीजे की धुनों पर थिरक रही थी। मुझे क्या पता था कि अचानक ही मैं किसी के दिल में उतर गयी थी। ब्लू

जींस और लाइट ब्लू टी शर्ट पहने उस लम्बे और हलके गेहुँए रंग के लड़के को मैंने तो बस एक सरसरी निगाह से देखा था।

अगले दिन ही मेरी फेसबुक पर एक फ्रैंड रिक्वेस्ट आ गयी थी, किसी संदीप की ओर से। ये संदीप कौन है? मैंने याद करने की भरपूर कोशिश की। जब कुछ याद नहीं आया, तो मैं एक अनजान व्यक्ति से आई उस रिक्वेस्ट को इग्नोर करके, पिछली रात को शादी में खींची हुई फ़ोटोज़ पोस्ट करने लगी थी।

****

उस दिन पता नहीं लूसी, क्यों परेशान सी थी? कभी वो मेरी गोद में आकर बैठती और कभी झूले के चक्कर लगाने लगती। उस सुहावनी शाम को मैं बरामदे में लगे झूले में बैठी थी और हल्की-हल्की हवा से मेरे घुँघराले बाल लहरा रहे थे। उस दिन पीले सूट और पीली चूड़ियों में, मैं अंतर्मन से स्वयं बहुत प्रसन्नता अनुभव कर रही थी और मुसकुराते हुए फेस बुक पर अपनी पोस्ट की हुई फ़ोटोज़ को देख रही थी। तभी, एक बार फिर, मेरे मोबाइल पर फ्रैंड रिक्वेस्ट चमकी थी। इसके पहले कि मैं फ़ोन को उठा पाती, लूसी ने फ़ोन पर पंजा मारा और फ़ोन नीचे घास पर गिर गया। मैं समझ ही नहीं पायी कि इस उठा-पटक में वह फ्रैंड रिक्वेस्ट कब एक्सेप्ट हो गयी थी।

उसी रात, कोई दस-ग्यारह बजे के बीच, मेरे फ़ोन पर एक नोटिफिकेशन आया था और जब मैंने अपनी नींद में डूबी आँखों से देखा तो फ़ोन पर एक "हाय" चमक रहा था।

"हाय".

"थैंक्स फ़ॉर ऐक्सेप्टिंग माय फ़्रेन्ड्स रिक्वेस्ट... संदीप".

फिर वही संदीप? ये है कौन? उत्सुकतावश, मैंने नींद में ही उसका प्रोफ़ाइल खोल कर देखा तो मैं चौंक गई। अरे! ये तो ये वही नीली जींस और हल्की नीली शर्ट वाला लड़का था, जिसकी मुग्ध दृष्टि कल रात पूरी शादी में मेरा पीछा करती रही थीं। जब मैंने इसकी रिक्वेस्ट कुबूल ही नहीं की, फिर

ये मेसेज कैसे आया? मैं सोच में पड़ गई और इसी सोच में, नींद मानो आँखों से उड़ ही गई।

सोचते-सोचते अचानक ही मुझे लूसी की उथल-पुथल याद आ गयी। तो क्या मेरी प्यारी लूसी की उठा-पटक ने फ्रैंड रिक्वेस्ट एक्सेप्ट कर डाली थी? एक मीठी सी मुस्कुराहट मेरे होंठों पर खेल गयी। अब किया क्या जाये? ये सोचते हुए मैंने फ़ोन को एयरोप्लेन मोड पर डाला और निंदिया रानी को मनाने लगी। न जाने कब आँख लग गई और मैं मीठी नींद में सो गयी।

अगले दिन सुबह मोबाइल पर फिर संदीप का मैसेज दिखा था,

"यू वर लुकिंग वैरी ब्यूटीफुल इन दैट येलो ड्रेस" और साथ में थी, एक स्माइली।

उसी रात को, मैं सोने का उपक्रम कर ही रही थी कि फिर से एक मेसेज टपक पड़ा,

"आइ, रियली मिस यू".

मेसेज देखकर मैं, न जाने कैसे ऊहापोह में फँस गयी थी। एक अनजाना सा बँधन मुझे अपने चारों ओर कसता हुआ महसूस हो रहा था। ये कैसे अनदेखे सपने थे, जो मेरी आँखों में सजने लगे थे। अचानक ही मेरी अँगुलियों में हरकत हुई और मैंने मेसेज कर दिया,

"व्हाय? वी नैवर मेट. आइ, ईवन डोंट नो यू".

लेकिन उधर से, फिर ढीठता भरा मैसेज आया-

"बट, आइ नो यू फ़्रॉम मैनी पास्ट लाइव्ज़".

मैंने फ़ौरन कोई जवाब नहीं दिया। लेकिन संदीप का यह वाक्य मुझे सम्मोहित सा ज़रूर कर गया। अब तो, ये रोज़ का सिलसिला बन गया। कभी रात को बारह बजे, कभी दो बजे, कभी तीन बजे संदीप के मेसेज आने लगे। मेरी अंतरात्मा मुझे सावधान रहने का संदेश देती, लेकिन उम्र के अल्हड़पन को, उन संदेशों का बेसब्री से इंतज़ार रहने लगा था।

एक बार आधी रात के आसपास संदीप का मेसेज आया,

"नींद नहीं आ रही है। आइ रियली वॉंट टू मीट यू".

मैंने अंतरात्मा की चेतावनी मानकर टाइप कर ही दिया,

"बट आइ डोंट".

लेकिन उधर से मान-मनौवल जारी रही।

"क्या कल तुम इंडियन कॉफी हाउस में आ सकती हो? मैं तुम्हारा इंतज़ार करूँगा ठीक चार बजे।"

और तभी मेरा फ़ोन बंद हो गया था, शायद बैटरी लो हो गयी थी। ये कैसा सम्मोहन है? क्या मुझे जाना चाहिये? कल चार बजे तो मेरी एक क्लाएण्ट से मीटिंग है? लेकिन संदीप के आमंत्रण और उसे निकट से देखने और जानने की उत्कंठा के वशीभूत सी होकर, मैंने सुबह उठते ही क्लाएण्ट को मैसेज कर दिया था-

"विल मीट यू टुमॉरो ऐट टेन ए.एम. इन्स्टेड ऑफ़ टु डे".

मैं ख़ुद अचंभित थी कि ये मुझे क्या हो गया है? मैं तो अपने काम के प्रति इतनी सिन्सियर रहती आई हूँ कि कभी कोई मीटिंग नहीं टालती, लेकिन संदीप से मिलने का आकर्षण मुझे न जाने किधर खींचे लिये जा रहा था?

****

उस दिन, फेडेड जींस, ब्लैक टी शर्ट और ब्लैक बैलीज़ पहनकर ठीक चार बजे मैं इंडियन कॉफी हाउस पहुँच चुकी थी। अपने कंधे तक कटे घुँघराले भूरे बालों को ऊँचा उठाकर मैंने पोनी टेल बना ली थी। आँखों में हलका सा काजल और होंठों पर नेचुरल लिपस्टिक, कानों में लटके बड़े-बड़े ब्लैक सिलवर झुमके।

संदीप मुझे दिखा था, कॉफी हाउस के एक कोने में। वह कुछ इस तरह बैठा था कि दरवाज़े से प्रवेश कर रहे लोगों को पर उसकी निगाह बनी रहे।

मैं जैसे किसी जादुई डोर से बंधी, संदीप की ओर खिंचती चली गयी थी। टेबल पर एक-दूसरे के सामने बैठे-बैठे, संदीप की सम्मोहन भरी आँखों में, मेरा दिल डूबता चला गया और अंततः कॉफी हाउस के टेबल पर असावधानी से रखे हुए मेरे हाथ को, उसने धीरे से थाम लिया था और मेरी ओर झुकते हुए बोला,

"साक्षी! आइ लव यू."

मुझे ऐसा लगा कि संदीप के द्वारा कहे गये ये तीन शब्द, बिना किसी लाग लपेट के थे और मेरे हृदय को झंकृत करते हुए वे तीन शब्द, मुझे आकाश की असीम ऊँचाइयों पर ले गये थे। तरह-तरह के सतरंगी सपने, मेरी आँखों में उतर आये थे। मेरी जैसी बिंदास लड़की की निगाहें, ऊपर ही नहीं उठ पा रही थीं। पलकें जैसे सौ–सौ मन भारी हो गयी थीं। ये कैसा कंपन था, जो मेरे शरीर में दौड़ रहा था?

उसने मौन को स्वीकृति सूचक मानते हुए, धीरे से कहा,

"विल यू कम विथ मी फ़ॉर लाँग ड्राइव?"

और उसके मोह-पाश में बँधी मैं, 'ना' नहीं कह पाई। पता नहीं कितनी देर हम, शहर की खाली सड़कों पर निरुद्देश्य से घूमते रहे थे। इस दौरान मेरे मुँह से एक भी शब्द नहीं निकला था। बस एक अहसास था। जिसने मुझे घेर रखा था। प्यार का अनोखा जादुई अहसास।

संदीप का गेहुँआ रंग, तीखी नाक, चौड़े कंधे, स्टीयरिंग थामे उसकी मज़बूत हथेलियाँ और ब्रेक पर रखे लम्बे पैर। हर चीज में जैसे ज़बरदस्त अट्रेक्शन था। फिर अकसर मेरे वीक एंड, उसके साथ ही बीतने लगे थे।

कभी हम एयरपोर्ट की ओर जाने वाली खाली सड़क पर निकल जाते और कभी शहर के नज़दीक बहती नदी के किनारे जाने वाले मदमाते रास्ते पर। दूर तक फैली पहाड़ियाँ, हरियाली और घाटियाँ। सड़क के दोनों ओर लगे पलाश के लाल फूलों से भरे पेड़, जैसे दूर-दूर तक जंगल में आग सी लगी हो। वो बसंती हवाएँ और उसका सुमधुर साथ। मैं सपनों की दुनिया में रहने

लगी थी। उन दिनों कुछ अजीब सी हालत हो गई थी। गुलज़ार की कलम से निकली ये लाइन "आजकल पाँव ज़मीं पर नहीं पड़ते मेरे" मुझ पर पूरी तरह फ़िट बैठती थी। और एक दिन, उसी मदहोशी में, मैंने संदीप के चौड़े कंधों पर अपना सिर टिका दिया था और उसके गालों को धीरे से चूम लिया था।

****

समय अपनी गति से आगे बढ़ता गया। गुलाबी जाड़े से शुरू हुआ हमारा प्यार, होली के रंगीन मौसम तक पहुँच गया था। बातों-बातों में पता चला था संदीप एक लॉयर था। एक ओर उसका आर्थिक रूप से समृद्ध पुश्तैनी वकीलों का घर और दूसरी ओर मैं, घर की आर्थिक परिस्थितियों को किसी तरह ढोती हुई। हमारी आर्थिक विषमता संदीप की आँखों से ज्यादा दिन छुपी नहीं रही।

धीरे-धीरे, उसके लम्बे-लम्बे मैसेज आने कम हो गये और मार्च के ढलान के साथ ही, लगभग नहीं के बराबर। मैं दीवानी की तरह फ़ोन लगा-लगाकर थक जाती, लेकिन उसका फ़ोन ज़्यादातर बिज़ी मिलता रहता। फिर धीरे से एक मेसेज आता,

"बिज़ी एट वर्क."

रात को दो-दो बजे तक कैसा काम? और मेरा शक गहराने लगा था कि उसका इन्वॉल्वमेंट कहीं और हो गया था। शायद, कोई और उसे पसंद आ गयी थी। मुझे क्या पता था कि वह एक ऐसा भँवरा था, जो एक फूल से दूसरे फूल पर मंडराता ही रहता था। एक का रस पीकर जब मन भर गया, तो उड़कर दूसरे पर।

मैं उसकी उपेक्षा से पागल सी हो गयी। आज तक जीवन में मुझे कभी ऐसी हार नहीं मिली थी, बल्कि लोग ही मेरे पीछे-पीछे आते थे। मैंने कभी किसी को लिफ्ट नहीं दी थी। पहली बार किसी को मैंने दिल की गहराइयों से चाहा और उसी ने मुझे धोखा दिया।

मेरे अंदर पता नहीं क्यों सच्चाई जानने की इच्छा जागृत हो गयी। मैंने अपने एक दोस्त को फ़ोन करके संदीप की कॉल हिस्ट्री पता की। मेरा शक़ सही निकला था। एक ही नंबर पर बार-बार कॉल जाता था किसी नीला वर्मा को। कौन है ये नीला वर्मा?

और पता लगाते-लगाते एक दिन, मैं दनदनाती उसके घर तक पहुँच ही गयी थी। शहर की एक घनी बस्ती में था उसका घर। कुछ सोचकर मैंने अपनी कार दूरी पर ही पार्क कर दी। कुछ दूर पैदल चलकर मैं उसके घर पहुँची थी। सलवार सूट पहले एक साधारण सी कद काठी की लड़की ने दरवाज़ा खोला, जो मुझे कहीं से भी असाधारण रूप से आकर्षक नहीं लगी और फ़ौरन ही मन में विचार आया कि इस साधारण सी लड़की नीला के कारण संदीप ने मुझसे दूरी बना ली थी।

मैंने बिना कोई भूमिका बनाये नीला के हाथ से उसका फ़ोन छीन लिया और दहाड़ी,

"क्या रिश्ता है तुम्हारा संदीप से?"

"आप कौन हैं?

वो विस्फारित नेत्रों से मुझ अपरिचिता की ओर देख रही थी।

"वो तुमको फ़ोन करता है?"

"हाँ। वो मेरे रिश्ते के भैया हैं।"

"अच्छा जी, भैया हैं! तो रात को दो-दो बजे तक उससे क्या बात करती रहती हो?"

पता नहीं मुझ पर कैसा जुनून सा सवार हो गया कि मैं लगभग उसे धक्का देती हुई, उस के आँगन में पहुँच गयी। उसके मम्मी और भैया बाहर आ गये। कुछ गड़बड़ भाँपकर, उसका भाई मुझ पर चिल्लाया,

"ये क्या हो रहा है?"

"बोलो क्या रिश्ता है तुम्हारा संदीप से?"

अचानक ही, जैसे मेरे अंदर की सर्पिणी, बदले की ज्वाला से जल उठी थी। तेज़ गुस्से में, मेरा हाथ हवा में लहराया और तड़ाक से उसके गाल से जा टकराया। एक झन्नाटेदार तमाचे की आवाज़ गूंज उठी थी। नीला हक्की-बक्की सी, अपना गाल सहलाती रह गई।

तभी, पता नहीं कैसे, संदीप वहाँ अचानक आ पहुँचा। शायद उसने कुछ दूर पार्क की हुई, मेरी कार को देख लिया था। बिना कुछ बोले ही, उसने मेरा हाथ पकड़ा और घसीटते हुए, मुझे मेरी कार की तरफ़ ले चला था। कार के नज़दीक आकर, उसने मेरे हाथ से चाबी लेकर, बाँई तरफ़ का दरवाज़ा खोला और मुझे ज़बरदस्ती कार में बैठाया। दरवाज़ा लॉक कर, वह ख़ुद ड्राइविंग सीट पर जा बैठा। चाबी लगाकर गाड़ी स्टार्ट की और चल दिया। रास्ते भर हम दोनों कुछ नहीं बोले। बस संदीप के होंठ भिंचे हुए लग रहे थे और उसके बेहद गुस्से में होने का संकेत दे रहे थे।

मेरे घर के सामने लाकर संदीप ने गाड़ी रोक दी और बिना कुछ बोले उतरकर चाबी मेरी ओर उछाल दी। मैं हतप्रभ सी, उसे बस देखती रह गयी थी। ये उसका कौन सा रूप था? न उसने मुझे धिक्कारा, ना प्यार के दो शब्द बोले। कार के दरवाज़े को एक झटके में, ज़ोर की आवाज़ के साथ बंद कर, उलटे पैर तेज़ कदमों से वहाँ से लौट गया। उसने मुड़कर भी नहीं देखा।

घर का गेट खोलते ही इतनी देर का दबा लावा जैसे भभक कर बाहर निकल आया। मैं देर तक अमराई के नीचे बैठकर रोती रही। रोते-रोते मेरी दोनों आँखें सूज गयी लेकिन आँसू नहीं रुके। ये मैंने क्या किया, न कुछ सोचा न समझा। वो लड़की कौन थी? उसका क्या रिश्ता है संदीप से? उसके बाद न संदीप आया, न संदीप का फ़ोन। मेरी उससे बात करने की कोशिश तो हमेशा नाक़ामयाब ही रही। और आज फ़ोन पर सुनाई दी वो हँसी? जैसे मेरा दिल खोल कर मखौल उड़ाया गया था। लग रहा था कि जैसे सब कुछ गड़बड़ हो गया था। हर चीज़ मुझे मेरी बेबसी पर अट्टहास करती हुई दिख रही थी।

****

कोविड महामारी के कारण हुए लॉक डाउन का लम्बा समय, मैंने बड़ी मुश्किलों से निकाला। काम बंद, कहीं आना-जाना बंद और संदीप से मिला ये धोखा। उसने मेरे साथ ऐसा क्यूँ किया? मैंने उसे टूटकर चाहा था। फिर मेरे सच्चे प्यार की ऐसी परिणति क्यूँ? शायद मैं ही बेवकूफ़ थी। इस मतलबी दुनिया में प्यार भी नाप तौलकर, सोच समझकर किया जाना चाहिये, भावनाओं में अंधे होकर नहीं।

ये फेस बुक, ये मोबाइल, ये सोशल मीडिया कितने ख़तरनाक हैं? जितनी जल्दी प्यार परवान चढ़ता है या प्यार का इज़हार होता है, उतनी ही जल्दी वो तूफ़ान उतर भी जाता है। और फिर! उसी तरह के मैसेज किसी दूसरे के फ़ोन पर दमकने लगते हैं-

"हाय! विल यू बी माइ फ्रेंड?"

न जाने क्यूँ बस यही लगता है कि इस टूटे दिल की कसक, संदीप तक पहुँचे और वो समझ पाए कि उसने कैसे एक भावुक लड़की की नाज़ुक भावनाओं से खेला है। रह-रहकर दिल से यही हूक उठती है कि वो भी, हमेशा ऐसे ही भटकता रहे। उसे भी सच्चा प्यार, कभी न मिले और काश! कभी हारकर वो फिर मुझे फ़ोन करे,

"हाय साक्षी! इफ़ इट इज़ ए गुड टाइम टू टॉक, मे आइ......?"

****

काव्या

भारी चेहरे पर, मोटा चश्मा लगाये, सोफ़े पर पैर मोड़कर बैठी काव्या को देखकर, कौन कह सकता था कि ये वही दुल्हन है, जो डेढ़ साल पहले लाल जोड़े में सजी, मुसकुरा रही थी। काली टी-शर्ट और काली जींस में वह लगातार फ़ोन पर बात किए जा रही थी। अपने गोरे चेहरे पर लटक आयी काली लटों को पीछे फेंकती हुई, वह मोबाइल पर लगभग चीख रही थी,

"इफ यू लव मी....." कहते हुए वह बैठक से उठकर बालकनी में चली गई और उसने दरवाज़ा खींचकर बंद कर दिया। उसके बाकी के शब्द शीशे की दीवारों के पीछे कहीं गुम हो गये थे।

****

सबके लिये अपनत्व की भावना से पगी और सबको दुलार करने वाली काव्या, अब लगभग तीस वर्ष की हो चली थी। अभी तक के जीवन में स्नेह, प्रेम और अपनत्व की खोज में वह निरर्थक दौड़ती रही, भटकती रही। लेकिन, भाग्य इस विषय में उसे सिर्फ़ ठोकरें ही देता रहा। न तो पितृ गृह में माता-पिता और भाई-बहनों का निश्छल स्नेह और अपनत्व मिल पाया और न ही एकनिष्ठ पति के प्यार में डूबा संसार। कौन जाने ये उसके पूर्व जन्म के संस्कार हैं, जिसे लोग प्रारब्ध कहते हैं या कुछ और?

लोग प्रारब्ध कहाँ से लिखाकर लाते हैं? ऐसा क्यूँ होता है कि छोटी सी ख़ुशी ढूँढ़ता इंसान, सारी ज़िन्दगी एक मृगतृष्णा की तरह उसके पीछे भागता रहता है, लेकिन वह कभी न बरसने वाले सफ़ेद बादल की तरह दिखाई देते-देते अचानक कहीं विलीन हो जाती है। शायद ऐसा ही प्रारब्ध था काव्या का।

****

वह मेरी बेटी की सहेली थी। बचपन की सहेली। फ्रॉक के सफ़र से शुरू कर जींस, टॉप और फिर साड़ी तक। बचपन में वह अकसर हमारे घर आती और "ममा" कह के मुझसे लिपट जाती। उस बिन माँ की बच्ची के लिये, मेरे दिल में अथाह प्यार उमड़ आता। मेरी बिटिया के टिफ़िन में, हमेशा से दो लोगों का खाना जाता, एक बिटिया का और एक उस मुँह बोली बेटी काव्या का। वह अकसर हँसती हुई कहती,

"ममा के प्यार के रूप में, टिफ़िन में ममा का एक बाल भी होता है....."
और मैं शर्म से पानी-पानी हो जाती।

****

उसके पापा पुलिस में इंस्पेक्टर थे। ऊपर से जितने कड़क, अंदर से भी, दिल के उतने ही कठोर। इस फूल सी बच्ची पर, उन्हें कभी तरस नहीं आया। आखिर इस बिन माँ की बच्ची को दुनिया में लाने का दायित्व तो उन्हीं का था। पिता के कर्तव्यों से मुख कैसे मोड़ सकते थे? लेकिन, उन्होंने कभी उस पर ध्यान नहीं दिया।

काव्या की मम्मी, उसके पापा की, दूसरी पत्नी थी। पहली पत्नी से उनकी एक कन्या, भव्या, पहले ही जन्म ले चुकी थी, लेकिन उसे पूरी तरह पाल-पोस कर बड़ा करने के लिये, उसकी माँ जीवित नहीं रही। दूसरे प्रसव की पूर्णता के पूर्व ही अजन्मे शिशु के साथ, वह अकाल मृत्यु का ग्रास बन गई।

कुछ समय अन्य सगे-संबंधियों की मदद लेकर, भव्या को किसी तरह पालने का प्रयास किया गया, किन्तु पुलिस की नौकरी में अनियमित दिनचर्या के साथ, उसके पापा को, जीवन में पत्नी का अभाव, बहुत कष्टप्रद लग रहा था। स्वयं की अतृप्त कामनाओं की संतुष्टि के लिये उन्होंने एक और गोरी, सुन्दर और भोली-भाली कन्या से पुनर्विवाह का मार्ग चुना। नन्हीं बालिका भव्या के पालनपोषण की दृष्टि से भी, घर में विमाता ही सही, लेकिन एक स्त्री की उपस्थिति का होना, उचित ही था।

दूसरे विवाह के समय, भव्या की उम्र पाँच-छः साल के बीच की रही होगी। काव्या की मम्मी ने, पति की पहली पत्नी की संतान भव्या को, अपनी कोख से जनी बेटी की भाँति स्वीकार कर लिया और भव्या के लिये, माँ की कमी को पूरी तरह से भर दिया। भरपूर स्नेह पाकर बच्ची ने भी, उसे सगी माँ की तरह स्वीकार कर लिया।

विवाह के अनिवार्य प्रतिफलन में, जल्दी ही काव्या का जन्म हुआ। लेकिन उसके जन्म के बाद भी, अपनी कोख-जनी और सौतेली पुत्रियों में उसने विभेद नहीं किया और दोनों बच्चियों को उनकी आयु के अनुरूप मातृवत् एक सा स्नेह दिया। वह दूधमुँही दिव्या को गोदी में लेती और उसकी बड़ी दीदी की अँगुली थामे, कभी खाना बनाती और कभी उसे स्कूल बस तक छोड़ने या लेने जाती।

धीरे-धीरे काव्या भी स्कूल जाने लायक हो गई। माँ के प्यार भरे आँचल की छाँव में काव्या लाल-लाल स्वेटर पहनकर रिक्शा से स्कूल जाती। गोल गोरा चेहरा, लाल रिबन में बँधी, दो पोनी टेल और नेवी ब्लू ट्यूनिक। उसके

जूते मोज़े और यूनिफॉर्म माँ की मेहनत से चमकते रहते। बस यही वे दिन थे, जब उसको जीवन में भरपूर प्यार मिला था और घर, घर जैसा लगता था।

****

फिर पता नहीं क्या अनहोनी हुई? माँ अचानक बीमार रहने लगी और दिन-ब-दिन उसका चेहरा पीला पड़ता गया। काव्या स्कूल से आती तो पड़ोस वाली आँटी आकर दोनों बच्चों को दाल चावल खिलातीं। एक दिन जब पापा टूर पर गये थे, माँ की तबीयत बहुत बिगड़ने पर, पड़ोस वाले अँकल-आँटी माँ को अस्पताल ले गये थे और फिर माँ कभी नहीं लौटी।

माँ की गुलाबी साड़ी का आँचल, उसका वह स्पर्श, काव्या घर भर में ढूँढती रहती। कहाँ गयी उसकी माँ? वह और दीदी अकसर खिड़की पर टकटकी लगाये बैठे रहते, इस आस में कि कभी तो माँ लौट आयेगी। कभी तो माँ आ जायेगी। लेकिन माँ को न कभी आना था, न कभी आयी।

****

कुछ दिन बाद काव्या और उसकी दीदी को, उसकी नानी के घर छोड़ दिया गया। एक महीने बाद जब वह वापस आयी तो रसोई में उसकी नई मम्मी, पापा के लिये चिकन बिरयानी बना रही थी। मम्मी के शुद्ध सात्विक चौके में लहसुन-प्याज का मसाला भुन रहा था और ड्रॉइंग रूम में सोफ़े पर बैठकर पापा, नमकीन के साथ ड्रिंक्स ले रहे थे।

अपनी मम्मी को किचन में जानकर काव्या, दौड़ती हुई किचन में आई, लेकिन वहाँ नई मम्मी का चेहरा देखकर ठिठक गयी थी। मम्मी के गोरे रंग की जगह भूरा सा पड़ता साँवला चेहरा, कुछ चौड़ी नाक में बड़ी सी लौंग, और भोलेपन की जगह एक स्ट्रिक्ट नर्स की भावभंगिमा। गोल-गोल हाथों में लाल चौड़ी चूड़ियाँ और मोटी-मोटी अँगुलियों में सोने की पीली चमकती अँगूठी।

माँ के प्यार को तरसती, उस छोटी सी बच्ची को अपनी ओर आकर ठिठकते हुए एवं आश्चर्य और आशा भरी नज़रों से ताकते देखकर भी उस नई माँ के चेहरे से कोई स्नेह-सिक्त प्रतिक्रिया परिलक्षित नहीं हुई थी वरन् अबोध

बालपन को भी उसमें उपेक्षा और प्रताड़ना की भावना तरंगित होती दिखाई दे गई।

ये कौन सी और कैसी माँ थी? उसकी ममतामयी माँ, कहाँ चली गयी? उसे क्या पता था कि उसके नानी के घर रहने की अवधि में, पहली दो पत्नियों से, लगातार दो पुत्रियों की भेंट पाकर आहत और पुत्रेषणा से पीड़ित उसके पिता ने, दूसरा पुनर्विवाह रचा लिया था।

किचन में माँ की जगह किसी भावहीन अपरिचित चेहरे को पाकर काव्या सहम सी गई और फिर उलटे पैर दौड़ती हुई वह बच्चों के कमरे में जाकर बड़ी बहन से लिपट गई।

****

उसके बाद तो ये रोज़ का किस्सा हो गया कि सहमी-सहमी सी दोनों बहनें लिपटकर रोती रहतीं और मम्मी-पापा के कमरे से आती निर्लज्ज हँसी की आवाज़ों को सुनती रहती। मम्मी-पापा, अपने आनन्द के क्षणों का उपभोग करते रहते। काव्या के पिता की पुत्रेच्छा, एक साल के अँदर ही फ़लीभूत हो गई और नई माँ की गोद में छोटा बबलू आ गया था। पुत्र के आते ही अब तो वैसे भी, दोनों बहनों का और अधिक अवमूल्यन हो जाना स्वाभाविक ही था।

आठवीं में पढ़ने वाली भव्या दीदी की ड्यूटी किचन में लग गयी और उनके पीछे-पीछे घूमती काव्या अपने छोटे-छोटे हाथों से बरतन साफ़ करने लगी थी। अब उन दोनों को, बस एक-दूसरे का ही सहारा रह गया था।

भावनात्मक स्तर पर पूरी तरह उपेक्षित सी दोनों बच्चियाँ सुबह उठ कर ख़ुद ही स्कूल के लिये तैयार होतीं और टिफ़िन में पुराने रखे बिस्किट डालकर या कुम्हलायी ब्रेड में बटर लगाकर रख लेतीं। काव्या का भरा गोल-गोल चेहरा भी उसी ब्रेड की तरह कुम्हला गया था।

****

नई माँ, व्यवहार में, बिलकुल पिक्चरों वाली ललिता पँवार जैसी थी। उसका सारा प्रेम, पति और नन्हें बबलू के लिये था। ये दोनों बहनें तो जैसे

उसके लिये बोझ थीं। शादी का अवाँछित गिफ्ट। काव्या का पूरा बचपन और किशोरावस्था इसी उपेक्षापूर्ण वातावरण में ऐसे ही निकली, माँ-बाप के प्यार से विहीन। माँ तो चलो सौतेली थी, लेकिन पापा? वह भी कभी प्यार से बच्चियों के सिर पर हाथ नहीं रखते थे, बल्कि उनका तो ऐसा आतंक था, कि पापा के आते ही, दोनों बहनें घर के किसी कोने में दुबक जातीं।

घर में न मिलने वाले प्यार-दुलार को, काव्या सहेलियों के घरों में ढूँढती। उस पर से ये गुज़रा कि ग्यारहवीं में आते ही उसे स्कूल के बाद, घर में ही बँद कर दिया जाता था। उसे सहेलियों के घर भी, एक्सट्रा क्लास का बहाना बनाकर आना पड़ता। उसकी स्ट्रिक्ट चेहरे वाली ममा को देखकर, सहेलियाँ भी उसके घर जाने से डरती। जिस उम्र में लड़कियाँ, तितलियों के समान उड़ती-फिरती हैं, काव्या पिंजरे में बँद पँछी के समान रहती। उसकी शक्की माँ, हर समय उसकी जासूसी करती। कॉलेज में पढ़ रही दुबली-पतली दीदी पर भी, माँ की कड़ी निगाह रहती।

****

किशोरावस्था ने, काव्या के दुबले-पतले शरीर को, कुछ गदबदा दिया था, लेकिन भोले चेहरे पर चंचल मुसकुराहट खेलती रहती। कमर तक लम्बे काले बालों के बीच, उसका गोरा चेहरा, चन्द्रमा सा चमकता। स्कूल में अपनी हमउम्र सहेलियों के साथ, वह ख़ूब मस्ती करती। अल्हड़ उम्र का असर, उसके सपनों का राजकुमार भी अकसर, उसके दिवा स्वप्नों में दस्तक देने लगा था। किसी की बातों में थोड़ा भी अपनापन, घर में प्यार को तरसते-भटकते मन के लिये, आकर्षण का कारण बन जाता। ऐसे किसी भी लड़के की ओर काव्या सहज ही खिंच जाती, जिसमें ज़रा सी भी अपनत्व की झलक मिलती।

जब वह इसका ज़िक्र, अपनी हम उम्र सहेलियों से गुपचुप बातों में करती, तो उसका भला चाहने वाली सहेलियाँ उसको चेतातीं कि

"काव्या! लड़कों के मोहजाल में मत पड़ो। कहीं तुम्हारा भोला-भाला मन धोखा न खा जाये।"

किन्तु, कॉलेज तक आते-आते उसके मन की सतरंगी दुनिया में बहुत से राजकुमार आ चुके थे। उसने अपने छोटे से शहर से बी.कॉम. किया और फिर वहीं एम.बी.ए. जॉइन कर लिया। उसकी सभी सहेलियाँ बाहर पढ़ने चली गयी थीं, लेकिन उसे शिक्षा के लिये, शहर से बाहर जाने की इजाज़त नहीं मिली थी।

दीदी की शादी के बाद तो, वह और भी अकेली हो गयी थी। घर के माहौल में उसका दम घुटता और कॉलेज के अलावा उसे और कहीं जाने की इजाज़त थी नहीं।

****

दीदी को पहली बार में ही जुड़वाँ बच्चे हो गए। दीदी की साल-सँभाल के लिये, काव्या को घर से निकलने का अच्छा मौका मिला। बैंगलोर के मदमस्त मौसम और आधुनिक स्वतंत्र वातावरण ने उस पर जादू की छड़ी सी फेर दी। दिनभर वह हँसते-खिलखिलाते बच्चों की देखभाल करती और शाम को सोसायटी के पार्क में वॉक करती। ठण्डी-ठण्डी मस्त हवा के झोंके, उसे अंदर तक तरोताज़ा कर देते।

उसने मन ही मन सोचा, अब वह घर वापस नहीं जायेगी। उसका एम.बी.ए. कम्पलीट हो ही चुका था। बस परीक्षा के रिज़ल्ट का ही इंतज़ार था। उसने जगह-जगह जॉब के लिये एप्लाय करना शुरू किया। दिल्ली-एनसीआर में, उसे एक रिस्पेक्टेबल सैलेरी का जॉब मिल गया। सैलेरी बहुत अधिक तो नहीं थी, लेकिन उसे लगा कि गुज़ारा चल जायेगा। वाह! घर से छुट्टी।

****

उसने दिल्ली में एक अच्छा सा पी.जी. किया और तुरन्त ही जॉब जॉइन कर ली। समय जैसे पंख लगाकर उड़ने लगा। वह हफ्ते के पाँच दिन ऑफ़िस में रहती और सेटरडे-सण्डे में घूमने निकलती। उसकी सिनसियेरिटी, मेहनत और हँसमुख स्वभाव से, वह जल्द ही ऑफ़िस में सबकी चहेती बन गयी।

वहीं उसकी मुलाकात हुई नीरज से। नीरज उसका बॉस था। गोल चेहरे, गेहुँए रंग और मँझले कद का नीरज भी उसे, बड़े मस्त स्वभाव का लगा था। रह-रहकर ऑफ़िस में उसके कहकहे गूँजते रहते। काव्या उसको रिपोर्ट करती थी और दोनों घंटों साथ में काम करते रहते थे। टारगेट पूरा करते-करते दोनों को दिन और रात का ध्यान ही नहीं रह जाता। जब कभी नीरज झुँझला जाता, तब काव्या कुछ मज़ाक छेड़कर हँसी का माहौल बना देती और वातावरण हल्का हो जाता। जब काव्या, काम की अधिकता से मायूस हो जाती, तो नीरज उसकी हौसला-अफ़ज़ाई करता, उसको प्रोत्साहित करता।

इस तरह रात-दिन के साथ ने, दोनों के बीच पहले दोस्ती और फिर धीरे से प्यार का बीज अंकुरित कर दिया। अब कभी-कभी वे दोनों वीक-एण्ड पर भी मिलने लगे और घंटों एक दूसरे की आँखों की गहराई में डूबे रहते। प्यार की प्यासी काव्या को, जैसे एक मंज़िल मिल गयी थी। बातों-बातों में नीरज ने, उसे अपने घर-परिवार के बारे में भी बताया था।

चौंतीस वर्षीय नीरज, निम्न-मध्यम वर्गीय परिवार से था। पिता की एक छोटी सी दुकान थी और पुरानी दिल्ली के एक घने बसे मोहल्ले में तिमंजिला घर। छोटी बहन की शादी हो चुकी थी और छोटा भाई भी कोई छोटी मोटी नौकरी करता था। लेकिन काव्या को लगा कि नीरज का पारिवारिक वातावरण प्यार से भरपूर था। ऐसा ही परिवार तो उसे चाहिये था। माता-पिता, भाई-बहनों से भरपूर परिवार।

नीरज से मुलाकात के तीन-चार महीने के बाद ही, काव्या ने अपनी घनिष्ठ सहेलियों को चंचल, शर्मीली मुसकान के साथ बताया कि वह शादी कर रही है। सभी सहेलियाँ अचरज में आ गयी थीं।

"काव्या! बहुत सोच समझकर शादी करना। अभी तो तुम्हें मिले सिर्फ़ चार महीने ही तो हुए हैं।"

लेकिन काव्या, अब शादी करके सेटल होना चाहती थी। वह जल्दी से जल्दी जीवन में स्थिरता चाहती थी। उसे प्यार से भरा पूरा परिवार चाहिये था और एक सपोर्टिव हसबैंड। नीरज में, उसे दोनों ही विशेषताएं दिखायी दे रही

थीं। उड़ती-उड़ती ये खबर उसे ज़रूर मिली थी कि नीरज को सट्टा खेलने की आदत है। लेकिन, शादी करने की जल्दबाज़ी में, काव्या ने इस बात को नज़रअंदाज़ ही कर दिया था।

****

फरवरी के महकते दिनों में, एक छोटे से रोके के कार्यक्रम में, उसने नीरज के नाम की अँगूठी पहन ली थी। अपनी शादी के दिन, वह बेहद ख़ूबसूरत लग रही थी। लाल रंग का रेशमी सूट, सुनहरे बॉर्डर का ज़री लगा लाल दुपट्टा, हाथों में ढेर सारी चूड़ियाँ, उसके साथ बँधा लटकता हुआ कलीरा और लाल चमकती बिंदी और लिपस्टिक।

वह बेहद ख़ुश थी। उसका सपना जो पूरा होने जा रहा था। शादी का सभी अरेंजमेण्ट नीरज के पेरेंट्स ने ही किया था। उसकी बहन, काव्या का बहुत ध्यान रख रही थी। वहीं उनके घर के पास, एक होटल में दो कमरे बुक किये गये थे। जिसमें एक कमरे में काव्या अपनी दो सहेलियों के साथ रुकी थी और दूसरे कमरे में उसकी मौसी, अपने बेटा-बहू और बिटिया के साथ।

नीरज के कहने पर, काव्या ने मम्मी-पापा को इन्फ़ॉर्म करते हुए, शादी में आशीर्वाद देने के लिये आमंत्रित किया था। लेकिन, उन्होंने एक फ़ोन तक करना जरूरी नहीं समझा, जैसे उनकी कोई ज़िम्मेदारी ही नहीं थी। दिल्ली में रहने वाली उसकी मौसी ने, कन्यादान की ज़िम्मेदारी अपने ऊपर ले ली थी।

मौसी की हम उम्र बिटिया के साथ घूम-घूमकर, काव्या ने शादी की शॉपिंग के नाम पर अपने सभी अरमान पूरे किये। उसकी स्वर्गवासी मम्मी की पेंशन का कुछ पैसा, किसी समय उसके पापा ने, काव्या के खाते में अंतरित कर दिया था। वह पैसा और सैलेरी में से की गई उसकी बचत ही शादी की शॉपिंग का आधार थी।

औसत दर्जे के होटल के उस बंद कमरे में, मोबाइल पर बजते गानों के साथ ही उसको मेहँदी लगी थी और हल्दी के नाम पर उसकी बिन ब्याही सहेलियों ने ही, चेहरे पर उबटन लगा दिया था। न तो विवाह की सी चहल-

पहल का माहौल और न रिश्तेदारों का शोर-शराबा। न रंगबिरंगी लाइट्स और न ज़ोरों से बजता गीत-संगीत। बस होटल का एक बंद कमरा और गिनती की दो-तीन अंतरंग सहेलियों के बीच, आनंद से चमकता काव्या का चेहरा।

****

अगले दिन, गुरुद्वारे में उनके मंगलकारज और फ़ेरे पड़ने की रस्म होनी थी। सुबह साढ़े नौ-दस बजे, पन्द्रह-बीस लोगों की बारात आयी। नीरज ने शेरवानी सूट पहन रखा था और चेहरे पर रजनीगंधा के फूलों का सेहरा था। वह बेहद ख़ुश था। इतनी प्यारी, ख़ूबसूरत दुल्हन जो उसे मिल रही थी।

लड़की वालों की तरफ से केवल आठ ही लोग थे। काव्या की मौसी, उनकी बिटिया और बेटा-बहू और काव्या की तीन सहेलियाँ और एक पेइंग-गेस्ट हाउस में उसके साथ रही उसकी रूम मेट। बँगलौर में रहनेवाली उसकी दीदी और जीजाजी नौकरी के सिलसिले में अमेरिका शिफ़्ट हो चुके थे। काव्या की शादी का शॉर्ट नोटिस, नौकरी में टारगेट पूरा करने मजबूरी और छोटे-छोटे जुड़वाँ बच्चों का साथ, इन विवशताओं के चलते दिली तमन्ना होने पर भी दीदी शादी में आ ही नहीं पाई।

****

जैसे ही ग्रंथियों ने अपनी मीठी आवाज़ में गाना शुरू किया, नीरज और काव्या ने गुरू ग्रंथ साहब के फेरे लगाने शुरू किये। चारों फेरे पूरे होते ही, बाकी सभी ग्रंथी चुप हो गये थे और गुरू ग्रंथ साहब को कोमल पंखों से हवा करते मुख्य ग्रंथी ही बोल रहे थे। उन्होंने गुरबानी के अनुसार काव्या और नीरज से कुछ वचन कहलवाये, उनको आशीर्वाद दिया और उनकी बधाई के साथ ही विवाह सम्पन्न हो गया। प्रसाद का हलवा सभी को बाँटा गया।

काव्या और नीरज ने उठकर सभी बड़ों के पैर छुए। कुछ भारी से बदन की उसकी सास ने, काव्या का चाँद सा चेहरा चूम लिया था। वह बहुत ख़ुश थीं, आखिर इतनी सुंदर और कमाने वाली बहू उन्हें मिल रही थी। गुरूद्वारे की दक्षिणा भी उसके दुबले-पतले कुछ साँवले से, लेकिन गंभीर व्यक्तित्व के ससुर साहब ने दी। काव्या की सासू माँ ने, अपने पर्स से मंगलसूत्र निकाला

और नीरज के हाथों से काव्या को पहनवाया। मौसी ने वहीं गुरूद्वारे में बैठाकर पैरों में बिछिए और पायल पहनायी। थोड़ी देर में नीरज ने काँपते हाथों से जब उसकी माँग भरी, तो उसका गोल-गोल चेहरा, रक्तिम आभा से प्रदीप्त हो उठा। गुरुद्वारे के बाहर बँटने वाले केक और समोसे ही उसकी शादी का लँच था।

वहीं से दो-तीन गाड़ियों में भरकर, दूल्हे के रिश्तेदार लौट गये थे और फूलों से सजी नीली मारुति वैन में काव्या को, सजल नयनों से उसकी मौसी और सहेलियों ने विदा करने की रस्म अदा की। जाने के पहले वह चमकते चेहरे लेकिन धुँधलायी आँखों से मौसी और भैया के गले मिली। सहेलियों से गले मिलकर जब वह रोने लगी, तो उसकी सासू माँ ने उसकी सहेलियों को भी गाड़ी में बैठा लिया था।

****

ससुराल में, घर के एक छोटे से कमरे में उसकी मुँह दिखाई और कंगना खोलने की रस्में पूरी हुई। कभी हँसती कभी आँसुओं में भीगती काव्या का हाथ, नीरज ने बड़ी मजबूती से पकड़ रखा था। आज काव्या उस परिवार का अभिन्न अंग बन गई थी जिसमें उसे प्यार करने वाले मम्मी-पापा, सहेलियों सी नन्द और भाभी-भाभी करता देवर मिल गये थे।

उसी दिन शाम को रिसेप्शन बड़ी धूमधाम से हुआ था। नीरज के सभी रिश्तेदार और उनके ऑफ़िस के सभी सहकर्मी आये थे। नीरज ने अपनी आर्थिक सीमाओं को लांघते हुए, ढेर सारा कर्ज़ उठाकर रिसेप्शन पार्टी में दिल खोलकर खर्च किया। नीरज ने पार्टी के लिये कितना कर्ज़ ले लिया है, इस बात से बेख़बर काव्या ने ससुराल से चढ़े हल्के गुलाबी रंग के लहँगे में डीजे पर झूम-झूम कर खूब डान्स किया।

****

अब काव्या के दिन सुहाने और रातें रूमानी होती चली गयी थीं। नीरज के प्यार ने उसे सिर से पैर तक रंग दिया। घर के तिमंजले पर बसा एक छोटा सा कमरा उनका रंगमहल था। मौसी द्वारा दी गयी स्टील अलमारी में उसने

अपने और नीरज के कपड़ों को बड़े क़रीने से सजा कर रखा था। डबल बेड पर हल्की गुलाबी छोटे-छोटे फूलों वाली चादर और उससे मेल खाते साटन-सिल्क के गुलाबी परदे। उस गुलाबी कमरे में जब वह पिंक नेट की नाइटी पहने नीरज के सामने आती तो उसका गदराया बदन नीरज को मदहोश कर देता।

****

लेकिन रूमानियत के ख़ुमार में भी काव्या ने सास-ससुर के लिये अपनी जवाबदारियों को नज़रअंदाज़ नहीं किया। वह सुबह-सुबह, सास-ससुर दोनों को गरम-गरम अदरक की चाय पिलाती। देवर जी का टिफ़िन बनाती और दोपहर के खाने के लिये गरम गरम दाल चावल और सूखी सब्जी बनाती काव्या फूली नहीं समाती थी। बड़े प्यार से वह एक-एक गरम रोटी सेंक कर सबको खिलाती।

सास ऐसी बहू को पा कर निहाल थी। वह ऊपर से नीचे तक का तिमंजिला घर, उसके साथ साफ़ करती और शनिवार इतवार को घर भर के कपड़े भी धुलवा देती। सास सुबह उठकर तीन मंजिले घर में झाड़ू लगाती और वह पीछे-पीछे पोंछा लगाती जाती। अपना घर, अपने घरवालों के लिये काम करने का आनन्द ही अलग होता है। थोड़ी देर के लिये भी काव्या कहीं जाती, दस बार नीरज उससे फ़ोन पर बात करता। ऐसा प्यार, और उसे क्या चाहिये था?

****

पहले छ: महीने बहुत अच्छे गुज़रे। लेकिन फिर जैसे सब के असली चेहरे सामने आने लगे। पहले नीरज हर महीने घर खर्च के लिये पन्द्रह हज़ार रुपये देता रहा था, लेकिन क्योंकि अब वह पति-पत्नी मिलकर परिवार में दो सदस्य हो गये थे, अत: सास-ससुर को उम्मीद थी कि काव्या भी उनको पन्द्रह हज़ार रुपये देगी। यानी, दो लोगों के पूरे तीस हज़ार।

सिर्फ़ सुबह की एक कप चाय और रात के खाने की दो रोटी के लिये काव्या को इतना पैसा देना खलता। उन दोनों का मॉर्निंग ब्रेकफास्ट और लंच

तो ऑफ़िस में हो ही जाता था। फिर नीरज ने भारी कर्ज़ लेकर रिसेप्शन की शानदार पार्टी दी थी। उस कर्ज़ की किस्त भी हर महीने जाती थी।

****

काव्या का ऑफ़िस उसके घर से डेढ़ घंटे की दूरी पर था। सुबह नौ बजे के ऑफ़िस के लिये उसे सुबह सात बजे निकलना पड़ता और शाम को साढ़े आठ के पहले वह घर नहीं पहुँच पाती। पहले रिक्शा और फिर मेट्रो में बैठे-बैठे उसकी कमर टेढ़ी हो जाती। रात को जब थकी हारी काव्या घर पहुँचती, तो दिन भर की थकी सास सोचती, अब रात की रोटी तो बहू ही सेंकेगी। रोज़-रोज़ की भाग दौड़, पैसों की किचकिच और थकान ने रिश्तों में प्यार की डोर को कमज़ोर कर दिया था।

किचन में सिंक भरकर बरतन साफ़ करने के बाद उस दिन साढ़े दस बजे जब काव्या कमरे में पहुँची, उसका पोर-पोर दुख रहा था। ये कैसी डबल ड्यूटी? ऑफ़िस का काम, आने जाने की थकान और फिर उसके ऊपर घर का काम। जैसे ही नीरज ने हाथ पकड़कर उसे अपनी ओर खींचा, वह फूट-फूट कर रोने लगी। इतनी धैर्यवान काव्या को रोता देखकर नीरज घबरा गया था।

"क्या हुआ काव्या?"

"मुझसे इतना काम नहीं होता। कमर में कितना दर्द है।"

और वह फ़फ़क पड़ी थी।

बहुत सोचने के बाद नीरज बोला,

"काव्या तुम नौकरी बदल लो। घर के आस-पास आधे-पौने घंटे की दूरी पर कोई जॉब देख लो।"

****

काव्या को एक कॉल सेंटर में नौकरी मिल गयी थी। शिफ्ट ड्यूटी। शाम चार बजे से रात बारह बजे तक। दिन में घर का काम निपटाने के बाद वह

ड्यूटी पर जाती और रात एक-डेढ़ बजे थकी हारी बिस्तर पर आती। गहराई रात में और सुबह पाँच बजे घर के अन्य सदस्यों के जागने से पहले पति की इच्छापूर्ति के लिये उसका साथ निभाना। जब वह सोती तो अगले दिन दस-बारह बजे तक उठ ही नहीं पाती, सोती रहती।

लेकिन उसकी सासू माँ अपनी ओर से काव्या का पूरा ध्यान रखतीं, सो कर उठने पर बहू को अदरक की चाय पिलातीं। उसके साथ हमेशा प्यार से पेश आया करतीं। बिन माँ-बाप की इस बच्ची के लिये उनके मन में असीम स्नेह था। काव्या बारह बजे उठकर नहाती, चाय पीती, दोपहर का खाना बनाती और तीन बजते-बजते उसके ऑफ़िस जाने का समय हो जाता। जब वह दोपहर का खाना बनाती, तब सासू माँ उसका रात के खाने का टिफ़िन पैक कर देती। काव्या का मुरझाता चेहरा उन्हें भी परेशान करता। लेकिन उनकी अपनी भी बढ़ती उम्र की मजबूरियाँ थी।

****

कई बार नीरज, देर रात को थक कर सोई काव्या को जगाने की हिम्मत नहीं कर पाता और कभी शारीरिक थकावट की मारी काव्या उसका ठीक से साथ नहीं निभा पाती। दो युवा शरीरों में उमड़ता प्रेम और उफ़नती कामाग्नि सेटरडे-सण्डे की बाट जोहती रहती।

काव्या की देर रात तक बाट जोहता, नीरज कम्प्यूटर पर बैठकर शेयर मार्केट के ऊँचे-नीचे होते भावों को देखता रहता। बचपन से तंगहाली में पला-बढ़ा और शादी के बाद भी परिवार की कमाई को संबल देती पत्नी के साथ के लिये तरसता नीरज, इसी उधेड़बुन में लगा रहता था कि किस तरह जल्दी से जल्दी पैसा बनाया जाये। शादी के बाद सट्टे की लत से उसने किसी तरह ख़ुद को दूर रखा था, लेकिन पत्नी से दूरी के चलते वह फिर से सट्टे-बाजी के भँवर में उलझ गया।

अनुभवी पिता की आँखों को इधर बहुत दिनों से शंका हो रही थी कि नीरज शायद फिर से सट्टे बाज़ी में उलझने लगा है, लेकिन वह और उसकी पत्नी घर के ख़र्चे चलाने में उनका साथ तो दे ही रहे थे। अपनी छोटी-सी दुकान

से उनकी जो भी कमाई होती थी, वह घर ख़र्च की अग्नि में ही झोंक दी जाती थी, लेकिन बढ़ते हुए ख़र्चों को पूरा करने के लिये नाकाफ़ी साबित हो रही थी। इसलिये बड़े बेटे की कमाई पर कुछ निर्भरता तो थी ही। वह तो पुरखों का मकान था, जो उनके सिर पर अभी छत्रछाया बनी हुई थी। बहुत सोच-समझकर पिता ने विवाहित बेटे को कुछ कह कर मामले को ज़बरदस्ती तूल देना उचित नहीं समझा था और इसलिये चुप्पी साधे हुए थे।

एक दिन सुबह माँ की रुआँसी सूरत देखकर बाबूजी ने पूछा,

"क्या हुआ?"

"अलमारी में रखे मेरे दोनों कंगन गायब हैं।"

पिताजी के शक की सुई, सीधी नीरज पर जा रुकी थी। नीरज की इच्छा का सम्मान करते हुए एक बिन माँ-बाप की, लेकिन ख़ुद कमाती-खाती बच्ची को भी बिना दहेज़ के ब्याह कर ले आये थे, इसी विश्वास के साथ कि वह चार पैसे कमा कर लायेगी, तो घर की हालत बेहतरी की तरफ़ जायेगी। लेकिन, यहाँ तो बेड़ा ही ग़र्क़ होता नज़र आ रहा था। जो कुछ सोचा-समझा गया था, उससे सब उलटा होता समझकर, वे मानसिक रूप से शांत और संतुलित नहीं रह पाये और उस शाम जब नीरज घर लौटा, पिताजी ने दहाड़ते हुए उसे बुलाया था।

खिसिआये से नीरज को, ये समझते देर न लगी कि माजरा क्या है? शादी के रिसेप्शन की पार्टी का भारी कर्ज़ पहले ही उसके सर पर था और अब जल्दी से अमीर बनने का ख़्वाब देखते हुए औरों की देखादेखी वह शेयर बाज़ार में सट्टे के खेल में उलझ गया था।

शेयर बाज़ार में सट्टे का खेल, उन अमीरों के लिये तो ठीक है, जिनकी माली हालत बड़े घाटे को आसानी से सह जाने लायक होती है। किन्तु, नीरज जैसे सैलेरीड क्लास के निम्न-मध्यमवर्गीय लोगों में बहुत ही कम भाग्यशाली लोग होते हैं जो थोड़ा-बहुत लाभ कमा पाते हैं। अधिकांश के लिये तो शेयर मार्केट में सट्टेबाज़ी से, केवल घाटे की राह खुलती है और उनकी बर्बादी का

रास्ता आसान होता जाता है। नीरज फ़ायदे के लालच में उसी खेल में फँसता चला गया और आपाद-मस्तक, कर्ज़ में डूब गया था। बढ़ते कर्ज़ के बोझ के कारण फ़ौरन सेटलमेंट के लिये उपजी आवश्यकता ने, उसे अपने ही घर से, ख़ुद अपनी माँ के कंगन ग़ायब करने का ग़लत कृत्य करने के लिये मजबूर कर दिया था।

उधर काव्या भी नई-नई शादी के ख़ुमार से पूरी तरह से उबरी नहीं थी। अपनी बेख़याली में काव्या को भी ये पता ही नहीं चल पाया था कि उसकी अलमारी में रखी उसके गिने-चुने गहनों की पोटली और उनके जॉइंट अकाउण्ट से उसका बैंक बैलेंस, दोनों ही गायब हो चुके थे।

****

उस दिन घर में ख़ूब कहा-सुनी हुई और नीरज के बुरी तरह कर्ज़ में डूबे होने की बात जाहिर हो ही गई। उसे अपना अपराध स्वीकार करने के अतिरिक्त कोई बहाना सूझ नहीं पड़ा। नीरज ने पिताजी को कर्ज़ की राशि के बारे में जो जानकारी दी थी वह सत्यता के कितनी निकट थी, ये तो सही-सही नीरज ही जानता होगा, परन्तु पिताजी कर्ज़ की रक़म का अंदाज़ा लगते ही एकदम भड़क कर कहने लगे कि,

"तुमने अपनी बेवकूफ़ी में जितनी उधारी सिर पर ओढ़ ली है अगर हम अपनी दुकान, पूरे सामान सहित बेच दें और ये मकान भी गिरवी रख दें तो भी हमारी हालत इतना कर्ज़ चुका पाने की नहीं बन पाएगी।"

लेकिन पिता की समझाइश भरी बातों पर शर्मिंदगी जाहिर करने की बजाय नीरज को बहस करने पर उतारू देख, पिताजी ने आपा खो दिया और बुरी तरह से गुस्से में तमतमाते हुए उन्होंने उसे उसी समय घर-निकाला दे दिया, ये कहते हुए कि

"अभी तो सिर्फ़ कंगन की बात है, आगे तुम न जाने क्या-क्या करो? हमें बुढ़ापे में चैन से जीने दो। भाई-बहन की ज़िंदगी पर भी तुम्हारी करतूतों की

काली छाया पड़ेगी। तुम निकलो यहाँ से अभी और जाओ जहाँ तुम्हारे सींग समाएँ। और हाँ, साथ में अपनी बीवी को भी लेते जाना।"

बीच-बचाव करने के लिये छोटा भाई और काव्या दोनों ही घर पर नहीं थे, वे नाइट ड्यूटी पर अपने-अपने दफ़्तरों में थे। माँ को पिताजी ने कुछ न बोलने की हिदायत देकर चुप करा दिया। माँ ने भी उस समय यह सोचकर चुप रह जाना उचित समझा कि सुबह तक उनके कुछ शांत हो जाने पर बात करेगी।

लेकिन, अपनी बेबसी पर परेशान हाल नीरज ने, पछतावा जाहिर करने या भविष्य में पिता की आशा के अनुरूप व्यवहार करने का भरोसा दिलाने के स्थान पर, तैश-तैश में यह कहते हुए उसी समय कदम घर से बाहर निकाल लिये कि,

"जीते जी वह अब कभी उन्हें अपना मुँह नहीं दिखायेगा।"

पिताजी तो भड़के हुए थे ही। उन्होंने अपनी ही संतान नीरज से, ऐसे विद्रोही व्यवहार की प्रत्याशा भी नहीं की थी। नीरज के शब्दों ने, आग में घी का काम किया। गुस्साए पिताजी ने, भड़ाक् से दरवाज़ा बंद करते हुए अंदर से चटकनी चढ़ाकर साँकल लगा दी थी। ये नीरज और काव्या के लिये, उस परिवार से बेटा-बहू के संबंध का, अंतिम पटाक्षेप साबित हुआ था। फिर वे कभी उस घर में नहीं लौट सके।

****

उस रात दस बजे काव्या के फ़ोन पर नीरज का मैसेज आया था,

"डोंण्ट गो बैक टू होम। सम प्रॉब्लम।"

उसके बाद नीरज का फ़ोन ऑफ़ हो गया था। घर लौटने के लिये नीरज ने मना ही कर दिया था। उसका मैसेज साफ़ तौर पर कह रहा था कि अगर वह घर लौटी भी तो नीरज घर पर नहीं मिलेगा और उसे घर में कोई अंदर आने देगा भी या नहीं कुछ कहा नहीं जा सकता था।

फ़ोन ऑफ़ हो जाने के बाद नीरज कहाँ हैं, यह पता लगाने का उसके पास कोई जरिया नहीं रह गया था। घबराहट में भी सब्र से काम लेते हुए काव्या ने उस रात अपनी सहकर्मी दीपाली के घर में शरण ली थी और फिर शुरू हुआ, मुसीबतों का दौर।

अपने बसे-बसाये प्यार से भरे घर से, वह अचानक ही बेघर हो गयी थी। उसके सपनों का महल, भरभरा कर गिर गया था। शरीर पर पहनी हुई एकमात्र ड्रेस और एक पर्स में बहुत थोड़ी धनराशि लिये वह घर के बाहर, असहाय अवस्था में आ पहुँची थी। उस पर बेमौसम की बारिश की मार भी। मजबूरन अगले दो दिन, वह दीपाली के कपड़े पहनकर ही ऑफ़िस गयी थी और चौथे दिन बेशरम सा नीरज आकर उसके ऑफ़िस में खड़ा हो गया था।

ऑफ़िस की कैन्टीन में बैठकर, उसने सब हाल काव्या को बताया और एक कमरे का ही सही, लेकिन घर खोजने की बात तय हुई। मन से टूटी हुई काव्या, एक बार फिर, नीरज के साथ घरौंदे की तलाश में जुट गई। दो-तीन दिन उन दोनों ने किसी तरह से काटे और बहुतेरी भाग दौड़ के बाद किसी तरह काव्या के ऑफ़िस के पास ही एक वन रूम सेट ढूँढने में क़ामयाबी मिल गयी थी।

एक कमरा, जिसमें गद्दे लगा कर उन्होंने अपना बिस्तर बनाया और सिंगल चूल्हे, एक कुकर और कढ़ाई के साथ उनका किचन फिर से शुरू हुआ। काव्या ने ननद दीदी से, ऑफ़िस से किसी को भेजकर, नीरज के और अपने जरूरी कपड़े, एक अटैची में रखवाकर ऑफ़िस में ही मँगवा लेने की बात कर ली थी। ननद ने एक अटैची नहीं, जितने भी कपड़े उसे समझ में आये, इकट्ठे करके उसके ऑफ़िस भिजवा दिये।

ज़िंदगी में एक कठिन और अनजान रास्ते पर नये सिरे से, किसी तरह लड़खड़ाते हुए चलने की कोशिश, फिर से शुरू की गई।

****

कपड़े रखने के लिये अलमारी पसन्द करने के बाद, जब पेमेन्ट के लिये उसने अपना एटीएम ऑपरेट किया, तो उसने फटे बटुए सा मुँह खोल दिया था। उसने बैलेंस चेक किया तो उसमें थे, मात्र एक हज़ार रुपये। ऐसा कैसे हो सकता है? शादी के बाद बचत कर-करके उसने साठ हज़ार तो जमा कर ही लिये थे। कहाँ गये सब? चकराकर वह धम्म से सिर पकड़कर वहीं बैठ गयी। तो क्या नीरज ने.....? असह्य पीड़ा के साथ उसका सिर गोल-गोल घूमने लगा था।

****

नीरज पर इतना कर्ज़ हो गया था कि किस्तें चुकाने के लिये अपनी तनख़्वाह के अलावा उसकी निगाह काव्या की तनख़्वाह पर भी रहती। नीरज की हरकतों से तंग आकर पिताजी पहले ही, सार्वजनिक तौर पर उनसे रिश्ता तोड़ चुके थे। उनकी ओर से स्थानीय दैनिक न्यूज़ पेपर में सभी सम्बन्ध ख़त्म कर देने संबंधी ज़ाहिर सूचना निकलवा दी गई थी। उससे पहले ननद ने भी उन दोनों के लगभग सारे कपड़े ऑफ़िस भिजवाकर बिना कहे ही अप्रत्यक्ष तौर पर यह स्पष्ट कर दिया था कि उन दोनों के लिये अब उस घर में लौटना नामुमकिन था।

काव्या बुरी तरह डर गयी थी। तो क्या नीरज के उठाये सारे कर्ज़ का बोझ उसे उतारना पड़ेगा? क्या इसी दिन के लिये उसने शादी की थी? नीरज का पति के रूप में वरण करके जीवन भर का साथ निभाने और प्यार करने वाला सहारा ढूँढ़ा था? क्या सोचा था? कैसे कैसे सपने संजोये थे आँखों में?

****

नीरज के साथ विवाह करते समय उसने कोई भूल नहीं की थी, बल्कि एक प्यार भरे परिवार में स्थान बना लिया था। पति, सास-ससुर, ननद, देवर और सभी संबंधियों ने उस अनाथ को खुले मन से अपनाया था। लेकिन शादी के बाद एक भूल ज़रूर हुई थी। विवाह के सात वचनों में से एक यह भी होता है कि पति-पत्नी एक-दूसरे से सारी बातें ईमानदारी से साझा करेंगे, कुछ नहीं छिपायेंगे। यहीं नीरज से भूल हुई।

आर्थिक मजबूरियों के चलते, उन दोनों के शारीरिक मिलन में अड़चनें आ रही थी। संभवतः उन्हीं कमियों को पाटने के लिये जल्दबाज़ी में, नीरज ने जो रास्ता अख्तियार किया, वह किसी भी प्रकार से जायज़ नहीं ठहराया जा सकता था। नीरज की बदनीयती और काले कारनामों ने, उसका सुख-चैन सब छीन लिया था। अपने जन्मदाताओं और अपनी पत्नी के विश्वास को एक साथ ठेस पहुँचाने वाला व्यक्ति भविष्य में और कितनी ग़र्त में गिरेगा या अन्य अधिक घृणित कृत्यों की और प्रवृत्त नहीं होगा, इसका कोई ठिकाना नहीं था।

आज सच्चाई उसे मुँह चिढ़ा रही थी। क्या वह दिन-रात एक करके इतनी मेहनत से कमाई अपनी गाढ़ी कमायी को नीरज के कर्ज़ की आग में झोंक दे, केवल इसलिये कि वह उसकी पत्नी है? उसकी अंतरात्मा कह रही थी कि वह जीवन भर के लिये स्वयं को दाँव पर नहीं लगा सकती, उसे अपने लिये जीना होगा। नहीं चाहिये उसे ये कर्ज़ में डूबी ज़िन्दगी, नहीं चाहिये उसे ये उम्र भर का बन्धन।

चिंदी-चिंदी जोड़कर बनाया गया उसका घरौंदा, कर्ज़ की आग में झुलस रहा था। थकी-हारी जब वह घर पहुँचती तो अपनी ही परेशानियों से त्रस्त नीरज, उससे लड़ने के लिये तैयार बैठा मिलता। अब तो वह काव्या पर यदा-कदा हाथ भी उठाने लगा था। ऐसी स्थिति में अच्छे-खासे शारीरिक गठन की काव्या, उसका प्रतिकार करने को मजबूर हो जाती थी। लेकिन आख़िर कब तक ज़िंदगी इस तरह से खींच सकेगी वह?

दिन-रात की लगातार खींचतान के चलते, अब काव्या को यह लगने लगा था कि इस गंदगी, इस फिसलन भरी कीचड़ से निकल कर, बाहर आना ही होगा, फिर चाहे उसे विवाह के पवित्र बंधन को ही क्यों न तोड़ना पड़े। नीरज के साथ रहकर ऐसी अभिशप्त ज़िन्दगी, वह अब और नहीं जियेगी।

****

बाल्यकाल से ही हमेशा जीवन के उतार-चढ़ावों से जूझती काव्या, न केवल दृढ़निश्चयी बल्कि बहुत साहसी भी थी। औरत होते हुए भी, हिम्मत हारना उसकी फ़ितरत में नहीं था। वह अपना जीवन फिर से सँवारने के लिये

कटिबद्ध थी। उसका मन कहता था कि वह वेल क्वालिफ़ाइड है, एक्सपीरिएन्स्ड है, सुन्दर है, जवान है और स्मार्ट है। अभी उसके सामने काम करने लायक लंबी उम्र है। ईश्वर ने चाहा, तो आगे कोई न कोई साथ निभानेवाला उसे जरूर मिल जाएगा।

उसने तय कर लिया कि कम्पनी के एच. आर. डिपार्टमेंट में एप्लीकेशन देकर, अगले फाइनेन्शियल ईयर में वह अपनी पोस्टिंग, कम्पनी के अमरीका स्थित किसी ऑफ़िस में करा लेगी। दीदी अभी तो वहाँ है ही। आगे का आगे देखा जाएगा।

और एक दिन, काव्या ने विद्रोहिणी का स्वरूप ले ही लिया। सभी सामाजिक बन्धनों को तोड़ती हुई, वह घर छोड़कर, नीरज को छोड़कर निकल गयी थी, वर्किंग विमेन्स होस्टल की ओर।

कुछ ही महीनों में आवश्यक वैधानिक औपचारिकताओं को पूरा करते हुए उसने नीरज से लीगल सेपरेशन पाने में सफ़लता हासिल कर ली। लीगली सेपरेट होकर, नीरज और काव्या, फिर से नदी के दो पाटों के समान हो गये। अब काव्या के सामने नई आशाओं से भरे असीम आकाश की अनन्त ऊँचाईयाँ थीं, जहाँ वह पंख फैलाकर मनचाही उड़ान भरने को तैयार थी।

****

रिवर्सल

वह बेहद ख़ूबसूरत थी। तराशा हुआ चेहरा, गोरा रंग, तीखी नाक, गुलाबी होंठ और कंधों तक कटे काले बाल, छरहरी, साँचे में ढली देह-यष्टि। लेकिन उसकी बड़ी-बड़ी आँखों में आँसू थे, जिन्हें उसने छुपा कर पोंछ लिया था। उसकी बड़ी-बड़ी काली आँखों में न जाने कैसा भोलापन और दर्द था। दर्द मासूमियत का, दर्द ठुकराए जाने का, दर्द लाखों रंगीन सपनों के टूटने का।

मम्मी-पापा की परमीशन से, वह उस लड़के के साथ होटल की ऊपरी मंज़िल पर स्थित एक कमरे में गयी थी ताकि वे दोनों आपस में कुछ बातें करके, एक दूसरे के बारे में जान सकें, एक दूसरे को समझ सकें।

ग्रे कलर के सूट में सजे उस स्मार्ट लड़के को वह देखती रह गयी थी। लड़का भी गोरा, सजीला, बेहद हैंडसम था। काले हलके घुँघराले बाल माथे पर झूल रहे थे, बड़ी-बड़ी काली आँखें और श्वेत दन्त पँक्ति से सजी मनमोहक हँसी। ओह! तो क्या यही था, उसका होने वाला जीवन साथी?

लड़के की बहन और उसकी एक सहेली, उन्हें कमरे तक छोड़ने आये थे। उसे नहीं मालूम था कि वे दोनों कमरे के बाहर ही खड़ी रहेंगी या वापस लौट जायेंगी, लेकिन उसने नोटिस किया कि कमरे का दरवाज़ा आंशिक रूप से बंद कर दिया गया था, जो स्पष्ट संकेत था कि वे खुलकर आपस में बातें कर सकते हैं।

सपना हल्का नीला, आसमानी सिलकन गाउन पहने थी। गले में चमकती गोल्ड की चेन और नेल पॉलिश लगे नाजुक से गोरे पैरों में सिल्वर कलर के हील वाले फुटवियर। फूल से नाजुक हाथों में मोती का ब्रेसलेट और गुलाबी हथेलियों से मैच करती, लाइट पिंक नेलपालिश।

उसने शर्म से झुकी पलकें हौले से उठाकर, अपनी शरबती आँखों से, सामने बैठे इस ख़ूबसूरत नौजवान, प्रसून को देखा। शर्म से उसके गुलाबी होंठ काँपने लगे थे। कमरे में दो कुर्सियाँ पड़ी थीं, लेकिन कमरे में प्रवेश करने के बाद वह बैठी नहीं थी, खोई-खोई आँखों से नज़र बचाती सी चुपचाप खड़ी रही। लड़के ने एक कुर्सी की ओर इशारा करते हुए कहा कि,

"बैठिये।"

यन्त्र-चलित सी वह उस कुर्सी पर बैठ गई।

"सारी। ओह! आपका तो नाम भी मुझे नहीं पता। मैं ये शादी नहीं कर सकता।"

सपना ने घबराकर प्रश्नवाचक आँखों से उसकी ओर देखा था। सपना ने एकदम से किसी ऐसे वाक्य की प्रत्याशा नहीं की थी। उसकी किसी प्रतिक्रिया का इन्तज़ार किये बिना ही लड़के ने आगे अपनी बात और स्पष्ट करते हुए कहा कि,

"मेरा किसी और के साथ सीरियस इनवॉल्वमेंट है। मैं उसको नहीं छोड़ सकता। मैंने उससे लाइफ टाइम कमिटमेंट किया है।"

और सपना सर झुकाये धक् सी सुनती रही। ये क्या हुआ? उसके साथ ही ऐसा क्यूँ हुआ? वह कुछ बोलने का प्रयास करती, उसके पहले ही प्रसून की ओर से, कुछ खेद भरे स्वर में अयाचित से स्पष्टीकरण की ध्वनि उसके कानों तक जा पहुँची थी,

"सॉरी! मैंने मम्मी को बहुत मना किया था। लेकिन, आप उन्हें इतनी पसन्द आ गई थीं कि उन्होंने मेरी एक न सुनी। दरअसल, क्योंकि हमारी जन्मपत्री भी बहुत अच्छी मिली है और कास्ट तो सेम है ही, शायद इसलिये मम्मी-पापा, हमारा रिश्ता जल्द से जल्द तय कर देना चाहते हैं। लेकिन, मेरी सहमति इसमें नहीं है और ज़बरदस्ती तय किये जाने वाले किसी रिश्ते में, मेरी कोई दिलचस्पी नहीं है। मुझे पहले से इस बात की जानकारी नहीं थी कि आप लोग भी यहाँ आये होंगे। मुझे तो होटल आने से बस थोड़ा ही पहले बताया गया था।"

लड़के का स्वगत् संवाद सुनती हुई, वह संज्ञा शून्य सी बैठी रह गयी। लड़के को जो कहना था उसने पहले ही वाक्य में, बिना कोई भूमिका बाँधे और बिना किसी लाग-लपेट के बिलकुल सीधे-सीधे तरीक़े से कह दिया था। वह जिस किसी लड़की की ओर आकर्षित था, उससे किए हुए अपने वादे पर अडिग था और अपनी ओर से इस लड़की को किसी धोखे में नहीं रखना चाहता था। शायद इसीलिये, उसने बिना इस बात की परवाह किए, कि ऐसे संवेदनशील मामलों में दूसरे पक्ष पर अपना नकारात्मक दृष्टिकोण प्रकट किये जाने या मना करने के अन्य सौम्य, औपचारिक तरीके हो सकते हैं, कुछ ज़्यादा ही सीधे-सपाट शब्दों में ईमानदारी से अपनी बात कह दी थी।

लड़के के सीधे-सीधे मना कर देने के बाद उस लाचार सी मनःस्थिति में डूबी कन्या के लिये कहने को रह ही क्या गया था?

आगे और कोई बातचीत हुई ही नहीं। इतनी स्पष्टता के बाद, बातचीत का अब वैसे भी कोई अर्थ, शेष नहीं रह गया था।

उधर, नीचे की फ़्लोर पर होटल के बड़े से हॉल में हँसी-ख़ुशी का माहौल था। पार्टी चल रही थी। डीजे पर बजते लाउड म्यूज़िक पर लोग डांस कर रहे थे। उनके बीच सपना के मम्मी-पापा भी, सबके साथ-साथ थिरक रहे थे। वे लड़के के माता-पिता के आमंत्रण और उनकी सहमति से ही अपनी विवाह योग्य सुंदर, सुशिक्षित बिटिया को लेकर यहाँ आये थे। लेकिन लड़की के माता-पिता होने के कारण, वे कुछ मिश्रित सी मनोदशा में थे। कुछ प्रसन्न, कुछ चिंतित से और अंदर ही अंदर ईश्वर से प्रार्थना भी कर रहे थे कि सब कुछ अच्छा हो और जल्दी से जल्दी उन्हें बहु-प्रतीक्षित शुभ-समाचार मिल सके। किसी ज़माने में वैवाहिक संबंधों के प्रस्तावों में अंतिम निर्णय माता-पिता का होता था। किन्तु अब, बदली हुई सामाजिक परिस्थितियों में प्रचलन, केवल भावी वर-वधू की पारस्परिक सहमति पर ही आधारित हो गया है।

****

दोनों मौन बैठे हुए, एक ही कमरे में, विपरीत दिशाओँ में देखते रहे। आपस में निगाहें तक मिलाने की चेष्टा, दोनों में से किसी ने नहीं की। एक ही कमरे में, बिना बातचीत किए, किसी के साथ कोई कब तक बैठा रह सकता है?

लड़की, कुछ किंकर्त्तव्यविमूढ़ और चिंतित सी मुद्रा में, सिर झुकाये बैठी, यह निश्चय नहीं कर पा रही थी कि वह यहाँ आई ही क्यों थी? उसका क्या कुसूर था? और, होटल में नीचे उसका इंतज़ार कर रहे, मम्मी-पापा को यह अनसोचा निर्णय भला किन शब्दों में बतायेगी?

लगभग पाँच मिनट बाद, लड़के ने ही पहल की और मौन को तोड़ते हुए उसकी आवाज़ आयी,

"आइये, नीचे चलते हैं।"

और वह, उसके पीछे-पीछे सिर झुकाये, धीरे-धीरे भारी कदमों से चलती, नीचे उतर कर आ गयी थी।

****

प्रसून के मम्मी-पापा की शादी की, तीसवीं सालगिरह थी। मैरिज एनिवर्सरी के उसी ऑकेज़न पर उन्होंने ये पार्टी रखी थी। उनका विचार था कि सभी दोस्त और रिश्तेदार आये ही हैं, एनिवर्सरी के फंक्शन के साथ-साथ बेटे की सगाई भी हो जाएगी। वहीं स्टेज पर सबके सामने लड़का-लड़की को गुलाब के फूलों की माला पहना देंगे और सगाई की अँगूठियाँ एक्सचेंज करा देंगे।

बेटे की होनेवाली बहू के रूप में देखी जा रही लड़कियों में से लम्बी, स्लिम ट्रिम और बेहद संवेदनशील सपना, प्रसून की मम्मी को बहुत पसन्द आई थी। नाजुक सी लड़की है। जितनी ख़ूबसूरत, उतनी ही शालीन। उन्हें अपने बेटे के लिये ऐसी ही बहू चाहिये थी। प्रसून की मम्मी पूरी तैयारी के साथ आई थीं कि इसी पार्टी में, लड़का-लड़की की मुलाकात भी हो जाएगी और एक-दूसरे को पसंद कर लेने की स्थिति में, एक ही पार्टी में दोनों मनोरथ सिद्ध हो जायेंगे। लेकिन बेटे का रुख क्या रहेगा, उन्हें ये नहीं मालूम था?

गरम-गरम सूप, कॉफी और स्नैक्स के दौर चल रहे थे। बड़े से सजे हुए हाल में, बड़ी-बड़ी टेबल्स पर डिनर सज रहा है। गुब्बारों और फूलों से पूरा हॉल सजा हुआ है, लोग हँस रहे हैं, कहकहे लगा रहे हैं।

हॉल में ऑर्केस्ट्रा पार्टी सुमधुर स्वरों में गा रही है, "ये शाम मस्तानी" और पूरा समा जैसे मदहोश और रोमांटिक हो रहा है। लाल साड़ी पहनी प्रसून की मम्मी हँस-हँसकर सबसे बातें कर रहीं हैं और बीच-बीच में मस्ती में ढोल के साथ डांस भी कर रही थीं।

अचानक उनकी छोटी बेटी ने एक किनारे ले जाकर उनसे धीरे से कहा,

"मम्मा, भैया बिल्कुल तैयार नहीं हैं। वह किसी और से शादी करना चाहते हैं।"

प्रसून की मम्मी का चेहरा मुरझा गया था। उन्हें बेटे के मन की बात पता तो थी, लेकिन कहीं न कहीं इतनी आशा ज़रूर थी कि इस इतनी ख़ूबसूरत नाजुक सी लड़की को देखकर, उससे मिलकर, शायद बेटे का मन पलट जाये। लेकिन बेटा नहीं माना था।

सपना की उदास आँखों और बुझे चेहरे को देखकर वह समझ गयी थी कि बेटे ने कुछ न कुछ ऊट-पटाँग, इस फूल सी बच्ची को बोल दिया है। उन्होंने अपना सिर पकड़ लिया था।

लड़का-लड़की के बीच क्या बात हो चुकी है, इस वास्तविकता से अनजान सपना के मम्मी-पापा, बेटी की शादी तय होने की झूठी खुशी में चमकते चेहरों के साथ, ऑर्केस्ट्रा पर बजते गानों पर हो रहे डांस में डूबे हुए थे। हॉल में लौटकर सपना, बड़ा सा एनिवर्सरी फंक्शन का ग्रीटिंग कार्ड और गिफ्ट हाथ में थामे, चुपचाप जाकर पीछे की एक पंक्ति में गुमसुम सी एक तरफ बैठ गई थी। वह सोच रही थी कि मम्मी मिलते ही उससे पूछेंगी कि बातचीत कैसी रही और लड़के का रुख़ कैसा था? सपना की हिम्मत नहीं हो रही थी कि एकदम से मम्मी-पापा को लड़के के इंकार की सूचना दे दे। मम्मी-पापा को तो सदमा सा ही लग जाएगा। वे तो घर से यहाँ, इसी आशा के साथ आये थे कि उसकी सगाई या कम से कम लड़के का रोका तो करके ही वापस लौटेंगे।

****

रात को एक बजे की ट्रेन पर प्रसून के मम्मी-पापा ही उन्हें सी ऑफ करने आये थे, प्रसून का कहीं पता नहीं था। ब्लैक जींस पर ग्रीन टॉप पहने और पर्स लटकाये सपना, मम्मी-पापा के साथ, कृष्ण भगवान् की बाँसुरी वादन की मोहक मुद्रा में पैरों को क्रॉस करके चुपचाप सी खड़ी थी। बड़ी-बड़ी काली आँखों में, एक वीरान सी ख़ामोशी थी और होठों पर चुप्पी।

ट्रेन में बर्थ पर बैठने के बाद, प्रसून की मम्मी ने उसके हाथ में ग्यारह सौ रुपये थमाये और उसके फूल से माथे को चूम लिया था। सपना के साथ-साथ उनकी आँखों में भी, टूटे सपनों का दर्द था, लेकिन फिर भी मन के एक कोने में सूक्ष्म सी आशा थी कि शायद बेटा मान जाये।

या तो, सपना ने मम्मी-पापा को प्रसून के इंकार किये जाने की बात साफ़-साफ़ बताई ही नहीं, या फिर प्रसून की मम्मी की ही तरह, सपना की मम्मी के दिल में भी, सब कुछ मनमाफ़िक होने की एक कमज़ोर आशा की किरण शेष रह गई थी। ट्रेन प्लेटफ़ॉर्म छोड़ने के लिये तैयार थी। कोच के गेट पर खड़े-खड़े सपना की मम्मी ने, प्रसून की मम्मी से पूछ ही लिया कि,

"भाभीजी! आगे क्या और कैसे करना है? आप लोगों ने क्या फ़ायनल डिसीज़न किया है, हमें ज़रा जल्दी बताइयेगा, तो मेहरबानी होगी।"

"जी भाभीजी! हमारी ओर से तो पहले ही 'हाँ' थी। लेकिन आप तो जानती हैं आजकल बच्चों की इच्छा का सम्मान करना भी हम लोगों के लिये ज़रूरी सा ही हो गया है। ज़रा प्रसून के मन को टटोल लें, फिर हम जल्दी ही आपको बता देंगे। बाय एंड गुड नाइट। शुभ यात्रा।"

कहते हुए, प्रसून की मम्मी, प्लेटफार्म से धीरे-धीरे सरकती गाड़ी से दूर हट कर, उन्हें अभिवादन करके, हाथ हिलाते हुए देखती रहीं।

न जाने क्यों एक खटक सी उनके मन के भीतर ज़रूर थी। ऐसा न हो कि सपना को अपने इकलौते बेटे के लिये, बहू के रूप में विदा करा के लाने के उनके सपने, सरकती गाड़ी के पहियों के आगे बढ़ने के साथ ही हमेशा के लिये कहीं बिखर गये हों।

****

अगले दिन शाम को, उनके पास सपना का फ़ोन आया था।

"आँटी! आपसे एक परमीशन चाहिये।"

"हाँ, बोलो बेटी।"

"आँटी! मेरी कंपनी मुझे यू.के. भेज रही है। मैं वहाँ जाना चाहती हूँ। बचपन से मैंने सपना देखा था, लंदन जाने का, आज वह पूरा हो रहा है। क्या मैं चली जाऊँ?"

"वापस कब आओगी, बेटी?"

"सितम्बर में।"

अरे! और छ: महीने मिल जायेंगे? प्रसून की मम्मी का हृदय उत्फुल्ल हो उठा। कौन जाने, तब तक शायद वह भी, अपने बेटे को सपना से शादी करने के लिये मनाने में सफ़ल हो ही जायें?

"ठीक है बेटी! तुम जाओ। ऑल द बेस्ट।"

उनका मन और आँखें दोनों भर आये थे। और फिर एक बार चला, बेटे को मनाने का सिलसिला। हर तरह से कोशिश की गई, लेकिन बेटा अडिग था।

"मम्मी, मैं तो उसी से शादी करूँगा, जिससे मैं प्रॉमिस कर चुका हूँ।"

****

मम्मी-पापा उसकी पसंद की लड़की की अनदेखी कर के, उसकी शादी सपना से करवाने पर क्यों उतारू हैं, इस बात से रूठा-रूठा सा प्रसून, अगले दिन अपनी पोस्टिंग प्लेस पर चला गया था। एक झूठी आस के सहारे प्रसून की मम्मी ने, ये छ: महीने बिताये थे।

एक दिन शाम को चार बजे के आसपास, जब वह गहरी नींद में सो रहीं थीं, उनका मोबाइल घनघनाया। सपना थी लाइन पर, दूसरी ओर से,

"आँटी! आप प्रसून की शादी प्लीज़ कहीं और कर दीजिये।"

"क्यूँ बेटी?" उन्होंने गहरी नींद से उठकर घबराकर पूछा था।

"आँटी! मेरी ट्रेनिंग एक्सटेन्ड हो गयी है, दिसम्बर-जनवरी तक। मुझे रिलीव करने के लिये कोई नहीं आ रहा। आप कब तक इन्तज़ार करेंगी?"

और फ़ोन कट गया था और वह देर तक स्तब्ध सी बैठी रह गयी थीं। वे हमेशा सोचती थीं कि वह सपना के पैरेंट्स को क्या जवाब देंगी। लेकिन सपना स्वयं उन्हें मना कर देगी, ऐसा उन्होंने सोचा भी नहीं था। आह, ऐसी प्यारी बच्ची!

अंततः, बेटे की शादी उसकी पसन्द की लड़की से ही कर दी गई।

****

जाड़े की तेज ठण्डी रातों में, सपना, बाहर गिरती सफ़ेद बर्फ को सूनी आँखों से देखती रहती। इस पराये देश में, उसने ख़ुद को कंपनी के कामों में डुबो दिया था। अभी भी, जब-तब प्रसून का चेहरा, उसकी आँखों के सामने घूम जाता। जबसे मम्मी-पापा ने उसकी फ़ोटो उसे भेजी थी, वह उसके मनमन्दिर में देवता की मूर्ति की तरह स्थापित हो गया था। तेईस-चौबीस साल की नाजुक उम्र में उसने कितने ही सपने सजा लिये थे। ऊपर से प्रसून की मम्मी की प्यार भरी कॉल, उसे ऊपर से नीचे तक स्नेह से सराबोर कर देती। बस कॉल नहीं आयी तो उसकी, जिसका वह हर आहट पर इन्तज़ार करती थी।

और एक, दिन सितम्बर के सुहावने मौसम में उसके मोबाइल पर मैसेज चमका था।

"मैंने अपनी कॉलीग से कोर्ट मैरिज कर ली है। आप प्लीज़ मेरी मम्मी को मना कर दीजिये नहीं, तो वह कभी हमारी मैरिज एक्सेप्ट नहीं करेंगी।"

उसने डूबते दिल और काँपते हाथों से प्रसून की मम्मी को फ़ोन लगाया था,

"आँटी! आप प्रसून की मैरिज किसी और से कर दीजिये। मेरी ट्रेनिंग एक्सटेन्ड हो गयी है।"

नम धुँधलायी आँखों से, सपना ने वीसा बढ़ाने की एप्लीकेशन ऑन लाइन सबमिट कर दी थी।

****

ज़िन्दगी अपनी रफ़्तार से चलती रही। एक, दो, तीन साल उसने ख़ुद को कंपनी के काम में डुबो दिया फिर वहीं, यू.के. में रहते हुए, एम.बी.ए. भी जॉइन कर लिया। मम्मी-पापा बार-बार उसे बुलाते रहे,

"बेटी! इंडिया वापस आ जाओ। प्रसून नहीं, तो क्या हुआ? क्या तुम्हारे लिये अच्छे लड़कों की कमी है?"

लेकिन वह उनकी बात अनसुनी करती रही। पिछले साल जब वह दीवाली पर घर आयी थी, मम्मी-पापा ने मोटा दहेज तय करके उसकी शादी फिक्स कर दी थी। उसके मन में लड़के को देखने का कोई उत्साह नहीं था। लड़का पी.एण्ड टी. डिपार्टमेंट में डायरेक्ट ऑफ़िसर था। ऊँचा पद और ऊँचा दहेज। साथ में कार की डिमांड। मम्मी-पापा ने अपनी क्षमता से बढ़कर स्विफ्ट डिज़ायर बुक कर दी थी।

बड़ी धूमधाम से लखनऊ के एक बड़े होटल में उसकी सगाई हुई। उस लंबे, साँवले युवक में, उसे कहीं भी अपने सपनों का राजकुमार नज़र नहीं आया। लेकिन माँ के शब्द थे,

"बेटी! शादी तो एक ऐसा समझौता है, जिसमें बहुत सी चीज़ें देखी जाती हैं और हर चीज़ अपनी पसंद के मुताबिक़ ही हो ये ज़रूरी नहीं होता। लड़के में तो उसकी नौकरी ही देखते हैं, ख़ूबसूरती तो लड़कियों की देखी जाती है।"

सपना, माँ की बातों को धैर्य पूर्वक सुनती रही, कोई प्रतिवाद करने का जतन नहीं किया। लेकिन मन ही मन अपने भाग्य को कोसते हुए, उसने अपनी झुकी पलकों को ज़ोर से बन्द कर लिया था। क्या कमी थी उसमें? अति सुंदर लड़कियों की श्रेणी में थी, औरों से ज़्यादा अच्छी पढ़ी-लिखी, अच्छा-खासा फ़ैमिली बैकग्राउन्ड, एक प्रतिष्ठित मल्टी नैशनल कम्पनी में एम्प्लॉएड। तो फिर ईश्वर ने उसके भाग्य में, उसी के समकक्ष सुदर्शन उसके पसंदीदा किसी युवक को जीवनसाथी के रूप लिखने में क्यों कमी कर दी थी?

****

लेकिन, अभी यही अंत नहीं था। पता नहीं, उसके जीवन में कितने भटकाव और लिखे थे? शादी के लिये वैन्यू बुक हो गया था, माँ-पापा ने सभी तैयारियाँ कर लीं थीं। शादी के तीन दिन पहले लड़के वालों का मैसेज आया था,

"हमें लड़के के सरकारी पद के अनुरूप कम से कम मारूति सियाज़ (Ciaz) का टॉप मोस्ट लेटेस्ट मॉडल चाहिये। वो मॉडल न देना चाहें तो कोई बात नहीं लेकिन गाड़ी आप जो भी दें कम से कम बारह-पन्द्रह लाख का मॉडल होना चाहिये।"

इनडायरेक्टली, कार की न्यूनतम कीमत भी बता दी और यह एहसान भी जता दिया कि हमने किसी स्पेसिफ़िक कार की माँग थोड़े ही की है आपसे। आप चाहे जो दे दें।

इस बार वह रो पड़ी थी। ऐसा नहीं था कि इन्तज़ाम नहीं हो सकता था। ईश्वर की कृपा से, तीन साल तक वह विदेश में नौकरी कर चुकी थी। लबालब भरा था उसका बैंक अकाउंट।

"पापा! मैं बड़ी से बड़ी और सबसे महँगी मारुति कार खरीद सकती हूँ। लेकिन मुझे नहीं करनी, ऐसे लालची लोगों के घर में शादी........", यह कहती हुई, वह निराश सी कमरे से बाहर निकल गयी थी। क्षोभ और बेबसी के मिले-जुले भाव उसके चेहरे पर साफ़-साफ़ दिख रहे थे।

माँ-पापा दोनों स्तब्ध से बैठे रह गये। उनकी समझ में ही नहीं आ रहा था कि अब करें तो क्या करें? उनकी ऐसी प्यारी बेटी के भाग्य में आख़िर लिखा क्या है? बार बार क्या उसका दिल इसी तरह तोड़ते रहेंगे लड़के वाले? उनकी ही बेटी के साथ ऐसा क्यूँ होता है? ऐसी नाज़ों पली, उनकी इकलौती बिटिया रानी। क्या कमी थी उसमें? वेल क्वालीफाइड, अप्सरा-सी सुन्दर, स्वर में सरस्वती। पर, हाय री किस्मत!

उन्होंने लड़के वालों के पास संदेश भिजवा दिया,

"शादी में टॉप मॉडल कार दिये जाने की जो बात आपने शुरू की थी, उस पर सोच-विचार के बाद, हमने यह डिसाइड किया है कि इस रिश्ते की बात को, यहीं ख़त्म कर दिया जाये। आपको, बारात लाने की ज़रूरत नहीं है। आपके परिवार में, अपनी बेटी की शादी करने के लिये, अब हम तैयार नहीं है।"

****

सपना, कंपनी में बात करके फिर किसी असाइनमेन्ट पर विदेश निकल गई थी। देश की धरती से दूर रहेगी तो माँ-बाप मजबूरी में सब्र कर लेंगे। कम से कम भारत में ही रहते हुए बेटी के अविवाहित रह जाने के नाते-रिश्तेदारों के तानों से तो बचने का बहाना मिल जायेगा उन्हें, कि क्या करें, नौकरी के चक्कर में उसकी शादी टलती जा रही है।

अगला जाड़ा भी उसके जीवन में सुहाग का सुख नहीं ला पाया था। सूनी शैया और उससे भी सूना उसका मन। आँखों के सामने खुला लैपटॉप और उस पर खुली हुई, ढेरों शीट्स।

इतना सुंदर रूप और शरीर, शैक्षणिक योग्यता, अच्छी नौकरी कुछ भी उसके काम नहीं आया था। कहाँ गया जीवन का आनन्द, उसके रंगीन सपने, विवाहित जीवन का सौन्दर्य? उसके सपनों का महल जैसे भरभराकर ढह गया था।

उसकी सब दोस्तों के बॉय फ्रेंड्स थे, किसी की शादी हो गयी थी और कोई लिवइन रिलेशनशिप में रहती थी। सब जीवन के नशे से परिपूर्ण। और वह, जीवन की कंकरीली-पथरीली, बर्फ़ से ढँकी, ठँडी सड़क पर चल रही थी, अकेली चलते जाने को अभिशप्त सी बढ़ रही थी। उसके जीवन के अट्ठाईस-उनतीस बसंत बीत चुके थे।

लम्बे लॉक डाउन के बाद, परदेस के अकेलेपन से घबराकर, वह वापस इंडिया आ गयी थी। मम्मी-पापा के पास रहकर वर्क फ्रॉम होम कर लेगी।

****

बेटे की शादी के लगभग चार साल बाद, उड़ते-उड़ते ये बात प्रसून की मम्मी तक पहुँची थी, कि सपना अभी भी अविवाहित ही है। उन्हें ये जानकर अंदर से बहुत दुख हुआ। हे ईश्वर, उस प्यारी सी बच्ची के जीवन के साथ ऐसा अन्याय क्यों हो रहा है? उसे इतना दुख क्यों मिल रहा है? क्या उसके ग्रह-नक्षत्र ही उसकी शादी में बाधक बन रहे हैं? नहीं तो, चार साल पहले ही वह बहू बनकर उनके ही घर में क्यों न आ गई होती?

संयोग से उसी समय उन्हें अपने दूर के रिश्ते के भतीजे प्रहर्ष के बारे में पता चला था। ऐसा पता लगा था कि लड़का यू.एस.ए. में सॉफ्टवेयर इंजीनियर है, और एक-दो महीने के लिये भारत आया हुआ है। सपना से लगभग दो साल बड़ा। पहले जॉब में स्थिरता न होने के कारण और फिर उसके यूएसए में ही एम.एस. में व्यस्त रहने के कारण उसकी शादी भी बार-बार टलती रही थी और अब बहुत डिले हो गयी थी। इस बार उसके माता-पिता की दिली इच्छा यही थी कि कुछ ऐसा हो जाये कि इस ट्रिप में प्रहर्ष की शादी करवा के ही उसे जाने दें।

प्रसून से शादी की बात टूटने के बाद भी पता नहीं क्यों, उसकी मम्मी को सपना से लगाव सा हो गया था। उन्होंने प्रहर्ष के सारे आवश्यक डिटेल्स मँगवा कर, दोनों परिवारों के एक कॉमन फ्रेंड (साझा परिचित) के माध्यम से सपना के मम्मी-पापा के पास भिजवा दिये।

उस समय तक, सपना इतने झटके झेल चुकी थी कि उसका मन ही नहीं था कि शादी की बातचीत के सिलसिले में किसी और लड़के से अब वह मिले भी। उसने लड़के की फ़ोटो देखने से भी यह कह कर मना कर दिया कि मुझे नहीं देखनी कोई फ़ोटो-वोटो।

मम्मी-पापा के बहुत ज़ोर देने पर, उसने उनका मन रखने के लिये, इतना भर कह दिया था कि अपनी संतुष्टि के लिये, आप लोग जितनी जाँच-पड़ताल करना हो करिए, जैसा करना हो वैसा करिये।

आरंभिक बातचीत सकारात्मक दिशा में कुछ आगे बढ़ने पर, सपना के मम्मी-पापा के दिलों में आस की एक किरण जगी, तो लड़के से मिलने के

लिये सपना को राज़ी करने में उन्हें और अधिक परेशानी का सामना करना पड़ा। बड़ी मुश्किल से, सपना प्रहर्ष से मिलने को तैयार हुई थी, वो भी इस शर्त पर कि इसके बाद, वे कभी किसी और से मिलने के लिये उसे मजबूर नहीं करेंगे। लेकिन वहाँ जाकर सपना की आँखें, जैसे किसी भूले बिसरे स्वप्न में उलझकर, अटक कर रह गयी थीं। वह विस्फारित नेत्रों से प्रहर्ष को देखती ही रह गई। उसे प्रहर्ष तीन-चार साल पहले के प्रसून की कॉपी सा ही लगा। प्रसून से मिलता-जुलता कुछ-कुछ वैसा ही चेहरा-मोहरा। काले, हलके घुँघराले बाल, गोरा चेहरा और सुंदर जड़ाऊ दंत पंक्ति।

प्रसून और प्रहर्ष सगे भाई तक नहीं थे, फिर भी दोनों की छवि और हावभाव में, किसी को भी चकित सा कर देने वाली, साम्यता थी। प्रहर्ष ने भी कुछ-कुछ वैसे ही स्टील ग्रे से कलर के सूट में सपना का अभिवादन करते हुए जब उससे 'हाय' कहा तो उसका दिल धक् से रह गया था। एक अजीब सी आशंका, उसके अंदर ही अंदर धुकधुकी पैदा कर रही थी। चार साल पहले होटल में प्रसून ने जो कुछ उससे कहा था, वे बातें उसकी स्मृति में बिजली की तरह कौंध गईं। कहीं आज फिर से वही बातें तो नहीं दोहराई जानेवाली हैं?

प्रसून तो फिर भी इंडिया में ही था, तब भी उसने, किसी दूसरी लड़की से किए अपने कमिटमेन्ट का हवाला देकर, उसको जीवन भर के लिये एक कभी न भुला सकने वाला ज़ख्म दे दिया था। अब ये प्रहर्ष भी तो पिछले सात-आठ साल से विदेश में ही रह रहा था। उसका तो ज़रूर किसी न किसी से कोई कमिटमेन्ट हो ही गया होगा। और फिर, अमरीका तो अमरीका ही है। जैसा उसने पढ़-सुन रखा था, वहाँ तो प्री मैरिटल लिव इन रिलेशनशिप एक आम बात होती है।

उसने मन ही मन ख़ुद को वैसे ही अप्रिय वाक्यों को सुनने के लिये तैयार कर लिया था। क्या एक बार फिर उसे मम्मी-पापा को वैसी ही कष्टकारी परिस्थितियों से दो-चार होते देखना होगा? कब तक वह अपने मम्मी-पापा को ऐसी उलझनों में डालती रहेगी?

****

लेकिन इस बार शायद भगवान् को भी उसके भाग्य पर तरस आ ही गया था। उसकी सारी आशंकाओं को निर्मूल साबित करते हुए प्रहर्ष और उसकी बातचीत बहुत ही अनुकूल और आश्चर्यजनक रूप से संतुष्टिकारक रही। शायद, दोनों का काफ़ी समय से कम्प्यूटर सॉफ्टवेयर से संबंधित कम्पनियों में, दो पश्चिमी अंग्रेज़ी-भाषी देशों में ही कार्यरत होना भी, एक कारण हो सकता है। कारण जो भी रहा हो, लेकिन थोड़ी देर की बातचीत में ही दोनों को यह समझते देर न लगी कि उनकी वैचारिकता, उनकी मानसिकता में आवश्यक और पर्याप्त संगति है और उन्हें आगे किसी सोच-विचार या लम्बी डेटिंग की ज़रूरत नहीं है।

प्रहर्ष ने अपनी ओर से, विवाह के लिये सहमति जताते हुए कहा कि,

"Sapna! I feel, we are made for each other. Together we can be a compatible match. Perhaps God has made us wait far too long to be together. I shall be the happiest person on earth, to be married to such a beautiful girl as you. How do you feel? Are you ready to join me as my life partner?

टेबल पर प्रहर्ष ने अपने दायें हाथ की हथेली खोलकर सपना के सामने सरका दीं। सपना ने अनजाने में ही, टेबल पर रखे प्रहर्ष के लम्बी अँगुलियों से सुसज्जित हाथ को, अपने दोनों हाथों में हलके से थाम लिया। उसकी झुकी पलकें, जैसे लाखों सपनों को अपनी आँखों में ही समेटे रखना चाहती थीं। मुँदी हुई सी आँखों से ही, उसने श्रद्धाभाव के साथ, प्रहर्ष के हाथ को उठाकर, अपने माथे से लगा लिया। उसकी आँखों में अनगिनत सपने लहरा रहे थे। बीच का चार साल लम्बा सूना अन्तराल न जाने कहाँ खो गया था?

प्रहर्ष और सपना, दोनों ने, अपनी सहमति से माता-पिता को अवगत करा दिया। बहुत शीघ्र, अत्यन्त सीमित रिश्तेदारों की उपस्थिति में, उन्होंने विवाह की धार्मिक रस्मों एवं वैधानिक आवश्यकताओं की कागज़ी कार्रवाई को पूरा किया और फिर एक सुखद भविष्य के सपने संजोये, वे

दोनों, जीवनसाथी की तरह, एक दूसरे के पूरक बनकर, एक ही राह पर चल पड़े थे।

****

प्रसून की मम्मी को, सपना की शादी में शामिल होने का न्यौता तो नहीं मिला था। मिलता भी क्यों? प्रसून से रिश्ते की बात टूटने के चार साल बाद भी, ये उम्मीद करना ही बेमानी था कि सपना के माता-पिता, इस शादी में उन्हें आमंत्रित भी करें। लेकिन उन्होंने जिस परिचित के माध्यम से प्रहर्ष का विवरण सपना के माता-पिता तक पहुँचाया था, उसी के मार्फ़त यह शुभ समाचार कुछ अंतराल के बाद उन्हें मिल गया था। सपना के जीवन में ख़ुशियों की बहार लेकर आये, इस रिवर्सल का समाचार जानकर, उन्हें अंतर्मन से बेहद ख़ुशी मिली थी, एक अनजानी सी संतुष्टि की अनुभूति हुई थी। जीवन-चक्र भी कितना अद्भुत है।

प्रसून की मम्मी, ये तो नहीं जान पाईं थीं कि उस समय सपना और प्रहर्ष कहाँ थे, भारत में ही या विदेश में, लेकिन उन्होंने मन ही मन ईश्वर से सपना और प्रहर्ष का भविष्य सुखद रहने की कामना करते हुए, सपना को सदा सुहागन रहने और उसकी गोद जल्दी भरने का असीम आशीर्वाद दिया।

****

चलते-चलते....

संपादकीय कथन

शब्दकोषों में 'वामा' का शाब्दिक अर्थ दिया गया है, 'मनोहारिणी स्त्री' और इंद्रधनुष प्रतीक है, प्रकृति-प्रदत्त विभिन्न रंगों की अद्भुत मनोहारी छटा का। इन्द्रधनुष को मूलतः सात रंगों में विभाज्य माना गया है, किन्तु उन्हीं सात मूल रंगों के सम्मिलन से अगणित रंगों का सृजन संभव होता है। इसी प्रकार, ईश्वर ने नारी को एक प्रेयसी व एक पत्नी के रूप में सौंदर्य, प्रीति और अनुराग के साथ-साथ मातृत्व उद्भूत वात्सल्य और स्नेह जैसे अप्रतिम गुणों से परिपूर्णता प्रदान की है। सृष्टि के अनंतकाल से मानव जीवन में अनेक भावनात्मक रंगों का अस्तित्व, नारी के इन्हीं अद्भुत गुणों के कारण संभव हो सका है।

इसे चाहे मानव समाज में एक विडंबना की संज्ञा दी जाये या कुछ और, परंतु यह एक अकाट्य सत्य है, कि नारी-जीवन, प्रियतम के प्रेम से भरे मादक और उद्दीप्त क्षणों के साथ, संतान पर मातृत्व, वात्सल्य एवं स्नेह की अमृतवर्षा करते हुए भी, अनेक अप्रिय एवं विषमता भरी परिस्थितियों से जूझता और टकराता है। **'वामा का इन्द्रधनुष'** शीर्षक के अंतर्गत संकलित, **इस्मिता माथुर 'मुस्कान'** की इक्कीस कहानियों में, नारी जीवन की इन्हीं विषम परिस्थितियों का जीवंत प्रस्तुतीकरण किया गया है।

विभिन्न कहानियों के कल्पित कथानक में निहित कालखंड की पृष्ठभूमि में उन्हें तीन खंडों, क्रमशः **'अतीत के झरोखे से'**, **'विलुप्त होती स्मृतियाँ'** और **'अनन्त आसमान'** में विभाजित किया जाना उचित प्रतीत हुआ। परंतु, सभी कहानियाँ, अनन्य पृष्ठभूमि पर आधारित हैं और अपने आप में एक-दूसरे से पूर्णतः पृथक् कथानक प्रस्तुत करती हैं। इसलिये, पाठक इच्छानुसार कोई भी कहानी, किसी भी क्रम में, पढ़ने के लिये सदैव स्वतंत्र रहेगा।

प्रथम खंड **'अतीत के झरोखे से'** में शामिल कहानियों की नायिकाएँ, आज से लगभग साठ-सत्तर वर्ष पूर्व की महिलाओं के जीवनवृत्त की प्रतिनिधि हैं। **विलुप्त होती स्मृतियाँ** खंड में सम्मिलित कहानियों की नायिकाएँ, जीवन के उत्तरार्ध की ओर अग्रसर, उस आयु-वर्ग को निरूपित करती हैं, जो मोटे तौर पर आज से लगभग चालीस से साठ वर्ष पूर्व के काल-खंड से संबद्ध रहा है। अंतिम खंड, **'अनन्त आसमान'** के अंतर्गत, बीस वर्ष या उससे अधिक आयु-वर्ग की, आधुनिक युवा लड़कियों एवं महिलाओं का प्रतिनिधित्व करती कहानियाँ हैं, जिनकी नायिकाएँ वे जुझारु, नवयौवनाएँ हैं, जो अनेक प्रकार की समस्याओं का सामना करती हुई, विषम परिस्थितियों से जूझती हुई, जीवटता के साथ, आगे बढ़ने का सुविचारित प्रयत्न कर रही हैं।

बुनियादी रूप से नारी-प्रधान इन रचनाओं में, अपेक्षा के अनुरूप, केन्द्रीय पात्र एक नायिका ही है। लगभग सभी कहानियों में, नायिकाओं के चरित्र को उभारते-उभारते, कमोबेश उनका संपूर्ण जीवन वृत्त ही चित्रित हुआ है। अस्तु, ये कहा जाना अतिशयोक्ति नहीं होगी कि इनमें से अनेक कहानियाँ, लम्बी कहानियों की अपेक्षा लघु उपन्यास के अधिक निकट प्रतीत होती हैं।

इन कहानियों में लगभग हर उम्र और अलग-अलग सामाजिक वर्गों की प्रतिनिधि नायिकाएँ दृष्टिगोचर होती हैं और यह अपेक्षित है कि इन्हें पढ़ते समय पाठकों को यह अनुभूति हो कि वे इन कहानियों की घटनाएँ, दैनंदिन जीवन में अपने आसपास घटित होते हुए देख चुके हैं, अथवा देख रहे हैं। वास्तविक घटनाओं की पृष्ठभूमि में, कहानियों में रोचकता बनाये रखने हेतु किंचित् काल्पनिकता का समावेश कर लेखिका ने, अत्यन्त सामान्य सी लगने वाली घटनाओं का, ऐसा अनुपम प्रत्यक्षीकरण किया है कि पाठक को कहानी में वर्णित पात्र, मूर्त स्वरूप ग्रहण करते हुए, एक चलचित्र की सी अनुभूति देते हैं और यही, एक रचनाकार के रूप में लेखिका का सशक्त पक्ष है।

लेखिका द्वारा अंग्रेज़ी, उर्दू और स्थानीय स्तर पर प्रयुक्त होने वाले अनेक देशज शब्दों का प्रचुरता से उपयोग किया गया है। संपादन की प्रक्रिया में, ऐसे शब्दों के स्थान पर हिन्दी भाषा के समानार्थी साहित्यिक शब्दों के

उपयोग की पर्याप्त संभावनाएँ विद्यमान होते हुए भी, उन्हें यथासंभव, यथावत् रखने का सजग प्रयास किया गया है, जिससे कि लेखिका की भाषा-शैली तथा भावों की संप्रेषणीयता अक्षुण्ण बनी रहे।

आशा है कि हिन्दी-भाषा के साहित्य-प्रेमी पाठकों के लिये यह कहानी-संकलन रुचिकर और संग्रहणीय सिद्ध होगा।

– उमेश

लेखिका का संक्षिप्त परिचय

इस्मिता माथुर "मुस्कान" का जन्म 21 फ़रवरी 1962 को मेरठ (उत्तर प्रदेश) में हुआ था। आपने लगभग अट्ठाईस वर्षों तक मध्यप्रदेश राज्य विद्युत मंडल/ पॉवर ट्राँसमिशन कम्पनी में संचार अभियंता के बतौर शासकीय सेवा की और वर्ष 2016 में स्वैच्छिक सेवानिवृत्ति प्राप्त की। आप लगभग दस वर्ष तक कंपनी की "महिला शिकायत समिति" की सक्रिय सदस्य भी रहीं, जिसने आपको महिलाओं की समस्याओं से बहुत गहरे तक जोड़ दिया।

औपचारिक शिक्षा व कार्यकारी जीवन, पूर्णतः तकनीकी क्षेत्र में व्यतीत होने के बावजूद, बचपन से ही आपका नैसर्गिक झुकाव साहित्य, संगीत, नृत्य, एवं पेंटिंग की ओर रहा है। संवेदनशील हृदय की लेखिका ने, जबलपुर के प्राकृतिक सौंदर्य, घर-परिवार और कार्यालय की, विभिन्न खट्टी-मीठी यादों और लंबी यात्राओं से मिले अनुभवों को, विभिन्न कहानियों, लघु कथाओं और कविताओं के रूप में लेखनी-बद्ध किया है।

समय-समय पर इनकी लघु कथाएँ और अनुभव विभिन्न पत्र-पत्रिकाओं यथा 'सरिता', 'वनिता' एवं 'मधुरिमा-दैनिक भास्कर' में प्रकाशित और आकाशवाणी जबलपुर, यू-ट्यूब, प्रतिलिपि एफ़.एम. और पॉड-कास्ट के रूप में 'मालती के फूल' शीर्षक के अंतर्गत प्रसारित होते रहे हैं। इनकी सभी कहानियाँ आम बोलचाल की भाषा में है।

"वामा का इंद्रधनुष" से पहले, लेखिका की अन्य दो कृतियाँ "तुम्हारी कहानी" एवं "वो, कुछ जानी, कुछ अनजानी", नोशन प्रेस, चेन्नई से ही, वर्ष 2021 में प्रकाशित हो चुकी हैं तथा नोशन प्रेस के अलावा ऐमेज़ॉन, फ़्लिपकार्ट, गूगल-बुक्स आदि प्लेटफ़ॉर्म्स पर भी उपलब्ध है।

वर्ष 2021-22 के दौरान महिलाओं के उत्थान एवं साहित्य के क्षेत्र में उल्लेखनीय योगदान के लिये, केन्द्रीय प्रशिक्षण संस्थान, एम.पी. पूर्व क्षेत्र विद्युत वितरण कंपनी, जबलपुर एवं हिन्दी साहित्य में अखिल-भारतीय स्तर पर सुपरिचित संस्थाओं यथा पाथेय प्रकाशन द्वारा "पाथेय-श्री" अलंकरण, एवं कादम्बरी द्वारा राष्ट्रीय सम्मान से सम्मानित किया गया है।

लेखिका की पूर्व प्रकाशित पुस्तक
"तुम्हारी कहानी" से......

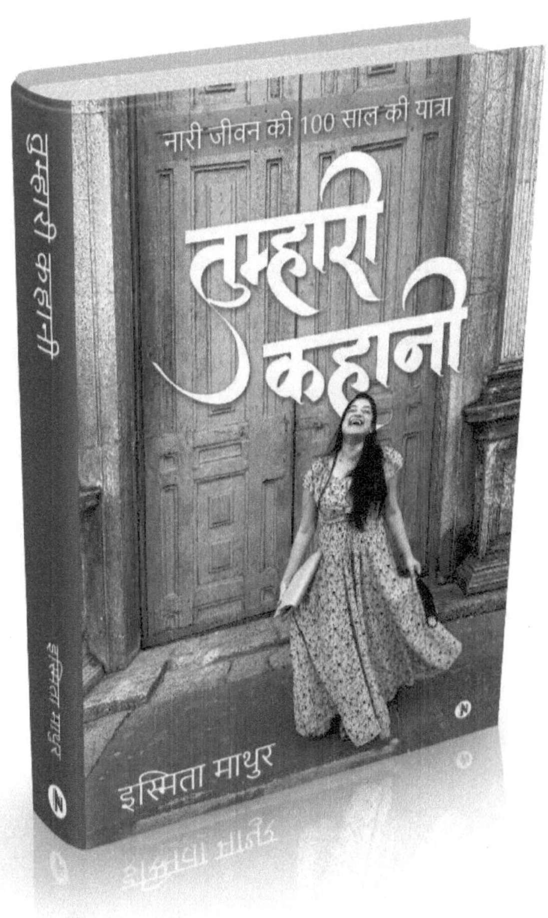

"तुम्हारी कहानी" में संकलित इक्त्तीस कहानियों की नायिकायें हमारे आस-पास की ही हैं। ये कोई लीडर या सिने तारिकाएँ नहीं है, वरन् आम नारियाँ है, जो अपना बचपन पितृ-गृह में, युवावस्था पति के सानिध्य में और वृद्धावस्था पुत्र पर आश्रित होकर बिताती हैं।

हर स्त्री, हर नारी की अपनी जीवन यात्रा होती है, जिसमें सुख-दुःख, धूप-छाँव, प्यार-अवसाद और संघर्ष सभी कुछ होता है। किन्तु, उसके जीवन के साथ, उसकी ये कहानी भी, कहीं गुम हो जाती है। कोई बेटी, कोई बहू या रिश्तेदार उसे कभी-कभी याद कर लेते हैं और वह एक फोटो फ्रेम में सिमट कर रह जाती है। उसी आम सी लगने वाली नारी को प्रतिबिंबित करती हैं, **"तुम्हारी कहानी"**, जिसमें नारी जीवन की छोटी-छोटी खुशियाँ, छोटे-छोटे दर्द और जीवन का संघर्ष समाया हुआ है। नारी मन में छुपा, पति और प्रियतम का प्यार और मधुर दाम्पत्य भी इनमें प्रतिबिम्बित होता है।

"तुम्हारी कहानी", लगभग एक शताब्दी के नारी जीवन की यात्रा को दर्शाती है, जिसमें नानी, दादी के ज़माने से लेकर इक्कीसवीं सदी के आधुनिक युग तक की लड़कियाँ भी मिलेंगी। लगभग तीन पीढ़ियों की कहानियाँ।

"तुम्हारी कहानी", सीधे नोशन प्रेस अथवा ऐमेजॉन, किंडल, फ्लिपकार्ट, गूगल बुक्स आदि ई-प्लेटफॉर्म्स पर पेपर बैक अथवा सॉफ्ट कॉपी में भी उपलब्ध है।

लेखिका की पूर्व प्रकाशित
पुस्तक "वो, कुछ जानी,
कुछ अनजानी" से......

समकालीन भारतीय परिवेश पर आधारित, आर्थिक रूप से भिन्न-भिन्न वर्गों की नारियों के उत्थान और आत्मनिर्भरता की ओर अग्रसर कदमों का प्रतिबिंब प्रस्तुत करती कहानियों के स्वरूप में, **"वो, कुछ जानी, कुछ अनजानी"** रचना-संग्रह, समाज के हर वर्ग की, अल्हड़ किशोरियों से लेकर साठ-सत्तर साल की परिपक्व आयु की महिलाओं के जीवन में पाये जाने वाले सुख-दुख, खुशी और अवसाद भरे क्षणों की अनुभूतियों का निचोड़ प्रस्तुत करता है।

वो, जो कभी कहीं अचानक मिल जाती है, किसी पार्क में,

सोसायटी की किसी बैंच पर, फव्वारे के किनारे लगी सीट पर ।

वो, जो न जाने किस भावावेश में आकर साझा कर लेती है,

अपनी व्यथा, अपने मन के कोने में छुपा कोई सुख-दुःख,

और हल्का कर लेती है अपना मन।

वो, छूना चाहती है जो, आकाश के इन्द्रधनुष को,

देखना चाहती है, चाँदनी रात में "दूधिया से चाँद" को,

वो, जो बांधना चाहती है,

ढेर सारे "चाहत के फूल" अपने गुलाबी आँचल में ।

वही है नायिका, इस प्रस्तुति की...

"वो - कुछ जानी, कुछ अनजानी" ।